SCIENCE FICTION

Herausgegeben
von Wolfgang Jeschke

SCIENCE FICTION

51. FOLGE

*ausgewählt und herausgegeben
von
Friedel Wahren*

Originalausgabe

WILHELM HEYNE VERLAG
MÜNCHEN

HEYNE SCIENCE FICTION & FANTASY
06/5948

Besuchen Sie uns im Internet:
http://www.heyne.de

Das Umschlagbild malte Karel Thole
Übersetzungen aus dem amerikanischen Englisch
von Walter Brumm, Heiko Fiedler,
Ulrich Fröschle, Ingrid Herrmann und Ralf Hlawatsch

Umwelthinweis:
Dieses Buch wurde auf
chlor- und säurefreiem Papier gedruckt.

Redaktion: E. Senftbauer
Copyright © 1993, 1995, 1997 by Dell Magazines.
Division of BantamDoubledayDell
Copyright © 1997 der Erzählung ›Das Reliquiar‹
by Michael Siefener;
mit freundlicher Genehmigung des Autors
Copyright © 1998 der deutschen Ausgabe und der Übersetzungen
by Wilhelm Heyne Verlag GmbH & Co. KG, München
Printed in Germany 1998
Umschlaggestaltung: Atelier Ingrid Schütz, München
Technische Betreuung: M. Spinola
Satz: Schaber Satz- und Datentechnik, Wels
Druck und Bindung: Elsnerdruck, Berlin

ISBN 3-453-13977-1

INHALT

Greg Abraham
POJECHALI   7
(POYEKHALI)

Robert Reed
DER TRAUMVERKÄUFER   43
(DREAMS FROM A SEVERED HEART)

Neil Barrett jr.
CUSH   82
(CUSH)

Ian McLeod
PAPA   136
(PAPA)

Geoffrey A. Landis
WINTERFEUER   191
(WINTERFIRE)

James Sarafin
IM TIEGEL DER NACHT   216
(IN THE FURNACE OF THE NIGHT)

FANTASY AUS DEUTSCHLAND
Michael Siefener
DAS RELIQUIAR   287

Greg Abraham

POJECHALI

Das war meine Art des Denkens, typisch für mich, gewiß. Horace war nicht in die Klinik gekommen, um sich behandeln zu lassen, und ich wertete das als Denkzettel dafür, daß ich genauso ineffektiv arbeite, wie ich übergewichtig bin. Es war nun auch schon das dritte Mal, daß er das gemacht hatte. Ich hätte ihn jetzt festnehmen lassen können, weil ihn das Gericht des County mit seiner Tuberkulose und seiner HIV-Infizierung nicht weiter herumlaufen ließe. Arrest! Trotz allem war ich noch nicht soweit, ihm dieses Damoklesschwert über den Kopf zu hängen.

Horace war mein letzter Patient für heute; also beschloß ich, ihm selbst nachzuspüren. Das gehörte zu den Privilegien, die mir als Krankenschwester im öffentlichen Gesundheitsdienst zukamen: Ich war meine eigene Polizei und durfte selbst solche pflichtvergessenen TBC-Patienten jagen, die sich nicht zur Behandlung meldeten. Hat man einmal Tuberkulose, wirkt sich eine nicht ganz abgeschlossene Behandlung schlimmer aus als gar keine. Wenn ein Patient nicht völlig geheilt wird, überleben die stärksten Erreger und verwandeln ihn in eine wandelnde Zeitbombe.

Ich hängte meine Klinikschürze an den Kleiderhaken, um vom Behandlungszimmer ins Büro hinüberzugehen. Dort haben wir alle Adressen unserer Patienten in einer Datei gespeichert.

Dann aber, als ich mich am Schreibtisch vorbeischob,

sah ich eine von *ihnen*. Eine von den *Noiesni*. Sie stritt sich mit einer unserer Schwestern in der Patientenaufnahme.

Ich sah zu, daß ich wegkam. Mit den *Noiesni* kann ich nicht viel anfangen. Gewiß, ihre Ankunft vor ein paar Jahren war eine Sensation gewesen. Außerirdische! Und sie hatten ihre Ankunft auch sehr geschickt inszeniert: Sie warteten zunächst, bis sich die einschlägigen Gerüchte verstärkt und vervielfacht hatten, dann nahmen sie Verbindung mit Talk-Shows und PR-Agenturen auf. Alle ihre Schachzüge waren richtig und erfolgreich gewesen: Sie traten als Sponsoren der Olympiade auf und begannen damit, Konsumgüter zu exportieren.

Von Anfang an machten sie deutlich, daß sie nicht gekommen waren, um zu erobern – oder um die Welt zu kurieren. Sie waren nur Berater.

Danke.

Andererseits, das mußte ich zugeben, sah man nicht sehr oft *Noiesni* hier in Spokane, noch viel seltener weibliche *Noiesni*. Diese war so groß wie ein männlicher *Noiesni* und genauso hager. Alle hatten sie diese gelbsüchtige Hautfarbe.

»Marilyn Mathieson«, hörte ich die Außerirdische sagen, »ich *muß* mit ihr sprechen.«

»Schwester Marilyn ist gerade bei einem Patienten«, flüsterte Colleen.

Ich wußte, daß sie das als Widerspruch vorbrachte, denn Colleen war noch jung, und ihre Stimme wurde gewöhnlich weich und leise, wenn sie unter Druck stand. Also rief ich: »Ich bin Marilyn. Womit kann ich Ihnen helfen?«

Die *Noiesni* schaute mich mit hoffnungsvollen dunklen Augen an und lächelte strahlend. Diese Augen waren so klar, wie ihre Haut gelb war; sie waren so schön, wie ihre massiven Kiefer häßlich waren. »Mein Name ist Uchad«, antwortete sie.

Ich wartete darauf, daß noch etwas käme. Im Fernsehen macht man Witze darüber, wie die *Noiesni* die Namen und Verdienste ihrer Vorfahren bis in längst vergangene Zeitalter zurück rezitieren. Aber ich hatte auch schon gehört, daß das vor allem bei den Männern üblich war.

»Haben Sie Horace Ramsey gesehen?« Ihre Frage klang höflich. »Soviel ich weiß, hatte er heute nachmittag einen Termin.«

»Das ist richtig.« Ich versteifte mich in einem Reflex von Besitzergreifung. Horace war *meine* Bürde, eine Ablenkung von meinem eigenen Unglück. Ich ging an der Rezeptionstheke entlang und trat dahinter.

Uchad war etwa zehn Zentimeter größer als ich, und ich bin kaum klein zu nennen. Sie sprach so sanft wie Colleen: »Wir hatten eine Verabredung um drei Uhr. Es ist das erste Mal, daß er nicht kam.«

»Warum sind Sie hierhergekommen?« Ich hörte mich ziemlich ungehobelt an.

»Er hat erwähnt ...« Uchad zuckte die Achseln. Bei dieser Bewegung lief eine Welle über ihren bodenlangen Pelzumhang. Ihren *weißen* Pelzumhang. Alle Welt reißt Witze über die Art, wie sich die *Noiesni* kleiden. Sie geben vor, daß sie uns besser kennen als wir selbst, und sie sprechen unsere Sprachen in Vollendung, so daß sich die Frage geradezu aufdrängt, ob das alles nicht in Wirklichkeit als Witz über uns gemeint ist. Mit diesem Umhang konnte sie vielleicht in St. Petersburg Eindruck machen, nicht aber hier in Spokane.

»Mir war nicht klar, daß wir hier eine *Noiesni*-Botschaft haben.«

Colleen blinzelte zu mir herüber, offensichtlich beunruhigt über meinen Sarkasmus.

Dieser schien Uchad jedoch entgangen zu sein. Sie erklärte noch immer mit großem Ernst: »Ich bin kein Botschafter. Mein Beruf ist ... etwas, das sich wohl mit *Historiker* übersetzen läßt. Horace und ich ... wir haben einen Handel miteinander. Ich bringe ihm unsere

Noiesni-Mathematik bei, und er erzählt mir von den Raumfahrern.«

Das ergab überhaupt keinen Sinn. Die *Noiesni* waren *selbst* Raumfahrer. Und Raumfahrerinnen. Die Intimität, die aus ihrem Bericht sprach, trieb mir die Haare zu Berge. Ich besaß nichts, das ich Horace zum Handeln hätte anbieten können. Ich konnte ihn nur zu etwas zwingen.

Auch den letzten paar Patienten, die noch in der Aufnahme warteten, erschien Uchad lächerlich; das erkannte ich an der Art, wie sie die Außerirdische anglotzten. Uchad aber starrte mich noch immer mit ihren runden und hoffnungsvollen Augen an.

»Also los«, sagte ich schließlich, »ich will zu seiner Wohnung, sobald ich seine Adresse gefunden habe.« Mein brauner Regenumhang aus Plastik hing am Garderobenständer. Plastik läßt sich leicht säubern. Auf der braunen Farbe fällt Schmutz kaum auf. Ein solcher Umhang gehört fast unvermeidlich zu einer Krankenschwester des öffentlichen Gesundheitswesens. Er schien zu knistern, als ich ihn mir überzog.

»Ich weiß, wo er wohnt.« Uchad strich sich das lange dunkle Haar aus dem Gesicht. Wäre da nicht dieser zerklüftete, verzerrte *Noiesni*-Rachen gewesen, hätte sie nicht weniger zauberhaft ausgesehen als irgendein *Mirabella*-Fotomodell.

Gut für sie, daß sie nicht so aussah.

Mein Auto ist an sich nicht ungewöhnlich. Nichts von dem, was ich besitze, ist eigentlich ungewöhnlich. Ich warf einen alten Pullover nach hinten auf den Rücksitz, um für Uchad Platz zu schaffen.

Wir machten uns auf den Weg zu einem heruntergekommenen Stadtviertel. Sie sprach kaum etwas, aber es ist schwierig, jemanden nicht zur Kenntnis zu nehmen, der neben einem im Auto sitzt. An einer Ampel langte ich zu ihr hinüber und berührte den Saum ihres Umhangs. In meinem besten Von-Frau-zu-Frau-Ton, der zugegebenermaßen nicht sonderlich überzeugend ist, fragte ich sie: »Was für ein Pelz ist das? Hübsch.« Unpassend und unecht wie sonst etwas, doch hübsch.

»Sibirischer Tiger vom Amur.«

»Mein Gott ...« Mein Fuß rutschte vom Bremspedal, und der Wagen rollte langsam auf die Kreuzung hinaus.

»Die Felle wurden aus einer einzigen Zelle entwickelt«, fügte sie lässig hinzu. »Das Geschenk einer sibirischen Wildhüterin. Wir arbeiteten zusammen und legten mit ihr *Noiesni*-Sensoren aus, um Wilderer zu fangen.«

Ich verzog das Gesicht. »An einem Tiger sähe es trotzdem immer noch besser aus.«

»Die Zelle wurde einem geretteten Jungen entnommen. Irgendein *anderer* trägt seine Mutter als Pelz.«

Die Außerirdische ließ in dem Wort *anderer* durchklingen, daß – natürlich – nur ein Mensch damit gemeint sein konnte. Ich stampfte auf das Gaspedal, als die Ampel auf Grün umschaltete. Aber ich mußte selbst zugeben, daß die *Noiesni* uns auch *wirklich* halfen. Der Haken daran war nur, daß sie uns nur immer gerade soviel halfen, wie wir uns eigentlich selbst hätten helfen können, wenn wir uns ein wenig Mühe damit gegeben hätten.

Ende des Geplauders.

Wir hielten schweigend auf ein Gemeindezentrum neben einer alten Kirche zu. Uchad erzählte mir, daß Horace von zwielichtigen Geschäften lebte und dort im Keller hauste. Wir stiegen aus.

Der ganze Ort roch nach Unglück. Rissige Hände, schmutzige Socken, Kindesmißbrauch, Selbstmord: Nenne den Namen des Leids, und du wirst es auf diesen Fluren riechen. Es hätte hier eigentlich nach Urin stinken müssen, was aber nicht der Fall war. Uchad führte mich an der Turnhalle vorbei. Wir stiegen ein

Treppenhaus hinab und kamen an einem Schwarzen Brett vorbei, an das Infozettel der Anonymen Alkoholiker gepinnt waren, durchquerten eine Halle, die sich unterhalb der Sporthalle erstreckte, gingen durch eine Pförtnertoilette und hielten schließlich vor einer geschlossenen Tür.

Uchad klopfte dagegen. Auch ich klopfte. Dann klopfte wieder Uchad. Sie war offensichtlich beunruhigt und gestikulierte zur Tür hin, als ob sie eine unbedeutende kleinere Störung verscheuchen wolle.

Da ging das Licht aus.

Ich schwankte. Ein Erdbeben? Ich befahl meinem Puls, nicht gleich doppelt oder dreifach so schnell wie normal zu schlagen.

Es gab aber immerhin noch etwas Licht. Gedämpftes Licht. Wir waren jetzt irgendwo anders.

Ich schaute Uchad an. Es weiß zwar jeder, daß die *Noiesni* von einem Augenblick zum anderen überallhin reisen können, aber sie hätte mich wenigstens vorher warnen können. Ich fragte sie mit einer Plattheit, die sie eigentlich langsam satt haben mußte: »Warum haben wir eigentlich überhaupt ein Auto genommen, um hierherzukommen?«

»Ich dachte mir, daß Sie es so bevorzugen.«

»Das hier ist wie ein Einbruch. Es ist gegen das Gesetz.«

Sie gestikulierte wieder zur Tür hin, als wolle sie mir diesmal deutlich machen, daß sie mich nicht mit Gewalt hier zurückhalte. Natürlich täte sie das nicht. Niemand würde das bei mir wagen.

Staubiges Licht fiel durch eines jener deprimierenden Kellerfenster direkt unter der Zimmerdecke. Das Zimmer war nicht viel größer als ein Bahnhofsklosett. Auf dem Boden breitete sich Horaces Welt aus. An der einen Wand ein Futon. An dessen Fußende Wodka-, Bourbon- und Scotchflaschen. An der anderen Wand stapelten sich Bücher und Fotokopien, nicht alle davon in englischer Sprache. Einige schienen Mathematik, andere Raumfahrt zum Thema zu haben. Unterhalb des Fensters standen ein Paar Tourenskier und die Stöcke dazu. Ich strich mit den Fingern über einen der feingeschwungenen Skier. Für einen Fettwanst wie mich waren sie von etwas Mystischem umgeben, sie und die Freiheit, die sie zu verkörpern schienen. Nein, ich wußte nicht viel von Horace und seiner Lebensgeschichte. Er war in Montana zur Welt gekommen. Seine Studien hatten ihn in den Osten geführt. Dann hatte ihn die HIV-Infektion umgeworfen. Er war nach Hause gekommen, um dort zu sterben, doch hatte ihn die Zurückweisung durch seine Familie weiter nach Westen getrieben. Noch vor Seattle ging ihm jedoch der Schwung aus, und er blieb schließlich in der Palouse hängen, in Spokane.

Uchad ging in die Knie, wobei sich der Pelzumhang um sie herum aufhäufte. Sie hob ein gerahmtes Foto auf, das einzige im ganzen Zimmer. Es war ein altes Foto, schwarzweiß, und es zeigte einen jungen Mann in Uniform, der in die Kamera lächelte.

»Horaces Vater?« fragte ich mich laut. Horace war nur fünfundzwanzig Jahre alt und noch jung genug, um an jemandem in Liebe festzuhalten, der ihn abgeschrieben hatte. Der Mann auf dem Bild sah indessen zu glücklich aus, um überhaupt jemanden verachten zu können. Die Ähnlichkeit mit seinem Sohn lag vor allem in den Gesichtszügen, nicht in der guten Stimmung hier auf dem Bild.

Da rasselte ein Schlüssel in der Tür. Ich packte einen der Skier. Uchad lächelte, als sie über ihre Schulter zur Tür nach hinten blickte.

Horace stand in der Tür. Er trug einen Khakiparka, nicht besonders sauber, mit fleckigem Kragen, und hatte sich eine BDU-Mütze tief ins Gesicht gezogen wie eines dieser hageren jungen und viel zu fadenscheinigen Fotomodelle aus jenen Werbeanzeigen mit dem

Motto: ›Sei alles, was du nur sein kannst.‹ Seine Augen waren auf das Bild geheftet, und ich wußte, daß es ihm mehr bedeutete als alles andere in diesem Raum. Er hustete, bevor er Uchads Lächeln mit einem ebensolchen Lächeln quittierte.

Endlich nahm er auch mich zur Kenntnis. Er deutete auf seine Skier. »Hatte nicht den Mut, sie zu verpfänden.« Er nahm die Mütze ab und schüttelte sein gelbbraunes Haar, wobei er sich auf dem Boden niederließ und Uchad das Bild aus der Hand nahm. »Tut mir leid, daß ich unser Treffen verpaßt habe. Der Bus zurück hatte Verspätung.«

Kein Wort der Entschuldigung in meine Richtung. Meine Hand rutschte von dem Ski zu einem der Skistöcke hinüber. Ein Teil von mir wollte ihn hochheben und Horace damit aufspießen. »Wo waren Sie? Das ist nun das dritte Mal, daß Sie nicht gekommen sind.«

Horace hob das Kinn und kniff die Augen zusammen. Er wies wieder auf die Skier. »Der Herbst liegt in der Luft. Da ich den Winter dieses Jahr wohl nicht mehr erlebe, wollte ich jetzt rausgehen.« Während seines langsamen Sterbens hatte er manche Gewohnheit abgelegt, etwa seine Zurückhaltung. Es war ihm keineswegs peinlich, seinen bevorstehenden Tod als Waffe gegen mich einzusetzen. »Die Parkverwaltung hatte für heute einen Reisebus runter nach Steptoe Butte organisiert. Für die ganze Gruppe. Ein AIDS-Kranker und neunundzwanzig AARPSler.« Seine Augen glommen jetzt böse. »Der Anblick war spektakulär.« Er hastete hinüber zum Futon und griff nach der Bourbon-Flasche. »Es war ein schöner Herbsttag, und jetzt komme ich heim zu meinen Freunden.«

Ich schluckte den Köder. »Uchad hat mich hereingelassen.« Aber Horace hatte mich schon ein wenig zu stark gereizt. »Ich kann Sie festnehmen lassen, bis Ihre Tuberkulose geheilt ist.«

Er schraubte den Deckel von der Flasche. »Dann

müßt ihr mich in eine Einzelzelle legen«, hustete er böse.

Ich kramte in meiner Tasche und zog ein Zellophanpäckchen heraus. »Vielleicht wollen Sie das mit was anderem runterspülen als mit Schnaps.« Isoniazid, Rifampicin, Pyrazinamid, Ethambutol. Nimmt man Isoniazid mit Alkohol zusammen ein, handelt man sich eine toxische Gelbsucht als Nebenwirkung ein. Es würde nicht lange dauern und Horace wäre so gelb wie Uchad.

Er packte das Päckchen und schnalzte sich die Pillen und Kapseln in den Mund, dann nahm er einen kräftigen Schluck aus der Bourbonflasche. Er wischte sich mit der Hand über den Mund, so langsam, daß ich mir nicht sicher war, ob ich es als Zeichen der Gleichgültigkeit oder als Herausforderung nehmen sollte. »Es wird mich heilen oder umbringen, was auch immer, aber ich werde niemanden anstecken.« Er wollte mich damit verletzen, und es gelang ihm auch. »Sie sind sich so sicher, daß mir das alles nichts ausmacht. Warum? Weil ich nicht jammere?« Nein, jammern würde ich nicht. Er hatte mit einem Tod umzugehen – mit seinem eigenen. Ich hatte schon mit einem guten Hundert bei meiner Arbeit klarkommen müssen, und wahrscheinlich würden es noch tausend werden, bis ich damit fertig war. Abgestumpft war ich nicht, nein; ich weiß nicht, warum ich noch nicht abgestumpft war. Müde, ja, schrecklich müde, das war ich schon.

Sein Blick suchte das Zimmer ab, verweilte auf dem Bild, dann auf den Skiern; schließlich starrte er in die Dunkelheit. »Ich weiß, daß Sie sich Sorgen machen«, murmelte er vor sich hin, »aber Sie kommen eine Stunde zu spät und haben einen Dollar zu wenig dabei, das ist alles.«

Die HIV-Infektion brachte ihn schneller um als manchen anderen. Ich wußte, daß er hart dagegen angekämpft hatte, mehr oder weniger nur auf sich gestellt. Auch er war müde, und er wußte genau, daß ein

15

Waffenstillstand mit mir wahrscheinlich *nicht* zu einem Waffenstillstand mit dem Tod führen würde. Und so blieb ihm vielleicht auch nichts und niemand mehr, wogegen er sich noch auflehnen konnte, als ich.

Uchad trat zu ihm und strich ihm mit der Hand übers Haar. Sie waren so vertraut miteinander. Ich mußte mich daran erinnern, daß Eifersucht eine Form des Selbstmitleids ist. »Wie wär's mit einem Abendessen?« fragte sie. »Für uns alle.«

Horace wies mit dem Daumen auf seine behelfsmäßige Bar. »Vorher was zu trinken?«

»Natürlich.« Uchad glitt auf den Futon neben Horace.

Der Gedanke, mich auf den Fußboden zu hocken, war mir zuwider. Ich sähe aus wie ein Nilpferd oder ein gestrandeter Walfisch. Als ich mich dennoch auf die Knie niederließ, knackte einer meiner Rückenwirbel. Meine Nase befand sich jetzt ein paar Zentimeter vor dem Bild. »Dein Vater?«

»Leider nicht.« Horace zuckte die Achseln.

»Jurij Gagarin«, sprang Uchad ein.

»Und wer *ist* das?« Auf Händen und Knien kam ich mir schon dumm genug vor.

»Ein Mann, der wußte, wann er sich einen guten Schluck genehmigen konnte«, erklärte mir Horace mit einem Anflug von Geringschätzung.

Was Lebensmittelvergiftungen angeht, bin ich wie der Kanarienvogel bei den Bergleuten, der beim leisesten Anzeichen von Gas sofort Alarm schlägt. Deshalb gehe ich selten auswärts essen. Es trug nicht zu meinem Ansehen bei, daß es eine Außerirdische war, die ein Restaurant aufspürte, und nicht ich.

Spaghetti Marinara mit einer *Noiesni*, welch einzigartiges Erlebnis! Und ich hatte nichts zum Gespräch beizusteuern. Ich hörte meist nur zu, während Uchad und Horace über ihren toten russischen Kosmonauten plauderten, jenen Jurij Gagarin, den ersten Menschen im All, ihren einzigartigen Helden. Als Sohn russischer Kollektivisten hatte er nicht nur die Deutschen über- lebt, sondern auch die Hungersnot während des Zwei- ten Weltkriegs. Im Alter von dreizehn Jahren ging er nach Moskau, um dort sein Glück zu suchen. Nachdem er zunächst in einer Gießerei gearbeitet hatte, machte er seinen Weg bis in die Luftwaffe. Er war ein Kommu- nist, ein kleiner Mann mit tiefgründigem Blick und net- tem Lächeln, der körperlich und ideologisch exakt für den ersten bemannten Raumflug der Sowjetunion zu- geschnitten war. Und mit ihm trat also die Menschheit in das Zeitalter der Raumfahrt ein.

Uchad schien davon viel stärker beeindruckt zu sein als ich. Was war schon eine Erdumrundung im Orbit, verglichen mit ihrer Fähigkeit, in einem Augenblick von hier nach da zu springen? Aus den *Noiesni* wird man einfach nicht schlau.

Nach allem war es nur zu schade, daß Gagarin wie- der auf die Erde zurückkommen mußte. Ihm waren dann nur noch sieben Jahre verblieben, dann starb er unter zwielichtigen Umständen beim Absturz seines Kampfflugzeugs. Seine Kameraden wußten: Es war der Alkohol. Die Untersuchungsbeamten wußten: Es war die schludrige Ausbildung. Die kleinen Kommunisten- kinder wußten: Es waren die Amerikaner. Für mich hörte sich das alles an, als hätte er einfach nur Pech ge- habt.

Horace schob nun sein Kalbsschnitzel, das er sich gegen den Einspruch des Kellners aus dem Kinder- menü bestellt hatte, zur Seite und fing an, mit den Erb- sen auf dem Teller herumzuspielen. Ich starrte auf den Rest meines Kartoffelbreis hinunter. Die Margarine gab ihm eine Farbe, die sich kaum von Uchads Hautfarbe unterschied. Warum war der erste Kosmonaut einem AIDS-Kranken und einer Außerirdischen so wichtig? Mir jedenfalls war er ziemlich gleichgültig. Meine Beine waren angeschwollen. Ich wurde für meinen Job nur bis fünf Uhr nachmittags bezahlt, und jetzt war es schon fast acht Uhr abends. Ich war nun seit vierzehn Stunden auf den Beinen, und ich konnte mir schon seit August keinen Dienstzeitausgleich mehr anrechnen lassen, weil mir das Maximum an zulässiger Urlaubszeit bereits zustand. Der Gesundheitsdienst ist nicht nur ein harter Job. Man bestiehlt sich dabei auch noch selbst. Man ist einfach der Blöde dabei. Ich seufzte.

Horace sah mich an, als läse er meine Gedanken. Er griff nach seiner Brieftasche und zog aus dieser ein folienbeschichtetes Kärtchen. Es flog auf die Tischmitte. Die Fotokopie eines Bildes von Gagarin, gutaussehend mit seiner Pilotenkappe. Das strahlende Lächeln fehlte, da waren nur die traumtiefen Augen, so lebendig wie die Augen eines Kindes.

»Sie denken, daß ich spinne, nicht wahr?« knurrte Horace. »Ich bin krank, aber ich habe den Verstand noch nicht verloren.« Er nahm das Bild wieder an sich. »Sicher, er ist tot, aber das werde ich auch bald sein, und es ist wichtig, daß man sich in guter Gesellschaft befindet, wenn man stirbt. Ich habe den toten Helden einer toten Gesellschaft gefunden. Jetzt fühle ich mich nicht mehr ganz so allein.« Er starrte das Foto an und blinzelte; seine Augen waren verschwommen wie Glasmurmeln im Wasser. »Niemand hat mir je beigebracht, wie man lebt oder wie man stirbt. Der Versuch herauszufinden, wie man lebt, indem man herausfindet, wie man stirbt, das war für mich ein regelrechtes Jonglierspiel. Dabei kann einem ein Held schon helfen.« Er schaute mir jetzt direkt in die Augen. »Eine Gefühlsversion des Placebo-Effekts sozusagen ... Aber wenn es hilft? Niemand hat mir je einen Helden geboten. Immer nur Nachrichten und Football. Deshalb habe ich ihn mir anderswo gesucht.«

Er beugte sich vor. Während er eine Ecke der Bildkarte dazu benutzte, um sich einen Daumennagel zu säubern, flüsterte er: »Er war der erste Mensch, der die

Erde verließ und lebend zurückkam. Der *erste*. Niemand kann das wiederholen. Und ich? Ich kann sie nur verlassen.«

Horace sah müde und ausgemergelt aus. Ich erkannte jetzt, daß für ihn der Tag härter gewesen war als für mich. Er fügte noch flüsternd hinzu: »Und Amerika gibt vor, daß es auf ihn nicht ankommt, genauso wie es vorgibt, daß es auf Leute wie mich nicht ankommt. Schwule, die am Verrecken sind. Versorg die Welt mit Nachrichten und Football und dann bete darum, daß sie alles vergißt, was zu wirklich ist.«

Horace hustete stoßweise. Die Leute starrten von den Nebentischen herüber. Er stand auf und steckte das Bild weg. Als der Hustenanfall sich legte, keuchte er: »Ich gehe auf die Toilette. Wenn der Kellner kommt, könnt ihr mir dann noch ein Eis bestellen? Ich hasse Football, Eiskreme aber mag ich.« Horace ging davon. Er war noch immer in seinen Parka gehüllt, den er den ganzen Abend nicht ausgezogen hatte.

Ich sah vor mir einen Skifahrer, der über den Schnee auf einen furchterregenden Felsabgrund zujagte. Allein.

Meine Hände – neben meinen Waden die einzigen Körperstellen, wo man bei mir noch die Venen unter der Haut erkennen kann – lagen auf dem Tisch. Die Beleuchtung wirkte zu grell. Horace hatte mich daran erinnert, daß nicht nur der Körper sterben kann, sondern auch die Träume, die Liebe und auch die nie ganz verheilten Wunden.

Der Kellner erschien am Tisch. Uchad bestellte einen Eisbecher und ein Stück Apfelkuchen. Ich machte daraus zwei Stück Apfelkuchen. Da saßen wir dann also. Bei dem Geplauder im Hintergrund glaubte ich auch etwas sagen zu müssen.

Ich schaute zum Korridor hin, der Horace verschluckt hatte. »Und was hat das alles mit Ihnen zu tun?«

»Parallaxe«, entgegnete Uchad.

Von unergründlichem Gehabe lasse ich mich nicht beeindrucken. Ich schüttelte den Kopf.

Sie hob ihre Gabel. »Wenn Sie die Gabel erst mit dem einen Auge betrachten und dann mit dem anderen, verschiebt sich ihre Stellung.« Sie führte es vor. So schöne Wimpern in einem solch häßlichen Gesicht, ging es mir durch den Kopf, während sie fortfuhr: »Auf diese Weise kommt die Tiefenwahrnehmung zustande. Aus dem Grund haben viele Arten zwei Augen. Mindestens zwei Augen.«

Auch das beeindruckte mich nicht weiter. »Was Sie mir da erzählen, heißt doch nur, daß Horace genausowenig ein Gagarin ist wie jeder beliebige andere auch.«

»Die Ähnlichkeiten zählen nicht weniger als die Unterschiede.« Uchad nahm die Gabel wieder herunter und strich sich den Ärmel ihres Umhangs glatt. »Horace hat Gagarin gefunden. Und er hat auch mich gefunden. Er stand mit einer Bibliothek in Rußland in Verbindung und versuchte mit Nachdruck, Ablichtungen von Quellenmaterial zu bekommen. Die Bibliothek hatte keine Kopierer. Aber sie hatte mich. Damals haben Horace und ich mit unserer Korrespondenz angefangen. Das führte dazu, daß ich mein Büro von Moskau hierher verlegte. War bequemer so. Und ja, Horace wurde ein Teil *meines* Quellenmaterials. Er hat ein Verständnis von diesen Dingen, das ich nie entwickeln könnte.«

»Sollte er eigentlich auch. Er ist ein Mensch.« Das klang so gehässig, wie es gemeint war.

Uchad wandte sich ab. »Ich bin froh, daß Sie so denken. Das tut nicht jeder.«

Eines meiner Kiefergelenke knackte, als ich mit verkniffenen Lippen die Zähne zusammenbiß. »Was bekommt Horace denn bei diesem Handel? Warum helfen Sie ihm nicht ein bißchen mehr?«

Der Kellner kehrte mit unserem Nachtisch zurück.

Uchad starrte auf ihre gefalteten Hände, die mit den Daumen nach unten auf dem Tisch lagen. Wir kennen alle die Witze über die rückwärts gerichteten Daumen der *Noiesni*. Für sie sind unsere Klaviere und Keyboards die reine Hölle.

»Er hat viel von der *Noiesni*-Mathematik gelernt«, erklärte sie mir.

»Ich dachte, Sie seien Historikerin«. Das war meine Art, dieses Geschäft negativ zu kommentieren.

»In unserer Sprache haben die Begriffe *Mathematiker* und *Historiker* eine gemeinsame Wurzel. Diese liegt im Begriff *Schlüssel*.« Ohne Vorwarnung erhob sich Uchad und ging Richtung Toilette. »Er hat nicht gut ausgesehen.«

»Er sieht schon länger nicht mehr gut aus«, rief ich ihr hinterher.

Verbittert und einsam saß ich da, gebannt von meinem Apfelkuchen. Nahrung bereitet einem Freude, ohne einem gleich eine Rechnung aufzumachen, wenigstens so lange nicht, bis die erste Herzattacke kommt.

Ein dumpfer Schlag hallte durch den Korridor.

Selbst eine fette Wurst wie ich kann sich schnell bewegen, wenn sie muß.

Ich wälzte mich um die Ecke und sah Horace am anderen Ende des Korridors hustend auf dem Boden kauern. Uchad hatte sich über ihn gebeugt.

Meine Hand landete auf seiner Schulter, als ich bei ihm zum Stehen kam. Sein Haar und der Parkakragen waren vollgesogen mit Schweiß. Und kein Küchenduft konnte den Gestank der Furcht überdecken.

Er entwand sich meinem Griff, und ich entdeckte einen hellroten Flecken unterhalb seiner Lippen.

Nein. Seine Lungen konnten nicht bluten. Sein Krankenblatt verzeichnete, daß seine Lungen auf den Röntgenaufnahmen gut ausgesehen hatten, als er das Krankenhaus verließ. Und *so* oft hatte er seine Medikamentbehandlung auch nicht verpaßt. Wenn nicht gerade die Zahl seiner T-Zellen auf ein Nichts abgesunken war, hätte er seine TBC eigentlich überstehen müssen. Aber das *Müssen* war hier nicht am Platze. Wenn er eine zerfressene Bronchialarterie hatte ...

Ich packte Uchad am Arm. »Können Sie uns in ein Krankenhaus schaffen?«

»Nein«, stöhnte Horace.

Uchad erstarrte. Dann schüttelte sie den Kopf – ein zögerndes Nein.

Anstatt ihr eine Ohrfeige zu geben, trampelte ich verzweifelt davon, um ein Telefon zu finden. Der Chef des Restaurants trat mir mit seinem Funktelefon in den Weg, auch wenn er sich unwohl krümmte, als ich die Notarztnummer wählte. Ich habe sie im Kopf. Die Ambulanz war ihm wahrscheinlich nicht gerade willkommen, während seine Gäste aßen. Ich reichte ihm das Telefon und marschierte zurück in den Korridor.

Horace hatte sich in einer Ecke hochgestemmt. Er kritzelte etwas mit einem Kugelschreiber. Auf die *Tapete.*

»Was ...?«

Uchad starrte mich wütend an. »*Noiesni*-Mathematik.«

Horace überzog die Wand weiter mit seiner Strichelei. »Die Gestalt einer jeden Welt«, murmelte er vor sich hin, »gefügt in vier Dimensionen, zerfallend in zehn und verschoben durch jeden, der jemals gedacht oder gefühlt hat ...« Er lehnte den Kopf gegen die Wand und schaute mit einem müden Lächeln in den Augen zu Uchad auf. »Das wäre alles einfacher für mich, wenn ich die Konstanten nicht erraten müßte.«

Sprachlos sah ich ihm zu, wie er weiterkritzelte. Gleich einem Kind, das eine schwierige Lektion wiederholt, las er immer wieder seine Kritzeleien laut mit: »Füge zusammen eine *Welt*, bring sie in einen *Kreislauf*, laß sie wieder verschwinden, *immer und ewig.*«

Uchad stand nun unmittelbar über ihm. Ihr Finger fiel auf eine Stelle zwischen zwei der Zeilen mit Symbolen. »Die Umwandlungsstrecke zu den Pavillons … woher kennst du sie?«

Sie schien keineswegs so erfreut darüber zu sein wie Horace. »Die Zieladresse?« fragte er. »Sie war auf deinem Schreibtisch in einer Aufzeichnung, die du dort für einen anderen *Noiesni* hinterlassen hattest.« Seine Stirn war schweißnaß; er brabbelte weiter: »Setze ein implodierendes Moment in die Matrix ein und … und wir sind eine menschliche Spezies, und das verändert die ganze Gleichung *wirklich* … also vereinheitlichen wir es hier wieder …« Er kritzelte die Symbolketten jetzt immer schneller an die Wand.

Uchad versteifte sich. »Hör auf! *Das* habe ich dir nicht beigebracht!«

Horace schnappte verzweifelt nach Luft, brachte es dabei aber dennoch fertig, sein Grinsen beizubehalten. »Das hast du mir nicht beibringen müssen. Es ist in allem hier enthalten. Laß es uns einfach einmal ausprobieren.«

Er litt an seinen inneren Blutungen. Ich wußte, daß es ihm weh tat, aber er kämpfte dagegen an, um sich zu konzentrieren. Ich drückte mich näher an ihn heran und mühte mich mit dem schweißdurchtränkten Kragen seines Parkas ab. Der Puls an seiner Halsschlagader flatterte.

Dann war er nicht mehr spürbar.

Ich griff nach seinem Handgelenk.

Aber es war nicht mehr da, genauso wie sein Puls. Meine Hand griff *durch* sein Handgelenk hindurch.

Der Kugelschreiber rollte über den Fußboden.

Uchads Ruhe war dahin. »Du kannst nicht gehen …!« Sie griff nach Horace, aber auch ihre Hand fuhr durch seinen Arm, durch die Wand.

Am anderen Ende des Korridors kreischte der Chef des Restaurants auf. Uchad hielt nun mich fest, und es konnte keinen Zweifel geben, daß es schiere Panik war, die sich in ihrem zerklüfteten Gesicht abzeichnete.

»Häng dich ein!«

Dunkelheit umhüllte mich, dicht wie ein Leichentuch. Dunkelheit oder Licht, es wurde alles einerlei in dieser schrecklichen Einsamkeit, in dieser Einsamkeit, die langsam und kalt an meinem Rückgrat nach oben kroch, in dieser Einsamkeit, die so eisig war wie ein Schneesturm, einer lawinentiefen Einsamkeit, die alle unter sich begräbt, die sich auf die Piste zwischen den Sternen wagen. Es war die bittere Einsamkeit eines erloschenen Gesichts, über das ein Leichentuch gezogen wird.

Schönheit kann das Entsetzen beschwichtigen, doch dauert dies ein paar Augenblicke, nehme ich an. Ich stand auf einem Rasen, und über mir breitete sich die Milchstraße aus mit allen ihren Spiralarmen, ganz genau wie auf den Fotos in den astronomischen Zeitschriften. Trotz ihrer bewegungslosen Stille wurde mir bei ihrem Anblick schwindlig.

Eine kühle Brise flüsterte mir ins Ohr.

»Wo sind wir hier?« seufzte ich. Einer der Spiralarme lenkte meinen Blick zum Grasboden hinab, zu den schattigen Bäumen, zu den in sanftem Licht erstrahlenden Pavillons, die sich um einen Park gruppierten.

Uchad suchte mit den Augen die Entfernung ab. »Das ist der Ort, wo ich meiner Arbeit nachgehe«, antwortete sie. »Man könnte es ein Museum nennen.« Sie deutete in die Höhe. »Und das ist die Heimat. Meine *und* deine.«

»Wir sind …« Wenn es für diese Entfernungen keine zureichenden Worte mehr gab, erfaßte ich sie doch in dieser Einsamkeit, bei der mir noch immer das Blut gefror.

»Mehr als hunderttausend Lichtjahre weit gesprungen«, erklärte sie mir.

»Horace auch?«

Uchad wies auf eines der Gebäude in einiger Entfernung. »Ich denke, daß wir ihn dort finden werden.« Sie zog sich ihren Umhang eng um den Körper und ging zwischen den Bäumen entlang. Als sie bemerkte, daß ich noch zögerte, meinte sie: »Wir haben diesen Ort für uns allein. Wir sind hier ziemlich abgelegen.«

Ich ging an ihrer Seite, und der Tau einer anderen Welt durchnäßte mir die Schuhe. Ich fragte mich, wie es einem Sterbenden gelingen konnte, hunderttausend Lichtjahre weit zu kommen. Irgendeine Antwort lag hier in der Nachtluft, eine bedeutungsschwere Antwort. Es kam mir vor, als atmete ich die Bedeutung von Horaces hingekritzelten Gleichungen ein, die hier so wirklich schienen wie die Milliarden Sterne über mir.

»Horace?« rief ich, nur um eine Stimme zu hören. Ich roch ein Wunder in der Luft, rein und kühl, bei diesem Gang an den Gebäuden vorbei, die aus den Hainen und jasminduftenden Gärten zwischen den sternbeglänzten Ahornbäumen – ahornähnlichen Bäumen – hervorschimmerten. Eine Botschaft schwang in der Luft mit, und sie schien zu sagen, daß jeder von uns im Sterben die Freiheit findet, sich eigene Wunder zu schaffen.

Das verstand ich nicht ganz, denn ich bin keine Mystikerin, und das einzige Wunder, an das ich glaube, ist das Überleben. »Horace!« rief ich noch einmal.

Uchad durchbrach die stille Einsamkeit des Ortes. »Nicht nur die *Noiesni* haben hier ihre Denkmäler errichtet. Dieser Park ist zum Gedenken an Erstflüge. Oh, nicht an alle, nicht einmal an die meisten. Es gibt viele Wege, die Schwerkraft und die Lichtgeschwindigkeit in den Griff zu bekommen. Maschinen, Wurmlöcher. Das bewußte Bezwingen der Dimensionen selbst, was wir tun ...«

»Dimensionen und Bewußtsein?« fiel ich ihr ins Wort. »Ist es das, was Horace herausbekommen hat?«

»Er hat gemogelt. Aber ich bin beeindruckt, daß er so gut gemogelt hat.«

Wir waren am Ende des Parks angelangt, und ich stand vor dem baufälligsten der Pavillons. Er erinnerte mich an eine Konzerthalle, die ich einmal in Buenos Aires gesehen hatte. Dieser Abstecher damals war meine einzige längere Reise von zu Hause weg gewesen. Jetzt stand ich vor einem Gebäude, das unvorstellbar weiter entfernt war, aber jenem Gebäude damals in seiner Baufälligkeit unheimlich ähnlich sah. Die Steinstufen schienen unter meinen Sohlen zu wispern, als wir die Treppe hinaufstiegen. Jetzt sah ich auch die Risse in der Fassade.

Über mir hockten gemeißelte Wasserspeier mit ganzen Trauben von Augen statt der üblichen Augenpaare. Viel Parallaxe hier, dachte ich mir.

Wir gingen durch einen Torbogen und traten in ein weites Foyer. Die Luft war nicht feucht oder abgestanden, aber das anämisch-bleiche Licht kündete von einer langen und schweren Vergangenheit. Vor uns tat sich ein weiterer Eingang auf, vor dem Vorhänge hingen wie bei einer Theaterbühne.

Uchad ging hinüber und setzte sich auf eine Holzbank, die an den Enden der Armlehnen mit Scheusalen wie Wasserspeier verziert waren. Neben der Bank lag ein Stapel Zeitungen.

Zeitungen?

»Wessen Pavillon ist das hier?«

»Er gehört nun mir.« Uchad starrte auf die Zeitschriften hinab. »Ich habe ihn für mich beansprucht. Die Eigentümer sind verschwunden, noch bevor sie ihn ganz fertigstellen konnten. Sie gehörten einer Art an, die in ihrer Entwicklung rasch vorangeschritten ist. Wie wir *Noiesni* lernten sie es, das Raumgefüge zu gestalten. Anscheinend haben sie es auch gelernt, anderes zu gestalten. Sie haben sich weiterentwickelt zu … ja, wozu?« Uchad schaute auf und lächelte. Es sah so

26

menschlich aus, daß ich mich fragte, warum ich mich selbst dauernd an ihre Fremdartigkeit erinnern mußte. »Falls Sie sich darüber wundern, nein, wir *Noiesni* sind *nicht* die am weitesten fortgeschrittene Spezies im Universum. Ich fange gerade erst an, mir einen Begriff von diesem Ort hier zu bilden.«

Sie glitt zum anderen Ende der Bank und formte ihre Hand zur Faust, die sie vor die Vorhänge an dem Eingang hielt. Ein Lichtgewebe bildete sich in der Luft vor ihrer Faust. Es war schön und schwebte dort einfach auf der Stelle. Irgendwie erinnerte es mich an Horaces Gleichungen. Ich spürte in dem Lichtgewebe eine Bedeutung, die jedes Wort überstieg.

»Was hat das alles mit Horace zu tun?« Ich näherte mich den regenbogenfarbigen Lichtfäden.

»Ihr Menschen könnt genauso plötzlich wie sie verschwinden«, sagte sie. »Aber nicht deshalb, weil ihr in andere Wirklichkeiten übertretet, sondern weil …«

Die Art, wie sie das sagte – *ihr Menschen* –, gefiel mir nicht, deswegen unterbrach ich sie: »Weil wir uns selbst vernichten werden? Das ist es, was ihr *Noiesni* die ganze Zeit schon durchblicken laßt. Daß wir uns vielleicht …«

»Das werdet ihr ziemlich wahrscheinlich auch tun.«

Meine Frustration brach sich ganz von selbst Bahn: »Warum wollt ihr uns dann nicht …«

»Helfen?« warf sie mit loderndem Blick ein. Jetzt flüsterte sie es noch einmal so hoffnungslos, wie ich es täte, wenn man mich um zwei oder drei Uhr früh wecken würde: »*Helfen?* Und womit sollen wir deiner Meinung nach *zuerst* anfangen?« Sie legte mir ihre zitternde Hand auf den Unterarm. Die Verärgerung, die sich in dieser Geste übertrug, fühlte sich wie meine eigene an. »Wie sollten wir das angehen, *alles* für euch in Ordnung zu bringen, ohne daß ihr am Ende gar nicht mehr *ihr selbst* seid? Ihr lebt in der besten aller möglichen Welten. Eure Probleme liegen allesamt in

27

euch selbst. Wenn wir aber in eurer Seele herumpfuschen würden – sofern wir das könnten –, wäre das so, als versklavten wir euch, vielleicht sogar noch schlimmer.«

Eine andere Stimme erklang vom Eingang her: »Marilyn, du mußt dir anschauen, *was* sie tut.«

Ich wandte mich gerade so rechtzeitig um, daß ich Horaces Geste noch sehen konnte: Mit geöffneten Händen wies er auf Uchad, und daraus sprach viel Achtung, aber auch Resignation. Er kam auf unsicheren Beinen näher. »Schau dir diese Zeitungen an.«

Sein Gesichtsausdruck, der eine fast erschreckende Intensität ausstrahlte, hielt mich davon ab, auf ihn zuzugehen. Meine Knie knackten, als ich mich auf der Bank niederließ. Folgsam nahm ich die Zeitungen und legte sie mir auf den Schoß. Sie waren so neu, daß man noch die Druckfarbe roch.

Die *New York Times.* Vom 9. April 1961. Eine Überschrift verkündete, daß ein *ERNÄHRUNGSPLAN FÜR 11 MILLIARDEN ... McGovern schlägt Fünfjahresprogramm zur Nahrungsmittel- und Bekleidungsversorgung Bedürftiger vor.*

Damals war ich ein ganz kleines Mädchen gewesen. Das waren tatsächlich schon sehr alte Nachrichten. Irgendwann später dann hatten wir aufgehört, davon zu träumen, die Hungernden der Welt füttern zu können.

11. April, ein paar Tage später: *PROZESS GEGEN EICHMANN ERÖFFNET.* Diese Schlagzeile rief mir in Erinnerung, daß man nicht nur die Körper der Menschen mit Nahrung versehen mußte. Es gab auch die Seele, und die wenigen gequälten Seelen würden die Mehrheit verzehren, bis auch ihr Hunger gestillt wäre. Vielleicht hatte Uchad wirklich recht, vielleicht reichte unser Elend viel zu tief, als daß man es von außen her auflösen konnte. Ließ es sich überhaupt bewältigen?

Am 12. April die Balkenüberschrift: *BEMANNTE ERD-UMKREISUNG DER SOWJETS GEGLÜCKT; RAUM-*

HELD BERICHTET: »MIR GEHT ES GUT«; BOTSCHAFT AUS DER UMLAUFBAHN. Die Ehrfurcht, die aus den Schlagzeilen dieser Abendausgabe einer Stadtzeitung sprach, war unverkennbar.

Ich legte die Zeitungen wieder auf den Boden.

Horace stand neben mir und starrte auf die Zeitungen. »Die *Noiesni* reisen schneller als das Licht«, murmelte er. »Sie reisen schneller als alles andere. Wenn sie weit genug von der Erde entfernt anhalten und zurückschauen, können sie Gagarins Raumflug beobachten. Wenn sie näher herangehen, können sie einen Flugzeugabsturz sieben Jahre später beobachten. Oder sie gehen weiter weg und beobachten dann einen kleinen Jungen, wie er im Winter vor dem deutschen Einmarsch Ski läuft. Die *Vergangenheit* bis ins kleinste Detail, und Uchad hat alles hierher gebracht.«

Ohne Vorwarnung ging er um das in der Luft schwebende Lichtgewebe herum, schob die Vorhänge vor dem Durchgang beiseite und ging hindurch.

Uchad sprang auf.

Ich beugte mich hinüber. Meine Rückenwirbel krachten, als ich nach ihrem Ellbogen griff. »Was geht hier vor?«

»Er hat es schon gesagt … Ich halte eure *menschliche* Vergangenheit fest, gegen die Zeit, an die ihr euch selbst klammern werdet.« Sie warf einen raschen Blick auf die Vorhänge. »Er ist sehr weit gekommen. Es hat keinen Sinn, ihn jetzt noch aufzuhalten. Kommen Sie mit uns?« Sie watschelte hinein.

Diese Vergangenheit saß mir schon im Nacken, und mir lief ein kalter Schauer den Rücken hinab. Doch bin ich nicht so leicht in Furcht zu versetzen. Ich ging an den schwebenden Lichtfäden vorbei, um den beiden zu folgen …

… und ich blinzelte gegen das Sonnenlicht an, das mir das Gesicht wärmte. Eine frische Brise strich mir über die Wangen. Weit entfernt zu meiner Linken schien das Gras zwischen Inseln von Schnee zu tanzen. Rechts von mir breitete sich eine gewaltige Betonpiste aus. Auf dieser reckte sich eine Rakete in die Höhe, eingeschmiegt in das grüne Startgerüst. Sie glänzte wie ein ferner schöner Traum. Unterhalb der Rakete trotteten uniformierte Männer hin und her. Andere Gestalten, Frauen und Männer in Schutzanzügen, bewegten sich dagegen mit zielgerichteter Eile. Keiner von ihnen schenkte uns auch nur die geringste Beachtung.

»Wo ...?«

»Tjuratam«, flüsterte Horace, der sich jetzt direkt vor uns regte. »Kasachstan 1961. Dort drüben.« Er schien seine ganze Kraft zusammenzunehmen, um sich fest auf den Beinen zu halten, und deutete in eine bestimmte Richtung.

Dort parkten ein paar Oldtimer und einige Geländefahrzeuge, und bei ihnen waren einige Männer in dunklen Anzügen und Reporter mit ihren eckigen Kameras versammelt. In ihrer Mitte stand ein Mann im orangefarbenen Raumanzug. Seinen Helm hielt er im Arm.

Gagarin. Ich erkannte ihn von dem Bild aus Horaces Zimmer und von jenem, das er im Restaurant herausgezogen hatte. Der Kosmonaut wirkte ganz klein ... kleiner noch als die Männer, die ihn umstanden.

Ich hatte bis jetzt unwillkürlich den Atem angehalten. Jetzt ließ ich wieder Luft in die Lungen strömen. »Eine Zeitreise?« fragte ich laut mich selbst.

Uchad schüttelte verneinend den Kopf. Horace nahm mich gar nicht zur Kenntnis und deutete erneut hinüber: »Da drüben!« Sein Arm zitterte, so aufgeregt war er. »Der alte Bursche mit Mantel und Hut. Das ist Koroljev. Er hat die ganze Sache erdacht, das ganze Raumfahrtprogramm. Einen großen Teil hat er sich in einem Arbeitslager erarbeitet, und er hat dabei ständig Nierenschmerzen gehabt.«

»Keine Zeitreise«, flüsterte Uchad mir zu, »aber auf gewisse Weise auch etwas Wirkliches. Ein Augenblick, der in sein eigenes Raum-Zeit-Gefüge eingeschlossen wurde, unwirklich nur insofern, als der Eintritt in dieses Gefüge verboten ist. Wenn man getrennte Wirklichkeiten vermischt« – es hörte sich jetzt wie eine Warnung an –, »werden die Gleichungen zu kompliziert und lassen sich kaum wieder trennen.«

Noch mehr Gerede von Gleichungen. Aber ich konnte sie wirklich fast mit Händen greifen. Sie schienen in der frischen Luft enthalten zu sein und mich über meine Lungen mit einem Gefühl der Erregung anzustecken. Die Brise trug auch Gagarins Wort mit sich. Jene Gleichungen, die diesen Ort so wirklich machten, bewirkten, daß ich mit dem Klang auch den Sinn seiner Worte vernahm.

»Ihr guten Freunde, ihr alle, die ich kenne, und ihr, die ich nie getroffen habe, Bauern und Werktätige aller Länder und Erdteile! In wenigen Minuten wird mich eine mächtige Rakete in die gewaltigen Weiten des Weltalls tragen ...« Er spielte mit seinem Raumhelm und blickte dabei zu Boden, als wolle er sich sammeln. *»Und was will ich euch allen in diesen letzten Augenblicken vor dem Start sagen?«*

Die russischen Worte klangen so leicht und sanft wie der Sand, der durch ein Stundenglas rinnt: *»Vsja maja zhizn' ...«* Und die Gleichungen, warm in meiner Brust, eiskalt auf meinem Rücken, verrieten mir ihre Bedeutung: *»Mein ganzes Leben ... mein ganzes Leben erscheint mir nun wie ein schöner Augenblick. Mein ganzes Leben und Schaffen bis zu diesem Augenblick habe ich nur gelebt und geschaffen für diesen einen Augenblick ...«*

Horace spuckte aus und ging weiter auf die Gruppe zu. Seine Spucke war blutig.

»Vorsicht!« rief Uchad.

Der leichte Wind leckte mir übers Gesicht. Horace hörte nicht auf Uchad und sammelte seine Kräfte. Er hielt auf Gagarin zu.

Uchad fing an zu laufen. Dann hielt sie an, und ihr knorriges Gesicht war verzerrt angesichts der Gefahr, in die Falle ihrer eigenen Schöpfung zu geraten.

Ich wich bereits langsam nach hinten zurück.

Sie rief ihm hinterher: »Du weißt, daß es nicht ganz wirklich ist ...«

Horace wandte sich um und brüllte zurück: »Wirklich genug!« Er schaute über die Schulter zurück und folgte mit den Augen den Konturen der Rakete. »Gleichungen?« fragte er mit rauher Stimme. »Bedeutungen ... Bedeutungen, die mich über mich selbst erheben ...« Und er rannte weiter.

Ich wich weiter zurück bis zu der Wand, hörte Gagarins Rede leiser werden, sah Horace auf die Menschenansammlung zu fliehen und schob jetzt den schweren Vorhang vor dem Eingang zur Seite. Mit einer Hand hielt ich den Vorhang auf, die andere hielt ich ausgestreckt über die Lichtschnüre.

»Uchad!« schrie ich.

Sie drehte sich gerade so weit um, daß sie sehen konnte, wo ich stand. Sie nickte.

Und Horace rannte noch immer, er hämmerte den Rest seines Lebens mit den Sohlen in die Betonpiste des Raketenareals. Er hob die Hand, winkte, schrie und brüllte.

Gagarin wandte sich um.

Und ich hieb mit der Faust auf das Lichtgewebe. Ich zerriß die wahre und erfundene Wirklichkeit. Alles, Wahrheit und Erfindung, befand sich in mir selbst. Einen Augenblick lang kannte ich die Verwegenheit der Helden, die Furcht und den Hunger des Knaben, der nur aufwuchs, um nach den Sternen zu greifen, seine Freude darüber, daß er der erste war, der diese große und gefährliche Sache begann.

Ich zerriß die regenbogenfarbigen Lichtfäden, weil dies die einzige Möglichkeit war, wie ich Horace in *unserer* Welt halten konnte, in der Welt, in der *wir* leben.

Ob er starb oder nicht, er gehörte in diese Welt, in unsere Welt, bis zu seinem Tod ...

Ich hörte einen bitteren Klageruf und schaute wieder hinein.

Horace lag wie ein Bündel auf dem nackten, leeren Boden. Über ihm strömte das sanfte Licht der Milchstraße durch die durchsichtige Kuppel herein. Die Kuppel hatte dieselben Ausmaße wie die Halle davor. Uchad stand wie erstarrt.

Und Jurij Gagarin kniete neben Horace.

Einem Reflex als Krankenschwester gehorchend, trat ich in die Kuppel. Horace rang nach Luft. Ich ging schneller, aber es war ein weiter Weg, den ich unter all den Sternen zurückzulegen hatte. Als ich näher kam, würgte und krampfte sein gebrechlicher Körper. Diese Luft ... Wenn ich die Augen schloß, konnte ich noch immer Tjuratam auf meinem Gesicht spüren.

Als ich die Augen wieder öffnete, hatte sich Gagarin auf den Boden gesetzt, um den Kopf eines Sterbenden zu halten. Sie hätten Brüder sein können. Horace hoch aufgeschossen und jünger; Gagarin stämmiger, der Ansatz seines kurzen Haares wich schon etwas nach hinten. In den Augen des Kosmonauten lag keine Furcht, nur eine Verwirrung, die er jedoch schnell zügelte. Diese Augen trafen nun Uchads Augen. Er schien zu begreifen, wo er hier war.

Ich legte Horace die Hand auf die Stirn. Heiß. Ich brauchte nicht nach seiner Halsschlagader zu tasten, da ich das Flattern seines Pulses an der Schläfe spürte. Kaputte Lungen, defektes Immunsystem, er war am Ersticken.

Ich griff unter ihn und verlagerte sein Gewicht auf mich, weil ich ihn noch immer für das Leben beanspruchen wollte.

Gagarin leistete mir Widerstand. Ich trat zurück.

Er legte den Arm um Horace. »Wohin gehen sie«, fragte er leise, »die Seelen der Toten?« Ob er nun eng-

lisch sprach oder russisch oder ob es die pure Bedeutung der Gleichungen dieses Pavillons war, wußte
ich nicht. Aber er sprach mit einer freundlichen Tenor-
stimme.

»Das wissen wir nicht«, antwortete ihm Uchad.

»Nicht einmal die *Noiesni?*« Gagarin grinste, als
Uchad sich versteifte.

»Ja, ich *kenne* euch«, murmelte er. »Und ich kenne
auch die, die das hier erbaut haben ... aber ich bin mir
nicht sicher, ob man über sie überhaupt in irgendeiner
Weise sprechen kann.« Er zog vielsagend die vernarbte
Augenbraue hoch, dann seufzte er und wandte seine
Aufmerksamkeit wieder Horace zu. Sein Grinsen verschwand.

Uchad schüttelte den Kopf. Sie schlüpfte aus ihrem
Umhang und breitete ihn auf dem Boden aus. Zum ersten Mal sah ich ihre Kleidung darunter, fahlrosa und
von fast bäuerlicher Einfachheit. Auch Gagarin bemerkte das, als sie ihm half, Horace auf den Umhang
zu betten. Ihre Handgelenke sahen zwar sehr zerbrechlich aus, aber über ihren Arm zogen sich straffe Mus-
kelstränge.

»Er stirbt«, sagte Gagarin. »Schweres Geschäft. Ich bin
auch einmal gestorben. Ihr hattet es nicht vorgesehen,
daß ich mich daran erinnere, nicht wahr?« Wieder blickte
er Uchad an. Diese zusammengekniffenen Augen ... er
hätte genausogut irgendein Mann von der Straße aus
Spokane sein können, wären seine Augen nicht so tief-
gründig geworden von der Erfahrung des eigenen Todes,
unter der Last der Vergangenheit. »Ich erinnere mich
daran.« Er nahm Horaces Kopf in den Schoß.

»Er hat nach Ihnen gesucht«, wisperte Uchad.

»Er hat mich fast nicht mehr rechtzeitig gefunden.
Ich dürfte eigentlich nicht so schwer zu finden sein.« Er
lächelte, als er Horace das Haar aus der Stirn strich und
sich dann die Hand an dem schweren orangefarbenen
Stoff seines Raumanzugs abwischte.

»Er hat Sie nie gekannt«, erklärte Uchad, »aber er hat sich an Sie erinnert.«

Gagarin schaute durch die Kuppel nach oben; mit offenem Mund betrachtete er die Milchstraße, die ruhig hoch über uns lag. »Wir sind so weit weg«, flüsterte er, »weit weg von den Kohlegruben, den Staudämmen, den Stahlwerken und den anderen, die sich an mich erinnerten, ohne mich zu kennen.« Er blickte wieder auf Horace und verhielt sich ganz still, wie ein Kind vor einem verletzten Tier.

Horace regte sich. Er stöhnte und wälzte sich auf die Seite.

Gagarin faßte ihn an der Schulter und stützte ihn. Horaces bleiche Haut und sein struppiges Haar hoben sich fahl vom hellen Orange des Raumanzugs ab.

Er öffnete die Augen. Sie waren voller Erleichterung, so voll, daß daneben kein Platz mehr für Ehrfurcht oder Liebe blieb. Seine heftiger schneller Atem durchmaß die Stille.

Gagarin beugte sich über ihn und erzählte ihm mit der festen Stimme eines Bruders oder Freunds: »Ich habe einmal die Sterne rund um unseren Planeten gehütet. Allein habe ich die Erde und das Weltall betrachtet, wie es noch nie jemand vor mir gesehen hatte. Und es war kein kleiner Anteil an diesem Wunder, daß ich wußte, wie sehr ich die Menschen und die Welt liebte, die mich mit der Rakete hochgeschickt hatten. Nichts konnte jemals diese Liebe von jenem Wunder abtrennen.« Seine Wange streifte Horace am Ohr. »Indem wir zu Helden werden, müssen wir zu lieben beginnen, weil die Welt so allein und einsam ist wie wir selbst. Völker, Zivilisationen, Galaxien ... alles das ist ganz gleichgültig, weil wir in der Dunkelheit ganz allein sind. Ich habe es gesehen, und ich wußte es von jenem Tag an, daß Helden nur am Maß ihrer Liebe gemessen werden. Ich habe an jenem Tag, als ich losflog, vieles gehofft. Daß du kommst, um mich zu suchen, war eine meiner Hoffnungen. Siehst du? In gewisser Weise erinnere auch ich mich an dich.«

Die krampfhaften, abgerissenen Atemzüge versiegten.

Gagarin seufzte. Sein Brustkorb sackte zusammen, dann hob er sich wieder, mit der Unzufriedenheit aller Lebendigen.

Ich versuchte mich in die Sterne über mir zu verlieren, wandte mich ab. Der Tod blieb immer Sieger. Sogar hier.

Da wurde meine Hand von einer anderen ergriffen, einer Männerhand, etwas rauh und warm, warm wie ein Frühlingstag. »Auch an dich erinnere ich mich.«

Müde, sehr müde, schüttelte ich den Kopf. »Nein.«

»Doch«, sagte er. »Du bist die, welche immer versucht, die Welt zu retten, sie etwas besser zu machen. Und ich versichere dir, es ist leichter, im Raumschiff um die Welt zu kreisen, als sie zu verändern. Du bist sehr tapfer.«

Ich schloß die Augen bei diesem Lob. Kein Lob kann einen undurchführbaren Job auch nur im geringsten erleichtern.

»Aber ich erinnere mich *wirklich* an dich«, wiederholte er leise. »Du bist die Stille, Zurückhaltende, die immer noch etwas zu teilen hatte, als ich jung war und die Lage verzweifelt schien. Und als es wirklich nichts mehr zu teilen gab, hattest du irgendeinen dringenden kleinen Auftrag für mich und die anderen Kinder, der uns den Hunger fast vergessen ließ.« Seine Worte hielten sich warm und lebhaft in meinem Ohr. »Du warst jene, die niemals fragte, ob es gut oder ratsam sei, weiter am Leben festzuhalten. Du sahst einfach nur seine Notwendigkeit, und dabei hast du's belassen.«

Er drückte mir etwas in die Hand. Ich schaute es an. Kleine grüne Blätter. Ich roch ihren Duft, sie rochen wie die erwachende Erde.

»Sauerampfer«, erklärte er. »Während des Krieges

und auch danach litt ich im Winter Hunger. Im Frühjahr habe ich immer die Wälder nach Sauerampfer abgesucht und ihn dann gegessen. Er hat zwar nie gegen den Hunger geholfen, aber er schmeckte so gut.«

Der Sauerampfer verschwand von meiner Hand. Nichts blieb davon zurück als sein Duft, seine Süße in meinem eigenen hungrigen Leben.

»Horace?« rief ich und blickte zu seinem Körper hin.

Gagarin trat zu Uchad, die bewegungslos dastand und mit den Armen den Körper umschlungen hielt. »Kann er bleiben?« fragte er sie.

»Er gehört nicht hierher.« Uchads Hilflosigkeit verlieh ihrer Stimme eine gewisse Schärfe.

Gagarin wies mit dem Kinn kurz zur Milchstraße hoch. »Er gehört nicht *hierher*? Bist du dir sicher? Du hast diesen Ort nur gepachtet, und es gibt Dinge, die keiner von uns versteht. Laß ihn hier. Welchen Schaden sollte das anrichten?«

Uchad verharrte lange bewegungslos, dann wandte sie sich um und ging auf die Vorhänge zu. Dabei nickte sie kurz.

Ich wollte ihr folgen. Doch dann ... hielt ich an. Welche der vielen Gleichungen an diesem Ort würde es mir wohl erlauben, mich zu verabschieden?

»Jurij?«

Er schaute auf.

»Es stört dich nicht, daß er schwul ist, nicht wahr?«

Seine Mundwinkel zuckten. »Mich stört es nicht einmal, daß er ein Amerikaner ist.«

Sie sahen beide sehr klein hier aus, fast verloren. »Danke, Jurij.« Ich eilte davon. Als ich durch die Vorhänge geschlüpft war, stand ich neben Uchad und starrte auf Lichtgewebe.

Sie tat so, als sähe sie mich nicht, und ließ den Finger über einen der Lichtfäden gleiten. Das reichte aus, um ihn wieder zusammenzufügen. Dann führte sie ihren Finger von diesem Faden aus zu einem andern, dann zu einem weiteren. Ihr Gesicht war vor Sorge zerfurcht. »Ich glaube, ich stecke bis über den Hals fest.«

Ich strich ihr das schöne schwarze Haar aus dem Gesicht, aus keinem bestimmten Grund, vielleicht um ihr meine Freundschaft anzubieten. »Du hast gesagt, daß du nicht weißt, wohin die Erbauer dieses Ortes gegangen sind.«

Uchad verflocht einen grünen Lichtfaden mit einem blauen und zog einen goldenen dazwischen. Nach einer Minute sagte sie: »Vielleicht sind Horace und der Kosmonaut auch dorthin gegangen. Oder wenigstens ein Stück in diese Richtung. Ich weiß es nicht.«

Ich erkannte, daß sie es wirklich nicht wußte, und ich war froh darüber. Dadurch wurde sie mir ähnlicher.

Ein Zug von frischer Frühlingsluft drang aus den Vorhängen hervor. Ich zog sie beiseite und sah in einiger Entfernung Jurij bei seiner Rakete stehen, wo er gerade seine Rede beendete:

»*Dorogie druz'ja, do svidanija* ... Meine lieben Freunde, auf ein Wiedersehen, wie wir uns vor einem langen Flug zuzurufen pflegen ... Wenn ich euch nur alle zum Abschied umarmen könnte, euch alle, die ich kenne, und die, die ich nie getroffen habe, euch, die ihr weit weg seid, und euch in der Nähe. Auf bald!«

Er trat von den Journalisten weg, stülpte sich den Raumhelm über den Kopf und beeilte sich, an Bord seiner Raumkapsel zu gelangen.

Horace konnte ich nirgends entdecken.

Wenn es aber in dieser Welt, in dieser Geschichte keinen Platz für ihn gab, wo dann? In einer anderen Sphäre? Oder war er nach allem endgültig tot?

Alles klatschte in die Hände und brach in Hochrufe aus. Jener alte Mann in seinem schwarzen Mantel, Koroljev, schob sich zwischen den Technikern durch, die Gagarins Raumanzug überprüften. Er packte Jurij an den Schultern und küßte ihn brüsk zum Abschied.

Jurij nahm ihn in die Arme und küßte ihn seinerseits,

dann stieg er zur Fußplattform des Startgerüsts hinauf. Bevor er den Aufzug betrat, winkte er und rief laut: »*Pojechali!*«

Los geht's! verriet mir der Wind. Der Ruf war erfüllt vom Vertrauen eines Menschen, der sein Raumschiff liebte. Dieser Ruf rührte aus einer jahrhundertealten, wenn nicht gar jahrtausendealten Vergangenheit her, wo er aus der Liebe zum Reitpferd und zum weiten Land geboren worden war. Feurig und temperamentvoll erwachte Jurijs Rakete zum Leben.

Der müde alte Mann, Koroljev, wandte sich ab.

Aber ich entdeckte einen Glanz in seinen Augen. Einen sehr vertrauten Glanz, ein wenig verrucht oder frech. Sie glänzten verschwommen wie Glasmurmeln im Wasser.

Er winkte mir zu. Und als er lächelte, sah seine fette, müde Gestalt aus, als könnte sie sich mit der Mühelosigkeit eines Engels in die Lüfte davonschwingen.

Als ich die Hand hob, um ihm zurückzuwinken, fiel der Vorhang zu.

Uchad formte die Hand über dem Lichtgewebe zur Faust. Es verschwand.

Die Zeitungen aber lagen noch hier. ... *RAUMHELD BERICHTET* ...

Die Stille wurde drückend, bis sie schließlich sagte: »Ich müßte dich jetzt eigentlich nach Hause schicken. Ich war nicht bei Sinnen, tut mir leid.«

»Schicken?« Es war meine Stimme, aber sie hörte sich fremd an. Die Luft verlor nur zögernd ihre Verzauberung. »Du kommst nicht mit?«

»Später. Du verstehst das, ich weiß es. Ich will nur sicherstellen, daß hier wirklich alles in Ordnung ist. Ich weiß, daß es das ist, aber ...«

Ein Riß hatte sich aufgetan zwischen Schöpfer und Schöpfung. Dieser Riß aber war mit Wundern angefüllt.

»Werde ich dich wiedersehen?« fragte ich sie verlegen. Ich bin es nicht gewohnt, freundschaftliche Gefühle einzugestehen. Wenn man den Tod als persönlichen Feind bekämpft, bleibt nicht viel Zeit für Freunde. Ich habe viel zu tun. Aber ich wußte jetzt, daß Uchad an meiner Seite kämpfte.

»Ich werde in ein paar Tagen vorbeischauen.« Sie lächelte.

Ich gönnte es mir, die ganze Schönheit dieses Lächelns wahrzunehmen. Sie hielt mir die Hand noch immer zum Abschiedsgruß entgegen. Ich faßte sie mit beiden Händen. »Leb wohl.«

Es war meine Stimme.

Und auch die von Uchad: »Leb …«

Wieder spürte ich die Einsamkeit des Weltraums in mir. In dieser Dunkelheit – als wäre die Ewigkeit für einen Wimpernschlag ausgehöhlt – zitterte ich vor Kälte und Müdigkeit.

Durch ein schmales Kellerfenster fiel das Licht der Straßenbeleuchtung herein.

Bücher, Papier, Bettzeug. Ein *abgelaufenes* Leben … abgelaufen wenigstens hier, auf *dieser* Welt. Schon jetzt wurde ich von massiven Zweifeln bedrängt. Aber hatte ich nicht selbst eine ganz andere Welt gesehen, sie sogar berührt?

Es fällt so schwer, so schwer, einfach zu *glauben*. Der sorgengeplagte Teil meines Hirns machte sich weiter Sorgen: Horace war auf die Liste der vermißten Personen zu setzen. Ein Abendessen in einem Restaurant mußte noch bezahlt werden. Ich war mir nicht sicher, ob ich es wiederfinden würde, auch wenn es nur auf der anderen Seite der Stadt und nicht auf der anderen Seite der Milchstraße lag. Vielleicht konnte mir Uchad helfen, Uchad, die jetzt gerade etwa hunderttausend Lichtjahre weit weg war.

Oder war es nur ein Schritt?

Hier in diesem dunklen Zimmer war ich mir nur einer Sache sicher – daß ein Leben von fünfundzwanzig

Jahren zu kurz war, daß sich die Schönheit und Bitternis eines solchen Lebens kaum die Balance hielten.

Da glänzte etwas. Das Bild von Gagarin. Es war hier nicht hell genug, als daß man es wirklich hätte erkennen können, es war nur das Glas, das schimmerte. Ich nahm es mit, als ich das Zimmer verließ. Das Bild war Horace wichtiger als alles andere gewesen. In all den Jahren habe ich um viele Leben gekämpft und gewöhnlich verloren. Und dieses Bild fühlte sich an, als ob ich ein Leben in der Hand hielte, eine Hand wärmte oder eine Schulter stützte. Ich wollte das Bild hüten bis zu dem Tag, an dem Horace es sich zurückholen oder es brauchen würde.

Der lange Korridor war dämmrig. Die Treppen hallten laut wider. Ich verließ das Gebäude, und die Nacht war sehr still, die Luft wie kurz vor dem Morgengrauen feucht und so kalt, daß man bis auf die Knochen fror. Ja, auch hier auf der Erde war eine Nacht vorübergegangen. Eine schlaflose Nacht für mich. Aber so fett, alt und müde ich auch war, war dies nicht die erste Nacht, die ich ohne Schlaf hinter mich gebracht hatte.

Die Straßen waren menschenleer. Ich schloß mein Auto auf, stieg ein und legte das Bild sorgsam auf den Beifahrersitz neben mich. Dann griff ich nach hinten, holte den alten Pullover nach vorn und wickelte das Bild darin ein. Ich ließ den Motor an, und während der Wagen warmlief, ließ ich die Hände auf dem Lenkrad liegen. Ich liebte mein Auto.

In einem plötzlichen Entschluß kurbelte ich das Fenster herunter und starrte in den Himmel. Einige verstreute Sterne behaupteten sich gegen das Licht der Stadt. Vor mir lag wieder ein Tag, an dem ich versuchen würde, die Körper der Kranken zu heilen. Wenn nur die Sterne die Seelen heilen könnten! Meine Augen brannten, und als ich sie rieb, roch ich den Sauerampfer an meiner Hand.

41

Ich löste die Handbremse und legte den ersten Gang ein. Ich suchte nach einem Wort, nach einer Gleichung, die so prall nach Leben klang, wie das Morgengrauen schon nahe war.

Es fiel mir wieder ein. »*Pojechali!*« rief ich laut. Los geht's.

Originaltitel: ›Poyekhali‹ • Aus: ›Asimov's Science Fiction‹, September 1997 • Copyright © 1997 by Dell Magazines. Division of BantamDoubledayDell • Übersetzung aus dem amerikanischen Englisch von Ulrich Fröschle

---

Robert Reed

DER TRAUMVERKÄUFER

Patch-Pu war der ideale Verkäufer: Ein Schimpansen-chassis mit synthetischen Genen, menschlicher Sozialisierung und einem Verstand, der durch ein gewöhnliches anorganisches Gehirn unterstützt wurde. Aber schließlich wurden auf Luna auch die besten Verkäufer gezüchtet. Arbeiten mußte Patch-Pu in einem wenig einträglichen Traumsalon, der in einem Gebiet irgendwo unter dem Meer der Stürme lag. Er war ein zuverlässiger, genügsamer Angestellter, der sich aktiv bemühte, seine körperliche und geistige Gesundheit zu erhalten. Zu wissen, wo er in zehn Minuten und in zehn Wochen sein würde, gab ihm Kraft; gelegentliche Spinnereien von einer Veränderung blieben Phantasien, wunderschön, aber ohne Belang. Und sie waren erträglich.

In zehn Minuten würde er zum Mittagessen aufbrechen.

Der mittägliche Ansturm von Kunden war vorbei, die Leute hatten kleine Träume für ihren Mittagsschlaf gekauft. Der Manager des Salons – ein Computer, der sich einbildete, er besäße eine künstliche Intelligenz – beobachtete den Fußgängerstrom, algorithmisch Dinge berechnend, die der Verkäufer intuitiv wußte. Patch-Pu hatte sich eine Ruhepause und eine Mahlzeit verdient. Beim bloßen Gedanken ans Essen knurrte ihm der Magen. Während er sich die lange Hand auf den Bauch legte, ging er lächelnd durch die Tür.

43

Der Salon lag an der Biegung eines schmalen Tunnels, zwischen einer Versicherungsagentur und einem Getränkeladen. Von seinem Platz hinter der Theke konnte Patch-Pu ein Stück weit in den Tunnel hineinschauen. Nur eine Frau spazierte darin entlang. Eine Menschenfrau. Sie trug ein schlichtes Kleid und ging barfuß. Kein Anblick, der verblüffte, der aber beachtenswert war. Ungefähr alle zwei Wochen kamen Menschen am Salon vorbei, doch meistens handelte es sich um Jugendliche, kleine Gruppen neugieriger Kids. Diese Frau war jedoch erwachsen und allein, und das fand Patch-Pu merkwürdig.

Er wußte, daß man sie als schön bezeichnet hätte. Aber die Menschen besaßen einen eigenwilligen Geschmack. Er ertappte sich dabei, wie er sie angaffte – das flammendrote Haar, die feinen Züge, die riesengroßen Augen. Dann bemerkte sie ihn und starrte zurück; ihre Pupillen waren noch röter als ihr Haar.

Patch-Pu blinzelte und wandte den Blick ab.

Abermals knurrte ihm der Magen und gab beharrlich hohle Geräusche von sich.

»Meine Güte«, flüsterte der Manager, als die Frau den Salon betrat und an der steinernen Theke vorbeiging; ihre Schritte hörte man kaum auf dem polierten Boden. Vor den unterschiedlich großen Tafeln, die Neuheiten und Populäres zeigten, blieb sie stehen. Abenteuerliche Träume – romantische Träume – zehn Nächte dauernde Epen – köstliche Zwei-Minuten-Episoden.

Sie hob die weiße Hand und berührte eine der Tafeln. Umständlich studierte sie die Instruktionen, die ein geübter Kunde auswendig wußte; es war, als würde man einen Erwachsenen beim Herumhantieren mit einem Kinderspielzeug beobachten. Dann hörte sie auf zu lesen und stieß einen Seufzer aus. Sie ließ die Hand wieder sinken, wandte sich zur Theke, lächelte und fragte mit verlegener, müder Stimme: »Wie groß ist Ihre Speicherkapazität?«

Sie meinte die Datenbank des Salons, und Patch-Pu antwortete ihr. Dann erkundigte er sich: »Kann ich Ihnen behilflich sein?«

Sie schien die Frage nicht zu hören. Das Lächeln verhärtete sich zu einem verkniffenen, höhnischen Grinsen und erlosch; danach war ihre Miene völlig ausdruckslos. Sie seufzte erneut und berührte die Tafel. Der Verkäufer fand, daß sie erschöpft aussah, so unwahrscheinlich dies auch sein mochte. Sie wählte eine Kategorie und dann einen bestimmten Traum. Um welchen es sich handelte, konnte Patch-Pu nicht erkennen. Bunte Farben; Bewegungen; dann schob sich eine Trennwand vor. Wofür konnte sich ein Mensch schon interessieren? Mittlerweile schliefen und träumten sie nicht mehr, da ihr Leben zu ausgefüllt war, um von so bescheidenen Freuden unterbrochen zu werden ... Das hatte er mindestens tausendmal gehört.

»Geh jetzt essen«, sagte der Manager.

Es war noch zu früh. Ein paar Minuten zu früh. Patch-Pu sah sich im Salon um. Die Gänge waren leer, die letzten Kunden waren verschwunden. Nicht aus Respekt vor der Menschenfrau und ganz gewiß nicht aus Furcht. Wahrscheinlich hatten sie sich verdrückt, weil ihre Anwesenheit einfach zu sonderbar war. Und solange sie blieb, würde vermutlich keiner auch nur einen kurzen Traum für ein Nickerchen kaufen.

»Aber komm bald zurück«, setzte der Manager hinzu. Er war nicht gern allein im Laden, wenn Kundschaft da war und beraten werden wollte. »Ich habe ausgerechnet, daß der große Ansturm heute nachmittag kommt.«

Patch-Pu kam hinter der Theke hervor. Die Frau blickte flüchtig über die Schulter; auf ihrem Gesicht lag ein eigentümlicher Ausdruck, komplex und vielschichtig. Er sah, daß sie eine Hand zwischen die Displays gelegt hatte, ihre Handfläche berührte die kristallweiße Wand. Dann atmete er tief ein und hielt die Luft an, bis er in den Tunnel einbog. Die Frau ging ihm nicht aus dem Kopf. Wieso war sie hier? Ein Wesen, das ihm intelligenzmäßig weit überlegen war … Was konnte sie wollen? Und wieso machte sie den Eindruck, als leide sie Schmerzen?

Nach rechts zweigte ein größerer, besser ausgestatteter Tunnel ab, durch den man an einen breiten Schacht mit Aufzügen und zu Leitern getrimmten Ranken gelangte. Konzentriertes Sonnenlicht flutete in den Schacht, brannte ihm heiß auf den Pelz und versetzte die Ranken in ein grünes Leuchten.

Über dem Tunnel befanden sich vierzig Stockwerke mit winzigen Apartments, danach kam die Oberfläche des Mondes: Vakuum und harte Strahlung, sonst nichts. Drei Etagen darunter gab es ein Einkaufszentrum mit Restaurants und Ruheräumen; die Tische standen inmitten mickriger Sukkulenten.

Es war einfach, hinunterzuklettern, für Patch-Pu eine fast automatische Übung. Er kaufte sich wie üblich eine Schale Obst und einen Teller Synthetikfleisch; es haftete an Plastikknochen, und eine stilisierte Kunststoffskulptur sollte den Schädel einer Jungantilope darstellen. Er setzte sich zu den anderen Verkäufern an den langen Mitteltisch und machte Konversation mit ihnen, wie man es von ihm verlangte.

Keiner sprach von der Menschenfrau. Seine Kollegen arbeiteten in den anderen Tunneln, die in alle Richtungen abzweigten. Er überlegte, ob er die Frau erwähnen sollte, zögerte jedoch, weil er befürchtete, man werde ihm nicht glauben.

Die Menschen waren wunderliche, unerforschte Affen. Noch höher entwickelt als alle anderen Wesen. Sie arbeiteten als Gelehrte und Wissenschaftler, jeder als Experte auf vielen Gebieten. Angeblich waren die reichsten von ihnen so konditioniert, daß sie nach Belieben ins Netz eintauchen konnten; dann stand ihnen das gesammelte Wissen sämtlicher Säugetiere zur Verfügung, und ihre Machtfülle grenzte ans Unendliche.

Eines Tages, hieß es, würden Schimpansen und ihresgleichen dieselben wunderbaren Fähigkeiten erben.

Sobald die Menschen den nächsten evolutionären Sprung vollführt hatten.

Manchmal fragte sich Patch-Pu, wie es wohl sein mochte, so zu leben. Während er diesen Gedanken nachhing, trat eine häßliche Sasquatch-Frau an den Tisch, einen Teller mit Ameisen in Butter in der Hand, und entdeckte, daß ein Schimpanse auf ihrem Platz saß. »Bist du nicht spät dran?« fragte sie. »Wieso bist du nicht wieder bei deiner Arbeit?«

Weil ich nicht auf die Zeit geachtet habe, dachte er. Patch-Pu sauste die Leitern hinauf und rannte geradezu zum Traumsalon zurück; doch der Manager war weder verärgert, noch schien er seine Trödelei bemerkt zu haben. »War das Essen gut?« fragte er. Wie immer. Small talk lag ihm nicht, doch er war darauf programmiert, wenigstens einen plumpen Versuch zu machen.

Patch-Pu studierte die übliche Mischung der verschiedenen Kunden. Jede Art von Chassis und Bürger unklarer Herkunft. Aber keine Menschen, und er fragte: »Wann ist sie gegangen?«

»Wer?«

»Die rothaarige Frau«, erklärte er. »Blieb sie noch lange?«

Nach einer Pause erwiderte der Manager: »Nein, sie war nur noch ganz kurz hier.«

»Hat sie was gekauft?«

»Warum sollte sie?« versetzte der Manager verblüfft.

Ja, wirklich, warum sollte sie einen Traum kaufen? Patch-Pu wanderte durch den Salon und fragte die Leute, ob er behilflich sein könne. Suchte jemand nach einem bestimmten Traum? Waren Vorschläge erwünscht? Sein anorganisches Gehirn, eine hauchdünne Schicht, die sein eigenes Gehirn überlagerte, enthielt

47

viele Erfahrungen, die er in Jahren gesammelt hatte. Stammkunden baten Patch-Pu um Rat. Sie vertrauten seinem Instinkt. Die Traumindustrie bot eine Überfülle an raffinierten Produkten an, für jeden Geschmack etwas; was sich nicht im Speicher des Salons befand, konnte man über das Netz anfordern. Gegen einen geringen Aufpreis natürlich.

Doch nein, im Augenblick brauchte kein Kunde seine Hilfe.

Zum Schluß landete Patch-Pu an der hinteren Wand und ordnete die verschiedenen Traumparaphernalien, die dort an Haken hingen oder auf kleinen Regalen standen. Niemand hielt sich dort auf, doch irgend etwas war merkwürdig. Irgend etwas stimmte nicht. Er drehte sich um, als ihm ein Geruch in die Nase stieg. Neben der Tür zum Lager, fast versteckt, entdeckte er ein Häufchen auf dem Boden. Patch-Pu trat näher, blieb stehen und bückte sich tief, wobei er sein Körpergewicht auf die Handknöchel verlagerte. Er schnüffelte ein paarmal.

Er stellte fest, daß es sich um etwas Verbranntes handelte. Mit seinem langen Finger stocherte er in der Asche und fand darin etwas Hartes, Längliches. Er hielt die Luft an und zog die halbverbrannten, porösen weißen Überreste eines Beinknochens heraus.

»Nichts ist passiert«, behauptete der Manager. »Ich hätte doch sehen müssen, wenn jemand bei lebendigem Leib verbrannt worden wäre.«

Patch-Pu mußte notgedrungen nicken. Der Manager besaß ein Dutzend Augen, die den größten Teil des Salons überblickten.

»Aber ich erinnere mich an ein paar Kinder«, fuhr er fort. »Junge Schimpansen. Sie stromerten dort hinten herum. Vielleicht haben sie das angestellt ... als Jux sozusagen ...«

»Was ist denn so lustig an einem Beinknochen?«

»Woher soll ich das wissen? Von Humor verstehe ich nichts.«

Unter anderen Umständen hätte der Verkäufer gelacht.

Dann meinte der Manager: »Schaff den Mist weg. Sofort.«

Patch-Pu schüttelte den Kopf. »Wir sollten es jemandem erzählen.«

»Daß die Kinder hier waren? Sie haben doch nichts verbrochen.«

»Ich spreche von der rothaarigen Frau«, betonte Patch-Pu. »Ich glaube, mit ihr stimmt etwas nicht.«

»Woher willst du das wissen?«

Von wissen konnte keine Rede sein; es war eine Intuition.

»Außerdem verließ sie den Salon. Ich sah sie weggehen.« Nach einer frostigen Pause fuhr der Manager fort:

»Nimm den Hausmeister und mach dort hinten bitte sauber.«

Ihm blieb nichts anderes übrig als zu gehorchen. Er holte den Hausmeister aus dem Kabuff, und nach getaner Arbeit stellte er ihn wieder weg. Dann nörgelte der Manager: »Hilf bitte unseren Kunden. Ich kann mich nicht um alles kümmern.«

Der Nachmittagsandrang war größer und chaotischer als der Kundenstrom gegen Mittag. Die Leute wollten ausgedehnte, komplizierte Träume für die ganze Nacht. Der Schlaf war eine wundervolle Erholung, eine Möglichkeit, zu reisen, zu lernen und den Horizont zu erweitern. Ein Schimpansen-Student mußte sich mit Tau Ceti vertraut machen, und er kaufte mehrere Träume, die ihn als Wanderer auf beide Kolonialwelten beförderten.

Eine Orang Utan-Frau wollte neue Obstsorten aus Samen züchten; Patch-Pu riet ihr zu einem beliebten Lehrtraum, in dem ein Gärtnermeister sie Schritt für

Schritt durch die Lektionen führte, während ihr eigenes Unterbewußtsein dem Mann ein Gesicht, eine Stimme und eine Persönlichkeit verlieh.

Dann erschien ein alter Mann, der selbst in der geringen Schwerkraft des Mondes gebrechlich wirkte: Er hatte ein Gibbonchassis mit einem menschenähnlichen Gesicht. Er wünschte sich einen langen, schönen Traum mit Szenen von der alten Erde.

»Für einen Sterbenden«, erklärte er ohne Furcht. »Damit sein letzter Schlaf versüßt wird.«

Eine Stunde lang half Patch-Pu ihm dabei, Bilder von sattgrünen Farnwäldern und kaltweißen Gletschern auszusuchen, synthetisiert von Computern und mit passender Musik untermalt. Der alte Mann bedankte sich mit einem großzügigen Trinkgeld.

Unentwegt mußte Patch-Pu an die Asche und den Knochen denken. Bestand eine Verbindung zu der Menschenfrau? Doch wie sollte das möglich sein?

»Sir? Können Sie mir helfen, Sir?«

Aufblickend sah er eine Schimpansenfrau, die mit einer der vorderen Tafeln kämpfte. »Ja, Ma'am?«

»Ich fürchte, ich hab was kaputtgemacht.«

Hatte sie nicht. Es war dasselbe Display, mit dem die Rothaarige gespielt hatte, und aus irgendeinem Grund war es nicht abgeschaltet worden; der Schirm war leer, doch in einer Ecke des Monitors pulsierte ein roter Kreis. Patch-Pu berührte den Kreis, unsicher, was er darstellen sollte; und plötzlich holte er das Bild zurück, das die Rothaarige vermutlich zuletzt gesehen hatte. Blinzelnd ...

»Ach du meine Güte!« quiekte die Schimpansin.

... schaute er auf eine pornographische Szene von beinahe klinischer und bizarrer Detailtreue ... Die Akteure waren Menschen, splitternackt, im Augenblick des Höhepunkts aufgenommen. Erstarrte Spermafontänen klebten an drei ... nein, vier Penissen. Übergroße Dinger, von denen ein Mann gleich zwei besaß. Spezielle Reservoirs waren mit künstlichem Blut gefüllt und bewirkten, daß sie beim Koitus anschwollen. Jedenfalls kannte er das von irgendwelchen Affen.

Als sein Blick sich senkte, begann das Bild zu kreisen und zu wachsen, als wenn es ihn provozieren wollte. Im Salon verkauften sie etliche Sexträume, aber ob Träume mit menschlichen Darstellern dabei waren, wußte er nicht. Es kam ihm eher unwahrscheinlich vor.

Eine Frau lag auf dem Rücken, inmitten einer Männergruppe. Sie hatte kleine Brüste, einen schmalen, straffen Bauch, ihre Haut war bleich wie Pergament, und ihr Gesicht ... er erkannte es auf Anhieb wieder ...

»Das reicht wohl«, meinte die Schimpansin und wollte auf die CLEAR-Taste drücken. Doch Patch-Pu packte sie am Handgelenk und zerrte ihren Arm zurück. Mit gepreßter Stimme sagte er: »Nein, noch nicht. Warten Sie.«

Leicht erschrocken rückte sie von ihm ab.

Auf dem Display erschien eine beinahe nicht zu entziffernde Datei-Nummer. Patch-Pu kniff die Augen zusammen, merkte sich die Chiffre und vergaß, sich bei der Schimpansenfrau zu entschuldigen.

»Mr. Pu?« grollte der Manager. »Gibt es ein Problem?«

Doch der Verkäufer hörte ihn nicht. Er beugte sich noch weiter vor, starrte auf das sich drehende Bild, und die Rothaarige kam immer näher an ihn heran. Sie betrachtete ihn mit feuchtglänzenden, angsterfüllten roten Augen; etwas in ihrem Gesicht deutete auf starke Schmerzen hin.

Mit einer Fingerspitze berührte er die Tafel, ihr Gesicht.

Das Bild löste sich auf, und Patch-Pu glotzte auf ein bodenloses graues Nichts.

Das normale Leben besaß für die modernen Menschen keinerlei Reize mehr. Deshalb hatte man die Affen auf eine höhere Stufe gebracht, hieß es. Sie begannen als Dienstboten und intelligente Haustiere, während sie gleichzeitig an die primitiven Ursprünge der Menschheit gemahnten. Am Ende entwickelten sie sich zu einem kulturellen Reservoir, indem sie einen Lebensstil konservierten, der früher den Menschen vorbehalten war. Sie verrichteten ehrliche Arbeit, brauchten einen erholsamen Schlaf, benahmen sich wie ordentliche Bürger und gerieten mitunter auf die schiefe Bahn.

Manchmal schien es, als meisterten die neuen Wesen das Leben besser als die Menschen vor ihnen. Wie Patch-Pu waren sie stolz auf ihren Beruf und empfanden keinen großen Neid Bessergestellten gegenüber. Ein Verkäufer wünschte sich vielleicht ein größeres Apartment oder ein höheres Einkommen, doch ihre Tagträume blieben bescheiden. Die Schimpansen beneideten die Menschen nicht, sie dachten nicht einmal oft an sie.

Deshalb war es um so befremdlicher, was Patch-Pu vorhatte. Allein hockte er in seiner winzigen Wohnung, auf dem Kopf ein Inducer-Netz. Er klinkte sich in die Datei des Salons ein – er besaß eine direkte und permanente Verbindung –, und zum erstenmal seit vielen Jahren schickte er sich an, von Menschen zu träumen.

Mit einem Wort kam der Schlaf, das seidenweiche Hinübergleiten in die Dunkelheit. An der Peripherie begegnete ihm ein Wesen, das ihn nach seinen Wünschen fragte. Wollte er mitmachen oder einfach nur zuschauen?

»Zuschauen«, antwortete Patch-Pu. »Ohne selbst gesehen zu werden.«

Dann stand er unter einer dunklen Kuppel; auf dem Boden lagen wassergefüllte bunte Kissen, und Vorhänge aus modelliertem Rauch schufen durchlässige kleine Kammern. Musik spielte. Eine sonderbare Musik, schrill, chaotisch und nervenzerfetzend. Stimmen wurden laut und wieder leiser. Körper erschienen, wie wenn sie plötzlich aus dem Boden wüchsen. Großgewachsene, schlanke Menschen. Männer, Frauen und Zwitter. Und es gab Sex, wie versprochen. Manche kopulierten auf konventionelle Weise, andere ließen ihrer Phantasie freien Lauf. Manche Akte wirkten grotesk.

Patch-Pu war nicht prüde, aber das meiste, das er zu sehen bekam, machte ihn verlegen. Die Häßlichkeit der menschlichen Leiber verstärkte den Eindruck von Obszönität, milderte alles jedoch gleichzeitig ab. Erotische, aber verfremdete Szenen. Leidenschaftlich, ohne ihn indes zu reizen. Die Teilnehmer gehörten eben nicht seiner Spezies an, er fand sie widerlich, diese haarlosen Geschöpfe mit ihren Brüsten und dem albernen aufrechten Gang. Zum Schluß verwandelte sich sein Ekel in schlichte Langeweile. Für Patch-Pu war die Sex-Orgie beinahe vorbei. Während er im Begriff war, sich aufzuwecken, hörte er ganz in seiner Nähe eine heiser klagende Stimme. Er unterbrach den Prozeß des Wachwerdens und lauschte angestrengt. *Nichts.*

Auf Schuhen und Handknöcheln bewegte er sich vorwärts und durchquerte einen dichten Vorhang aus parfümiertem Rauch. Ein Mann hockte rittlings auf einer Frau – einer Rothaarigen –, doch anstatt zu stoßen, sprach er mit ihr. »Du wirst es tun. Weil du *mußt!*« Patch-Pu bemerkte den muskelbepackten breiten Rücken und die strammen Gesäßbacken. Der Mann war vollkommen kahl, nirgendwo am Körper oder auf dem Schädel befand sich ein einziges Haar.

»Midge!« sagte der Kerl und umklammerte den Kiefer der Frau mit seiner Pranke. »Ich bestimme, was passiert!« Dann drückte er ihren Kopf heftig auf ein Wasserkissen. Eine harmlose und doch gewalttätige Geste. Die Frau gab keinen Laut von sich; obwohl sie verzweifelt dreinschaute, schien sie keine Angst zu haben. Sie sah zu, wie der Mann aufstand und sich abwandte; auch Patch-Pu glotzte ihn an: Er hatte einen bleichen, glatten Schädel, eine ausladende Brust und einen dicken Bauch; die Lendengegend war so tätowiert, daß sie einem zweiten Gesicht ähnelte, mit einem monströsen aufgerissenen Mund; der haarlose Penis glich einer abstrusen überlangen Zunge.

Patch-Pu blinzelte und schnappte nach Luft. Dann schaute er wieder in das richtige Gesicht. Wie die Frau – Midge – besaß auch der Mann strahlendrote Augen. Doch alles an ihm, die Augen eingeschlossen, wirkte kalt und tot. Um den Mund herum erschien kurz ein frostiges, bösartiges Lächeln. Gleich darauf spazierte der Kerl an Patch-Pu vorbei, und der Verkäufer wandte seine Aufmerksamkeit Midge zu.

Es war dieselbe Frau, dessen war er sich sicher. Sie lag da, eine Hand selbstvergessen an die Wange gelegt, die andere wie schützend zwischen die Schenkel geschoben. Patch-Pu ging in die Hocke, stützte das Gewicht auf die Handknöchel und beugte sein Gesicht dicht über das ihre. Einen Augenblick lang kam es ihm so vor, als würde Midge zu weinen oder zu schreien anfangen, sie zitterte am ganzen Leib; doch dann war sie wieder ruhig, passiv und unerschütterlich; hinter ihrer teilnahmslosen Miene verbargen sich ihre wirklichen Gedanken.

Irgendwo regte sich etwas, man hörte Geräusche.

Patch-Pu stand auf, ging durch die Rauchvorhänge hindurch und sah, wie die anderen Menschen näher kamen. Schulter an Schulter bildeten sie einen Kreis, während sie in andächtiger Erregung miteinander flüsterten. Alle waren nackt, und die Männer befanden sich in unterschiedlichen Stadien sexueller Bereitschaft. Die tätowierten Muskeln glänzten, die Haut um die Lenden war straff.

Patch-Pu ertappte sich dabei, wie er selbst vor Erregung und mit heftig klopfendem Herzen den Atem anhielt.

Direkt hinter ihm erklang die Stimme des Mannes: »Ihr könnt anfangen. Das ist sie.« Ein ernster, aufmunternder Ton. »Seht ihr? Sie will es auch.« Nach einer Pause fuhr er fort: »Du willst doch, Midge, oder?«

Die Frau benahm sich so, als erwache sie gerade aus dem Tiefschlaf; sie rekelte sich langsam und genüßlich, griff nach dem nächsten Kissen und streckte Patch-Pu ihr glattes Gesäß entgegen – oder vielmehr dem Kerl, der hinter ihm stand und der nun von dem rotäugigen Typen angestachelt wurde: »Na los, Mann. Nimm sie dir. Sie ist dein.«

Patch-Pu wollte den Weg freigeben, doch er vermochte sich nicht von der Stelle zu rühren.

Er spürte, wie jemand in seinen Körper hineintrat, dann gingen sie gemeinsam weiter, zu einer einzigen Person verschmolzen, und er war der Freier. Nackt, mit erigiertem Glied. Immer noch steckte er in einem Schimpansenchassis, das sich auf Zehen und Handknöcheln vorwärtsbewegte. Auf einmal starrte er Midges Gesäß an, während ein Teil von ihm sich wünschte, sie hätte die geschwollene rote Vulva, die ein Schimpansenweib so unwiderstehlich machte ... Und der rotäugige Mann fragte: »Midge? Was soll er mit dir anstellen, Darling?«

Sie wölbte den Rücken, stöhnte und erwiderte: »Ich will *alles!*«

Wach auf, sagte sich Patch-Pu. *Sofort.*

Die Zuschauer schlossen den Kreis noch enger, ehrfürchtiges Gemurmel vermischte sich mit dem Rauch. »Hilf ihm!« knurrte der Kerl. »Reg seine Phantasie an, Darling.«

Auf allen vieren ließ Patch-Pu sich über ihr nieder, ohne sie zu berühren, wie ein Tisch, der über einen Schemel geschoben wird. Er konnte nicht wach werden, aber einen Augenblick lang vermochte er sich zu widersetzen, obwohl seine Muskeln vor Anstrengung zitterten. Midge streckte die Arme aus und streichelte seine bepelzten langen Schenkel; ihre Finger krallten sich in sein Fell, und sie zog daran, bis es schmerzte.

Dann wanderten ihre Hände höher, und sie liebkoste seinen Rücken, während sie leise stöhnte. Patch-Pu leistete weiterhin Widerstand, bis die Zuschauer zu murren anfingen; der Rotäugige schnauzte die Leute an: »Ihr müßt ihr Zeit lassen. Habt doch ein bißchen Geduld!«

Midge drehte den Kopf hin und her und starrte Patch-Pu mit roten Pupillen an. Dann zischte sie wütend: »So hilf mir doch. Mach auch mit!« Als ob er für alles verantwortlich wäre. »Tu es mir zuliebe!«

Patch-Pu schloß die Augen und dachte an Schimpansenfrauen; er stellte sich ihre feuchten, rosigen Vulven vor, erschnupperte in Gedanken den Duft ihres sauberen Pelzes und spürte im Geist die Berührung ihrer kräftigen Körper, die es an Stärke mit jedem Männchen aufnehmen konnten. Dann hörte er den mageren Applaus, als er in die Menschenfrau eindrang; während des Höhepunktes wachte er auf, verblüfft, sich in seinem winzigen Apartment wiederzufinden. Er fühlte sich verlegen und kam sich ein bißchen verloren vor; außerdem schämte er sich, weil er Midge ihren Peinigern überlassen hatte.

»Ich liebe Sport«, tönte eine schrille dünne Stimme. »Im Schlaf treibe ich alle möglichen Sportarten.«

Patch-Pu blickte auf, blinzelte und bemühte sich, klar zu sehen. Es war früh am Morgen, vor einer knappen Stunde hatte er seinen Dienst angetreten, und er hatte in den Handbüchern geschmökert, die die komplizierten Betriebsvorgänge des Traumsalons erläuterten. Es ging um Kapazität und Koordination. Und um Einschränkungen. Diesen Kuddelmuddel hatte er sich seit seinem ersten Jahr als Verkäufer nicht mehr angesehen, da er die Verzwicktheiten des Systems nicht zu verstehen brauchte. Als ob er sie je kapieren könnte ...

»Könnten Sie mir behilflich sein?«

Ein Gibbonmodell, noch sehr jung. Und verwöhnt,

das erkannte Patch-Pu auf den ersten Blick. Er kam hinter der Steintheke hervor und fragte: »Was ist denn Ihr Lieblingssport?«

»Freefall slugger ball«, antwortete der junge Bursche.

Er wollte den Helden spielen, das wußte Patch-Pu, ohne zu fragen. Er führte den Kunden zu einer Tafel, die ständig mit Sportträumen verbunden war, und rief mehrere Klassiker dieses Genres ab. Doch der Gibbon nörgelte: »Nein, nicht so was. Die kenn ich alle schon. Zeigen Sie mir was Neues.«

Mit neu meinte er etwas Fremdes, etwas, das er noch nicht gesehen hatte. Nichts war einfacher, als die Wünsche dieses Knaben zu befriedigen. Die Kristallwände des Salons enthielten Millionen von Träumen, von denen die meisten noch nie benutzt worden waren; und warum sollte er dem Burschen nicht etwas Obskures mitgeben, etwas Altertümliches?

»Slugger ball«, erklärte Patch-Pu, »entwickelte sich ursprünglich aus einem völlig anderen Spiel. Die Menschen trieben diesen Sport auf der Erde. Die ersten auf eine höhere Stufe gebrachten Affen gründeten ihre eigenen Ligen …«

»Tatsächlich?« Ein skeptischer Blick.

»… und Sie können bei unseren ersten Wettkämpfen um die Meisterschaft mitmachen.« Rasch stöberte er in der Datei. »Sie könnten auch gegen die Menschen spielen. Solange die Menschen eine Gewinnchance hatten, wurden Schaukämpfe veranstaltet.«

»Ich soll gegen die Menschen antreten?« Der Gibbon schaute verstört drein. »Warum?«

»Oder gegen andere Leute. Ganz, wie Sie wollen.«

»Zeigen Sie mir ein paar Muster«, entgegnete der Knabe ruppig.

Die Tafel gab Ausschnitte von verschiedenen Träumen wider. Die Bilder waren ein wenig unscharf, die Choreographie wirkte angestaubt, und man merkte, daß die Technologie des Vermarktens von Träumen noch in den Kinderschuhen steckte. Patch-Pu war im Begriff, eine neue Datei einzuschalten, als er eine Bewegung bemerkte. Ein neuer Kunde hatte den Salon betreten.

Er schaute flüchtig hin und erstarrte, hin und her gerissen zwischen Staunen und Angst; dann beruhigte er sich wieder. *Natürlich kommt er hierher,* sagte er sich. Der unbehaarte rotäugige Mann stand vor der Theke und sah sich aufmerksam im Laden um. Dabei unterhielt er sich mit dem Manager, doch so leise, daß Patch-Pu ihn nicht verstehen konnte. *Er sucht Midge bei uns.*

»Was ist denn los mit Ihnen?«

Patch-Pu blinzelte und drehte sich um. »Wie bitte?«

»Wollten Sie mir nicht helfen, ein paar Träume zu finden?«

Nach kurzem Zögern erwiderte er: »Stöbern Sie selbst ein bißchen herum.« Und er ging weg. Falls der junge Bursche eine Antwort gab, so hörte der Verkäufer sie nicht. Er bemühte sich, normal zu erscheinen, seinen inneren Aufruhr zu verbergen. Er blieb stehen, hob etwas Abfall vom Boden auf und schlenderte dann zur Theke. Er merkte, wie schwer sein Atem ging, und er spürte, daß der Mensch ihn beobachtete. Auf seinem glatten Gesicht lag ein ernster, verschlossener Ausdruck. Der Kerl schien den ganzen Salon widerlich zu finden, und ein paar Sekunden lang sprach keiner ein Wort. Dann äußerte sich der Manager: »Vielleicht ist meinem Verkäufer etwas aufgefallen. Soll ich ihn fragen?«

»Von mir aus«, entgegnete der Mann.

Dieselbe Stimme wie gestern nacht; dasselbe kalte Gesicht.

»Dieser Herr«, sagte der Manager, »ist auf der Suche nach einer Dame ...«

»... so groß.« Seine breite Pranke hob sich in die Luft. »Menschlich. Haare, so rot, daß es einem in den Augen weh tut. Trägt wahrscheinlich ein Kleid. Und solche

Augen.« Er deutete auf sich selbst, zögerte einen Herzschlag lang und fügte hinzu: »Sie ist meine Schwester.«

Patch-Pu erschauderte, dann sagte er sich, daß der Mann lügen müsse.

»Wir machen uns Sorgen um sie«, erklärte der Mann. »Sie hat Probleme. Mit ihrer Gesundheit. Es geht ihr gar nicht gut.«

»Hast du sie gesehen?« fragte der Manager.

Was …?

»Ich sagte dem Herrn bereits«, fuhr der Manager fort, »daß sie nicht hiergewesen ist.«

Den Manager lügen zu hören, war der nächste Schock. Oder hatte jemand sein Gedächtnis gelöscht?

»Nein«, murmelte Patch-Pu. »Sie war nicht hier.«

»Und draußen?« erkundigte sich der Manager. »Wir wissen, daß sie nicht in unseren Salon gekommen ist, aber vielleicht bist du ihr anderswo begegnet. Hast du sie außerhalb des Ladens gesehen?«

Der Verkäufer schüttelte den Kopf und tat so, als ob er nachdächte.

Die roten Augen ließen von ihm ab und schweiften wieder durch den Salon. Diesmal noch langsamer, gründlicher.

»Nein, ich habe sie nicht gesehen.« Als sich der Blick des Mannes senkte, eilte Patch-Pu nach vorn und schaltete im letzten Moment den Monitor mit dem Handbuchtext aus. Machte er sich dadurch verdächtig? Aber er fand, eine dichtbedruckte Seite mit Informationen über die Speicherkapazitäten des Salons wäre noch weitaus belastender gewesen. »Eine Menschenfrau?« Er schlug einen skeptischen Tonfall an. »Tut mir leid, aber ich kann mich wirklich an keine erinnern.«

»Wir haben Angst, ihr könnte etwas zugestoßen sein«, erläuterte der Mann umständlich. »Sie ist schwer krank. Dadurch, daß sie schlecht auf die höhere Lebensstufe gebracht wurde, ist sie wahnsinnig geworden, wenn ihr es genau wissen wollt.«

Patch-Pu hätte ihm gern geglaubt. Vielleicht war der Traum in der vergangenen Nacht das Symptom einer sonderbaren Geisteskrankheit der Menschen. Ein verführerischer Gedanke, da die Alternative um so entsetzlicher schien.

Der Kerl schaute auf den ausgeschalteten Monitor, seufzte und hob den Blick. Er seufzte ein zweites Mal, als ob seine Umgebung ihn tödlich langweile. Dann bleckte er die Zähne und knurrte: »Helft mir. Wenn ihr sie findet, gibt es eine Belohnung.«

Mit entschlossener Stimme wiederholte Patch-Pu: »Es tut mir leid, aber ich habe sie nicht gesehen.«

»Das ist aber merkwürdig.« Der wilde Ausdruck verschwand von dem glatten Gesicht, und um den Mund deutete sich ein Lächeln an. »Ein paar eurer Nachbarn erinnern sich nämlich an sie. Sie sei gestern hiergewesen. Eine Verkäuferin schwört, sie habe eine rothaarige Frau den Salon betreten sehen ...«

»Das kann nicht stimmen«, schnitt Patch-Pu ihm ärgerlich das Wort ab.

»... aber das kann natürlich eine Lüge gewesen sein. Ihr müßt es ja besser wissen.« Er lächelte herablassend. »Für Geld tun die Leute manches.«

Eine geraume Zeitlang sprach niemand.

Dann berührte der Mann den Monitor des Lesegerätes. Von seinem dicken Finger sprang ein elektrischer Funke über. Waren es Entladungen irgendwelcher synthetischer Neuronen? Ein Einklinken in die Geräte des Salons? »Jetzt wißt ihr, wo ihr mich erreichen könnt«, erklärte der Mann. »Für den Fall, daß ihr sie doch noch seht, meine ich.«

»Wir werden Sie benachrichtigen«, versprach der Manager, »sollte sich etwas Neues ergeben.«

»Wie heißt sie denn?« fragte Patch-Pu.

»Midge«, erwiderte der Mann mit einem Augenzwinkern, während er von der Theke zurücktrat. »Und ich bin Urz.«

»Urz?« wiederholte der Manager. »Möchten Sie vielleicht etwas bei uns kaufen?«

»Einen Traum?« Das Lächeln wurde echt, beinahe strahlend. »Warum, zum Henker, sollte ich das tun?«

Patch-Pu las, bis ihm die Augen schmerzten, und fand doch nichts Aufschlußreiches heraus. Gewiß, die Wände des Salons besaßen eine enorm große Speicherkapazität. Der Laden war in besseren Zeiten gebaut worden, als die Betreiber noch mit einem wirtschaftlichen Erfolg rechneten. Doch der Verdacht, der sich ihm aufdrängte, kam ihm absurd vor, beinahe lächerlich. In der gesamten Literatur fand sich kein Hinweis darauf, daß so etwas möglich war. Allerdings war das Handbuch genauso alt wie er. Und es konnte immerhin sein, daß die Menschen in der Zwischenzeit dazugelernt hatten.

Er räumte in seinem Apartment auf und überlegte, ob er sich schlafen legen sollte. Er wollte einfach nur schlafen, ohne künstliche Träume. Doch Patch-Pu dachte daran, wie er Midge letzte Nacht im Stich gelassen hatte, und verspürte Gewissensbisse, auch wenn alles nur im Traum geschehen war. Deshalb stülpte er sich das Inducer-Netz über den Kopf, klinkte sich in die entsprechende Datei ein und rüstete sich erneut für die Orgie ...

... die dann gar nicht stattfand. Alles hatte sich verändert. Er stand in einer riesenhaften Kuppel. Es mußte sich um eine Residenz handeln. Die Kuppel war durchsichtig, die öde Oberfläche des Mondes befand sich nur wenige Meter von Patch-Pu entfernt. Etwas Warmes, Weiches streifte sein Bein. Er bückte sich und hob ein holzgeschnitztes Gesicht auf.

Er stand da, in eigener Person, ohne an der Situation etwas ändern zu können. Doch er konnte sprechen, und er rief: »Hallo?« Nach einer Weile rief er noch einmal. Von hinten berührte jemand seine Schulter. Patch-Pu fuhr herum und hob beide Arme; vor Schreck sträubte sich das Fell an seinem Körper.

»Wir müssen uns beeilen«, drängte Midge mit leiser Stimme. Dabei machte sie keinen besonders aufgeregten Eindruck. »Er ist nicht hier, aber er beobachtet uns.«

»Meinst du Urz?« fragte Patch-Pu. Aber nicht mit seiner Stimme.

»Halt mich fest«, flüsterte sie.

Es war auch nicht sein Körper, der reagierte. Er steckte in der Haut eines Menschen, legte seine haarlosen Arme um sie und liebkoste sie mit seinen viel zu kleinen Händen. Sie trug das Kleid, das sie anhatte, als sie den Traumsalon betrat. Der Stoff fühlte sich glatt an, und ihr Parfüm stieg ihm in die Nase. Er spürte, daß er sich in der jüngsten Vergangenheit befand. Zum blauen Antlitz der Erde hochblickend, fragte er mit seiner neuen Stimme: »Sollen wir gleich aufbrechen?«

»Du zitterst ja«, bemerkte Midge.

Es stimmte, er schlotterte am ganzen Leib; und sein Herz raste vor Angst.

Sie öffnete sein Hemd und streichelte mit beiden Händen seine unbehaarte dunkle Brust; dann küßte sie seinen Bauch und sein Herz. Ehe sie zu ihm hochschaute, setzte sie ein Lächeln auf. »Ich kann dir gar nicht genug danken.«

»Laß uns gehen«, mahnte er.

»Moment noch. Hast du sie dabei?« fragte sie.

Er wußte nicht, was sie meinte, aber seine Hände kannten sich aus. Er zog winzige Handschuhe aus einer Tasche; Midge nahm sie ihm ab und streifte sie über. Ein silbernes Licht strahlte aus ihren Händen und erlosch wieder. Er hatte keine Ahnung, was er ihr gegeben hatte, doch er hörte sich sagen: »Sei vorsichtig!« Und weiter warnte er: »Für ihre Sicherheit wird nicht garantiert, obwohl sie ein Vermögen gekostet haben.« *Sein* Vermögen, dachte er bei sich. Weil er Midge liebte, hatte er ihr ein Stück experimenteller Technologie ge-

kauft. Sie hatte ihn gebeten, ihr zu helfen, vor Urz zu
flüchten; und er liebte sie so sehr, daß er bereit war,
jedes Risiko einzugehen. Er hatte nicht nur sein Vermögen, sondern auch seinen gesunden Verstand verloren,
und er fand es toll, sich beider Hemmnisse entledigt zu
haben.

»Los jetzt!« zischte Midge. »Schnell!«

Sie rannten los; der aufrechte Gang kam ihm seltsam
und normal zugleich vor. Er erinnerte sich, wie er diese
Frau getroffen hatte, ging die Ereignisse noch einmal
durch; mit der Glätte und Logik, wie sie Träumen eigen
sind, spulte sich alles in seinen Gedanken ab. Bei den
Menschen, besonders unter den Jugendlichen, galt Urz
als so etwas wie eine Legende. Er behauptete von sich
selbst, biologisch rückgeartet zu sein, und hielt viel von
primitiven Vergnügen, wenn man sie stilvoll auslebte.
»Wir sind Affen, die denken können«, pflegte er zu
röhren. »Aber der Affe in uns will heraus, und wir dürfen ihn nicht ewig unterdrücken! Es wäre ein Sakrileg
und Verschwendung!«

Mit seinen lasterhaften Parties verdiente sich Urz seinen Lebensunterhalt; und er machte ein kleines Vermögen. Seine Kunden waren ausschließlich Menschen, Ex-
perten auf vielen Gebieten der Geisteswissenschaften
und imstande, sich nach Belieben ins Netz einzuklin-
ken; doch diese Leute waren zudem neugierig, aben-
teuerlustig und gelangweilt.

Urz versprach blutige Sportarten und einzigartige
Geschlechtspartner. Für ihn arbeitete eine Schar von
Angestellten, einschließlich Midge. Sie war der Mittelpunkt der Orgie, als der Typ, in den Patch-Pu hinein-
schlüpfte, ihr zum ersten Mal begegnete. Nicht, daß
sie schöner als andere Frauen gewesen wäre, ihr Reiz
beruhte auf ihrer Verletzlichkeit, ihrem Status als Besitztum. Denn Midge verkörperte die altertümlichste
und erniedrigendste Rolle, die es gab: Sie war eine
Sklavin.

Jeder Mann, jede Frau durften sich an ihr gütlich tun. Patch-Pus Alter ego sah zu, während er darauf wartete, daß er an die Reihe kam. Midge tat ihm leid, er fühlte sich von dem Treiben der anderen abgestoßen, und indem sich diese Empfindungen mit seiner eigenen triebhaften Erregung vermischten, wurde er darauf konditioniert, sich zu verlieben.

Zum Schluß, als der Abend zu Ende ging, rief man seinen Namen auf; niemand blieb mehr übrig, der für ihn hätte einspringen können. Midge war erschöpft, schmutzig, sie stank und mußte mittlerweile Qualen leiden. Dennoch durchschaute sie ihn mit einem Blick, als sie sein frisches junges Gesicht sah. Sie brachte ein Lächeln zustande, und während sie lautlos weinte, zog sie ihn mit beiden Händen an sich. Während sie ihn aus grellroten Augen anblinzelte, flüsterte sie: »Hilfst du mir? Du mußt mir helfen. Bitte, bitte! Laß mich nicht im Stich!«

Das Besitztum hatte binnen einer Sekunde seinen eigenen Besitz erworben und alles, was es dazu brauchte, waren ein Blick, ein paar Tränen und diese Worte. Abermals veränderte sich Patch-Pus Traum. An seiner Seite befand sich Midge, und sie standen unterhalb ihrer luxuriösen Gefängniszelle. Auf seinem Weg nach drinnen hatte er eine schwere Tür aufgestemmt. Und er vergegenwärtigte sich, wie viele kostspielige Tricks notwendig waren, um die Alarmanlagen und Spione zu täuschen. Sie erspähte den offenen Spalt, stürmte hindurch und begab sich damit außerhalb seiner Sichtweite. Vergeblich hatte Patch-Pu versucht, sie festzuhalten; plötzlich hatte er Angst, sie könne für immer verschwinden.

Doch sie wartete auf ihn und vollführte langsame hohe Freudensprünge. Sie befanden sich in einem leeren öffentlichen Tunnel; Midge drehte sich um und fragte: »Hast du das andere Ding mitgebracht?« Sie streckte eine Hand aus, an der noch ein Abglanz des silbernen Lichts schimmerte. »Du wolltest doch eines für mich auftreiben.«

Was für ein Ding? dachte er.

Doch wieder wußten seine Hände Bescheid; er faßte in seine tiefe Tasche und zog ein schweres kleines Gerät heraus. Eine Waffe. Illegal und tödlich, ausgestattet mit einem einfachen Griff, einem Abzug und lediglich zwei Einstellungen; tödlich und noch tödlicher.

Er wollte es ihr nicht geben, denn er hielt es für seine Pflicht, als ihr persönlicher bewaffneter Bodyguard zu fungieren. Doch sie entriß ihm das Ding, und als er danach griff, weigerte sie sich, es ihm zurückzugeben. Während sie die Waffe von einer silbernen Hand in die andere jonglierte, stieß sie entzückte leise Rufe aus.

»Sei ja vorsichtig damit«, warnte er sie.

Midge stellte die geringere Dosierung ein.

Er berührte ihre Schulter und sagte: »Wir müssen los. Ich kann dich überall hinbringen, dir einen Ort suchen, wo du ...«

»Nein!« widersprach sie. »Er wird mir nachkommen.«

Natürlich würde Urz sie verfolgen – was denn sonst?

»Aber wenn wir zusammen bleiben, können wir uns gegenseitig helfen ...«

»Nein!« unterbrach sie ihn wieder; dieses Mal lauter.

Patch-Pus Alter ego besaß einen komplexen Verstand auf hohem Niveau und souverän; doch seinen Erfahrungen und seiner sozialen Reife nach stand er fast noch auf der Stufe eines Kindes.

Sehr langsam, nach und nach, dämmerte ihm die Wahrheit. Und selbst nachdem er sie erfaßt hatte, verlegte er sich aufs Bitten. »Ich verhalf dir zur Flucht. Ich gab dir, was du wolltest. Was habe ich falsch gemacht?«

»Ich bin dir ja dankbar, Geliebter, sehr sogar.« Sie straffte den Rücken; sie war klein, nahm aber die Haltung einer hochgewachsenen Person an. »Das verstehst du nicht. Auch wenn ich dir Dank schulde, heißt das noch lange nicht, daß man Fehler begehen darf. Für dich wäre es jetzt das Verkehrteste, mit mir zu kommen, denn er wird mich jagen. Ich bin ihm viel zu wertvoll, als daß er auf mich verzichten würde. Wenn du bei mir bleibst, Geliebter, wird er dich wahrscheinlich töten ...«

»Nein«, murmelte er.

»Doch.« Sie schluckte und stieß einen Seufzer aus. »Und ich will nicht, daß dir etwas passiert.«

»Du wirst mich nicht verlassen!« In seiner Panik griff er nach ihr, packte sie an den Schultern, schüttelte sie und hob sie hoch ...

... und sie schoß. Der Energiestrahl ließ die Zehen seines rechten Fußes verdampfen und den Steinboden schmelzen. Blasen blubberten und platzten. Er kippte nach hinten; sie fand ihr Gleichgewicht wieder und trat ein paar Schritte zurück. Dann hob sie den Rock und stellte die Waffe neu ein; dies machte sie noch gefährlicher. Um den Schenkel hatte sie ein behelfsmäßiges Holster aus Tuch gebunden.

Patch-Pu starrte auf ihr Bein und ihre Hände, die ihm seltsam nackt erschienen. Ihm fiel auf, daß sich die neuen Handschuhe mit ihrem Fleisch verwoben hatten. Was konnten diese Handschuhe bewirken? Doch plötzlich war er wieder Patch-Pu, lag auf dem Rücken, und sein Schimpansenfuß war verstümmelt; die Verblüffung darüber dämpfte den Schmerz.

»Geh Urz aus dem Weg«, riet Midge.

Mit wem sprach sie jetzt? Mit Patch-Pu oder mit dem Menschen?

»Glaub mir«, fuhr sie fort, »ich bin dein Mitleid nicht wert.«

Dann hörte er, wie sie davonrannte, und die Wunde tat ernsthaft weh. Patch-Pu erhob sich auf seine drei unversehrten Gliedmaßen und kreischte hinter ihr her. Selbst als er wieder aufgewacht war, schrie er immer noch und brüllte die ganze Welt an. Er packte die

Möbel, hob sie hoch über den Kopf und schmetterte sie gegen die Wände; er zertrümmerte die gesamte Einrichtung und verbreitete Splitter und einen zähflüssigen Leim überall im Apartment.

Viele Jahre einer ruhigen, ordentlichen Existenz waren ausgelöscht.

Danach, in der plötzlich eintretenden Stille, hörte er entferntes Geschrei. Seine Nachbarn, allesamt Verkäufer, verlangten Ruhe und Frieden. Oder sollten sie die Polizei rufen?

Am nächsten Morgen ging Patch-Pu zur Arbeit.

Alles schien wieder normal zu sein; nichts Bemerkenswertes passierte. Gegen Mittag strömten die Kunden scharenweise herein; das Mittagessen war hochwillkommen. An seinem üblichen Platz sitzend, leckte Patch-Pu den unechten Antilopenschädel leer, und unvermittelt herrschte eine absolute, eigentümliche Stille. Als er die anderen Verkäufer anblickte, bemerkte er, daß alle in die Höhe stierten. Was gab es da schon zu sehen?

Er konnte nicht definieren, was er dann sah; einen Punkt, ein schlaffes Viereck. Manchmal warfen Kinder Drachen in diesen tiefen Schacht. Dieses Objekt fiel jedoch zu schnell, oder? Über mehr als Stockwerke wurde es beschleunigt.

Ein Teil von ihm wünschte sich, er könnte die Masse anhand der offensichtlich hohen Geschwindigkeit errechnen – ein Mensch schaffte dies mit Leichtigkeit, unbewußt –, und mit einem Schlag, wie auf ein Signal hin, gerieten die Verkäufer in Bewegung. Die Leute sprangen auf, drängten sich zurück; ein paar zerrten an Patch-Pu und kreischten, er möge sich in Sicherheit bringen.

Der Aufprall kam plötzlich, heftig, endgültig. Ein Würfel aus verdichtetem Metall rammte sich in den Tisch, kippte ihn um und zerschmetterte ihn teilweise;

Teller und Nahrungsmittel flogen durch die Gegend. Dann herrschte wieder Stille. Genauso absolut und eigentümlich wie zuvor. Patch-Pu erhob sich; ein paar Leute stießen verblüffte leise Schreie aus, alle rückten langsam näher. Patch-Pu kletterte über den umgekippten Tisch; er starrte auf das kurze Stück Tau aus geflochtenem Metall. Ein Ende war mit dem Metallwürfel verschmolzen, das andere wand sich fest um den gebrochenen Hals eines jungen Menschenmannes.

Ein Blick nach oben, ein ängstlicher flacher Atemzug.

Dann schob sich Patch-Pu näher heran, räumte Trümmerstücke von dem Leichnam, packte das rechte Bein und hob es hoch; sein Fuß steckte in keinem Schuh, sondern in einem kompliziert aussehenden Verband.

»Sie hat auf ihn geschossen«, flüsterte er. »Sie hat es tatsächlich getan.«

»Was murmelst du da?« fragte ein Verkäufer.

»Nichts.«

»Laß ihn so liegen«, riet ein anderer. »Faß ihn lieber nicht an.«

Patch-Pu ließ sich von dem Toten wegziehen. Zwei Sicherheitsroboter verkündeten, das Einkaufszentrum sei bis auf weiteres geschlossen. Um die Person werde man sich kümmern. Alles sei unter Kontrolle.

»Dem ist nicht mehr zu helfen«, brummte der erste Verkäufer.

Am liebsten hätte Patch-Pu geweint.

»Und ich hatte gerade erst angefangen zu essen«, murrte jemand.

Patch-Pu begab sich zur Rankenleiter und kletterte drei Stockwerke Hand über Hand hinauf. Erst dann fragte er sich, ob jemand ihn eventuell von oben beobachtete. Vielleicht hatte man den Jungen hinuntergeworfen, weil man etwas testen wollte; möglicherweise versuchte jemand herauszufinden, wer darauf reagierte ...

Natürlich konnte es genausogut sein, daß man über ihn bereits Bescheid wußte; dann durfte er dieses grausige Schauspiel als eine Warnung auffassen.

Neben dem Getränkestand befand sich eine lange harte Bank, und darauf saß ein riesiger Sasquatch-Mann. Als Patch-Pu den Traumsalon erreichte, stellte der Sasquatch Blickkontakt mit ihm her, nickte kurz und grinste in sich hinein. Zwanzig Minuten später schaute Patch-Pu wieder hin; diesmal teilten sich zwei Sasquatch-Männer die Bank und nippten heißen Kaffee, der noch dampfte, aus zwei eimergroßen Bechern.

Der Manager gab sich ungewöhnlich zurückhaltend. Er erfand keine überflüssigen Arbeiten für Patch-Pu, als das flotte Nachmittagsgeschäft vorbei war, und er übte sich auch nicht in Small talk.

Am frühen Abend erschien ein Stammkunde – Gorillachassis, ein unersättlicher Träumer – und kam auf den aufregenden Vorfall im Einkaufszentrum zu sprechen.

»Der Junge hat Selbstmord begangen«, behauptete er. »Das weiß ich aus zuverlässiger Quelle. Es heißt, er sei dort, wo sich der Schacht verengt, in ein Apartment eingedrungen und habe sich dann vom Balkon gestürzt.«

»Und weshalb brachte er sich um?« mußte Patch-Pu einfach fragen.

»Menschen!« brummte der Kunde. »Sie sind suizidgefährdet. Wußten Sie das nicht?«

Der Verkäufer zuckte die Achseln; der Manager schwieg.

»Ich glaube, sie sind auf einer zu hohen Lebensstufe.« Der Gorilla schüttelte den Kopf und blickte traurig und überlegen zugleich drein. »Diese neumodischen künstlichen Teile enthalten zuviel von ihrer Seele.«

Patch-Pu gab neutrale Laute von sich, wie es sich für einen guten Verkäufer gehörte.

Der Kunde kaufte mehrere Langzeitträume, die er sich in sein Apartment schicken ließ und die noch vor ihm dort sein würden. Dann verließ er winkend den Laden, um nach Hause zu eilen und so rasch wie möglich einzuschlafen.

Es war zehn Minuten vor Ladenschluß.

Der Manager wartete ein Weilchen, dann fragte er Patch-Pu: »Möchtest du ein bißchen früher gehen?«

Die Stimme des Managers klang sonderbar verfremdet. Vor der Zeit zu gehen, verstieß gegen jede Regel, und auf einmal war sich Patch-Pu sicher. Leise, kaum hörbar hauchte er: »Midge?«

Nichts.

Um Lässigkeit bemüht, schlenderte er in den Tunnel hinein. Die lange Bank war leer, aber in der Nähe des Tunneleingangs lungerten drei Sasquatch-Männer herum, riesenhafte, vierschrötige, wachsame Gestalten. Sie trugen altmodische Kleidung ... und das beunruhigte ihn irgendwie. Einen Augenblick lang glotzte Patch-Pu sie an. Einer von ihnen gab einen Kommentar von sich, etwas Witziges, und die anderen lachten so laut, daß er sie hören konnte. Aber sie kamen nicht näher, offenbar hatten sie es nicht eilig. Patch-Pu zog sich in den Salon zurück, schloß ohne Vorwarnung die Tür und verriegelte sie mit der Hand. Dann rückte er von der Scheibe aus extra gehärtetem Glas ab.

»Nein«, sagte der Manager. *Midge.*

»Ruf den Sicherheitsdienst«, verlangte er. »Sofort.«

Schweigen.

Er trat an die Theke und versuchte anzurufen. Doch jede Verbindung zwischen dem Salon und dem Netz war gekappt. »Wer hat das getan? Die da draußen?«

»*Ich* habe die Leitungen lahmgelegt.« Die Stimme hatte sich verändert. Sie klang nicht wie die des Managers und nicht wie die von Midge; der Tonfall lag irgendwo dazwischen. »Es wäre sinnlos, den Sicherheitsdienst oder die Polizei zu alarmieren, Patch-Pu.«

»Wir brauchen Hilfe«, murmelte er zu sich selbst.

»Glaub mir«, betonte Midge. »Sie können uns nicht helfen.«

Er glaubte ihr. Was kam wohl als nächstes?

Rasch ging er noch einmal zur Tür und knipste mit der Hand sämtliche Lichter aus. Während er dort stand, im Dunkeln, drängte einer der Sasquatch-Männer das Gesicht gegen die Scheibe; dann stemmte er, hoch über Patch-Pus Kopf, seine Pranke gegen das Glas und zeigte grinsend seine gewaltigen Hauer.

Patch-Pu prallte zurück und wünschte sich, er wäre unsichtbar.

»Du brauchst mich nicht zu beschützen«, sagte Midge. »Oder habe ich das von dir verlangt?«

»Du hast mich doch um Hilfe gebeten.« Was konnte er als Waffe benutzen?

»Ich habe dich gewarnt. Für dich ist es das beste, wenn du mir keinen Beistand leistest.«

Er schüttelte den Kopf. »Aber du hast die Datei offengelassen, es praktisch darauf angelegt, daß ich dich finde ...«

»Nein, nein«, widersprach sie. »Ich mußte sie offenlassen. Kriech du mal in eine Flasche hinein und mach dann den Versuch, sie von innen zu versiegeln. Das ist gar nicht möglich!«

»Der junge Mann gab dir diese Handschuhe ...«

»... die sich bei meiner Erhöhung auf eine andere Lebensstufe mit mir verbunden haben. Dadurch konnte ich mich in den Datenspeicher eures Salons einschmuggeln. Meinen Körper habe ich hinterher vernichtet ...«

Sie hatte sich selbst zu Asche verbrannt, wollte sie damit sagen.

»... und darauf gehofft, einer eurer Kunden würde das Display löschen.«

Über den technischen Teil ließ sich nicht streiten.

Aber der Rest der Geschichte bereitete ihm Kopfzerbrechen. »Warum ausgerechnet hier?«

»Ich wollte mich verstecken.«

Er spähte zum Sasquatch hinüber. Die Geschäfte und Salons, die den Tunnel säumten, schlossen allmählich. Der Sasquatch hielt ein Auge darauf und kehrte dem Salon den Rücken zu. Er hatte die Ruhe weg. »Du hättest ins Netz gehen sollen.«

»Das Netz ist der Allgemeinheit zugänglich; Urz hätte mich im Handumdrehen entdeckt.«

»Hier hat er dich doch auch gefunden«, hielt er ihr entgegen.

Stille.

Der Sasquatch verzog sich.

Kopfschüttelnd sagte Patch-Pu: »Alle haben dich gesehen. Du bist ganz offen hier hereinspaziert und nicht wieder hinausgegangen. Dann hast du auch noch gelogen beziehungsweise den Manager zum Lügen bewegt.«

»Du hast auch geflunkert«, erinnerte sie ihn.

»Wir beide haben dich gedeckt, und Urz hat alles durchschaut.«

»Ich habe einen Fehler gemacht, Patch-Pu.«

Im Lagerraum fand er eine Metallstange. Er umklammerte sie mit beiden Händen und schwenkte sie probeweise hin und her.

»Geh nach Hause«, riet Midge.

Der Tunnel schien leer zu sein.

»Geh nach Hause und träum was Schönes.« Sie legte eine Pause ein. »Wovon träumst du am liebsten?«

Die meisten Lichter im Tunnel erloschen; nachts hielt sich niemand hier auf.

»Von dir wollen sie nichts. Hinter mir sind sie her.«

Im Boden klafften Ventilationsschlitze, und ein Teil der Luft wurde abgesaugt. Jeder abgesperrte Laden verlor einen gewissen Prozentsatz an Sauerstoff, der an Lokale mit Publikum vermietet wurde. Die verbleibende Luft war dünn, atembar und trocken. Patch-Pu hechelte und fragte sich, wem der Sauerstoffmangel mehr schaden würde, einem Schimpansen oder den Sasquatch-Männern.

»Warum tust du das, Patch-Pu?«

Er gab keine Antwort. Statt dessen erkundigte er sich: »Hast du die Absicht, für immer hierzubleiben, Midge?«

»Warum eigentlich nicht?«

»Wie gelang dir die Flucht?« Eine Weile dachte er nach. »Falls du deinen Körper geklont hast ... was ohne weiteres möglich ist ... und mit Unterstützung von Freunden und bestimmten Hilfsmitteln ...«

»Vielleicht hast du mit deinen Vermutungen recht«, räumte sie vage ein.

»Der Junge ist tot«, sagte er.

»Ich weiß. Es tut mir leid.« Einen Augenblick lang schwieg sie. »Ich habe ihn gewarnt, er sollte sich von mir fernhalten.«

»Du hast ihm die Zehen abgeschossen.«

»Ich hätte ihn ruhig noch mehr verstümmeln sollen.«

Noch ein kräftiger Schwung mit der Metallstange; die dünne Luft zischte leise. *Wusch.*

»Wieso bist du hier, Patch-Pu?«

Er ging zur Theke und setzte sich darauf. Jahrelang hatte er nur dahintergestanden.

»Wieso?« beharrte Midge.

»Weil ich in diesem Salon arbeite«, erwiderte er. »Und jetzt gehörst du dazu, du bist ein Teil davon.« Er hielt inne und schluckte mit trockener Kehle. »Ein guter Verkäufer schützt seinen Laden. Deshalb bleibe ich hier.«

Sie entgegnete nichts, wie wenn sie an seiner Aussage zweifelte.

Er fuchtelte noch ein wenig mit der Stange in der Luft herum und sah ein, daß sie als Waffe nichts taugte.

Was sollte er damit schon ausrichten – gegen drei Sasquatch-Männer, vermutlich Profis?

»Du handelst also nur wie ein treuer Angestellter?« vergewisserte sie sich mit spöttischem Unterton. »Mehr steckt wirklich nicht dahinter?«

Doch, es hat noch einen anderen Grund, dachte er bei sich. Sein ganzes Leben hatte er mit Bagatellen vertan, seine Zeit mit Unwichtigem verplempert. Vielleicht war es töricht von ihm, aber diese einzigartige Chance wollte er sich nicht entgehen lassen. Was passierte, wenn man in einem Traum den Helden spielte? Man klinkte sich in eine Datei ein und ließ ein Neuronengewitter über sich ergehen. So harmlos, daß nicht einmal ein Funke sprühte, der ein Feuer hätte entfachen können.

Er blickte auf die hintere Wand und stellte sich die Traumparaphernalien vor, die dort im Dunkeln hingen. Er fragte sich, welches Gefühl es wohl wäre, wenn man zum Helden aufstieg. Zu einem echten Helden. Und plötzlich, übergangslos wußte er, was er zu tun hatte; nach Luft ringend, sprang er von der Theke und machte sich sofort ans Werk.

Die Sasquatch-Männer brachen das Schloß auf; es war nur ein leises Klicken zu vernehmen, als die Tür nachgab und die Luft mit einem Pfeifton in den Laden strömte. Die drei Hünen traten ein und schlossen die Tür rasch hinter sich. Kein Alarm ertönte. Sie schalteten das Licht nicht ein. Bei ihrem Beruf war es von Nutzen, daß sie Augen besaßen, die im Infrarotbereich sahen.

Wo steckte der Verkäufer? Er befand sich weder hinter der Theke noch in einem der vorderen Gänge. Schimpansen waren kräftig und besaßen einen gehörigen Schuß Wildheit, den man auch durch Genmanipulation nicht herausbekam. Hätte die Aktion an einem abgelegeneren Ort stattgefunden, hätten sie Waffen mitgebracht. Ein verrückter Schimpanse! Einer der Sasquatch-Männer gelangte in den rückwärtigen Teil des

Salons und öffnete mit professioneller Vorsicht die Tür zum Lager. Der Job war simpel, und er wollte sich keinen Ärger einhandeln. Er schmunzelte, als er den Verkäufer entdeckte, der wie ein Häufchen Elend in einer Ecke des winzigen Kabuffs kauerte.

»Bitte, tu mir nicht weh!« flehte Patch-Pu.

»Nur ein ganz kleines bißchen«, entgegnete der Sasquatch und lachte. Als er die Kammer betrat, fiel ihm eine Art Schlinge oder ein Netz über den Kopf. Immer noch lachend, hob er die Hände und wollte sich von dem lästigen Ding befreien. Das Inducer-Netz – ein hochmodernes Modell, das beste, das der Salon zu bieten hatte – wurde aktiviert, und im nächsten Augenblick schlief der Sasquatch ein, geräuschlos zu Boden sinkend.

Patch-Pu stand auf, doch ließ er den Mann nicht aus den Augen.

Der zweite Sasquatch erschien und fragte: »Was ist los? Was machst du da?«

Der erste Sasquatch träumte, er befinde sich auf einem altertümlichen Schlachtfeld und feindliche Soldaten würden auf ihn zustürmen. Er schlief, doch der Inducer war manipuliert worden: Die Funktionen, die die Motorik des Benutzers unterdrücken sollten, waren außer Kraft gesetzt. Der Sasquatch schnellte hoch, brüllte einen Fluch in einer toten Sprache und griff seine vermeintlichen Gegner an. Die zehn Meter lange Anschlußschnur ließ ihm die nötige Bewegungsfreiheit, um seine Kollegen zu überrumpeln. Mit seinen riesigen knochigen Fäusten bearbeitete er ihre Gesichter und Bäuche. Ein Sasquatch sackte bewußtlos zu Boden. Der andere bekam einen kräftigen Kinnhaken, der den Schlafwandler umwarf, und griff nach dem Netz ...

... aber Patch-Pu knallte ihm die Metallstange zuerst auf die muskelbepackte Schulter und dann auf den Arm. Er sah rot vor Wut, und seine Wut verlieh ihm ungeheure Kräfte. Der Sasquatch taumelte zurück, stieß einen Schrei aus und stürzte sich auf ihn. Aber er griff ins Leere. Patch-Pu drehte sich um, schlug ihm die Stange gegen die langen Beine und zerschmetterte zuerst eine Kniescheibe, dann ein Schienbein; der so außer Gefecht gesetzte Mann krümmte sich am Boden vor Schmerzen.

Keuchend stand der Verkäufer über ihm.

Herausfordernd.

Triumphierend.

Er rang immer noch nach Luft, als jemand ihn von hinten antippte und er sich erschrocken umdrehte. Urz beobachtete ihn mit dem Anflug eines Lächelns. Sein Gesicht wurde von den hellstrahlenden Händen beleuchtet. »Raffiniert«, lautete der Kommentar des Menschen. Patch-Pu gelang es, seine Waffe noch einmal zu heben. Doch Urz hob seine glühende Hand, und ein winzig kleines Gerät feuerte eine Ladung ab. Ein Donnerkrachen; der Gestank von Ozon. Der Verkäufer wurde in die Display-Tafeln geschleudert; Plastik und Glas zerschellten, aber seine Rippen und das Rückgrat fingen die Wucht des Aufpralls ab. Zehn Millionen Jahre lang waren seine Vorfahren von Bäumen gefallen, und dieses Erbe half ihm, den Schlag zu überleben.

Schlaff und kraftlos lag er am Boden; aber er lebte.

»Komm, wir werfen ihn runter«, sagte eine Stimme dicht über ihm. In seine Schmerzen mischte sich Wut.

Urz entgegnete jedoch: »Laß ihn liegen.« Er kümmerte sich nicht weiter um den Vorschlag des Sasquatch. Patch-Pu blinzelte und entdeckte den haarlosen Mann, der seine glänzenden Hände gegen die Wand des Salons preßte. Ein blauweißes Licht erfüllte den Raum. Der Mann sah aus wie ein Gott, dessen Aufgabe es war, die Wand zu stützen; mit gespreizten Beinen, in der Haltung eines Athleten stand er da und gab ein beinahe heroisches Bild ab.

»Wir werfen ihn in den Schacht, wie den Jungen«, beharrte der Sasquatch. »Oder wir bringen ihn auf andere Weise um.«

»Hilf lieber deinen Freunden«, versetzte Urz. »Verschwinde aus diesem Raum.«

Stille.

Urz funkelte jemanden wütend an. »Er wird uns nicht schaden. Wie sollte er? Er ist doch nichts weiter als ein blöder Verkäufer!«

Bewegung; ein leises Stöhnen. Patch-Pu hörte, wie die Tür des Salons geöffnet und wieder geschlossen wurde. Dann schien er das Bewußtsein zu verlieren und kam erst wieder zu sich, als ihm der beißende Geruch von Parfüm in die Nase stieg. Urz? Richtig, der kniete über ihm. »Du wirst uns doch keinen Ärger machen, oder?« fragte er. Nach einer Kunstpause fügte er hinzu: »Fang gar nicht erst an, mit dem Gedanken zu spielen; ich lasse es nämlich nicht zu, und das weißt du genau.«

»Was hast du mit Midge angestellt?«

»Sie nach Hause geschickt, was denn sonst?« Grinsend stand er auf. »Ich habe bereits eine Modellform mit omnipotenten Zellen gefüllt. Forciertes Klonen. Teuer, aber in ein paar Monaten ist sie wieder im Netz.«

Patch-Pu wollte sich aufrichten, doch es gelang ihm nicht.

»Weißt du, was ich ihr als erstes raten werde?«

Der Verkäufer atmete tief durch und fragte: »Was denn?«

»Beim nächsten Mal, werde ich ihr sagen, soll sie sich bessere Beschützer suchen.«

Patch-Pu mußte ihm recht geben.

Die Betreiber des Traumsalons schickten jemanden heraus, der den Schaden abschätzen und bei den Behörden offiziell Anzeige erstatten sollte; die Motive der Diebe blieben jedoch unklar. Weil Patch-Pu das Eigentum der Ladenbesitzer verteidigt hatte, erhielt er zur Belohnung ein zusätzliches Wochengehalt und Genesungsurlaub; die nächsten sechs Monate arbeitete er, ohne zu klagen, weiter und behielt im großen und ganzen seine eingefahrene Routine bei. Aber er aß sein Mittagessen nicht mehr von unechten Antilopenknochen, und er saß auch nicht länger mit den anderen Verkäufern zusammen. Manchmal, in unregelmäßigen Abständen, überzog er seine Mittagspause. Der Manager, der sich an seine Versäumnisse gewöhnt hatte, war so klug, auf Ermahnungen zu verzichten.

Als Patch-Pu eines Tages wieder einmal zu spät vom Mittagessen zurückkam und seelenruhig in den Salon spazierte, zuckte er vor Überraschung zusammen. Im Laden stand eine Menschenfrau; sie hatte schwarzes Haar, ein breites Gesicht und riesige goldene Augen ... Aber es bestand kein Zweifel daran, wer sie war. »Midge«, sagte er und blieb auf Abstand. Er fragte sich, wo Urz wohl lauern mochte.

Aber sonst hielt sich niemand im Laden auf; und der Manager schwieg.

»Ich möchte dir danken«, sagte Midge. »Für deine Hilfe.«

»Was habe ich denn getan?« unterbrach er sie.

»Eine ganze Menge. Mehr, als ich zu hoffen gewagt hatte.«

Er begriff gar nichts.

Als sie näher kam, merkte er, wie zierlich sie war. »Natürlich bist du verwirrt.« Sie berührte seinen Arm und fuhr fort: »Aber denk doch mal nach. Wenn es möglich ist, sich in die Wände eines Traumsalons einzuschmelzen, dann kann man sich doch gleich an zwei verschiedenen Stellen einspeisen. Jeder Ort bekommt dann eine Hälfte der Person.«

»Eine Hälfte? Wie soll das machbar sein?«

»Der eine Teil ist gut sichtbar, der andere wird versteckt.«

»Bist du etwa schon wieder geflohen?« fragte er.

»Dieser Teil wurde damals nicht eingefangen.« Sie blickte verzückt drein. »Die Hälfte, die Urz mitnahm, enthielt nur Fragmente der ursprünglichen Midge. Ich habe versucht, ihr unsere ganze Zähigkeit und Ausdauer zu verleihen, damit sie überleben kann ...«

»Wo warst du?« platzte er heraus.

»Kannst du dir das nicht denken, Patch-Pu? Glaubst du, ich hätte mich auf dich und den Jungen beschränkt? Es gibt so viele Männer auf der Welt, warum sollte ich mich da mit euch beiden begnügen?«

Noch jemand, der an der Orgie teilgenommen hatte? Zu seiner Verblüffung merkte er, daß er eifersüchtig war. »Wo steckt er?«

Sie schüttelte den Kopf. »Ich habe dir schon genug erzählt.«

Eine Hälfte von Midge befand sich also hier, die zweite weilte an einem anderen Ort. Kam sie womöglich gerade von einem Rendezvous mit ihrem anderen Beschützer? Er hatte den weniger zähen, weniger ausdauernden Teil von Midge bekommen, dazu ein paar Zellen, um diesen Körper zu klonen. Das Gesicht, die Augen und die Haarfarbe wurden geändert, die Hälfte wuchs sich zu einem Ganzen aus, und der Trick hatte funktioniert.

»Ich wollte mich nur bei dir bedanken«, wiederholte sie. »Und ich bin froh, daß dir nichts Ernstliches passiert ist.«

Unbeabsichtigt hatte Patch-Pu ihnen bei ihrem Täuschungsmanöver geholfen. Er hatte geglaubt, die vollständige Midge zu verteidigen, und er hatte versagt. Urz obsiegte, indem er das nach Hause mitnahm, was er haben wollte.

»Ich möchte dir etwas geben, Patch-Pu; für deinen selbstlosen Einsatz.«

Ja, was wünschte er sich denn?

»Möchtest du der Besitzer dieses Traumsalons sein? Denk mal darüber nach.«

79

Er staunte über seine eigene Reaktion. Der Vorschlag ließ ihn kalt, er fühlte sich weder beglückt noch traurig. Diesen Salon besitzen? Er schaute sich um und versuchte, sich über seine Wünsche klar zu werden, und er schüttelte den Kopf.

»Nein, danke«, lehnte er ab. »Mir liegt nichts daran.«

»Ich hätte das Geld«, lockte sie.

Das bezweifelte er keineswegs. Doch das Angebot reizte ihn nicht. Er fragte sie: »Wie konntest du nur einen Teil deiner selbst bei Urz lassen?«

Der Vorwurf schien sie zu treffen. Wütend rollte sie die Augen und verteidigte sich: »Das war das Beste, was ich tun konnte. Ehrlich.«

Der Verkäufer atmete tief durch. »Erlaube mir, daß ich dich ein Stück heimwärts begleite. Das ist das einzige, was ich mir von dir wünsche.«

Als sie loszogen, fragte der Manager: »Wohin gehst du, Patch-Pu?«

Er gab keine Antwort, drehte sich nicht einmal um. Sie spazierten zu dem begrünten Schacht; einen Augenblick lang stellte er sich plastisch vor, wie es wäre, wenn er Midge jetzt über den Rand nach unten stieße und ihren Fall beobachtete. Doch dann fragte er sich, ob es richtig sei, ihr eine Schuld zuzuschieben. Wenn es stimmte, was sie sagte, wenn ihr tatsächlich Ausdauer und Zähigkeit fehlten, dann war sie nichts weiter als die schwächere Hälfte von Midge und verdiente Mitleid. Also griff er statt dessen nach ihrer Hand, drückte sie fest und sagte: »Leb wohl – und alles Gute.«

Sie betrat einen Aufzug und wählte mit ihrer kleinen weißen Hand den Bestimmungsort.

Patch-Pu schlenderte zum Salon zurück. Er wußte genau, was er als nächstes zu tun hatte. Er brauchte Geld und Zugang zum Netz, und beides gewährte ihm seine Tätigkeit im Salon. Nur daß er jetzt kein Verkäufer mehr war, sondern ein frischgebackener Held, der alles über Sicherheitssysteme und menschliche Kultur lernen mußte. Irgendwo da droben, irgendwo auf dem Meer der Stürme, litt ein tapferer kleiner Affe Qualen, und das bedeutete, daß er keine Minute länger warten durfte.

Auf Handknöcheln und Zehenspitzen fing er an zu rennen.

Hastig machten die Fußgänger ihm Platz.

Dann stieß er ein lautes, langgezogenes Geheul aus, dessen Echo sich vielfach an den steinernen Wänden des Tunnels brach.

Originaltitel: ›Dreams from a Severed Heart‹ • Aus: ›Asimov's Science Fiction‹, März 1995 • Copyright © 1995 by Dell Magazines. Division of BantamDoubledayDell • Übersetzung aus dem amerikanischen Englisch von Ingrid Herrmann

Neil Barrett jr.

CUSH

Die Wagen trafen in der Hitze des vom Schrillen der Zikaden erfüllten frühen Nachmittags ein. Sie bogen von der Fernstraße ab und nahmen die ungeteerte, pulvertrockene Landstraße, Wagen aus Ortschaften mit Namen wie Six Miles und Santuck, Wedowee und Hawk, kleingedruckte Namen wie Uchee, Landerville und Sprott, Wagen aus großen Städten wie Birmingham und Mobile und sogar von außerhalb des Staates. Alle krochen durch den Augustnachmittag die gewundene schmale Landstraße entlang, hinunter in die tiefgrünen Schatten von Flaschenbäumen, Platanen, Maulbeerfeigenbäumen und Kiefern und hinterließen rötliche Staubwolken für die nachfolgenden Wagen.

Als sie zur Brücke kamen, verringerten die Wagen zögernd die Geschwindigkeit. Die mit Nietenköpfen reichlich bestückten Brückenträger aus rostigem Eisen sahen stark genug aus, um die Pyramiden zu stützen, aber die Oberfläche der Brücke gab Anlaß zu Besorgnis. Die flachen Holzbohlen der Brückenauflage waren grau verwittert wie Stein und in jede Richtung verzogen, gekrümmt und verbogen. Jedesmal, wenn ein Wagen hinüberfuhr, war von der Brücke ein hohles Klappern und Rumpeln zu hören, das sensible Ohren an ein Todesröcheln gemahnte. Die Vernunft sagte, daß der vorausfahrende Buick gut hinübergekommen war. Die Vorsicht sagte, daß es ein Anlaß sei, über das sterbliche Leben nachzudenken. Ein größeres Begräbnis am Tag war durchaus genug. Die beste Art und Weise, diese Ereignisse zu betrachten, war das Aufrechtstehen.

Tante Alma Cree war solche Besorgnis fremd. Sie hielt in der Mitte der Brücke an, schaltete die Zündung aus und kurbelte das Fenster herunter. Niemand kam von hinten nach. Wenn jemand käme, könnte er warten. Wer nicht warten wollte, konnte hupen und herumstampfen, was Alma Cree auch nicht weiter gestört hätte. Alma hatte 1956 auf den Stufen der Central High School in Little Rock gestanden und zu grimmig blickenden baumlangen weißen Soldaten aufgeblickt. Neun Jahre später hatte sie sich mit Martin Luther King dem Marsch von Selma nach Montgomery angeschlossen. Seit dieser Zeit hatte sie nicht mehr viel beunruhigt. Nicht der Verlust eines Ehemannes, der erst zweiunddreißig war, nicht dreiundvierzig Jahre als Lehrerin von Kindern, die mehr an Straßenbiologie als an der Lektüre von *Moby Dick* interessiert waren.

Ganz bestimmt sorgte sie sich nicht wegen einer Brücke, und schon gar nicht wegen der Brücke, die sich jetzt unter ihr befand. Sie kannte diese Brücke wie ihren eigenen Körper. Sie wußte, daß sie um 1922 von einem weißen Mann aus Jackson erbaut worden war, dem das Land ringsum gehörte. Für Landwirtschaft hatte er nicht viel übrig gehabt, aber er war froh über jede Gelegenheit gewesen, von seiner Frau wegzukommen. Almas Großvater hatte das Anwesen 1936 billig gekauft, und seither hatte die Familie dort gelebt. Der Brückenbelag war siebenmal fortgespült worden, aber das Eisen hatte immer gehalten. Die Hochwasser des Baches hatten einen John Deere-Traktor, einen Chevy und einen 39er LaSalle gefordert. Alma wußte alles über die Brücke.

Sie erinnerte sich, wie sie und ihre Schwester Lucy sich vom Haus fortgeschlichen hatten, auf das Brückengeländer geklettert waren und sich weit genug hinausgebeugt hatten, um ins Wasser zu spucken. Sie hatten

ins Wasser gespuckt und dann gewartet, daß die rot-
flossigen Elritzen und die silbrigen jungen Flußbarsche
zum Essen kämen. Sie schienen nie zu erraten, daß es
nichts Gutes zu essen war. Alma und Lucy hatten sich
halbtot gelacht, weil ihre Spucke die Fische jedesmal
getäuscht hatte. Kein Mensch hat weniger Verstand,
sagte Mama, als zwei dünnbeinige Niggermädchen, die
kaum einen Teller abtrocknen können. Aber Alma und
Lucy machte das nichts aus. Sie mochten dumm sein,
aber sie nahmen jedenfalls nicht an, daß Spucke ein fetter grüner Heuhüpfer oder eine Fliege war.

Alma saß und roch den schweren warmen Duft
von Wasser, von verrottendem Laub und Algen. Sie
lauschte dem trägen Zirpen der Grillen in den umliegenden Feldern und dem durchdringenden Schnarren
der Zikaden in den Bäumen, den einzigen Geräuschen
an diesem stillen Nachmittag. Der Bachgrund wirkte
benommen vor Hitze, ein undurchdringliches Gewirr
von rankendurchzogenem dichten Gestrüpp, aus dem
sich die Bäume erhoben. Das Wasser unten war ruhig
und tief, die schwache Strömung fast unsichtbar, weil
die Oberfläche von Wasserpflanzen und giftgrünen
Algen bedeckt war. Wenn man jetzt an einer freien
Stelle ins Wasser spuckte, geschähe nichts. Die Elritzen
und die jungen Flußbarsche waren verschwunden. Ein
Stück weiter aufwärts, hatte jemand ihr vor ein, zwei
Jahren erzählt, gebe es noch gutes Wasser, es sei noch
immer ein Schlangenparadies da oben, und man könne
hundert Wasserschildkröten auf einmal sehen, die wie
grüne Moosklumpen auf einem halbversunkenen
Baumstamm schliefen.

Aber nicht hier unten, dachte Alma. Alles hier ist
größtenteils abgestorben. Sie erinnerte sich, wie sie am
Bachufer Nelken und Blutweiderich gepflückt hatte,
Waldfrauenfarn und Krötenlilien in den Wäldern. Das
alles war jetzt fort, und das brachliegende Feld beim
Haus war überwuchert von Nesseln und Brombeeren,

krausem Ampfer und Disteln. Das Elternhaus selbst hatte das Stadium des Knarrens und Ächzens hinter sich gebracht. Alle Balken, Planken und Dielenbretter hatten nachgegeben und hingen so weit durch wie nur möglich. Das Haus war inmitten einer Gruppe hoher Pekannußbäume erbaut worden, dickstämmigen Riesen, die fünfzig Jahre Sonntagnachmittagspicknicks beschattet hatten. Das Haus hatte jeden dieser Bäume überlebt, denn nun waren auch sie fort. Bei der Hintertür wuchsen Holunder und chinesischer Roseneibisch, aber an krumme Sträucher und kümmerliche kleine Bäume kann man keine Schaukel hängen.

»Eines Tages wird dieses Haus zusammenfallen«, sagte Alma in die Stille des heißen Nachmittags. Eines Tages wird es sehen, daß der Bach und das Land knochentrocken sind, und Gevatter Tod hat schon aufgeräumt; es ist nicht mehr viel Leben übriggeblieben. Als sie die staubige rote Straße vom Bach hinauffuhr, spürte sie überall ringsum die Geister. Großväter, Onkel, Vettern zweiten Grades und eine ganze Menge von Großtanten. Papa und Mama längst gestorben, und auch Schwester Lucy. In dem geräumigen alten Haus lebte nur noch Lucys Tochter Prudence. Pru, das kleine Kind und Onkel John Fry, der gerade mit hundertdrei Jahren gestorben war. Nun lag er im Wohnzimmer aufgebahrt in einem Sarg.

Herrgott, dachte Alma, soweit ist es mit der Familie gekommen. Ein toter alter Mann und die verrückte Pru, die zweimal versuchte, Lauge zu trinken. John Ezekiel Fry, Pru und ein einäugiges krüppelhaftes Kind, in Todsünde gezeugt.

»Und vergiß dich selbst nicht«, sagte sie laut. »Du bist auch nicht preisgekrönt, Alma Cree.«

Sie fanden nicht alle Platz im Wohnzimmer, aber es drängte hinein, wer konnte und rechtzeitig gekommen war. Die anderen standen draußen in der Diele und durch die Haustür auf der gedeckten Veranda und die Stufen hinunter zusammengedrängt in der Hitze unter freiem Himmel. Das Wohnzimmerfenster war geöffnet, so daß alle die Worte des Predigers hören konnten. Die nächsten Angehörigen nach vorn, sagte Prediger Will, und so mußte Alma neben ihrer verrückten Nichte Pru auf einem harten geraden Stuhl sitzen. Pru saß links neben ihr, ein Vetter namens Edgar rechts, ein Mann, den sie nie im Leben gesehen hatte.

Woher kommen sie nur alle? dachte sie, als sie die fremden Gesichter ringsum betrachtete. Vierzig, vielleicht fünfzig Leute, die von überall hergefahren waren, und an keine drei erinnerte sie sich. Hatte sie diese Leute als Kind gekannt, waren sie irgendwann einmal zum Erntedankfest gekommen? Sie waren hier, also mußten sie mit Onkel Fry verwandt sein.

Draußen vor dem Haus war es heiß wie in einem Ofen, und drinnen war es nicht kühler. Die Aussegnungsfeier hatte kaum begonnen, da wurde eine stämmige Dame in der Diele ohnmächtig. Und wie ein sinkender Ozeandampfer mit seinem Sog alles in der Nähe in die unbarmherzige Tiefe zieht, zog Mrs. Andrea Simms aus Mobile mehrere Leute mit sich nach unten. Draußen fiel eine Aspisviper aus dem Roseneibisch einem Versicherungsmann aus Tullahoma, Tennessee, auf die Schultern und kroch ihm in den Kragen. Rufe nach Natron wurden laut, aber Pru hatte wenig mehr als Lauge und Erdnußbutter im Haus, also mußte die Familie fliehen.

Prediger Will hob die Tugenden John Ezekiel Frys hervor, bemerkte, daß er ein langes Leben gelebt habe, was jeder der Anwesenden deutlich sehen konnte. Will selbst war dreiundachtzig, und er war sicher, daß Onkel Fry zu keiner Zeit einen Fuß in seine Kirche gesetzt hatte. Trotzdem, man mußte etwas sagen, also ergänzte Will seine Ansprache mit Bibelzitaten, um aus der Trauerfeier ein Ereignis zu machen, das die Leute im Gedächtnis behielten. Er kannte das ganze Alte Testament und auch das Neue, alles bis auf Titus und einen Teil von Malachias, genug, um durch den Sommer, den Herbst und den Winter bis in den nächsten Juni hinein zu reden.

Alma fühlte sich von einer schweren Trägheit überwältigt. Die Hitze verursachte ihr Blutandrang im Kopf, und ihre unteren Gliedmaßen waren angeschwollen und wie gelähmt. Pru schaukelte mit dem Oberkörper vor und zurück und summte eine Melodie von Michael Jackson. Vetter Edgar war entweder tot oder fest eingeschlafen. Keiner von uns wird es noch lange machen, dachte Alma, und Will ist noch nicht mal bei den Psalmen.

Der Herr hatte ein Einsehen, oder irgendein nördlicher Heiliger, der die Hitze berücksichtigte, hatte bei ihm ein Wort für sie eingelegt. Plötzlich gellte ein entsetzlicher Schrei durch das Haus, unterbrach den Gottesdienst, drang durch jeden staubigen Raum, jedes Mauseloch und jede verwitterte Bretterritze, jede Wand und jeden Boden. Niemand, der den Schrei hörte, konnte ihn je vergessen. Er war so einsam, so voll Schmerz und Jammer, von Kummer und Leid, ein Aufschrei und eine winselnde Klage über alles Weh und alles Elend, das die Welt je gekannt hatte, über alles Leiden und alle Sünde, zusammengefaßt in einer einzigen langgezogenen Klage.

Die verrückte Pru war sofort auf den Beinen, als der Schrei einsetzte. Die verrückte Pru, mit angstvollen Augen und dem Urschrecken einer Mutter im Herzen.

»Oh, lieber Gott«, rief sie, »oh, guter Jesus, meinem Kind ist was zugestoßen! Dem kleinen Cush ist was passiert!«

Pru kämpfte sich wie rasend durch das Gedränge hinaus in die Diele, gefolgt von Tante Alma. Die Trauergäste machten ihnen Platz, so gut es ging, dann folgten sie ihnen die Treppe hinauf. Onkel John Ezekiel Fry blieb mit einer Reihe von leeren Stühlen allein in seinem Sarg zurück, allein bis auf Leonard T. Pyne.

Als Pru ihr Kind sah, geriet sie außer sich. Sie kreischte und raufte sich das Haar, sprang wie in einem zuckenden kleinen Tanz herum, stöhnte, schrie, würgte und fiel schließlich in einen alten Sessel, dessen Sprungfedern bereits den morschen Bezug durchlöchert hatten. Tante Alma warf einen Blick ins Gitterbett und dachte, das Herz müsse ihr stillstehen. Das Kind blutete aus seinem einzigen schrecklichen Auge, blutete aus Mund und Nase, blutete aus den Fingern und Zehen, aus den Ohren und aus jeder winzigen Pore.

Alma überlegte nicht lange. Sie hob das Kind aus dem Gitterbett, dieses häßliche, kleine, zappelnde, schreiende Kind mit den Armen und Beinen eines Opossums und dem Kopf einer Ofenkartoffel, hob das Kind auf und rief: »Aus dem Weg, schnell! Ich komme durch!«

Alma rannte aus dem Zimmer und durch den Gang. Das Kind war schlüpfrig und naß in ihren Händen und pulsierte wie ein neumodischer Duschkopf. Im Bad legte sie Cush schnell in die Wanne und drehte den Wasserhahn voll auf. Sie hielt das Kind direkt unter den gurgelnden Strahl und ließ Wasser über das kleine Bündel Elend in ihren Händen platschen. Das Rot wurde weggespült, aber Alma sorgte sich nicht deswegen. Sie betete, daß der Schock irgendeine Lebenskraft in ihm auslösen und die Blutung zum Stillstand bringen möge.

Das Kind heulte, bis Alma glaubte, ihre Trommelfelle müßten platzen. Es zappelte, um von dem Wasser wegzukommen, das ihm über den Kopf sprudelte, es wand sich wie ein Aal in ihren Händen, aber sie wußte, daß sie es nicht loslassen durfte.

Und dann hörte die Blutung auf. Einfach so. Cush hörte auf zu schreien, das abfließende Wasser in der

Wanne war nicht mehr rosafarben, sondern klar, und Alma hob das Kind auf den Arm, und jemand reichte ihr ein Handtuch.

»Da, siehst du«, sagte Alma. »Jetzt ist alles wieder gut. Gleich wirst du wieder ganz in Ordnung sein.«

Sie wußte, daß es eine Lüge war. Man konnte dieses arme kleine Ding mit einem offenen und einem für immer geschlossenen Auge nicht anschauen und sagen, alles sei wieder gut. Und Cush war weder vorher ganz in Ordnung gewesen, noch würde er es jemals sein.

In dem Augenblick, als das Kind aufhörte zu bluten, furzte Onkel John Ezekiel Fry in seinem Sarg, schüttelte sich und seufzte befriedigt. In der Zeit, die eine Fliege braucht, um sich mit den Hinterbeinen über die Flügel zu streichen, erinnerte sich Fry an jeden einzelnen Augenblick seines über hundertjährigen Lebens, an jedes Wort und jedes vergangene Ereignis, an jede Sekunde seit dem 24. Mai 1888, an Dinge, die ihn berührt hatten, und an Dinge, die er nicht verstanden, sowie an Dinge, denen er überhaupt keine Beachtung geschenkt hatte. Er erinnerte sich des Ansturms der Siedler auf das 1890 freigegebene Indianerterritorium Oklahoma und der Panik von 1893. Er erinnerte sich, wie er als kaum Zweiundzwanzigjähriger niedergestochen worden war. Er erinnerte sich an Max Planck; das Sherman-Gesetz über den Ankauf von Silber; einundzwanzigtausendvierhundertzweiundsechzig Welse, die er in seinem Leben gegessen hatte; eine Lastwagenladung Delaware-Punsch; sechzehn Tankwagen voll Whiskey und Gin; sieben Tonnen Schweinefleisch, John Maynard Keynes; Teddy Roosevelt auf dem Hügel von San Juan; Iwo Jima und Ypern; Tigerpanzer und Jagdbomber; eine goldhäutige Hure namens Caroline; Wilson bekam vierhundertfünfunddreißig Wahlmännerstimmen, und Taft bekam nur acht; die Weltausstellung in St. Louis 1904; Maisbrot und Bohnen; ein Mädchen in einem roten Seidenkleid in

Tupelo; wie er in Mobile einen Mann erschossen und ihm die silberne Taschenuhr geraubt hatte; eine Dame in Atlanta unter einem gelben Mond, naß vom Flußwasser, diamantene Tropfen auf der Haut und kohlschwarzes Moos zwischen den Schenkeln.

Dies alles kam Onkel John Ezekiel Fry in den Sinn, als er die hölzernen Wände seines Sarges umfaßte, sich daran hochzog, aufsetzte, mit den Augen zwinkerte und sagte: »Whiskey – Meise – Februar – Schlampe ... Lindy süß wie Brombeerkuchen ...«

Außer Leonard T. Pyne war niemand sonst im Raum. Weil das Gehen ihm beschwerlich wurde, war er nicht mit den anderen die Treppe hinaufgestiegen. Er starrte John Fry an, sah die Hände am Sargrand, sah einen Anzug, der innen leer aussah, sah ein Gesicht wie ein Apfel, der seit einiger Zeit im Faß vor sich hin gefault hat. Sah teerschwarze Augen, die nach innen statt nach außen schauten und Dinge sahen, die Leonard, wie er inständig hoffte, niemals sehen würde.

Leonard wurde nicht ohnmächtig, er schrie nicht einmal. Das Haar stand ihm nicht zu Berge, und er tat nichts, was er erwartungsgemäß hätte tun sollen, weil er nicht eine Sekunde lang daran glaubte, was er sah. Tote richten sich nicht auf und reden, das wußte er, und wenn sie es nicht tun, sieht man sie auch nicht dabei. Warum also ein Aufhebens davon machen?

Leonard T. Pyne stand auf und ging hinaus. Er vergaß, daß er Knie von annähernd Fußballgröße hatte. Er vergaß, daß er ohne einen Krückstock nicht gehen konnte. Er ging hinaus und bestieg seinen Wagen und fuhr davon. Er vergaß, daß er seine Frau Lucille mitgebracht hatte. Er fuhr die unbefestigte Landstraße zurück, über die Brücke und weiter und nahm Kurs auf New Orleans. Er hatte sein ganzes Leben südlich von Knoxville in Tennessee verbracht. Er war nie in New Orleans gewesen und konnte sich keinen Grund denken, warum er jetzt dort hinfahren sollte.

Als die Leute die Treppe von oben herunterkamen, stand Onkel John Ezekiel Fry in der Küche, zog Schubladen auf und öffnete Schranktüren auf der Suche nach etwas Trinkbarem. Einige Leute fielen auf die Knie und beteten. Andere wurden ohnmächtig, aber das konnte an der Hitze liegen. Leute, die von außerhalb des Staates gekommen waren, sagten, es sehe Fry ähnlich, solch eine Schau abzuziehen und alle zum Narren zu halten; er habe sich nie einen Scheißdreck um andere gekümmert. Wenn er das nächstemal sterbe, würden sie die Fahrt nicht machen.

Als der kleine Cush wieder gut aussah, so gut jedenfalls, wie solch ein Kind je aussehen konnte, und die verrückte Pru wieder zu sich gekommen war, sagte sie, Gott wirke auf wundersame Weise, wie jeder sehen könne. Was, wenn sie nicht pleite gewesen wäre und man Onkel Fry hätte einbalsamieren lassen, statt ihn im Sarg aufzubahren? Er wäre ganz sicher tot gewesen und hätte keine Möglichkeit gehabt, aufzuwachen und zurückzukehren.

Der Leichenbestatter aus der Stadt, Marvin Doone, fühlte Prediger Wills anklagenden Blick auf sich und wußte nicht, was er sagen sollte. Will hatte die Familie bedauert und Doone das Geld zugesteckt, um den Toten ordentlich zurechtzumachen. Und das hatte Marvin Doone auch getan: Er hatte Onkel Frys Innereien abgesaugt, Konservierungsflüssigkeit hineingepumpt und alles sauber zugenäht, und dann hatte er die sterblichen Überreste in einen schwarzen Konfektionsanzug von Sears gehüllt, der auch Wills Großzügigkeit zu verdanken war. Es stand für Marvin Doone völlig außer Frage, daß Fry absolut keine lebenswichtigen Eingeweide besaß, aber wie sollte er Will davon überzeugen?

Prediger Will sprach nie wieder mit Doone.

Doone fuhr nach Haus und trank einen halben Liter Gin.

Onkel John Ezekiel Fry murmelte »Lolli – Muschi –

Mississippi – Roggen« oder ähnliches und wanderte acht Meilen zurück zu seiner eigenen Farm, wo er eine ganze Zwiebel aß und sich Fische briet.

»Pru, du solltest dieses Haus verkaufen und mit dem Kind in die Stadt ziehen«, sagte Alma. »Das ist hier nichts mehr für dich, und es gibt keinen Grund, noch länger zu bleiben.«

»Das Haus ist ganz bezahlt«, sagte Pru. »Es gehört mir.«

Sie saßen auf der schmalen überdachten Veranda, sahen den Abend dahinschwinden und die Dunkelheit den Bach entlang vordringen, beobachteten eine Eule, die tief zwischen den Bäumen dahinflog. Pru schaukelte den kleinen Cush in den Armen, und er sah zufrieden aus. Er spielte mit seinen kleinen Opossumhänden und betrachtete Tante Alma mit seinem schläfrigen schwarzen Auge.

»Bezahlt ist *eine* Sache«, sagte Alma. »Instandhalten ist eine andere. Auf dem Land liegen Steuern, und jemand muß sie bezahlen. Es wächst hier nichts, der Boden ist ausgelaugt. Soweit ich mir ein Urteil erlauben kann, bringen Brennesseln kein Geld ein.«

Pru lächelte und kitzelte dem Kleinen das Kinn, obwohl Alma nicht sehen konnte, daß er überhaupt eins hatte.

»Ich und Cush, wir haben es gut«, sagte Pru. »Wir werden fein zurechtkommen.«

Alma blickte geradeaus in die zunehmende Dunkelheit. »Prudence, es ist nicht meine Aufgabe, dir das zu sagen, aber ich tue es trotzdem. Deine Mutter war meine Schwester, und ich glaube, ich habe ein Recht dazu. Das ist *kein* passender Name für ein Kind. Es tut mir leid, aber so ist es einfach.«

»Cush, so heißt mein Baby«, sagte Pru.

»Es ist nicht richtig«, sagte Alma.

Pru schaukelte vor und zurück, und ihre bloßen Füße

streiften leicht die Bretter der Veranda. »Noah erwachte«, sagte Pru, »und wußte, daß sein Sohn Ham ihn nackt in seinem Zelt gesehen hatte. Und Noah sagte: ›Ich verfluche alle deine Kinder, Ham, das werde ich tun!‹ Und das tat er. Und einer von Hams Söhnen hieß Cush.«

»Es ist mir gleich, ob er so hieß oder nicht«, sagte Alma. »Wenn du einen biblischen Namen willst, da gibt es viele, unter denen du wählen kannst; es muß nicht Cush sein.«

Pru warf ihrer Tante einen verwirrenden Blick zu. Vielleicht bin ich noch da, sagte der Blick, aber vielleicht bin ich schon weg.

»Viele Namen, das schon«, sagte Pru, »aber nicht viele, die einen *Fluch* haben. Ich dachte mir, Cush müßte einen Namen mit einem Fluch haben.«

Tante Alma war nicht sicher, wie sie darauf antworten sollte.

Alma fand den Ruhestand lästig, geradeso wie sie es erwartet hatte. Ihr Name stand auf der Liste für Aushilfen, aber es kamen wenige Anfragen, und die in weiten Abständen. Sie arbeitete Teilzeit für die NAACP in Montgomery, nahm Anrufe entgegen und schrieb Briefe und tat, was sie konnte. Manchmal arbeitete sie im Garten und strich das Haus von außen. Sie hatte einige Zeit mit dem Gedanken gespielt, es lavendelblau zu streichen. Die Nachbarn waren davon ganz und gar nicht begeistert, aber das kümmerte Alma nicht. Nächstes Jahr könnte ich ganz scharf auf Rosa sein, erzählte sie Mrs. Sissy Hayes von gegenüber. Was halten Sie davon?

Seit dem Herbst des vergangenen Jahres hatte sie sich nicht allzugut gefühlt. Sie ermüdete zu rasch und nahm sogar die Gewohnheit an, einen Mittagsschlaf zu machen, was sie früher nie getan hatte. Das Anstreichen des kleinen Hauses erschöpfte sie mehr, als sie zugeben mochte. Ich bin kaum über fünfundsechzig, sagte sie sich. Ich fühle mich ein bißchen angeschlagen, aber ich werde nicht aufhören.

Ihr kam der Gedanke, daß sie Dr. Frank aufsuchen und mit ihm sprechen sollte. Keine richtiggehende Behandlung, nur ein Gespräch. Vielleicht brauchte sie Eisen, vielleicht eine Spritze mit Vitamin B_{12}.

Dr. Frank nahm eine gründliche Untersuchung mit siebzehn Tests vor und sagte dann: »Sie sollten besser auf sich achtgeben und sich schonen, Alma Cree. Sie haben Diabetes und ein angegriffenes Herz. Es sieht so aus, als ob Sie die Gicht bekämen. Ich bin nicht sicher, daß Ihre Nieren so arbeiten, wie sie sollten.«

Alma fuhr nach Haus und goß Tee auf. Dann setzte sie sich an den Tisch und weinte. Seit Lucy gestorben war, hatte sie nicht mehr geweint, und sie konnte nicht sagen, wann davor.

»Lieber Gott«, sagte sie laut, und die sonnige Küche verschwamm durch ihre Tränen. »Ich will nicht alt werden, und ich will nicht sterben. Aber wenn es sein muß, dann lieber alt; ich denke, das solltest du wissen.«

Ihr Körper schien zu spüren, daß Alma sich von ihm verraten fühlte. Es gab keine gelegentlichen Schmerzen und Stiche mehr, keine kleinen Andeutungen. Die Schmerzen kamen absichtsvoll und mit voller Gewalt über sie.

Die Tabletten und Spritzen schienen zu helfen, aber nicht genug. Alma mochte ihr neues Selbst nicht. Sie war niemals krank gewesen und konnte sich nicht damit abfinden, jetzt krank zu sein. Sie mußte die Teilzeitarbeit aufgeben. Die Gartenarbeit bereitete ihren Knien und dem Kreuz Schmerzen, das Stehen tat ihren Beinen nicht gut, und beim Niedersitzen schmerzte alles andere. Ich sollte, sagte sich Alma, zum Alkohol greifen. Das scheint auch allen anderen zu helfen.

Dies alles ereignete sich nach Onkel Frys mißlungener Verabredung mit dem Tod und nach ihrem Besuch auf der Farm. Trotz ihrer eigenen neuen Probleme bemühte sich Alma, mit Pru in Verbindung zu bleiben. Sie schrieb hin und wieder, aber Pru schrieb nie zurück. Wenn Alma konnte, schickte sie ein wenig Geld. Pru bedankte sich nie, was Alma kein bißchen überraschte. Prus Mutter Lucy, Gott mochte ihrer armen Seele gnädig sein, war immer geizig gewesen, selbst wenn sie nicht arm wie eine Kirchenmaus gewesen war. Vielleicht hat Pru den Geiz geerbt, dachte Alma. Gott weiß, was sie sonst noch geerbt hat. Lucy war rundweg gewöhnlich und ihr Mann ein hinterhältig blickender Trunkenbold gewesen. Niemand wußte, wer der Vater von Prus Kind war, sie selbst am allerwenigsten. Wer immer er war, er konnte für Cush nicht verantwortlich gewesen sein. Nur Gott konnte die Schuld an einem Kind wie Cush auf sich nehmen. Erbgut war eine Sache, aber dieses arme Ding war eine andere. In ganz Alabama gab es nicht genügend schlechte Gene, daß sie sich zusammentun und etwas wie Cush hervorbringen konnten.

Tante Alma hatte das Gefühl, sie müsse Pru besuchen. Sie fühlte sich etwas besser, und Dr. Frank sagte, die Reise werde ihr guttun. Sie hatte schon eher kommen wollen, sich aber der Fahrt nicht gewachsen gefühlt. In ihren Briefen an Pru hatte sie erwähnt, daß sie sich unwohl fühle, und es damit bewenden lassen – Pru hatte es wahrscheinlich wenig gekümmert. Alma hätte nicht gewußt, ob ihre Nichte noch lebte oder nicht, wäre Prediger Will nicht gewesen. Will schrieb alle sechs Monate die gleichen zwei Zeilen, aus denen hervorging, daß es Pru und dem Kind gutgehe. Alma bezweifelte dies. Wie konnte es ihnen gutgehen? Wie aßen sie, wie kamen sie zurecht? Es war beinahe – was? Gott, beinahe drei Jahre her. Demnach mußte Cush ungefähr vier sein. Wer hätte gedacht, daß das Kind so lange am Leben bliebe?

95

Wie jedesmal verspürte Alma die Anziehungskraft der Vergangenheit, als sie die Fernstraße verließ und die noch immer ungeteerte rote Landstraße einbog. Sie war erfreut und überrascht, wie gut das Land aussah, viel besser als bei ihrem letzten Besuch. Das Wasser im Bach stand höher und strömte beinahe klar dahin. Wildblumen gediehen zwischen Unkraut und Ranken. Als sie ins dunkle Wasser hinabspähte und versuchte, in die Tiefe und bis auf den Grund zu sehen, fand ein dünner Sonnenstrahl seinen Weg durch die dichtbelaubten Äste über ihr und warf Silbermünzen ins seichte Wasser am Ufer. Alma sah plötzlich eine pfeilschnelle Bewegung von Farbe, rote Funken im zitronengelben Licht.

»Sieh dir das an!« sagte sie und hätte beinahe laut gelacht. »Die Elritzen kommen zurück. Ich wette, ihr seid immer noch dumm genug, Spucke zu fressen!«

Hätte ihr der Rücken keine Beschwerden bereitet und wäre sie von der Fahrt nicht steif gewesen, wäre Alma ausgestiegen und hätte einen Versuch mit der Spucke gemacht. Statt dessen fuhr sie unter den Bäumen weiter, hinaus in die Sonne und die letzte Anhöhe hinauf durch das Feld bis zum Haus.

Einen Augenblick lang dachte Alma, sie habe sich irgendwie verfahren und sei falsch abgebogen. Nesseln und krauser Ampfer waren verschwunden. Das damals brachliegende Feld trug hohen grünen Mais in dichter Fülle. Näher am Haus gediehen in geordneten Reihen Kohlköpfe und Salat, eßbarer Eibisch und Limabohnen, Tomaten und Speisekürbisse. Das Haus war kürzlich weiß gestrichen worden. Fenster hatten glänzendschwarze Umrandungen und neue Fliegengitter. Ein mit Ziegeln gepflasterter Weg führte zu den Stufen der gedeckten Veranda, und in der frisch mit Kies bestreuten Zufahrt stand ein blauer Kleinlaster mit dicken Reifen.

Ein plötzliches Gefühl von Furcht und Hoffnungslosigkeit überkam Alma. Pru ist fort, dachte sie. Sie ist fort, und andere Leute wohnen hier. Sie ist fort, und kein Mensch kann dir sagen, wohin dieses verrückte Mädchen gegangen ist.

Alma parkte hinter dem Lastwagen. Es hatte keinen Sinn, einfach hineinzugehen. Vielleicht käme jemand heraus. Sie kurbelte die Scheibe herunter. Eine heiße Sommerbrise löste die kältere Luft sofort auf. Alma überlegte, ob sie hupen solle. Nicht energisch, nicht unhöflich, nur ein kurzes kleines Signal. Sie wartete einen Augenblick, nur einen kurzen Augenblick noch. Dann wurde sie auf eine Bewegung im Maisfeld aufmerksam, wandte den Kopf und sah die hohen grünen Pflanzen schwanken und die Vogelscheuche mit ruckartig schlurfenden Schritten herauskommen, sah den weißlich verblichenen Overall um die dürre Gestalt mit den steckenartigen Beinen und den Armen wie dürre Zweige schlottern, sah den von Mäusen angefressenen grauen Filzhut, starr von prähistorischem Schweiß, sah das einem zerknüllten braunen Papiersack gleichende Gesicht, gefurcht und faltig, sah die Augen wie Fettflecke und den Mund wie aus zerrissenem Papier, sah diese ganze schwankende, da und dort von Lumpen und Baumwollschnur zusammengehaltene Erscheinung.

»Sieh da, Onkel John Ezekiel Fry«, sagte Alma. »Es ist schön, dich so rüstig anzutreffen. Was meinst du, gibt es dieses Jahr eine gute Maisernte?«

»Brechstange-Chattahochee-saugen«, sagte Onkel Fry. »Pfirsich-Sauerteig-Schritt ...«

»Guter Gott«, sagte Alma. Sie sah, wie Onkel Fry kehrtmachte und ins Maisfeld zurückstiefelte. Entweder war es Onkel John Fry, oder eine Mücke war ihr ins Auge geraten – entweder John Ezekiel Fry oder eine Phantomwolke von Baumwollstaub. Wenn *er* noch hier ist, dachte Alma, dann ist auch Pru in der Nähe, obwohl irgend etwas nicht mit rechten Dingen zugeht. Im selben Augenblick hörte Alma, wie die mit Fliegengaze bespannte äußere Tür schlug, und sah Pru barfuß die Stufen herablaufen – Pru oder eine Frau, die ihr sehr ähnlich sah. Pru, falls sie zugenommen hatte und nicht mehr so mager war wie eine Schiene, falls sie wie Whitney Wie-hieß-sie-noch-gleich aussah. Falls sie sich das Haar hübsch frisierte und ein nettes rosafarbenes Kleid gekauft hatte und nicht mehr so furchtbar dämlich aus den Augen schaute. Wenn alles das zusammenkam, und es sah ganz danach aus, dann war dies vielleicht Lucys einzige Tochter Prudence-Jean.

»Tante Alma, bei allem, was lebt«, sagte Pru. »Meine Güte, ist das eine nette Überraschung!«

Bevor Tante Alma ihre Schmerzen und ihre Steifheit aus dem Wagen schleppen und aufrichten konnte, war Pru bei ihr, lachte und grinste und hielt die Tür auf und umarmte sie halb zu Tode.

»Sag mal, du siehst gut aus!« sagte Pru. »Du bist überhaupt nicht älter geworden.«

»Es geht mir gar nicht gut, ich bin krank gewesen«, sagte Alma.

»Aber ich finde, daß du wirklich gut aussiehst«, sagte Pru.

»Es würde dir nicht schaden, gelegentlich zu schreiben.«

»Ich und das Alphabet sind nie sonderlich gut miteinander ausgekommen«, sagte Pru. »Aber bestimmt denke ich die ganze Zeit an dich.«

Alma hatte ihre Zweifel daran. Pru führte sie den ziegelgepflasterten Weg entlang zu den Stufen und ins Haus. Wieder fühlte Alma Beunruhigung, als ob sie ins falsche Haus geraten wäre – oder womöglich außerhalb des Staates. Am Fenster summte ein großes Gerät, und die Luft war eiskalt. Ein blaugeblümter Teppich bedeckte den Holzboden. Bilder hingen an den Wänden. Eine neue Lampe war da, eine neue Couch und neue Sessel.

»Pru«, sagte Alma, »willst du mir verraten, was hier vorgeht? Ich meine, alles sieht wirklich hübsch aus, es sieht gut aus …«

»Ich wette, du bist erhitzt«, sagte Pru. »Setz dich einfach hin, und ich bring dir Limonade.«

Jetzt ist mir nicht mehr heiß, dachte Alma. Niemandem kann hier heiß sein, du hast die Luft auf null Grad abgekühlt. Sie hörte Pru draußen jenseits der Diele summen. Wahrscheinlich hatte sie auch eine nagelneue Einbauküche. Einen Gefrierschrank und einen Elektroherd und alles.

Lieber Gott, das Haus gestrichen, ein neuer Lastwagen und neue Fliegengitter und ein Haus voll neuer Sachen! Kein Wunder, daß Prediger Will sich nie Sorgen um sie machte.

Alma mochte nicht darüber nachdenken, woher das Geld kam. Pru sah aus, als wäre sie aus einer Modezeitschrift gestiegen, sie hatte richtig Figur bekommen. Was sollte man davon halten? Ein Mädchen, das nicht weiter als bis D buchstabieren konnte, arbeitete nicht unten bei Merril-Lynch. Sie *arbeitet*, dachte Alma beklommen, und zwar auf dem Strich, in Mobile, für einen Zuhälter mit einem Mundvoll weißer Zähne wie aus einer Cola-Reklame und dem passenden Cadillac.

Es ist nicht recht, dachte Alma. Sieht aus, als würde es ziemlich gut bezahlt, aber es ist nichts für ein Mädchen wie Pru. Ich werde ihr sagen: Pru, ich weiß, du hattest eine schwere Zeit mit Cush und allem, aber das darfst du nicht machen.

Pru brachte die Limonade, setzte sich und lächelte wie die Damen in *Vogue*, wenn sie gutes Parfüm verkaufen.

»Tante Alma«. sagte sie, »ich wette, du möchtest etwas über all dies Zeug hören, das ich habe. Ich stelle mir vor, daß du es vielleicht wissen möchtest.«

Alma räusperte sich. »Nun, wenn du es mir erzählen *willst*, Pru, dann ist es in Ordnung.«

»Irgendwie war mir das Glück hold«, erzählte Pru. »Eines Tages arbeitete ich auf dem Maisfeld, als meine Hacke auf was Hartes stieß. Ich grub es aus und fand eine rostige Blechschachtel. Drinnen war ein kleiner Ledersack. Und in dem, gelobt sei Gott, waren neun goldene Zwanzigdollarstücke, die so frisch aussahen, als ob sie gerade erst gemacht worden wären. Ich brachte sie zur Bank, und Mr. Deek sagte, neun mal zwanzig, Miß Pru, das macht hundertachtzig Dollar, aber ich gebe Ihnen zweihundert bar auf die Hand. Und ich sagte, ich glaube nicht, daß Sie dies tun werden, Mr. Deek, sagte ich, und ich bin nicht so gerührt, wie ich es früher vielleicht gewesen wäre, denn ich habe im öffentlichen Fernsehen mal ein Programm über Münzen gesehen.

Also nahm ich einen Bus nach Mobile und fand einen alten Mann, der Fische briet. Ich frage, können Sie lesen und schreiben? Er sagt, er kann, ziemlich gut, und ich sage, kaufen Sie mir ein Buch über Münzen und lesen Sie mir vor, was es sagt. Er tut es, und er liest eine Weile darin und sucht und sagt, großer Gott, Mädchen, diese Münzen hier sind eine Menge wert. Ich sage, wieviel? Er sagt, bei dem Prägezustand sind diese Münzen vielleicht um die zweiundvierzigtausendneunhundert wert, scheint mir. Nun, es kostete ziemlich viel Zeit und Mühe, aber schließlich bekam ich sechsundvierzig. Ich gab dem Mann, der mir geholfen hatte, eine Zwanzigdollarnote, und danach blieben mir fünfundvierzigtausendneunhundertachtzig. Nun, ist das nicht was? Der liebe Gott war bestimmt gut zu mir.«

»Ja, er – nun, er hat es wirklich gut mit dir gemeint, Pru. Ich nehme an, du mußt sagen, daß ...«

Die Wahrheit ist, daß Alma nicht wußte, *was* sie sagen sollte. Sie war von der Neuigkeit wie vor den Kopf geschlagen. All dieses Geld aus einer alten Blechschachtel? Geld, das seit mehr als hundert Jahren draußen auf diesem Feld gelegen hatte? Papa und Mama waren ihr Leben lang bettelarm geblieben, und niemand hatte vor Pru jemals ein Fünfcentstück gefunden. Natürlich konnte Pru das Geld gebrauchen, ohne Zweifel. Aber es hätte nicht geschadet, wenn eine oder zwei von diesen Münzen schon um 1942 aufgetaucht wären.

Pru servierte Alma ein wirklich gutes Mittagessen und bestand darauf, daß sie über Nacht blieb. Alma wehrte sich nicht lange. Die Reise hatte sie ziemlich mitgenommen. Pru sagte, sie habe das Zimmer ihrer Großmutter hergerichtet, und Alma brauche die Klimaanlage nicht zu benutzen.

Während des langen heißen Nachmittags, während die Sonne die neuen Dichtungsstreifen und die frisch gestrichenen Wände zu durchdringen versuchte, erzählte Pru von der Farm und Onkel Fry und wie gut der Garten wuchs und dies und das, redete über alles, was es zu reden gab, nur nicht über Cush. Alma fragte vielleicht einmal oder zweimal, wie es Cush gehe, und Pru sagte ganz schnell, Cush geht es gut. Danach fragte Alma nicht mehr. Sie versuchte zuzuhören und bewunderte den Gefrierschrank und die geräuschvolle Dunstabzugshaube über dem Herd, aber ihre Gedanken entfernten sich niemals weit von dem Kind. Pru schien es zu wissen, schien die Frage zu fühlen, die zwischen ihnen in der Luft hing, und wenn sie sie fühlte, ging sie schnell darüber hinweg und begeisterte sich für irgendein nagelneues Haushaltsgerät, das feuerwehrrot oder plastikgrün lackiert war. Und das war alles, was Alma über Cush in Erfahrung brachte.

Dann, als der Tag zur Neige ging, als die Hitze nachließ und Alma mit einem Glas Eistee auf der gedeckten Veranda saß, kam Pru von hinten und berührte ihren Arm.

»Ich weiß, du mußt ihn sehen«, sagte Pru. »Ich weiß, das mußt du tun.«

Alma saß eine Weile ganz still, dann stand sie auf

101

und sah ihre Nichte an. »Das Kind ist mit mir verwandt«, sagte sie. »Daß es behindert ist, bedeutet nicht, daß ich es darum weniger liebe.«

Pru schwieg dazu; sie nahm Alma bei der Hand und führte sie die Stufen hinunter. Der Roseneibisch war größer geworden.

Seine Zweige streiften den Küchenausgang hinter dem Haus. Der Boden dort bestand aus festgetretener glatter Erde, wie es immer gewesen war. Festgetreten, wo vor Jahren noch die Zisterne gewesen war, festgetreten von ungezählten bloßen Füßen, der Trampelpfad, der hinter dem Haus entlangführte. Alma sah vor ihrem inneren Auge die Geister von Pfirsichbäumen. Sie sah das Rauchhaus und dahinter die alte hölzerne Außentoilette, zur Rechten den Sturmkeller und Papas Hühnerstall. Und als sie um die Hausecke bog, sah sie Cush in einem neuen roten Wagen bei den Stufen sitzen.

Alma fühlte sich wanken, fühlte die Beine nachgeben, und für einen Augenblick war ihr, als wolle sich ihr das Herz verkrampfen. Das Geschöpf in dem Wagen sah nicht wie ein Kind aus, hatte keine Ähnlichkeit mit etwas Lebendigem. Der Kopf erinnerte noch immer an eine in der Schale gebackene Kartoffel, doch schien er größer als beim letzten Mal, während der verkrümmte kleine Körper ausgedörrt und versengt aussah, eingetrocknet und runzlig. Das scheckige Muster seiner Haut war übersät von eiternden wunden Stellen, Pickeln und Blasen, Flecken und Prellungen, Pusteln und Schwielen, Insektenbissen, Ausschlägen und Anschwellungen jeglicher Art. Alma sah die Opossumhände verkrümmt und gebogen wie Wurzeln, sah, daß es kein Haar auf Cushs Kopf gab, sah, daß Cush irgendwie ein Bein verloren hatte, sah jede vorstellbare Verunstaltung an dem Kind.

Dann setzte sich Pru auf den Boden und sagte: »Cush, das hier ist deine Großtante Alma Cree. Du warst zu jung, dich zu erinnern, aber du hast sie schon einmal gesehen. Möchtest du versuchen, hallo zu sagen? Möchtest du versuchen, das zu tun?«

Cush blickte mit seinem milchig-schwarzen Auge auf, blickte durch sein Elend und seine Schmerzen zu Alma Cree auf und lächelte. Das Lächeln war etwas Wunderbares und Schreckliches. Eine Seite des Mundes blieb unverändert, während die andere Seite eine schiefe Bahn an der Nase vorbei zog und eine tiefe Falte in das Gesicht schnitt. Wenn Sie einen Schluckauf haben, während Sie versuchen, Ihre Unterschrift auf ein Papier zu setzen, dann fährt der Strich aufwärts und womöglich über den Rand der Seite hinaus. So ungefähr empfand Alma Cree Cushs Lächeln. Cushs Lippen öffneten sich und sonderten etwas Weißes ab, dann kratzte sich Cush und machte ein krächzendes Geräusch.

»Haaalm'ah-ah ... Haaalm'ah-ah«, sagte Cush, und dann verlor sich das Lächeln.

»Alma«, sagte Pru erfreut, »das ist richtig. Siehst du, Tante Alma? Cush hat deinen Namen gesagt.«

»Das ist wirklich gut, Cush«, sagte Alma. »Bestimmt.« Der Himmel kreiste verrückt über ihr, die Erde unter ihren Füßen knirschte mit den Zähnen und geriet aus den Fugen. Alma hoffte inständig, daß sie es zurück ins Haus schaffen würde.

»Pru, du kannst nicht für dieses Kind sorgen«, sagte Alma. »Du schaffst es einfach nicht allein. Ich weiß, du hast getan, was du konntest, aber der arme kleine Cush braucht Hilfe.«

»Ich habe Hilfe bekommen, Alma«, sagte Pru mit einem Blick auf ihre leere Kaffeetasse. »Seit ich zu Geld gekommen bin, hat Cush alle Arten von Doktoren gesehen, die es gibt. Sie geben mir alle möglichen Salben und Wasser und alle Pillen, die sie haben. Aber nichts hilft, keiner kann was machen.«

»Pru«, sagte Alma, »was ist mit seinem *Bein* passiert?«

»Nichts ist passiert«, sagte Pru. »Eines Tages, vor ungefähr einem Jahr, fiel es einfach ab. Cush quietschte ein bißchen, ich wäre fast in Ohnmacht gefallen, und das war alles.«

Tränen stiegen Pru in die Augen. »Tante Alma, nachts liege ich wach und frage mich, was in Gottes Kopf vorgeht. Ich sage mir, Pru, was denkt er da oben? Was, meinst du, hat er vor? Die Farm ist gut in Schuß, als hätte Jesus die Hand ausgestreckt und das Land berührt. Noch nie ist alles so gut gewachsen. Der Herr hat mir das Verrückte aus dem Kopf genommen und gemacht, daß ich richtig gut aussehe, und mir alles gegeben, was es gibt. Wie kommt es dann, daß er versäumt hat, Cush zu helfen, Tante Alma? Kannst du mir das sagen? Wie kommt es, daß Jesus den kleinen Cush glatt vergessen hat?«

»Ich kenne Gottes Wege nicht«, sagte Alma. »Ich kann dir das nicht beantworten, Kind.« Sie blickte auf ihre Hände, konnte Pru nicht in die Augen sehen. »Ich kann dir nur sagen, daß du offenbar alles getan hast, was du tun kannst. Viel mehr kannst du nicht tun. Du bist jung und hast das Leben noch vor dir, und es gibt Orte, wo Cush vielleicht besser aufgehoben ist als hier ...«

»Nein!«

Das Wort kam so kräftig und fest heraus wie das harte rote Eisen, das die Brücke trug. »Cush ist mein Kind«, sagte Pru. »Ich weiß nicht, warum er so ist, wie er ist, aber er ist mein Kind. Er gehört hierher und nirgendwohin sonst.«

Alma sah den Willen und die grimmige Entschlossenheit in Pru und wußte gleich, daß es zwecklos war, Pru umstimmen zu wollen.

»Na gut«, sagte sie und gab sich Mühe, Pru zuzulächeln, »dann muß es wohl so sein ...«

Cush mochte den Winter und den Herbst. Im Frühling und im Sommer suchte ihn alles heim, was kriechen, fliegen und krabbeln konnte. Feuerameisen, schwarze Ameisen und andere Ameisen jeder Art. Ohrwürmer, Stinkkäfer und rote Steinläufer. Schwefelfalter und andere Schmetterlinge ließen sich auf seinem Kopf nieder, um Augenflüssigkeit oder an nässenden Geschwüren zu saugen. Pferdebremsen und Stechfliegen stachen ihn, Stechmücken umsummten ihn wie Fokker D IIIs, und schwarze Kriebelmücken verstopften ihm die Nase. Wenn ein bestimmtes Insekt Cush nicht finden konnte, fand er es. Mit seinem einzigen gekrümmten Fuß stieß er sich in seinem kleinen Wagen die Straße hinunter. Früher oder später kam ihm ein Skorpion in den Weg, stieß blitzschnell mit dem stachelbewehrten Schwanz zu und stach ihn in Zeh oder Ferse.

Seine Mutter versuchte ihn im Haus zu halten, aber Cush gefiel es nicht in den vier Wänden. Er saß gern draußen und beobachtete die Bäume. Auch gefiel es ihm, die Bussarde zu beobachten, die hoch oben am Himmel kreisten. Es gab so viele Wunder zu sehen. Jeder Grashalm, jede neue Blume, die sich aus dem Boden ans Licht drängten, waren in seinem Auge ein staunenswertes Geheimnis. Besonders liebte er den Bach. Als er fünf war, verbrachte er dort jeden Tag, wenn es ihm möglich war. Er beobachtete die Sumpfschildkröten, wenn sie ihre Köpfe aus dem Wasser reckten und umherschauten. Er beobachtete die schnellen Elritzen und freute sich, wenn er sie an sonnigen Stellen silbrig aufblinken sah. Es gab dort noch mehr stechende Insekten und beißendes Getier, aber daran hatte Cush sich gewöhnt.

Außerdem nützte es nichts, wenn er im Haus blieb. Frische Farbe, neue Türen und dichte Fliegengaze konnten die Plagegeister nicht fernhalten. Sie wußten, daß Cush dort war, und fanden einen Weg hinein. Wo er auch sein mochte, sie schlüpften hinein und fanden ihn.

Cush dachte nicht über Schmerzen nach. Er hatte vom ersten Augenblick seines Lebens an Schmerzen gekannt und wußte nicht, daß es etwas anderes gab. Es war ihm niemals in den Sinn gekommen, wie es sein könnte, keine Schmerzen zu haben. Ein taubes Kind fragt sich vielleicht, wie es wäre, wenn es hören könnte, aber es erfährt es doch nie.

Cush wußte, daß andere Leute nicht wie er waren und empfanden, und spürte, daß in seinem Leben vielleicht etwas fehlte. Er sah nicht wie andere Leute aus, das war ihm bewußt. Andere Leute taten dies und das und waren geschäftig, und er saß nur da. Saß und schaute und dachte. Saß und wurde gestochen und gebissen.

Einmal, als er mit seiner Mutter am späten Abend auf der gedeckten Veranda saß – sie hatte den Ventilator herausgebracht, um die Insekten in Schach zu halten –, versuchte Cush einen Gedanken hörbar zu machen. So verstand er Rede – einen Gedanken hörbar machen. Er versuchte es nicht oft, denn nichts schien richtig herauszukommen.

Aber an diesem Abend gab er sich besondere Mühe. Er begriff, daß er es tun mußte. Er bewegte den Mund, so gut er konnte, und ließ es heraus.

Nachdem Pru einen Erstickungsanfall oder einen Schlag ausgeschlossen hatte, begriff sie, daß Cush reden wollte. »Kindchen, ich weiß wirklich nicht genau, was du sagen willst«, sagte sie. »Möchtest du das noch mal sagen?«

Cush tat es. Er versuchte es noch zweimal. Die Anstrengung war so groß, daß mit seinem Speichel Käferbeine, Stückchen von lebenswichtigen Organen und Tofu herausflogen.

»Wowoo winda?« sagte Cush. »Muddwa sollih man?«

Pru lauschte, und endlich verstand sie. Und als sie verstanden hatte, war ihr, als müsse ihr das Herz brechen. Beinahe hätte sie Cush aufgehoben und an sich gedrückt. Sie hatte das seit drei Jahren nicht mehr getan, aber jetzt tat sie es beinahe. »Wofür bin ich da?« hatte Cush gesagt. »Mutter, was soll ich machen?«

Lieber Gott, dachte Pru, wie soll ich das beantworten? Lieber Herr Jesus, gib mir die rechten Worte ein. Pru wartete, aber nichts Göttliches kam ihr in den Sinn.

»Warum, es gibt nichts, was du machen sollst, Cush«, sagte sie schließlich. »Gott hat die Bäume und die Blumen und den Himmel und alles andere gemacht, was es zu sehen gibt. Er hat deine Tante Alma und dich und mich gemacht. Wir alle sind Gottes Kinder, Cush. Ich nehme an, das ist ungefähr alles, was wir sein sollen.«

Cush dachte darüber nach. Er dachte lange und angestrengt nach. Er betrachtete die Worte seiner Mutter von vorn und von hinten, von der Seite und von innen. Danach wußte er noch immer nicht, wofür er da war. Er wußte noch immer nicht, was er machen sollte. Etwas, das war ihm klar, aber er kam nicht darauf, *was*. Aber er war beinahe sicher, daß er nicht dafür da war, eine von Gottes Blumen zu sein.

Nach der Fahrt fühlte sich Alma elend und völlig erschöpft. Sie legte sich drei Tage ins Bett und schlief zwei davon beinahe ganz durch. Als sie schließlich aufstand, fühlte sie sich gut. Hungrig und schwach in den Knien, aber frei von Beschwerden. Die lange Autofahrt, das Wiedersehen mit Cush und Pru, dachte Alma, reichen aus, um jeden zu erledigen.

Sie dachte über Pru und die Farm nach. Wie hübsch Pru aussah! Sie schien nicht mehr verrückt zu sein. Und wie das Land und der Bach sich wieder erholten! Alles war zum besten bestellt, nur nicht bei Cush. Sogar Onkel Fry. Es war, wie Pru sagte. Der liebe Gott hatte soviel Gutes gewirkt, aber Cush hatte seinen Anteil nicht bekommen. Es war nicht recht. Es war wirklich nicht in Ordnung.

Nach Haus zurückgekehrt, nahm Alma ihren Garten in Augenschein und entschied, daß nichts mehr zu retten sei. Sie wischte Staub im Haus und stopfte die schmutzige Wäsche in einen Sack. Sie ging zum Lebensmittelgeschäft und zurück. Am Spätnachmittag holte sie ein Notizbuch hervor und schrieb nieder, was sie beschäftigte. Aus keinem bestimmten Grund, nur weil sie dachte, sie sollte es tun. Sie schrieb über das Begräbnis und Onkel John Fry. Sie schrieb über Prus Geschick und über Cush. Sie schrieb, wie das Land sich verändert hatte und wie der Bach voll von Fischen und Schildkröten war. Nichts, was sie schrieb, sagte ihr etwas, was sie nicht schon vorher gewußt hätte, aber es schien zu helfen, wenn sie die Dinge der Reihe nach zu Papier brachte.

Zwei Wochen nach ihrer Reise erhielt Alma einen Anruf. Dotty Mae Kline, die mit Alma zusammen zweiunddreißig Jahre lang Lehrerin an derselben Schule gewesen war, war ein Jahr nach Alma in den Ruhestand getreten. Sie lebte jetzt in Santa Barbara und fragte Alma, ob sie sie nicht besuchen und eine Weile bleiben wolle.

Der Vorschlag überraschte Alma. Ungefähr vierzehn Gründe fielen ihr ein, warum sie die Reise nicht machen könne, dann verwarf sie sie alle. »Warum nicht?« sagte sie und griff zum Telefon, um zu hören, wann die nächste Maschine ging.

Alma hatte vorgehabt, eine Woche zu bleiben, dann aber blieb sie vier Wochen. Santa Barbara gefiel ihr gut. Es war großartig, mit Dotty Mae zusammenzusein. Sie unternahmen viel, sahen alles, was es zu sehen gab, und waren einmal sogar nahe daran, sich mit kalifornischem Wein zu betrinken. Alma fühlte sich besser denn je. Dotty Mae sagte, das mache die gute Seeluft vom Pazifik. Aber Alma wußte, daß Seeluft nicht gegen Diabetes half oder ein Herz, das sich hin und wieder mit einem beängstigenden Flattern bemerkbar machte.

Als sie nach Hause kam, fand Alma im Postkasten einen Brief von Pru. Das Stempeldatum war zwei Wochen alt. Alma ließ ihr Gepäck in der Diele und öffnete sofort Prus Brief. Sie sah die krakelige Handschrift, die schief und krumm über die Seite lief, und erkannte, daß dies wahrscheinlich der erste und einzige Brief war, den Pru in ihrem Leben geschrieben hatte.

Lihbe Tant Alma,
beschdimd bist du iberaschd das du fon mir herst. Die Farm siht gud aus und ein Mahn fom Lantwierdschafz-amd lest mir keine Ru. Er sagd er weis nichd wie Meis drei Mäder hoch wern kan, und Gohlgepfe grohs wie Washzuh-ber auf einer Farm wie diser. Er sagd es giebt keine Nehrschdof im Boden. Ich hawe gesagd ich kan nichd da-fier. Cush had eine Arm ferlorn lezde Woche und auf sei-nem Gopf fengt schohn wie Mohs zu waxen an. Sonsd gehd es ihm gud. Onkl Fry gehd es auch gud. Es griest dich

Pru

PS. Lezden Freitag hahbe ich 2 Miljohnen fon Ed McMa-hon gewohnen. Alma hir ist ein Schein iber zwansig Dollar ich hahbe mer wie ich ausgehben kan.

»Großer Gott«, sagte Alma, »all dies Geld für ein dummes Niggermädchen!«

Sie zerknüllte den Brief in der Faust. Zorn überkam sie, Zorn auf Pru. So etwas gab es nicht, es war nicht recht. Pru hatte nichts anderes getan, als sich schwängern zu lassen. In ihrem ganzen Leben hatte sie noch keinen vollen Tag gearbeitet!

Schuldgefühl stellte sich ein. Zorn kämpfte gegen Scham, und alles in ihrem Kopf. Alma war erschüttert. Sie konnte sich nicht vorstellen, daß sie so etwas gesagt hatte, aber da war es. Sie schob es beiseite und versteckte es, aber es kam unheimlich schnell wieder zum Vorschein, was bedeutete, daß sie es so leicht nicht loswürde.

Der Zorn war da, und er wollte nicht weichen. Zorn auf Pru, die alles das darstellte, was Alma ihr Leben lang hatte überwinden wollen. Zorn auch auf Mama, Papa und Lucy. Nie hatte sie Freundinnen oder Freunde aus dem College nach Hause mitgebracht, weil deren Verwandte farbige Ärzte und Anwälte waren und weil niemand wissen sollte, daß ihre Leute bettelarme Overall- und Kattun-Schwarze aus dem tiefen Süden waren, die die ganze Zeit ›Yassuh‹ sagten und bis aufs I-Tüpfelchen dem Bild entsprachen, das die Weißen sich von Landniggern aus Alabama machten.

Sie erinnerte sich jedes kaffee- und schokoladenbraunen, rußschwarzen und aschgrauen Negergesichts, das durch ihre Klasse gegangen war. Jedes Gesichts aus dreiundvierzig Jahren. Um jedes einzelne hatte es ihr in der Seele weh getan, weil sie wußte, in welche Welt sie sie entlassen mußte. Sie hatte ihnen gewünscht, daß sie erreichen würden, was sie selbst erreicht hatte, und im Herzen hatte sie sich die ganze Zeit gesagt: ›Ich bin nur froh, daß ich ich bin und nicht einer von ihnen.‹

Während draußen der Nachmittag unmerklich in den Abend überging, saß Alma auf ihrer Couch und schaute hinaus auf ihr Gepäck in der Diele. Sie dachte an die schlagfertige, geistig rege und humorvolle Dotty Mae. Sie dachte an Little Rock und Selma, und sie dachte an Pru.

»Ich bin immer noch die, die ich bin«, sagte sie zu sich selbst. »Vielleicht hat sich etwas anderes eingeschlichen, aber ich weiß, das bin nicht *ich*.« Sie saß und sah den Tag entschwinden, und sie betete, daß dies die Wahrheit sei.

Am Morgen, als sie von der Reise ausgeruht war und als die angenehmen kalifornischen Tage sich mit der

Freude und Erleichterung über die Heimkehr vermischten, als sie Prus Brief ohne das Aufkommen alter
Gefühle ansehen konnte, holte Alma ihr Notizbuch hervor, schlug eine neue Seite auf und überlegte, was sie
schreiben sollte.

Alma hielt nichts von Dingen, die sie nicht verstand.
Sie ging gern mit Tatsachen um. Sie mochte alles, was
einen ordentlichen Anfang und ein Ende hatte. Dotty
Mae Kline hatte Philosophie und neuere englische Lite-
ratur gelehrt. Alma Cree hatte sich mit Geometrie und
Französisch zufriedengegeben.

Sie nahm sich Prus Brief vor und überlas, was sie bisher in ihr Notizbuch geschrieben hatte. Alles Gute
schien Pru zu widerfahren, alles Schlechte Cush. Die
Farm stand wie unter Drogen und befand sich in einem
verrückten gartenbaulichen Rauschzustand. Onkel Fry
war offenbar am Leben, und darüber mochte sie nicht
nachdenken. Alma hielt nach Vernunft Ausschau und
suchte in den Ereignissen ein durchgängiges Muster.
Sie versuchte, Ordnung in Dinge zu bringen, die nicht
sein sollten. Am Ende begnügte sie sich mit einer Nie-
derschrift der Tatsachen – obwohl es ihr gegen die
Natur ging, sie so zu nennen. Sie klappte das Notizbuch zu und legte es aufs Regal. Außer Sicht. Aber
damit war es noch lange nicht vergessen.

Ein paar Tage später suchte sie Dr. Frank auf. Dr.
Frank fragte nach ihrem Befinden, und Alma sagte, es
gehe ihr gut. Eine Woche später rief Dr. Franks Sprech-
stundenhilfe an. Dr. Frank wolle einen neuen Termin
vereinbaren und einige Untersuchungen wiederholen.
Wozu? fragte Alma, und das mochte die Schwester
nicht beantworten.

Alma legte auf. Sie sah das Telefon an. Sie wußte, wie
sie sich fühlte, nämlich absolut großartig. Und dabei
war sie jetzt nicht in Kalifornien, sie atmete gewöhnli-
che Alabamaluft.

Sie wußte, was mit Dr. Franks Untersuchungsergebnissen nicht stimmte und warum er sie wiederholen wollte; sie brauchte nicht zweimal zu überlegen. Alles in ihr war in Ordnung, das spürte sie ohne eine Untersuchung – aber sie hatte sich in ihrem ganzen Leben nicht so gefürchtet.

Pru wachte halb lachend und halb ängstlich auf. Sie setzte sich aufrecht und blickte im Zimmer umher, vergewisserte sich, daß alles in Ordnung war und dort stand, wo es hingehörte. Sie träumte nicht gern. Allerdings hatte sie jetzt richtig gute Träume, alles Korallenrosa und Unterwassergrün, hübsche Farben, die überall umherschwebten, und irgendwo zur Rechten eine honigsüße Melodie. Richtig gute Träume. Nicht von der Art, die sie früher gehabt hatte, mit pelzigen Schlangen und blauen Schweinen, die aus dem Maul stanken. Gut ist viel besser als schlecht, dachte Pru, aber ich könnte überhaupt auf Träume verzichten.

Prus Vorstellung davon, was man nachts tun sollte, war schlafen und aufwachen. Träume entführten einen irgendwohin, wo es nicht Wirklichkeit war, und Pru hatte gelernt, die Wirklichkeit zu schätzen. Wenn man einmal verrückt war, möchte man nicht gern zurück. Es ist, wie wenn man mit Bären haust; einmal ist mehr als genug.

Pru trank eine Tasse Kaffee und bereitete Haferbrei für Cush. Der Junge würde ihn wahrscheinlich nicht anrühren, aber sie war der Überzeugung, daß sie es versuchen müsse. Die Sonne draußen war ein offener Hochofen, und sie stellte alle Einheiten der Klimaanlagen auf KALT. Als der Haferbrei fertig war, deckte sie ihn mit Folie zu, nahm ihre Autoschlüssel und trat hinaus auf die gedeckte Veranda.

Ein hellbrauner Honda stand in der Zufahrt, und am Fuß der Stufen wartete ein weißer Mann. Pru musterte ihn von oben bis unten. Er hatte geföntes Haar und

112

trug einen elektrisch-blauen Anzug. Er hatte Regen-
wasseraugen und trug weiße Schuhe.

»Was wollen Sie hier?« fragte Pru. »Was tun Sie hier
auf meinem Grund?«

»Ich möchte das Kind sehen«, sagte der Mann.

»Sie werden kein Kind sehen«, sagte Pru. »Nun verschwinden Sie.«

»Gott mit Ihnen«, sagte der Mann.

»Und mit Ihnen.«

»Ich lasse Ihnen ein paar Schriften da, wenn Sie wollen.«

»Ich will, daß Sie von meinem Grund verschwinden,
und zwar schnell.«

Der Mann wandte sich um und ging.

»Mein Junge ist kein Ungeheuer!« rief Pru ihm nach.
»Besser, Sie lassen sich hier nicht wieder blicken!«

Sie sah ihm nach, bis der Wagen davongefahren war.
»Großer Gott«, sagte sie kopfschüttelnd. Ungefähr im
Juni hatten sie angefangen, bei ihr aufzutauchen. Sie
hatte ein Tor errichten lassen, aber sie kamen trotzdem.
Schwarze Männer mit Bärten. Weiße Männer in Anzügen. Kahlköpfige Männer in gelben Gewändern. Aus-
ländisch aussehende Männer, die weiße Handtücher
um die Köpfe gewickelt trugen. Pru scheuchte sie alle
fort, aber sie wollten nicht gehen. Alle wollten das Kind
sehen. Die Art und Weise, wie sie ihr ins Auge sahen,
jagte Pru eine Gänsehaut über den Rücken.

Sie ging hinaus zum Lastwagen und hielt Ausschau
nach Onkel Fry. »Ihr laßt gefälligst Cush in Ruhe, alle
miteinander«, sagte sie, hauptsächlich zu sich selbst.
»Und wenn ich mir eine Schrotflinte kaufen und mich
draußen auf die Straße setzen muß, ihr werdet das
Kind in Ruhe lassen.«

Onkel John Ezekiel Fry erschien am Rand des Mais-
felds.

»Onkel Fry«, sagte Pru, »hast du irgendwo den kleinen Cush gesehen?«

»Ziegenscheiße«, sagte Onkel Fry. »Rattenarsch-Atlanta, Erdbeerkuchen ...«

»Danke«, sagte Pru. »Du bist mir immer eine große Hilfe.«

Sie wußte schon, wo sie Cush zu suchen hatte. Sie ließ den Wagen auf der Brücke stehen, nahm den Haferbrei und stieg damit die Böschung hinunter. Man konnte dieses Kind im Haus oder auf der Veranda lassen, man konnte es auf den Stufen hinter dem Haus lassen. Was man auch tat, Cush fand den Weg zur Brücke. Die Brücke war der Ort, wo er sich am liebsten aufhielt.

Pru kauerte nieder und versuchte ihn in der Dunkelheit unter der Brücke auszumachen, wo die verwitterten grauen Holzbohlen des Belags und die alten Eisenträger in spitzem Winkel auf die überwucherte Böschung des Bachbettes stießen.

»Du da drin, Cush?« fragte Pru. »Sag mir, ob du da drin bist, Kind.«

»Mm-mupper-mudd«, antwortete Cush.

»Das ist gut«, sagte Pru. Sie sah ihn zwar nicht, doch wußte sie nun, daß er dort war. Oben in der Höhle der Uferböschung, wo die bleichen und verkrümmten Wurzeln sich vor dem schwülheißen Tag verbargen.

»Ich lasse dir deinen Haferbrei hier stehen«, sagte Pru. »Sei so gut und iß ihn, wenn du kannst.«

Cush würde ihn nicht essen, das wußte sie. Er aß ihn nie. Immer waren die Schüsseln, wo sie sie abgestellt hatte, voll von glücklichen Ameisen und Fliegen.

Pru fuhr hinauf zur Einmündung der Zufahrt in die Landstraße und vergewisserte sich, daß das Tor geschlossen war. Der Mann mit dem Honda war fort. Niemand sonst schnüffelte herum, was aber keine Garantie war, daß sie nicht zurückkommen würden. Vielleicht sollte ich jemanden anheuern, dachte Pru. Oder ich

114

könnte Onkel Fry hinaufschicken. Onkel Fry brauchte bloß dazustehen, das hält sie wahrscheinlich fern.

Als sie über den Bach zum Haus zurückfuhr, sah Pru die Farm in üppigem Grün ausgebreitet liegen. Sie fühlte die Kraft der Natur, wild und ungebändigt. Die Luft war voll vom berauschenden Duft sommerlicher Reife. Jedes Blatt und jeder Grashalm, jedes Samenkorn und jede Schote schienen vermählt mit der dampfenden feuchten Erde, aus der fette grüne Schößlinge ans Licht drängten.

Pru fühlte sich leicht benommen, nicht ganz in Übereinstimmung mit ihrer Umgebung, wie damals in Georgia, als sie das gute Pot gefunden hatte. Das Land schien in leichten Dunst gebadet. Das Maisfeld, das Haus und die Bäume zeichneten sich darin mit silbernen Konturen aus. Alles war grün und gelb, lavendelblau und rosa, wirkte aber ein wenig unscharf und undeutlich.

»Hn-nh«, sagte Pru. »Nein, davon will ich nichts wissen.« Vor dem Haus angekommen, trat sie auf die Bremse und lief hinein. Sie lief durch alle Zimmer und zog die Vorhänge zu. Sie nahm eine kalte Dusche und wechselte die Kleider. Dann ging sie in die Küche und schenkte sich einen Doppelten ein.

Sie wußte genau, woher all die komischen Farben kamen. Es waren übriggebliebene Farben aus ihrem Traum, und damit wollte sie nichts zu tun haben. Sie brauchte keine Pastelltöne, sie brauchte helle Farben. Sie brauchte keine Verschwommenheit, sie brauchte klare, solide und absolut richtige Formen. Auf Wirklichkeit kam es an. Spezialeffekte waren der geistigen Gesundheit nicht zuträglich.

Pru hatte eine Fernsehsendung gesehen, in der gesagt worden war, man solle lernen, seine Träume zu verstehen. Gott sei uns gnädig, dachte sie, wer ginge schon hin und täte das?

Sie schenkte sich einen zweiten Doppelten ein. »Ich

will keine komischen Farben sehen«, sagte sie. »Ich will nichts über Träume wissen. Ich will überhaupt nichts wissen, lieber Gott, ich weiß schon jetzt nicht ...«

Es überraschte Cush, herauszufinden, wer er war. Manchmal machte ihn das Wissen froh, manchmal ängstigte es ihn. Jedenfalls beantwortete es die Fragen, die ihn immer beschäftigt und ihm auf der Seele gebrannt hatten. Er wußte, wofür er da war. Und er wußte jetzt ganz sicher, was er zu tun hatte.

Cush konnte nicht sagen, wie er zu diesem Wissen gekommen war, er wußte einfach. Mutter sagte es ihm nicht, und er selbst hatte es nicht erfunden. Vielleicht hatte er die Elritzen im Bach belauscht. Elritzen flüstern Geheimnisse, wenn es dunkel geworden ist. Vielleicht hörte er es von den Bäumen. Bäume munkeln die ganze Zeit. Wenn man zuhört, kann man eine Menge von ihnen lernen. Wenn man wirklich aufmerksam zuhört und warten kann, bis sie ausgeredet haben. Ein Baum fängt ungefähr am 26. April ein Wort an und zieht es bis zum Juni hin.

Nun weiß ich, dachte Cush. Ich weiß, was ich zu tun habe. Er fühlte, daß er damit zufrieden sein sollte, daß es genug sein sollte. Aber Cush war erst fünf. Er hatte noch keine Zeit gehabt, um zu lernen, daß das Ende einer Frage erst der Beginn der nächsten ist. Er wußte, wofür er da war. Er wußte, was er zu tun hatte. Nun würde vielleicht jemand kommen und ihm sagen, warum ...

Cush hörte den Wagen auf der Brücke halten. Die Türen öffneten sich, und die Leute stiegen aus. Cush sah durch die Bohlen das Tageslicht. Alle Leute trugen Weiß. Der Mann, die Frau und der Junge, alle waren herausgeputzt, sauber und strahlendweiß.

»Ihr bleibt alle hier«, sagte der Mann. »Ich fahre zum Haus hinauf.«

»Ich werde einen Vers lesen und ein Gebet sprechen«, sagte die Frau.

»Amen«, sagte der kleine Junge.

Der Mann fuhr davon. Die Frau setzte sich neben der Brücke auf einen Stamm. Der kleine Junge beugte sich übers Geländer und spuckte in den Bach.

»Lauf nicht weg«, sagte die Frau. »Bleib hier in der Nähe.«

Die Frau schlug ein Buch auf und las. Der Junge beobachtete Elritzen im Wasser. Irgendwo in den Bäumen kreischte ein Häher. Der Junge sah eine Kröte hinter einem Busch hervorspringen. Mutter sagte, Kröten seien Satans Schoßtiere, aber der Junge fand Kröten niedlich. Er verließ die Brücke und wanderte ins Dickicht. Er folgte der Kröte hinunter zum Bach.

Bleib weg, rief Cush in seinem Kopf aus. *Bleib weg, kleiner Junge, komm nicht hier herunter!*

Der kleine Junge hörte Cush nicht. Die Frau war in Johannes 13 vertieft und hatte nicht gemerkt, daß der kleine Junge fort war. Der Junge sah die Kröte einen Schritt vor sich. Cush hörte die im Gestrüpp schlafende Klapperschlange. Er hörte sie aufwachen und die Kröte finden, hörte sie wahrnehmen, daß ihr Frühstück unterwegs war.

Cush richtete sich erschrocken auf. Die von Stechmücken und Bremsen strapazierten Nervenenden signalisierten Alarm. Blut durchströmte kontaminierte Adern. Er wußte, was kam, was als nächstes geschehen mußte.

Tu's nicht, Schlange! rief Cush in seinem Kopf. *Beiß nicht diesen kleinen Jungen!*

Schlange schien nicht zu hören, Schlange schien es nicht zu kümmern.

Kannst du nicht sehen, daß dieser Junge sauber und weiß angezogen ist? Siehst du nicht, daß er einer ist, den du nicht beißen solltest?

Cush bemühte sich angestrengt, die Worte aus dem

Kopf hervorzustoßen, sie hinaus auf die Schlange zu schleudern. Schlange antwortete nicht. Schlange versuchte herauszubringen, wo Kröte endete und kleiner Junge begann.

Cush konnte kaum atmen. Er fühlte die holprige Oszillation seines Herzens. *Wenn du was beißen willst, beiß mich,* dachte er so angestrengt wie möglich. *Laß diesen kleinen Jungen in Ruhe und beiß mich!*

Schlange zögerte, Schlange hielt inne. Sie lauschte und wartete, sie vergaß Kröte und kleinen Jungen. Sie richtete ihren Willen auf etwas unter der Brücke.

Etwas, das weiß wie tote Füße war, glitt an einer Schlingpflanze herab, etwas Schwarzes und Nasses kroch unter einem Baum hervor. Grüne Schlangen, Schlangen mit gelben Streifenringen, Königsnattern. Schlangen von jeder Art glitten durch Unterholz und Gestrüpp, schwammen durch den Bach und fanden Cush. Sie wickelten sich um sein Bein und bissen ihn in die Hüfte. Sie wanden sich um seinen Hals und küßten sein Auge. Rattenschlangen, Klapperschlangen und rostige Kupferköpfe, Korallenschlangen, Wassermokassinschlangen und Lanzenottern, Schlangen mit kalten und starren Augen, die trocken, schal und süßlich rochen. Weißbäuchige Cottonmouths, alt wie Onkel Fry und dick wie Wasserrohre.

Schlangen zischten, schnappten und wanden sich um ihn, bis Cush nicht mehr zu sehen war, und alle versuchten eine freie Stelle zu finden, in die sie beißen konnten. Und als der Spaß vorbei war, als die Schlangen getan hatten, was sie konnten, krochen sie fort, um zu schlafen.

Cush lag da, geschwollen und aufgebläht wie ein Kinderluftballon, wie ein havariertes Kleinluftschiff, wie eine aufgedunsene Wasserleiche. Acht Sorten Schlagengift vermischten sich mit seinem Blut und konnten ihm nichts anhaben. Siebzehn Krankheiten, die den Schlangen eigentümlich waren oder von ihnen übertragen wurden, kämpften gegen die Entartung, die seinen Körper jeden Tag durchpulste, gaben es auf und versuchten sich zu retten.

»Weißt du was, Mama«, sagte der kleine Junge auf der Brücke. »Ich hab eine große grüne Kröte gefunden.«

»Lieber Jesus«, sagte seine Mutter. »Faß deinen Pimmel nicht an, bevor du dir die Hände gewaschen hast, sonst fällt er dir ab!«

Sie wandte sich Psalm 91:3 zu. Ein paar Minuten später kam der Wagen zurück. Der Mann nahm seine Familie schnell an Bord. Er hatte Pru einmal gegenübergestanden und kein Verlangen, es noch einmal zu versuchen.

Cush glaubte zu hören, daß der Wagen davonfuhr. Er dachte an den sauberen kleinen Jungen und die hübschen weißen Kleider. Und er überlegte, ob die neuen Bisse die Käfer, Mücken und Bremsen wohl in Mengen anlocken würden.

Es war kurz vor zehn am Abend, als Alma den Anruf von Prediger Will bekam. Beinahe hätte ihr das Herz stillgestanden. Mein Gott, dachte sie, es ist Cush. Nichts Geringeres als ein Todesfall hätte Will dazu bewogen, das Telefon zu benutzen. Es ist Pru, sagte Will, und Sie sollten sofort kommen. Was ist mit Pru? fragte Alma, und Will redete unzusammenhängend von schlechter Hygiene und Anfällen von Geistesgestörtheit.

Alma legte auf. Als der Morgen graute, war sie auf der Straße, und um zehn kam sie vor dem Tor an. Entlang der Straße parkten Wagen, Wohnanhänger und Wohnmobile, und mehrere Dutzend Zelte waren aufgeschlagen. Leute standen im roten Staub der Straße herum. Sie saßen unter den Bäumen und frühstückten. Onkel Fry stand Wache und ließ sie nicht hinein.

»Onkel Fry«, sagte Alma, »was geht eigentlich vor? Was tun diese Leute hier, und was in aller Welt ist mit Pru?«

»Austernkuchen«, sagte Onkel Fry. »Komantschenschwanz, Tallahassee-Eintopf ...«

»Nun, du siehst wirklich gut aus«, sagte Alma.

Onkel Fry sperrte das Tor auf und ließ sie ein. Alma fuhr die schmale staubige Zufahrt hinunter zur Brücke. Ein Jahr war vergangen, seit sie hier gewesen war, um Pru zu besuchen, aber sie war überrascht, wie sich alles verändert hatte. Schon damals war es ein glattes Wunder gewesen, wie aus überwucherten, ausgelaugten Feldern eine üppige und fruchtbare Farm entstanden war. Sie hatte damals die Verwandlung bestaunt, aber jetzt wirkte das Land noch prächtiger, noch leuchtender und lebendiger. Sogar die Luft schien einen Glanz auszustrahlen. Jedes Blatt, jeder Grashalm schimmerten leuchtend grün. Es gab Blumen, die mit Sicherheit noch nie hier gewachsen waren. Vögel, die niemals in die Nähe der Farm gekommen waren, leuchteten zwischen den Bäumen auf.

Alma überlegte, wie sie es niederschreiben sollte. Daß die elendeste Farm im Staat Alabama mit jedem Tag schöner wurde? Das sagte kaum etwas. Hätte sie doch niemals angefangen, Notizen zu machen! Sie hatte damit nichts erreicht als eine Zunahme an Unbehagen, als eine Verstärkung unguten Gefühls. Schrieb man etwas nieder, erweckte man den Anschein, es sei wirklich. Wenn man es auf Papier erblickte, schien es, als ob die Farm, der kleine Cush, Onkel Fry und Prudence-Jean, die Millionärin, ganz alltägliche Erscheinungen wären. Und das war nicht so. Nichts, was hier vorging, leuchtete dem gesunden Menschenverstand ein. Und nichts davon war so, daß eine vernünftige Person, die über fünfundsechzig war und mit beiden Beinen auf der Erde zu stehen meinte, gern darüber nachdenken mochte.

»Also, da bin ich«, sagte Alma. »Ich möchte wissen, was mit Pru los ist. Ich möchte wissen, was hier vorgeht. Ich möchte wissen, warum diese Leute vor dem Tor kampieren.«

Prediger Will und Dr. Ben Shank saßen in der Küche und aßen Streichkäse und Ingwerplätzchen, Haferkekse und kleingeschnittenen gebratenen Schinken. Es gab Pommes frites und Kartoffelchips, Milky Ways und Mounds. Salzstangen und Käsegebäck jeglicher Art. Jedes alkoholfreie Getränk, das der Menschheit bekannt war. Prus Vorrat an Schundnahrung schien nahezu unerschöpflich.

»Die Leute sagen, sie wollen das Kind sehen«, sagte Prediger Will und ließ den Kronenkorken von einer Flasche Orangensaft schnalzen. »Jeden Tag kommen mehr von ihnen.«

Alma starrte ihn an. »Sie wollen Cush sehen? Warum?«

»Auf dem Ofen ist Blaubeerkuchen«, sagte Will.

»Und Sie sorgen dafür, daß diese Leute draußen bleiben«, sagte Alma. »Herrgott, kein Wunder, daß die arme Pru auf achtzig ist! Was fehlt ihr außerdem, Ben?«

»Schwer zu sagen«, sagte Dr. Ben Shank, der mit dem Löffel in einer Dose Birnenkompott fischte. »Fehlschaltungen im Gehirn. Verwirrungszustände. Ernste Anomalie des Geistes. Das Mädchen ist etwas durcheinander. Neuronen etwas aus dem Leim.«

Alma hatte von Ben Shank noch nie sonderlich viel gehalten. Was konnte man über einen Arzt sagen, der sein ganzes Erwachsenenleben damit verbrachte, an der Transplantation von Mandeln zu arbeiten?

»Gut«, sagte Alma, »können Sie es irgendwie zusammenfassen? Was ist los mit ihr?«

»Pru ist dämlich wie eine Ente.«

»Ich möchte Satan nicht aus diesem Spiel lassen«, bemerkte Will.

»*Sie* vielleicht nicht, aber ich«, sagte Alma. »Wo ist
Pru?«

»Oben in ihrem Zimmer. Seit drei vollen Tagen, und
sie will nicht herauskommen.«

»Das Mädchen braucht Pflege und Zuwendung«,
sagte Dr. Shank. »Sie sollten daran denken. Ich kenne
eine wirklich gute Institution.«

»Der Erzfeind streift immer umher«, erklärte Prediger Will. »Denken Sie ja nicht, er wäre untätig.«

»Ich denke, ich sollte lieber zu Pru gehen«, sagte Alma.

Alma suchte sich zwischen Versandhauskartons, Sta-
peln von CDs und Kassetten und einer geschmacklosen
neuen Stehlampe einen Weg durch das Wohnzimmer
zur Diele. Daß sie zu Geld gekommen war, hatte Prus
Geschmack kein bißchen verändert.

Prus Zimmer wirkte beinahe dunkel. Die Fenster
waren mit Decken und Laken verhängt. Das wenige
einsickernde Licht verlieh dem Zimmer eine seltsam
unterseeische Atmosphäre.

»Pru«, sagte Alma, »vielleicht möchtest du mit mir
reden. Aber ich habe keine Lust, zu stolpern und mir
ein Bein zu brechen.«

»Ich bin nicht mehr verrückt«, sagte Pru. »Und es ist
mir. gleich, was dieser Trottel von Prediger sagt. Ich
habe keinen Dämon in meinem Fuß.«

»Das weiß ich«, sagte Alma. Sie tastete umher und
fand einen Stuhl. »Was ist los mit dir, Pru? Warum sitzt
du hier im Dunkeln?«

Pru saß mit gekreuzten Beinen auf ihrem Bett. Alma
konnte weder ihr Gesicht sehen noch den Ausdruck
ihrer Augen lesen.

»Wenn ich im Dunkeln sitze, kann ich nicht sehen««
sagte Pru. »Ich will nichts sehen, Alma, weil etwas, das
ich sehen könnte, mich verwirrt.«

»Pru, was willst du nicht sehen?« fragte Alma. Beinahe fürchtete sie die Antwort, aber sie überwand sich. »Möchtest du mir das sagen?«

»Ich gehe nicht in ein Irrenhaus, Alma, das ist sicher.«

»Nun, niemand wird dir das antun.«

»Wenn ich hier sitze, ist mir gut. Solange ich das Licht draußen halte.«

»Du magst das Licht nicht?«

»Ich kann es einfach nicht mehr ertragen«, sagte Pru. »Ich kann nichts ertragen, was *rosa* ist. Nichts, was lavendelblau ist. Alles hat so ein flaumiges, unscharfes Leuchten. Ich kann Orangerot auf den Tod nicht ausstehen. Mir ist, als ob ich in einen Sack voll von diesen Schokoladenplätzchen mit Pfefferminz gefallen wäre. Gott, ich gäbe einen Dollar für ein kleines bißchen Braun. Und das Doppelte für etwas Rotes.«

Pru beugte sich auf dem Bett vorwärts, und Alma streckte die Hand aus und fand Prus Hand. Ihre Augen waren groß und rund, ihre Hände eiskalt.

»Ich fürchte mich, Tante Alma«, sagte Pru. »Mais kommt nicht in Hellblau vor. Ich habe noch nie aprikosenfarbenen Salat gesehen. Ich *weiß*, was vorgeht. Ich weiß, daß diese Ostereierfarben aus meinen Träumen durchsickern. Sie kommen einfach herein, und ich kann sie nicht zurückhalten!«

Alma verspürte ein Frösteln, als ob ihr jemand eine kalte Flasche Sprite an den Rücken gehalten hätte. Sie drückte Pru die Hände.

»Ich habe keinen blauen Mais gesehen«, sagte Alma, »aber ich weiß, was du mir sagen willst, Pru. Ich möchte, daß du darüber nachdenkst, verstehst du? Kind, es ist nicht bloß etwas in deinem Kopf. Ich fühlte es, als ich hierherkam, als summte alles im Boden. Als würden alle Pflanzen und alles, was hier wächst, bis zum Platzen anschwellen.«

Sie nahm Pru bei den Schultern und blickte ihr in die

Augen. »Du hast die schönste Farm hier in der Gegend, aber wir beide wissen, daß es nicht so sein *sollte.* Es sieht falsch aus, Pru, und es ist kein Wunder, daß du Schwierigkeiten mit den Farben hast. Diese Farm würde van Gogh den Verstand rauben.«

»O Gott, Tante Alma, ich hab Angst«, sagte Pru. »Ich fürchte mich so!«

Tränen rannen ihr über die Wangen, und Alma nahm sie in die Arme.

»Es wird alles gut«, sagte sie. »Mach dir keine Sorgen, Kind, es wird alles wieder gut.«

»Du wirst mich nicht verlassen, nicht wahr?«

»Ich bleibe hier, Kind«, sagte Alma. »Ich gehe nicht weg.«

Alma hielt sie fest umarmt. Sie fühlte Prus Tränen, sie fühlte ihr Zittern.

›Ich bin froh, daß ich dich fest in den Armen habe, Pru‹, dachte Alma, ›so merkst du nicht, daß ich mich auch fürchte.‹

Alma scheuchte Prediger Will und Dr. Shank zur Tür hinaus und machte sich ans Aufräumen und Säubern. Die Küche nahm eineinhalb Stunden in Anspruch. Sie arbeitete sich durch geologische Zonen, durch leere Pizzakartons und Truthahnpasteten, durch Keksschachteln und gefrorene Pommes frites. Es kann sein, daß Fehlernährung Prus Geisteszustand beeinträchtigt hat, dachte Alma. Mit Kartoffelchips und Mounds läuft ein Gehirn nicht im dritten Gang.

Bis zum Spätnachmittag hatte sie das Haus in Ordnung gebracht. Pru schien sich besser zu fühlen, wollte ihr Zimmer aber nicht verlassen. Alma war bestürzt, als sie erfuhr, daß Cush die ganze Zeit am Bach blieb, daß er überhaupt nicht mehr zum Haus zurückkam.

»Das ist nicht richtig«, sagte sie. »Ein kleiner Junge sollte nicht unter einer Brücke leben.«

»Kann sein, daß er es nicht sollte«, sagte Pru, »aber ich nehme an, daß er es tut.«

Alma bereitete das Abendessen, brachte es Pru und trug einen Teller für Onkel Fry zum Tor hinauf. Wenn Onkel Fry sich einen Zoll von der Stelle bewegt hatte, wo sie ihn um zehn Uhr vormittags verlassen hatte, war es nicht zu erkennen. Die Wagen standen noch immer draußen auf der Landstraße. Leute hatten sich vor dem Tor versammelt und schauten herein. Sie redeten nicht, gingen auch nicht hin und her. Einige der Männer hatten fürchterliche Perücken. Andere waren kahl. Manche von ihnen trugen Overalls, und nicht wenige hatten komische Gewänder an. Ihr Anblick verursachte Alma eine Gänsehaut. Was wollten sie von Cush? Was sahen sie in ihm? Und woher wußten sie überhaupt, daß Cush hier war?

»Ich will nicht darüber nachdenkend«, sagte Alma resolut, als sie zum Bach zurückfuhr. »Ich habe mit Pru schon genug um die Ohren.«

Alma stieg bei der Brücke aus und trug eine Schüssel Haferbrei zu Cush hinunter. Sie ging einen inzwischen ausgetretenen Pfad durch hohes süßes Gras neben der Brücke hinunter, unter einem Baldachin von irisierendem Grün. Als sie den Bach erblickte, blieb sie wie vom Donner gerührt stehen. Der Anblick überwältigte sie, nahm ihr den Atem. Rohrkolben und Farne, Sumpfdotterblumen, Weidenröschen und Schwertlilien säumten den Bach zu beiden Seiten. Wilde rote Kletterrosen und Efeu umrankten die Baumstämme. Fische schossen silbrig blinkend durch das klare Wasser. Weiter abwärts, wo der Bach eine Schleife zog, flammten die Ufer von blühendem Springkraut und Wasserdost.

Aber es gab mehr, viel mehr, als das Auge sehen konnte. Als sie im dämmerigen Schatten am Ufer stand, die zitronengelben Lichtstrahlen der Abendsonne durch das Laub stoßen und goldene Kringel auf das träge ziehende Wasser malen sah, fühlte Alma vollkommenen Frieden, getragen von der Stille und unbegreiflich ruhig. Der Rest der Farm schien weit entfernt, gefangen in Zweck und Absicht, erfaßt von einem Fieber rauschhaften Wachstums.

Der Bach war getrennt von alledem. Er war ganz und vollendet, in einem reinen und ruhigen Zustand. Alma spürte, daß hier nichts geschehen konnte, was den Zauber und die Schönheit dieses magischen Ortes verstärken würde. Sie war wieder sieben, sie war zehn, sie fühlte ihre Schwester Lucy neben sich. Und als sie gefangen im Zauberbann stand, versunken im Entzücken des Augenblicks, schien ihr Blick sie zur Brücke zu ziehen, in die Schatten unter verwitterten Bohlen und rostigem alten Eisen.

Alma hielt den Atem an. Etwas flackerte dort zu undeutlich und unbestimmt, wie ein Elmsfeuer im Nebel. Ein bleiches Licht tanzte einen Augenblick durch die Stille. Staubteilchen in einem verirrten Lichtstrahl. Es war da, und dann war es fort, aber doch nicht ganz vergangen.

»Hallo, Tante Alma«, sagte Cush.

Alma stand ohne eine Bewegung. Sie fühlte sich sehr ruhig, sie fühlte sich ängstlich und alarmiert, sie fühlte sich ganz gelassen.

»Bist du da, Tante Alma, bist du da?«

»Ich bin hier, Cush«, sagte Alma. »Es freut mich, daß du jetzt besser sprichst.« Seine Stimme krächzte wie Kies, den man in einer leeren Konservendose schüttelt. »Ich habe dir Haferbrei gebracht, Kind. Du mußt etwas Warmes und Gutes essen.«

»Sag Mutter, daß es mir gutgeht«, sagte Cush. »Sag ihr das von mir.«

»Nun, du solltest ihr das selbst sagen«, sagte Alma. »Das solltest du wirklich tun, Cush. Du solltest nicht hier unten bleiben, draußen unter einer Brücke.«

»Ich bin, wo ich sein sollte«, sagte Cush.

»Nun, wie kommst du darauf?«

»Hier muß ich bleiben, hier muß ich sein.«

»Das sagtest du mir schon. Ich wüßte aber gern, *warum*.«

»Hier bin ich, Tante Alma. Und hier muß ich sein.«

Er mag anders sein, dachte Alma, aber er ist genauso lästig wie jedes andere Kind, das ich je gekannt habe.

»Nun hör mal, Cush...«, sagte Alma, aber weiter kam sie nicht. Worte, die ihr auf der Zunge lagen, blieben ungesagt. Ein mächtiger Ansturm von Einsamkeit und Freude brach über Alma herein und erschütterte sie bis ins Innerste mit einer Welle von Frohlocken und Bedauern, von Chaos und Harmonie.

So schnell wie er gekommen war, verging der Augenblick und gab sie frei. Ließ sie gehen, hielt sie aber mit dem leisen, tiefen Raunen der Erde mit der Andeutung eines verwehenden Duftes. Sie versuchte sich zu erinnern. Es gab Dinge, die sie vergessen hatte, die sie nur noch beinahe wußte. Fast enthüllte Geheimnisse, Rätsel, die bloß einen Atemzug von ihrer Erklärung entfernt waren: Sie fühlte sich den Mysterien des Lebens und des Todes nahe wie noch nie. Sie fragte sich, ob sie gestorben oder gerade erst zum Leben erwacht sei. Sie wunderte sich, warum beides genauso aussah.

Und als sie sich selbst wiederfand, als ihr Herz sich regte, blickte sie in die Schatten unter der Brücke. Sie spähte hinein, und da war Cush. Cush oder ein Spinnennetz, in dem sich verirrte Sonnenstrahlen gefangen hatten. Cush oder ein Phantom von einem Lichtfunken.

»Cush, ich weiß, daß du dort bist«, sagte Alma. »Cush, sprich mit mir, hörst du?«

Alma stand da und lauschte dem leisen Glucksen des Baches. Sie lauschte einer Krähe, die weit entfernt in den Bäumen rief. Sie lauschte und wartete im heißen Sommernachmittag...

127

Pru ging es nicht besser und nicht schlechter. Pastelltöne trübten noch immer ihr Bewußtsein. Pfefferminzgrün schien die Farbe des Tages. Sie glaubte Ausschlag zu haben und nahm drei oder vier Bäder, bevor es Nacht wurde. Sie seifte sich mit französischer Seife ein und rieb sich chinesische Lotions in die Haut. Alle eineinhalb Stunden wechselte sie ihre Kleider vollständig.

Alma konnte das viele Baden und Kleiderwechseln, das Hin und Her nicht ertragen; das bloße Zusehen verursachte ihr Schwindel. Sie durchsuchte die Küche nach etwas, das in keiner Dose oder Folie steckte. Lieber Gott, dachte Alma, draußen ist ein Garten, der Luther Burbank zu Tränen rühren würde, und Pru hat nichts als Tiefkühlkost und Konserven.

Sie ging hinaus und brach ein paar Maiskolben, zog Karotten aus der Erde und kochte ein warmes Abendessen. Sie bereitete Salat zu und brachte alles zu Pru hinauf. Pru stocherte eine Weile darin herum und rümpfte die Nase.

»Was für Zeug ist das?«

»Das ist Gemüse, Pru. Wahrscheinlich hast du noch nie welches gesehen. Wir bauen es auf dem Mars an.«

»Ich hab jetzt keinen richtigen Hunger.«

»Stell dir vor, du ißt eine Dose Obstsalat und trinkst eine Cola dazu«, sagte Alma. »Ich lasse dir den Teller hier.«

Alma ging wieder hinunter und aß allein. Sie ließ sich viel Zeit mit dem Aufräumen. Sie tat manches, was sie nicht hätte tun müssen. Sie wollte nicht denken. Sie wollte nicht über Cush oder darüber nachdenken, was an der Brücke geschehen war.

Nichts half. Cush war in ihrem Kopf und wollte nicht hinaus. »Ich weiß nicht mal, was da draußen geschah«, sagte sich Alma. »Ich weiß nicht, ob überhaupt etwas geschah.«

Was es auch war, es hatte sie voller Hoffnung und

Unglauben zurückgelassen, voller Zweifel und voll guten Mutes, voller Zuversicht und voll beklemmender Furcht. Sie fühlte sich beinahe im Einklang, am Rand vollkommenen Gehörs. Sie spürte, daß sie den Rhythmus fast hatte. Das war es, was er getan hat, dachte sie. Er ließ mich irgendwo einen Blick hineinwerfen und brachte mich zurück. Brachte mich zurück und verriet mir nicht, wo ich gewesen war.

Alma trat hinaus auf die gedeckte Veranda. Die Luft war warm und windstill. Der Abend war gekommen, und das Land lag in einem seltsam leuchtenden Grün unter dem dunkelnden Himmel. Es sah wie Oz aus, kurz bevor der Zauberer auspackte.

Mein Gott, dachte Alma, als sie in das schwindende Licht hinausblickte. Ich glaube, ich wußte es. Ich wußte es und wollte nicht sehen. Ich schrieb es alles nieder und dachte, das könnte es vertreiben. Die Farm, das Geld und Onkel John Fry, nichts so, wie es sein sollte. Und alles kam aus Cush. Kam von einem Kind mit furchtbarer Haut und einem Kartoffelkopf.

»Wer bist du, Cush?« fragte Alma in die Dämmerung. »Sag mir, wer du bist, sag mir, was du tun mußt!«

Das Maisfeld schimmerte im letzten Widerschein des Abendhimmels. Die Luft schien elektrisch und lebendig, Alma fühlte sie, als sie auf ihrer Haut tanzte, sie fühlte die Nacht auf dem Land lasten, sie fühlte die tiefe Melodie der Erde.

»Es wird geschehen«, murmelte Alma und fühlte sich von einem Frösteln überlaufen. »Es wird geschehen, und es wird hier geschehen. Wer bist du, Cush?« fragte sie wieder. »Sag mir, was du tun mußt …«

Alma versuchte zu ruhen, obwohl sie wußte, daß sie nicht einschlafen würde. Nicht in Prus Haus und nicht in dieser Nacht. Dann und wann nickte sie ein, und zweimal bereitete sie sich einen Tee. Wind kam auf und nahm an Stärke zu, bis er am Haus rüttelte. Er blies von

Norden, dann drehte er auf Westen und ließ wieder nach.

Kurz nach eins schlief sie ein. Um zwei schreckte sie hoch. Pru schrie wie eine Katze. Alma warf den Morgenmantel über und stieg die Treppe hinauf.

»Laß das Licht aus!« rief Pru, als Alma die Tür öffnete.

»Pru, ich hab's satt, im Dunkeln herumzutasten, um dich zu finden«, sagte Alma. Sie streckte die Hand aus und fühlte nach der Wand. Ein indirekter schwacher Lichtschein von unten zeigte ihr, wo Pru war. Sie saß zusammengekauert am Boden in der Ecke beim Bett. Sie zitterte, und ihre Augen leuchteten fiebrig.

»Kind, was ist mit dir?« Alma setzte sich und legte einen Arm um sie.

»O Gott«, sagte Pru, »ich bin innerlich voller Flöhe. Vielleicht sind es Feuerameisen oder Bienen, es ist schwer zu sagen. Sie sind in den Fingern und in den Zehen, sie kribbeln in meinen Knien.«

Alma legte ihr die Hand auf die Stirn. »Ich würde sagen, daß du um die vierzig Fieber hast. Ich schaue, ob ich irgendwo Aspirin finde. Du kannst es mit einer Tasse Tee nehmen.«

»Ich habe noch etwas Raid unter dem Spülbecken, du könntest mir davon bringen. Ach Jesus. Tante Alma, ich fürchte mich so! Ich glaube, etwas ist mit Cush. Ich glaube, er braucht seine Mama. Ich muß hingehen und sehen, was er hat.«

»Ich glaube nicht, daß Cush etwas braucht«, sagte Alma. »Ich glaube, daß es ihm gutgeht. Pru, du solltest hinunterkommen und bei mir schlafen. Wir werden alle Lampen ausschalten.«

»Es macht nichts«, sagte Pru. »Die Dunkelheit hilft etwas, aber sie kann das Rosa nicht daran hindern, sich einzuschleichen. Orange und Gelbgrün halte ich aus, aber nicht Rosa, das ertrage ich nicht.«

130

»Ich hole die Tabletten«, sagte Alma. »Du mußt ins Bett und versuchen, etwas zu schlafen.«

Sie half Pru wieder ins Bett und ging hinaus und schloß die Tür. Großer Gott, dachte sie, ich weiß nicht, was ich tun soll. Man kann doch kaum vernünftig mit einer Person reden, die Dekorateurfarben im Kopf hat.

Almas Uhr zeigte Viertel nach drei. Sie versuchte nicht einmal, ins Bett zu gehen. Sie saß in der Küche und trank eine Tasse Tee. Sie bemühte sich, nicht an Cush zu denken. Sie bemühte sich, nicht an Pru zu denken. Alles würde sich wieder einrenken. Alles würde gut sein. Sie hörte Pru oben hin und her gehen und eine Melodie von Ray Charles summen. Vielleicht tut es ihr gut, dachte Alma.

Genau um vier Uhr begann das Licht zu flackern. Der Wind erhob sich wieder, und diesmal blies er direkt von oben herab. Alma kannte sich in den Naturwissenschaften aus, soweit sie an der Oberschule gelehrt wurden, aber *davon* hatte sie nie gehört. Tassen und Teller rasselten auf den Regalen. Der Teekessel rutschte über die Spüle. Schranktüren und Schubladen öffneten sich alle auf einmal. Erdnußbutter und Lebensmittel aus Übersee purzelten aus dem Kühlschrank.

Alma hielt sich am Kenmoreherd fest. Sie wußte, daß Sears stabiles und dauerhaftes Zeug verkaufte. Nach wenigen Augenblicken hörten das Rumpeln und die Erschütterungen plötzlich auf. Der Wind legte sich, und in Almas Ohren knackte es. Etwas prasselte gegen das Fenster, etwas trommelte aufs Dach, und der Regen fiel. Alma lief ins Wohnzimmer und spähte durch die Jalousie. Fahle Blitze zuckten über den Himmel. Das Maisfeld, jeder Busch und jeder Baum, jeder einzelne Grashalm, alles war in bleiches Licht gebadet. Licht tanzte die Stufen herauf, über die gedeckte Veranda und ins Haus herein. Es tanzte an der Decke, an den Wänden und am Boden. Es tanzte über Tisch und Lampe.

Das gefällt Pru bestimmt nicht, dachte Alma. Sie legte den Kopf auf die Seite und lauschte, hörte aber kein Geräusch von oben. Pru summte nicht mehr, aber sie lief auch nicht mehr hin und her und verhielt sich still.

Der Regen ließ nach und hörte bald ganz auf. Alma trat hinaus auf die Veranda. Die Luft war wie aufgeladen, duftend, kühl und rein. Sie einzuatmen, machte Alma schon schwindlig. Der Himmel über ihr war voller Sterne, und im Osten hellte ein erster Schimmer des kommenden Tages den Himmel auf. Nicht lange, und farbige Speere, scharf wie Nordlicht, stießen über den Osthorizont in den Himmel. Und als der Tag wuchs, als die Schatten verschwanden, sah Alma sie überall ringsum: Leute standen in der Zufahrt, beim Maisfeld, überall, wo sie hinsah, und alle blickten zum Bach und zur Brücke.

Auch Alma blickte am Maisfeld vorbei zu den Bäumen, die den Bachlauf begleiteten. Etwas Reines und Kristallhelles blendete ihre Augen, etwas Strahlendes und Weißes wie ein Stern. Alma hielt den Atem an. Sie sah das Licht, und sie lachte und weinte vor Freude. Ihr war zum Singen zumute. Sie fühlte sich sonderbar im Kopf, leichter als eine Mücke. Etwas erfüllte sie mit Seligkeit.

»Es wird geschehen«, sagte Alma zu sich selbst. »Es wird geschehen, und es wird hier geschehen!«

Sie konnte nicht stehenbleiben, wo sie war. Sie konnte inmitten dieser Herrlichkeit nicht einfach dastehen. Sie sprang von der gedeckten Veranda und lief die Zufahrt hinunter. Seit sie zehn gewesen war, war sie nicht mehr so gerannt. Sie rannte an den Leuten vorbei zur Brücke. Die Leute sangen, tanzten und klatschten in die Hände. Alma lief an Onkel John Ezekiel Fry vorbei, der von einem Ohr zum anderen grinste, und das Licht funkelte auf seinen Tränen.

»Er kommt!« riefen die Leute. »Er kommt, und gleich ist er hier!«

»Ich sehe ihn«, sagte jemand. »Ich sehe ihn im Licht.«

Alma war überzeugt, Glocken zu hören, ein tiefes sonores Läuten, das ihre Seele anrührte und sie reinigte. Ein Geräusch wie ein Donnerschlag ertönte über ihr. Alma blickte auf, und die Luft war voller Vögel. Störche, Kraniche und Möwen, Falken, Seeschwalben und Tauben, Adler und Reiher, alle Arten von Vögeln, die es gab.

Alma lachte zum Himmel und zu den Glocken und zu der Musik in ihrem Kopf. Es war Basin Street-Jazz, es war Mozart und Bach, es waren alte gregorianische Gesänge.

Alma sah die Straße und die Brücke nicht, sie fühlte sich eingehüllt und aufgesogen, als ob sie in dem Licht schwämme. Es glitzerte und blendete, und es sang. Es summte durch ihren Körper wie ein Bienenschwarm. Es sah aus wie der Mittelpunkt eines Sterns, wie hundert Millionen Glühwürmchen in einem Krug.

»Ich wußte, daß du jemand Besonderes warst, Cush!« rief Alma. »Ich wußte es, Cush, aber ich muß sagen, daß ich nie erriet, *wer!*«

Das Licht schien noch stärker aufzustrahlen. Sie war hingerissen vor Seligkeit. Es war zu schön, zu begeisternd, zu bewegend. Es trieb sie zurück mit Freude, mit Liebe. Es hob sie auf und riß sie von den Beinen. Es fegte sie die Zufahrt hinauf und am Feld vorbei und über den Hof und ließ sie auf der gedeckten Veranda zurück, wo sie zuvor gewesen war.

»Es ist besser, nicht zu nahe heranzugehen«, sagte jemand. »Besser, dem Licht nicht zu nahe zu kommen.«

»Es ist mein Großneffe«, sagte Alma. »Das wußten Sie wahrscheinlich nicht. Ich denke, ich kann tun, was mir gefällt.«

Cush wußte, wer er war. Er wußte, wofür er da war. Er wußte, was er zu tun hatte. Und nun, zum erstenmal in seinem kurzen und trübseligen Leben, einem

Leben voll Elend und Schmerz, angefüllt mit allem Leid und allem körperlichen Gebrechen, das man sich denken konnte, kannte Cush den Grund, *warum* es so war. Als er es wußte, als es ihm endlich klar wurde, war Cush überwältigt von dem Wunder, das er zu wirken hatte. Es war gewaltig, es war gut, es war unglaublich, und zum erstenmal in seinem Leben lachte Cush laut.

Und in diesem Augenblick, im Echo seines Lachens, zündete der Funke, der in seiner Seele geschwelt, der dort im Dunkeln geschlafen hatte, zu einem Ausbruch strahlenden Lichts. Das Licht war die Nacht, und Cush war das Licht, und er streckte die Hand aus und zog alles an sich. Alles Schlechte, alles, was nicht recht war. Er zog Neid, Habsucht und Zweifel an sich, er rief jede Seuche und Plage zu sich, jeden Tumor, jeden grauen Star. Er rief AIDS und schlechten Atem zu sich. Eingewachsene Zehennägel, Zorn und Bedauern, Schuppenflechte und Zahnfäule, Migräne und Frostbeulen, Sodbrennen und Krämpfe, arthritische Gelenke und Hämorrhoiden, Keuchhusten und lähmende Schlaganfälle, Haß, Trauer und Exzesse, Kolik, Kropf und rote Frieseln.

Cush zog sie alle an sich, jede Krankheit, jeden Kummer, jeden Fluch und jeden Schmerz. Cush zog sie in heilendes Licht, wo sie verschwanden, als ob sie nie gewesen wären.

»Ich hab alles aufgenommen, ich hab getan, wozu ich gekommen bin!« rief Cush. »Ich hab gemacht, daß alles richtig gut aussieht!«

Cush war die Macht, und Cush war das Licht. Er war hier, und er war dort, er war meistens überall. Er sah Cincinnati, er sah Bangladesch. Er sah Tante Alma die Stufen hinaufrennen. Er sah das Zimmer seiner Mutter, angefüllt mit Wirbeln pastellfarbenen Lichts. Er sah sie, als sie vor Freude und Überraschung aufschrie, sah das Staunen in ihrem Gesicht, die Schönheit in ihrem Lächeln, als etwas in ihr aufblühte, für einen Augenblick aufblühte und dann mit silbernen Augen erschien.

»Hab alles für dich bereitgemacht, kleine Schwester!« rief Cush aus dem Licht. »Hab alles so schön gemacht, wie es sein kann. Ich hab alles getan, was es zu tun gibt!«

Alle Leute, die auf der Straße, in der Zufahrt und auf dem Feld standen, sahen das Licht erzittern und hörten es summen, sahen es von der Brücke aufsteigen und dem Licht des frühen Morgens entgegeneilen.

»Halleluja«, sagte Onkel John Fry, der im hohen grünen Maisfeld stand. »Halleluja Glückseligkeit …«

Originaltitel: ›Cush‹ • Aus: ›Asimov's Science Fiction‹, November 1993 • Copyright © 1993 by Dell Magazines. Division of BantamDoubledayDell • Übersetzung aus dem amerikanischen Englisch von Walter Brumm

---

Ian McLeod

PAPA

Meine Enkelkinder haben mir die Zeit zurückgebracht. Selbst wenn sie gegangen sind, wird mein Haus niemals wieder sein, wie es vorher war. Natürlich hörte ich sie nicht, als sie kamen – an diesem wie an jedem anderen Morgen hatte ich darauf verzichtet, meine Trommelfelle einzuschalten –, aber ein prickelnder Stromstoß von der Konsole neben meinem Bett machte mich endlich aufmerksam. Was hatte ich getan? In der schattigen Wärme gelegen und die Meeresbrise beobachtet, wie sie die Rolläden bewegte? Nicht einmal das. Ich war irgendwo in der Ferne gewesen, ein Reisender in leerem weißen Raum.

Die Rolläden verstellen ihren Winkel; im Raum wird es heller. Mein Betthelfer kommt aus seiner Wandnische, streckt die Arme einer Gottesanbeterin aus, daß ich mich an ihnen festhalte. Ein Zug, und ich sitze aufrecht. Ein zweiter, und ich stehe. Die salzige Luft weht bald heiß und bald kühl herein. Ich halte inne, um zu zwinkern. Langsam, schnell, mit beiden Augen. Kurze Konzentration. Trotz allem, was Dr. Fanian mir gesagt hat, ist es nie wie Fahrradfahren geworden, aber wer bin ich jetzt, ein Fahrrad zu besteigen? Und dann sind meine Trommelfelle eingeschaltet, und die vielfältigen Geräusche aller Dinge springen mich an. Ich höre die Brandung, die See, das Rascheln der Eidechsen, entferntes Vogelgezwitscher, das Flüstern der Brise in den Bäumen. Ich höre das langsame Tropfen der Dusche auf die Badezimmerfliesen und das Knattern eines Hubschraubers irgendwo im heißen blauen Himmel. Ich höre den papiernen Atem und Herzschlag eines alten Mannes, der aus seinem Vormittagsschlummer geweckt wurde. Und ich höre Stimmen – junge Stimmen – vor der Haustür.

»Er *kann* nicht zu Haus sein.«

»Nun, er kann nicht *ausgegangen* sein ...«

»Laß uns ...«

»... nein, du.«

»Ich werde ...«

»Sei still. Ich glaube ...«

»Das ist er.«

Ich blicke an mir abwärts und sehe, daß, ja, ich bin angezogen, einigermaßen: Shorts und ein Polohemd – zerknittert, aber wenigstens nicht die Sachen, in denen ich letzte Nacht geschlafen habe. Also habe ich mich heute angezogen, gefrühstückt, mich gewaschen, rasiert ...

»Bist du da drinnen, Papa?«

Die Stimme meiner Enkelin Agatha.

»Augenblick«, krächze ich, steif vom Schlaf, noch ohne wirklich daran zu glauben. Und ich tappe hinaus in die Diele.

Die Haustür stellt ein Hindernis dar. Da gibt es ein Stimmenerkennungssystem, das mein Sohn Bill für mich angebracht hat. Nun, keiner bricht noch ein oder erschlägt einen anderen, aber Bill macht sich um alles Sorgen; er ist jetzt an die achtzig, und das nicht nur gemäß dem Kalender.

»Fehlt dir was?«

Das war Sauls Stimme.

»Nein, es geht mir gut.«

Die einfache Routine des Stimmerkennungscodes verwirrt mich. Der winzige Bildschirm sagt: *Besucher nicht erkannt.* Ich versuche es noch einmal, und dann ein drittes Mal, aber meine Stimme ist so ausgetrocknet wie meine Gliedmaßen, bis die Schmiermittel ihre Arbeit tun. Meine Enkel können mich draußen hören, und ich weiß, daß sie denken: Papa führt Selbstgespräche.

Endlich geht die Tür auf.

Saul und Agatha. Beide unfaßlich real in der Helligkeit des Vormittags, hinter ihnen die zypressenbestandene schimmernde Straße. Ich möchte, daß sie eine kleine Weile stehenbleiben, damit ich zu Atem kommen kann – und daß die Hornhäute, die mir letzten Winter eingesetzt wurden, dunkeln können –, aber ich werde umarmt und geküßt, und schon sind sie an mir vorbei und im Haus, bevor meine Sinne sich anpassen können. Ich wende mich zurück, zur Diele hin. Ihr Gepäck liegt in einem Haufen da. Salzbereift, sandig, die Farben verblichen, vollgestopft mit schmutziger Wäsche und den Erlebnissen ferner Orte. Venedig. Paris. New York. Das Mare Tranquilitatis. Trotzdem muß ich die Dinge berühren, um sicher zu sein.

»He, Papa, wo ist das *Essen?*«

Agatha kauert auf den Fliesen meiner altmodischen Küche und blickt in den offenen Kühlschrank. Und Saul hat den Kopf zurückgelegt und trinkt aus einer selbstkühlenden Karaffe, die er über dem Spülbecken gefunden hat; seine gebräunte Kehle schluckt kräftig. Sie tragen beide ausgefranste Shorts, abgerissene, verschwitzte T-Shirts, Sachen, die sie offensichtlich seit Tagen nicht mehr gewechselt haben. Und ich mache mir Gedanken darüber, was ich trage! Aber es gelten nicht die gleichen Regeln. Agatha steht auf, stopft sich ein Stück Brie in den Mund, das sie in den Tiefen des Kühlschrankes gefunden hat und das schon stark nach Ammoniak riecht. Saul wischt sich die Lippen mit dem Handrücken, lächelt. Als fühle er, daß mir die Umarmung auf der Türschwelle entgangen sein könnte, kommt er herüber und umarmt mich wieder. Festgehalten und überragt, fühle ich sein stoppeliges Kinn auf meinem kahlen Kopf, höre ihn murmeln: »Papa, es ist gut, hier zu sein.« Und Agatha kommt auch zu mir, küßt mich mit Käsekrumen an den Lippen und gibt mir ein Gefühl von den vielen Meilen, die sie gereist ist, um hierherzukommen, den salzigen Staub von tausend entfernten Orten. Ich bin versucht, mich ihrer Umarmung zu entziehen, als ich den sanften Druck ihrer Brüste an meinem Arm fühle, aber dieser Augenblick ist zu süß, zu unschuldig. Ich wünschte, er könnte ewig währen.

Endlich treten wir zurück und betrachten einander.

»Ihr hättet mir Bescheid geben sollen, daß ihr kommt«, sage ich und frage mich, warum ich diesen Augenblick durch Klagen verderben muß. »Ich hätte etwas eingekauft.«

»Wir haben es versucht, Papa«, sagt Agatha.

Saul nickt. »Vor ein paar Tagen auf dem Flughafen in Athen, Papa, und dann ich weiß nicht wie viele Male auf der Fähre zwischen den Inseln. Aber es war immer belegt.«

»Ich wollte die Konsole schon reparieren lassen«, sage ich.

Saul lächelt; er glaubt mir keinen Augenblick lang. Er fragt: »Möchtest du, daß ich mir die Sache ansehe?«

Ich zucke die Achseln, dann nicke ich, denn die Konsole muß wirklich reprogrammiert werden. Und Saul und Agatha waren wahrscheinlich wirklich in Sorge, als sie nicht durchkamen, obwohl nichts Ernstes geschehen kann, ohne daß einer meiner implantierten Signalgeber losgeht.

»Aber es macht dir nichts aus, daß wir gekommen sind, nicht wahr, Papa? Wir wollen dir nicht im Weg sein oder so. Du brauchst es bloß zu sagen, und wir gehen wieder.« Natürlich neckt sie mich, nur um meinen Gesichtsausdruck zu sehen.

»Nein, nein!« Ich hebe abwehrend die Hände und merke, wie sich die Gelenke allmählich leichter bewegen lassen. »Es ist herrlich, euch hier zu haben. Bleibt bei uns, solange ihr wollt. Tut, was euch gefällt. Dafür sind Großeltern da.«

Sie nicken weise, als hätte Papa eine große Wahrheit ausgesprochen. Aber über dem alten Küchentisch werden schnelle Blicke gewechselt, und ich fange das Echo meiner Worte auf, bevor sie vergehen. Und ich verstehe, daß ich *wir* gesagt habe, *uns*.

Warum habe ich den Plural gebraucht? Wenn Hannah seit mehr als siebzig Jahren tot ist?

Eine Stunde später, nachdem Hormone und Schmiermittel sich stabilisiert haben, fahre ich in meinem alten Klapperkasten von Ford-Kabriolett hinunter zum Hafen. Einkaufen, um die hungrigen Mäuler zu füttern, obwohl ich jeden Augenblick von Sauls und Agathas Gesellschaft festhalten möchte.

Weiße Häuser, kühle Straßen, die Ausschnitte von See und Himmel rahmen. Ich fahre gewöhnlich einmal oder zweimal die Woche hier herunter zum Hafen, um das wenige zu besorgen, das ich brauche, aber heute sehe ich Dinge, die mir vorher nie aufgefallen sind. Kanarienvögel und Blumen in den Fenstern. Ein Verkaufsstand mit kandierten Früchten und Marzipanmäusen, die der Brise einen zuckerhaltigen Duft mitgeben. Ich parke den Wagen auf dem Platz, bringe mit wenigen Handgriffen meine Beinverstärker an und gehe los, als die Glocken mit dem Mittagsläuten beginnen.

Noch ehe ich Antonio erreiche, meinen Bäckerladen, verkündet die Digitalanzeige am dickbereiften Einkaufswagen, den ich in die Halle zu den Springbrunnen mitgenommen habe, daß er bereits voll beladen ist. Ich hätte das größere Modell wählen sollen, aber dafür muß man mehr Geld oder was hineinstecken. Antonio grinst. Er ist ein breitschultriger großer Mann, hinter sich Berge goldbrauner Krusten und vor sich Reihen von gefüllten Krapfen, Korinthenbrötchen und anderem Kleingebäck. Schwitzend und mehlbestäubt, liebt er seine Arbeit, wie jeder es heutzutage zu tun scheint.

Ich zeige überallhin. Zwei, nein, drei Brotlaibe. Und von da oben, das nehme ich auch noch. Und diese gedrehten langen Dinger – sind die süß? Ich habe mich immer gefragt ...

»Sie haben Besuch?« Er steckt die knusprigen warmen Laibe in knisternde braune Papiertüten.

»Meine Enkel.« Ich lächle mit Muttergefühlen wie eine Glucke. »Heute morgen kamen sie plötzlich hereingeschneit.«

»Das ist ja großartig.« Er strahlt und hätte mir auf die Schulter geklopft, wenn er so weit über den Verkaufstresen gereicht hätte. »Wie alt?«

Ich zucke mit der Schulter, gerate in Verlegenheit. Wie alt werden sie sein? Bill ist an die achtzig. Also – bald dreißig. Aber das kann nicht stimmen ...

Er reicht mir die Einkaufstüten, zu höflich, um zu fragen, ob ich zurechtkomme. »Jetzt ist eine gute Zeit.« Meine Beinverstärker knacken und zischen, als ich rückwärts zur Tür hinausgehe. Der beladene Einkaufswagen folgt.

Aber er hat recht. Jetzt ist eine gute Zeit. Die beste.

Auf dem Rückweg zum Platz lasse ich die Papiertüten mit Brot fallen. Der Einkaufswagen ist zu voll, um zu helfen, selbst wenn ich wüßte, wie ich ihn fragen sollte, und ich kann mich nicht bücken, ohne aus den Beinverstärkern zu steigen, aber eine grauhaarige Frau sammelt alles auf und hilft mir zurück zum Wagen.

»Sie *fahren?*« fragt sie, als ich über den Platz zu meinem Ford klappere. Er ist ein Museumsstück. Sie schmunzelt. Ihr Gesicht verbirgt sich im Schattengeflecht eines Strohhutes.

Dann sagt sie: »Enkelkinder – wie schön.« Nektarinen und Orangen rollen auf die Rücksitze. Ich kann mich nicht erinnern, ihr von Saul und Agatha erzählt zu haben, als wir über den Platz gingen – in meiner

141

Versunkenheit erinnere ich mich nicht einmal, gesprochen zu haben –, aber vielleicht ist es die einzig mögliche Erklärung für jemanden meines Alters, der soviel einkauft. Als ich aufblicke, um ihr zu danken, geht sie bereits unter den Dattelpalmen davon. Das Wehen eines mit bunten Blumenmustern bedruckten Kleides, runzlige Ellbogen und Fersen, schlappende Sandalen, dünne Strähnen grauen Haares; die Ringe an den dicklichen Fingern glänzen im Sonnenlicht. Ich starre ihr nach.

Wieder im Haus, Stunden nach der kurzen Einkaufsfahrt, die ich beabsichtigt hatte, finde ich die Haustür offen und unversperrt. Gewöhnlich piept das Ding wie verrückt, wenn ich sie auch nur angelehnt lasse, aber meinen Enkeln ist es offensichtlich gelungen, den Mechanismus auszuschalten. Ich steige aus meinen Beinverstärkern und stehe in der Diele, fühle das Prickeln in meinem synthetischen Hüftgelenk und warte, daß meine Hornhäute sich der Helligkeitsveränderung anpassen.

»Ich bin wieder da!«

Es herrscht Stille, soweit diese Trommelfelle es erlauben. Brandungsrauschen. Der Pulsschlag im Kopf. Und meine heiseren, angestrengten Atemzüge.

Im Badezimmer sieht es aus, als ob Saul und Agatha einen großen und sehr widerspenstigen Hund gewaschen hätten. Überall sind durchnäßte Handtücher, und der Boden ist ein seifiger See, aber schließlich gehören sie zu einer Generation, die gewohnt ist, daß Maschinen hinter ihnen aufräumen. Gegenüber, im Schlafzimmer, ist die Jalousie heruntergelassen, und meine Enkelkinder haben das Doppelbett mit Beschlag belegt. Agatha schläft in meinem ausgewaschenen alten Bademantel, den ich nun, da ich sie darin gesehen habe, nie mehr waschen oder durch einen neuen ersetzen möchte. Ihr Haar ist über das Kissen gebreitet, ihr Daumen nicht weit entfernt vom Mund. Und Saul liegt auf der anderen Seite nackt, Hintern an Hintern mit ihr. Lange goldbraune Flanken. Er ist glatt und still, schön wie eine Statue.

In einer alten englischen Kathedrale sah ich einst ein Grabmal mit zwei schlafenden Kindern, aus weißem Marmor gemeißelt. Ich muß mit Hannah dort gewesen sein, denn ich erinnere mich an die Behaglichkeit ihrer Nähe oder zumindest die Abwesenheit von Schmerz, der mich seither kaum jemals verlassen hat. Und ich erinnere mich, diese lieblichen weißen Kindergesichter angestarrt und gedacht zu haben, wie unmöglich diese Art von heiterer Ruhe sei, gerade in den von Gefühlen beherrschten wilden Kindheitsjahren. Aber heute findet man sie überall. Alles ist ein alltägliches Wunder.

Ich ziehe mich zurück. Schließe die Tür und mache dabei, ungeschickt, ein Geräusch, das sie hoffentlich nicht wecken wird. Mühsam und in mehreren Gängen lade ich meine Einkäufe aus und schaffe sie in die Küche, wo ich sie einräume. Wie durch Magie scheint sich alles zu verringern, als ich es auf den Regalen verteile. So viel wird so wenig. Aber macht nichts, es ist genug da für ein spätes Mittagessen, vielleicht noch für ein Abendessen. Und meine Enkel schlafen, und das Haus wirbelt von ihren Träumen. Es ist sowieso Zeit, Bill anzurufen.

Mein Sohn ist in seinem Büro. Bill sieht auf dem Bildschirm der Konsole jedesmal anders aus, und wie gewöhnlich frage ich mich, ob dies ein Gesicht ist, das er eigens für mich aufsetzt. Theoretisch ist Bill wie Antonio – er arbeitet einfach, weil er seine Arbeit liebt –, aber das zu glauben fällt mir schwer. Alles an Bill spricht mehr von Pflicht als von Vergnügen. Ich sehe die Hochhäuser einer großen Stadt im Abendlicht durch ein Fenster hinter ihm. Die Positionslichter kleiner Privatmaschinen ziehen wie Funken über den rosigen Himmel. Aber welche Stadt ist es? Bill ist ständig unterwegs, jagt dem Geschäft hinterher. Meine Konsole findet ihn immer, aber sie ist nicht programmiert, einem zu sagen, *wo*, es sei denn, man fragt sie danach. Und ich weiß nicht, wie ich das machen soll.

»Hallo, Paps.«

Zwei oder drei Herzschläge. Irgendwo, nirgendwo löst sich Raum auf, überträgt gleichzeitig diese Stille zwischen uns. Bill wartet, daß ich sage, warum ich angerufen habe. Er weiß, daß Papa nicht ohne einen Grund anriefe.

Ich sage: »Du siehst gut aus, Junge.«

Er neigt den Kopf. Sein Haar hat noch Spuren des einstigen natürlichen Rotbraun bewahrt – Hannahs Farbe –, aber ich sehe, daß es dünn und grau geworden ist und zurückweicht. Und um die Augenhöhlen ziehen sich tiefe Falten. Wenn ich es nicht besser wüßte, würde ich beinahe sagen, daß mein Sohn anfängt, alt auszusehen. »Du auch, Paps.«

»Deine Kinder sind hier. Saul und Agatha.«

»Ich verstehe.« Er zwinkert, geht rasch weiter. »Wie geht's ihnen?«

»Sie sind …« Ich möchte sagen: ›Großartig, wundervoll, unglaublich.‹ Alle diese abgegriffenen großen Worte. »Es geht ihnen gut. Im Augenblick schlafen sie, natürlich.«

»Wo sind sie gewesen?«

Ich wünschte, ich könnte einfach mit der Schulter zucken, aber nichtverbale Gesten am Telefon waren mir immer unangenehm. »Wir haben noch nicht ausführlich miteinander gesprochen, Bill. Sie waren müde. Ich dachte bloß, du solltest Bescheid wissen.«

Bill schürzt die schmalen Lippen. Er ist im Begriff, etwas zu sagen, aber dann hält er es zurück. *Müde. Haben noch nicht miteinander gesprochen. Dachte, du solltest Bescheid wissen.* Diese schreckliche Beiläufigkeit! Als ob Saul und Agatha erst letzten Monat mit ihrem Papa hiergewesen wären und im nächsten wahrscheinlich wiederkommen würden.

»Na, danke, Paps. Du mußt sie von mir grüßen.«

»Irgendwelche anderen Nachrichten?«

»Sag ihnen, daß ich mich freuen würde, wenn sie mich anrufen könnten.«

»Klar, wird gemacht. Wie geht's Meg?«

»Ihr geht's auch gut.«

»Ihr zwei solltet hier herunterkommen.«

»Du könntest *hierherkommen*, Paps.«

»Wir müssen was verabreden. Aber ich nehme an, du bist ...«

»... ziemlich beschäftigt, ja. Aber danke für deinen Anruf, Paps.«

»Paß auf dich auf, Junge.«

»Du auch.«

Der Bildschirm schneit. Nach einigem Gefummel gelingt es mir, ihn auszuschalten.

Ich mache mich daran, eine Mahlzeit für meine beiden schlafenden Schönheiten vorzubereiten. Pfefferschoten und Karotten, Salate, Käse, knuspriges Brot, nach Knoblauch riechendes feingehacktes Gemüse. Alles neu und frisch und roh. Bei der Arbeit geht mir das Gespräch mit Bill durch den Kopf. In diesen letzten Jahren kommt es oft vor, daß solche Gespräche noch Stunden danach in meinem Schädel dröhnen. Wendungen und Sätze gewinnen eine neue Bedeutung. Das meiste bleibt ungesagt. Inzwischen ist mir nicht einmal ganz klar, warum ich überhaupt die Mühe auf mich nahm, ihn anzurufen. Es gibt offensichtlich keine Ursache, warum er sich um Saul und Agatha sorgen sollte. Geschah es bloß, um zu prahlen (He, sieh mal, ich habe deine Kinder bei mir!), oder in der Hoffnung, daß ich wirklich Verbindung mit ihm bekäme, wenn ich ihn unerwartet während der Geschäftszeit anriefe?

Bei der Arbeit mit meinem alten Stahlmesser auf dem nassen Schneidebrett erinnere ich mich an Bill als jungen Mann, Bill als Kind, Bill als Säugling. Bill, als Hannah und ich noch nicht einmal einen Namen für ihn hatten, zwei Wochen nach der Geburt. Als Hannah in jenen alten Tagen vorgeburtlicher Ungewißheit dick geworden war, hatten wir uns auf Paul für einen Jungen und Esther für ein Mädchen geeinigt. Aber als er zur Welt kam, als wir ihn mit nach Haus nahmen und badeten, als wir dieses winzige Geschöpf betrachteten, das wie ein roter indianischer Totem aussah, mit seinen runden Augen, dem langen Körper und den krummen kurzen Beinen, hatte Paul sich ganz falsch angehört. Er pflegte zu lallen, wenn er Hannah in seiner Nähe roch – wir nannten es seinen Milchgesang. Und er zappelte mit den Beinen in der Luft und gluckste und lachte in einem Alter, in dem man es von Säuglingen sonst nicht erwartet. Also nannten wir ihn William. Das schien uns ein lausbübischer, schelmischer Name zu sein. In unserer blöden elterlichen Gewißheit kamen uns sogar die denkbar fragwürdigen Assoziationen passend vor. Aber als er zwei war, wurde er nur noch Bill genannt. Ein solider, praktischer Name, der paßte, obwohl wir nie daran gedacht oder beabsichtigt hatten, ihn Bill zu nennen.

In der Hitze des Nachmittags, unter der Markise auf der Veranda zwischen Himmel und See, sitze ich mit meinen Enkeln, gesättigt und zufrieden. Ich fühle mich ein wenig unwohl, um ehrlich zu sein, hoffe aber, daß man es mir nicht ansieht.

»Euer Papa hat angerufen«, sage ich. Der Wein hat die Bedeutung des Satzes umgedreht, als ob Bill tatsächlich einmal die Mühe auf sich genommen und *mich* angerufen hätte.

»Angerufen?« Agatha wundert sich, nickt. »Ach ja?« Sie hebt einen Fuß, um die Ameisen nicht zu zertreten, die Brotkrumen und Salatstückchen davontragen. »Was hat er gesagt?«

»Nicht viel.« Daß er sich freuen würde, wenn sie ihn einmal anriefen. Machte er den Eindruck, daß er andernfalls unglücklich wäre? »Bill schien ziemlich beschäftigt«, sagte ich. »Ach ja, und er wollte wissen, wo ihr diese letzten paar Monate gewesen seid.«

Saul lacht. »Ja, das sieht ihm ähnlich.«

»Er ist interessiert«, sage ich, weil ich das Gefühl habe, ihn verteidigen zu müssen.

Agatha schüttelt den Kopf. »Du weißt, wie er ist, Papa.« Sie rümpft die Nase. »Immer ernst und besorgt. Nicht, daß man nichts ernst nehmen sollte, aber auch nicht *alles*.«

Saul nickt, kratzt sich die Rippen. »Und er ist so verdammt besitzergreifend.«

Ich versuche, nicht zu nicken. Aber sie sagen bloß, was Kinder immer gesagt haben: der Generationsunterschied, ein Winken und Rufen über eine Kluft, die sich immer mehr weitet. Hannah und ich verzichteten auf ein Kind, bis wir die dreißig hinter uns hatten, unserer beruflichen Karriere zuliebe. Bill und seine Frau Meg waren noch ein gutes Stück älter, als sie diese zwei bekamen. Sie waren zwar noch nicht erschöpft und erledigt, aber alt ist alt.

Die Flieger kreisen am weiten blauen Himmel über der Bucht, silberne Eier mit grotesken Stummelflügeln, die Grillen zirpen zwischen den myrteüberwachsenen Felsen, die Segeljachten fangen die Brise auf. Ich würde gern etwas Ernsthaftes zu Saul und Agatha sagen, während wir hier draußen sitzen, um herauszubringen, was wirklich zwischen ihnen und Bill vorgeht, und vielleicht sogar einen Versuch machen, das Verhältnis zu reparieren. Statt dessen fangen wir an, über Urlaub zu reden. Ich frage sie, ob sie wirklich das Mare Tranquilitatis auf dem Mond gesehen haben.

Sie nicken. »Möchtest du sehen?«

»Gern.«

Saul springt auf und läuft ins Haus. Altmodisch, wie

147

ich bin, erwarte ich ohne Überlegung, daß er mit einem Bündel Fotos in einem Umschlag zurückkommen wird. Aber er kommt mit diesem Kasten, einem kleinen VR-Ding mit winzigen Reihen von Bedienungsfeldern. Er hält mir das Ding hin, aber ich schüttle den Kopf.

»Mach lieber du es, Saul.«

Also zieht er mir zwei kühle Drähte über die Ohren, heftet mir einen weiteren Draht an den Nasenflügel und legt den Kasten auf die Decke, die mir über den Schoß gebreitet ist. Er drückt einen Knopf. Nichts geschieht.

»Papa, kannst du mich hören?«

»Ja …«

»Kannst du sehen?«

Ich nicke mechanisch, aber tatsächlich sehe ich nur den grünen Rasen meines übermäßig gepflegten Gartens, die See bis zum Horizont. Die einfache, tatsächliche Realität.

Dann, *Bam!*

Saul sagt: »Das ist unser Anflug mit der Mondfähre.«

Ich fliege über schwarze und braune Krater. Die Sterne gleiten über mir vorbei. Ich sinke unter den Kamm luftloser Berge, einer silberglänzenden Stadt entgegen.

»Und dies ist Lunar Park.«

Bam! Ein mitternächtlicher Urwald, von Lichtern durchzogen. Ich blicke ungewollt auf und sehe durch unvorstellbares Laubwerk und den Geodom die entfernte Erde, eine blaue und weiße Kugel von eindrucksvoller Größe.

»Erinnerst du dich an diese Party, Ag?«

Agatha gluckst irgendwo neben mir. »Und du in diesem Aufzug.«

Gesichter, tanzende Gestalten, papageienfarben. Jemand springt drei, vier Meter hoch in die Luft. Mich fröstelt, als eine Hand meinen Arm berührt. Ich rieche Agathas Duft, höre sie etwas sagen, was in Musik untergeht. Ich kann nicht sagen, ob es im VR ist oder in der Wirklichkeit auf der Veranda.

»Das geht ewig so weiter. Weißt du, Papa, solange es dauert, macht es Spaß, aber später dann ... Ich lasse es vorwärts laufen.«

»Danke«, höre ich mich sagen.

Dann, *Bam!* liege ich auf dem Rücken. Der Liegestuhl ist neben mir umgekippt.

»Fehlt dir was? Papa?«

Agatha beugt sich aus dem Himmel über mich. Haarsträhnen berühren beinahe mein Gesicht, ihre weiße Baumwollbluse ist auf einmal ausgefüllt. »Du bist irgendwie vom Liegestuhl gerollt ...«

Ich nicke, stütze mich auf meinen alten Ellenbogen und fühle die Röte dummer Verlegenheit im Gesicht. Der Rücken schmerzt vom Aufprall und verspricht mit einem spektakulären Bluterguß aufzuwarten. Schwarz, violett, purpurn. Wie Gott, der durch tropische Wolken herablächelt.

Agatha hilft mir auf. Ich bin noch schwindlig und schlucke die aufkommende Übelkeit hinunter. Ein paar Augenblicke lang, während die Endorphine sich in meinem Blutkreislauf umgruppieren, kann ich sogar einen Blick hinter den Schleier auf die Botschaften werfen, die mein Körper wirklich zu senden versucht. Ich fühle tatsächlich Schmerz, und ich bin verblüfft. Ich zwinkere verwirrt, bemühe mich, diesen Schmerz mit einer Willensanstrengung zurückzudrängen. Ich sehe die Bodenplatten der Veranda in Schatten und Licht, sehe den gesprungenen Kasten des kleinen VR-Geräts darauf liegen.

»He, mach dir nichts draus!«

Starke Arme legen mich wieder in den Liegestuhl. Ich befeuchte die Lippen und schlucke, schlucke, schlucke. Nein, ich werde mich nicht übergeben.

»Ist alles in Ordnung? Du ...«

»Es geht schon. Kann man dieses Ding reparieren? Darf ich sehen?«

Saul reicht mir sofort den VR-Kasten, was mich davon überzeugt, daß er nicht mehr zu reparieren ist. Ich hebe den gesprungenen Deckel. Drinnen ist größtenteils leerer Raum. Nur ein paar silberne Haare führen zu einem supraleitenden Ring in der Mitte.

»Diese Geräte sind unglaublich, nicht wahr?« murmle ich.

»Papa, diese Art von Scheiß wird heute millionenfach auf den Markt geworfen. Sie machen die Dinger zerbrechlich, weil sie wollen, daß sie bald defekt werden und die Leute ein neues Gerät kaufen. Es ist keine große Sache. Möchtest du ins Haus? Vielleicht ist es hier draußen ein bißchen zu heiß für dich.«

Bevor mir eine Antwort einfällt, werde ich ins Haus manövriert und im kühlen Halbdunkel auf das Sofa gelegt. Die Türen sind geschlossen, die Rolläden heruntergelassen, und ich liege halb aufrecht wie eine Puppe in dem Kissen. Einem Teil von mir ist dies verhaßt, aber das Gefühl, von Menschen statt von Maschinen umsorgt zu werden, ist zu angenehm, als daß ich protestieren möchte.

Ich schließe die Augen. Nach ein paar Sekunden rötlicher Dunkelheit gehen meine Hornhäute automatisch in die Ruhestellung über. Als sie dies das erste Mal taten, erwartete ich eine Wahrnehmung von tiefem, undurchdringlichem Schwarz. Aber zumindest für mich – Dr. Fanian sagte mir, es sei bei allen Patienten verschieden – ist Weiß die Farbe der Abwesenheit. Schmerzhaft weiß wie ein Schneefeld, wie Krankenhauslaken in dem Augenblick, bevor du untergehst.

»Papa?«

»Wie spät ist es?«

Ich öffne die Augen. Im nächsten Moment kehrt mein Sehvermögen zurück.

»Du hast geschlafen.«

Ich will mich aufsetzen. Agatha hält mich mit Leichtigkeit nieder. Ein Papiertaschentuch erscheint. Sie wischt mir Speichel vom Kinn. Die Zimmeruhr zeigt sieben. Bald dämmert der Abend. Ich brauche nicht zu zwinkern; meine Trommelfelle sind noch an. Durch die offenen Türen dringt das immerwährende Geräusch der Brandung an den Felsen, aber ich fange auch ein seltsames Summen auf. Wie ein Hund lege ich den Kopf auf die Seite, halte Ausschau nach einer Fliege. Könnte es sein, daß ich unwillkürlich gezwinkert habe, ohne es zu merken, und meine Trommelfelle dadurch irgendwie falsch eingestellt wurden? Dann sehe ich Bewegung. Ein schwarzsilbernes Ding, kaum größer als ein Stecknadelkopf, schwirrt an meiner Nase vorbei, und ich sehe, daß Saul es mit einem Gerät steuert, das er am anderen Ende des Sofas auf dem Schoß hält. Irgendein neues Spiel.

Ich lasse die Beine vom Sofa gleiten, sitze aufrecht und fühle mich plötzlich beinahe normal. Wenn ich nachmittags schlafe, fühle ich mich hinterher gewöhnlich zehn Jahre älter – wie ein Leichnam –, aber dieser besondere Schlaf hat mir tatsächlich gutgetan. Die Übelkeit ist fort. Agatha kniet neben mir, und Saul spielt mit seinem Spielzeug. Ich fühle mich munter und frisch, wie ein Neunzigjähriger.

Ich sage: »Heute morgen habe ich mit Antonio gesprochen.«

Agatha zieht die Stirn in Falten. »Antonio, Papa?«

»Er ist ein Mann in einem Laden«, sage ich. »Du kennst ihn nicht. Er hat eine Bäckerei unten am Hafen.«

»Ist ja egal, Papa«, sagt Agatha nachsichtig. »Was hast du ihm gesagt?«

»Ich sagte ihm, daß ihr, meine Enkel, bei mir seid, und er fragte mich nach eurem Alter. Das Dumme ist, ich war nicht ganz sicher.«

»Kannst du es nicht erraten?«

Ich sehe sie an. Warum müssen die beiden immer alles zu einem Spiel machen?

Sie gibt nach. »Entschuldige, Papa, ich sollte dich

nicht aufziehen. Ich bin achtundzwanzigeinhalb, und Saul ist zweiunddreißigdreiviertel.«

»Siebenachtel«, sagt Saul, ohne den Blick von seinem schwirrenden Stecknadelkopf zu wenden, der jetzt nahe am offenen Fenster seine Kreise zieht. »Und du solltest meinen Geburtstag nicht vergessen.« Der Stecknadelkopf saust zurück durch den Raum. »Ich meine dich, Ag. Nicht Papa. Papa vergißt nie …«

Der Stecknadelkopf summt nahe an ihrem Kopf vorbei, streift Haarsträhnen, berührt fast ihre Nase. »Sag mal, Saul«, fährt sie ihn an, steht auf und stampft mit dem Fuß, »kannst du dieses verdammte Ding nicht abstellen?«

Saul lächelt und schüttelt den Kopf. Agatha greift zu, um es zu fangen, aber Saul ist zu schnell. Er zieht es in einem Schwung hoch und in eine weite Schleife. Sie kichert jetzt, und Saul schüttelt sich vor Lachen, als sie seinem Flugobjekt nach und durch den Raum stürzt.

»Kindsköpfe.« Ich nicke, lächle blaß und schaue meinen Enkeln beim Spiel zu.

»Was für ein Ding ist das?« frage ich, als sie endlich müde werden.

»Es ist eine Metacam, Papa.« Saul bedient seine Fernsteuerung, und der Stecknadelkopf bleibt mitten im Raum stehen. Langsam dreht er sich um seine Achse und fängt das Abendlicht mit silbernen Facetten ein, wartet schwebend auf einen neuen Befehl. »Wir spielen nur damit.«

Agatha wirft sich in einen Sessel. Sie sagt: »Papa, es ist das Neueste. Sag nicht, du hättest in den Nachrichten nicht davon gehört.«

Ich schüttle den Kopf. Selbst auf dem alten Fernseher mit flachem Bildschirm, den ich in der Ecke stehen habe, kommt heutzutage alles wie ein Rockmusik-Video rüber. Und die ständigen guten Nachrichten kommen mir, der ich mit einer Diät von Kriegen und verhungernden Afrikanern aufgewachsen bin, irgendwie nicht ganz richtig vor.

»Was macht es?« frage ich.

»Nun«, erklärt Saul, »diese Metacam arbeitet auf der Basis des multiplen Wellenformkollapses. Schau her ...« Saul rutscht auf dem Sofa zu mir herüber, das Steuergerät noch auf dem Schoß. »Das summende Ding da oben ist eine Multilinse, und ich steuere sie von hier unten wie ein Modellflugzeug ...«

»Das ist erstaunlich«, sage ich. »Als ich jung war, gab es Taschen-Camcorder, die man aber nicht in die Tasche stecken konnte, es sei denn, man ließ sich speziell eine machen. Die Tasche, meine ich, nicht die Kamera ...«

Saul lächelt während meiner Abschweifung. »Aber es ist nicht bloß eine Kamera, Papa, und überhaupt konnte man welche in dieser Größe schon vor fünfzehn Jahren bekommen.« Er bedient das Steuergerät, und plötzlich kommt eine Helligkeit von dem Stecknadelkopf herab und scheint bis zum Boden. Dann löst sich die Helligkeit zu einem Bild auf. »Siehst du, da ist Agatha.«

Ich nicke. Und da ist sie tatsächlich dreidimensional auf dem Kontrollschirm des Steuergeräts. Agatha. Hübscher als ein Bild.

Ich beobachte Agatha in der Wiedergabe, als sie vom Sessel aufsteht. Sie schlendert hinüber zu den Fenstern. Die stecknadelkopfgroße Linse schwebt ihr nach, nimmt sie auf. Ich bin fasziniert. Vielleicht liegt es an meinen neuen Hornhäuten, aber in der Wiedergabe scheint sie klarer herauszukommen als in der Realität.

Summend pflückt Agatha die Blütenblätter von einem Rosenstrauß auf dem Fensterbrett, läßt sie zu Boden fallen. Als ich sie auf Sauls Kontrollschirm beobachte, fällt mir die eigentümliche Art und Weise auf, wie die Blütenblätter von ihren Fingern zu fallen scheinen, wie sie sich teilen und vervielfältigen. Einige steigen sogar aufwärts und tanzen in der Luft, als wären sie in einen Warmluftstrom geraten, obwohl sich im Zimmer kein Lufthauch regt. Sie hinterlassen rasch vergehende Lichtspuren. Dann verschwimmt Agathas Gesicht, als sie sich lächelnd umwendet. Aber sie ist gleichzeitig noch im Profil zu sehen und schaut zum Fenster hinaus. Augen und Mund sind zugleich aus beiden Winkeln zu sehen. Dann tritt sie einen Schritt vorwärts, während sie gleichzeitig stehenbleibt. Zuerst ist die Wirkung dieser Überlagerungen faszinierend, wie ein Porträt von Picasso, doch als die Überlagerungen zunehmen, wird das Bild wirr und unkenntlich. Saul stellt am Steuergerät etwas ein, und Agatha erscheint wieder in einem Bild. Sie blickt zum Fenster hinaus in die Dämmerung, wo draußen in der Bucht eine große Jacht mit weißen Segeln vor Anker geht. Dieselbe Agatha sehe ich, als ich zu ihr aufblicke.

»Ist das nichts?« sagt Saul.

Ich kann nur nicken.

»Ja, unglaublich, nicht wahr?« sagt Agatha. Sie streift Pollen von den Fingerspitzen. »Die Metacam zeigt mögliche Realitäten, die nahe bei unserer eigenen Realität liegen. Verstehst du das, Papa?«

»Ja, aber ...«

Agatha kommt herüber und küßt meine altersfleckige Glatze.

Draußen, jenseits der Veranda und des samtig verdämmernden Gartens, hat sich der Seehorizont aufgelöst. Die große Jacht scheint jetzt mit den ersten Sternen in einem Medium zu schweben. Ich kann nicht einmal sagen, ob es eine Illusion ist.

»Wir wollten heute abend mal allein ausgehen, Papa«, murmelt sie nahe an meinem Ohr. »Sehen, was unten im Ort los ist. Das heißt, wenn du dich gut fühlst. Es macht dir doch nichts aus, wenn wir für ein paar Stunden fortgehen, oder?«

Ein Flieger kommt vom Hafen herauf, um Saul und Agatha abzuholen. Ich stehe winkend auf der Veranda, als sie wie silberne Zwillinge des Mondes in die sternübersäte Dunkelheit aufsteigen.

Wieder im Haus, überfällt mich das Gefühl von Leere, obwohl alle Lampen eingeschaltet sind. Ich frage mich, wie es wohl wird, wenn meine Enkelkinder wieder abgereist sind, was nur eine Sache von Tagen sein kann. Ich bereite mir in der Küche etwas zu essen. Im allgemeinen bevorzuge ich den Umgang mit meinem alten Küchengerät, weil es mir das Gefühl manueller Kontrolle gibt, während das vibrierende Summen des Molekularmessers unangenehm durch Mark und Bein geht. Saul und Agatha. In meiner Einsamkeit empfinde ich alles, was mit ihnen zusammenhängt, als Glück, aber ich werde dieses dumme Gefühl nicht los, daß dafür ein Preis zu bezahlen ist.

Ich setze mich an den Küchentisch, betrachte die grünbäuchigen Muscheln, die in Öl schwimmenden Tintenfischringe, das Weißbrot, das bereits pappig wird. Was kam heute morgen über mich, daß ich dieses ganze Zeug kaufte? Nachdem ich lustlos gegessen habe, stehe ich auf und tappe hinaus, taste mit den ausgestreckten Händen rechts und links nach Möbelstücken, um sicheren Halt zu finden. Da. Die Sterne, der Mond, die schwachen Lichter des Hafens, eingebettet in die dunkle Küste, an der weit verstreut einzelne Lichter schimmern. Wenn ich wirklich wüßte, wie diese Trommelfelle einzustellen sind, könnte ich wahrscheinlich alles bis auf das entfernte Lachen in diesen laternengesäumten Straßen hören, Musik, den Klang von Gläsern. Ich könnte belauschen, was Saul und Agatha über Papa sagen, wenn sie an irgendeinem Cafétisch sitzen, wenn sie meinen, es sei seit ihrem letzten Besuch abwärts gegangen mit mir oder daß ich mich, alles in allem, einigermaßen gehalten habe.

Kleine Dinge in und um das Haus, die ich nicht einmal bemerke, werden ihnen Hinweise geben. Ich erinnere mich an einen Besuch bei einer Großtante im vergangenen Jahrhundert, als ich noch ein Junge war. Sie hielt immer auf peinliche Sauberkeit und Korrektheit in ihrer Erscheinung, aber als sie alt wurde, pflegte sie sich ihr Gesicht dick mit weißem Puder zu bedecken, und als meine Mutter einmal die alten Zeitungen in ihrem Vorderzimmer durchsah, machte sie eine schreckliche Entdeckung. Bald darauf wurde meine Großtante in ein Altenheim gebracht. Heutzutage kann man viel länger für sich bleiben. Es gibt Maschinen, die einem den größten Teil der Arbeit abnehmen. Ich habe sogar eine in meiner Nachttischschublade, die mir an dem Bein hinunterkriecht und mir die Zehennägel schneidet. Wenn man aber schließlich den Punkt erreicht, an dem man Dinge durcheinanderbringt, desorientiert ist und nicht mehr ein noch aus weiß? Und wer warnt einen, wenn man an diesen Punkt kommt?

Ohne Hilfe durch meine Beinverstärker steige ich von der Veranda und humple den Weg durch meinen abgestuften Garten. Seit Bill entschied, daß ich nicht mehr imstande sei, den Garten zu unterhalten, und mir einen kybernetischen Kultivator kaufte, komme ich nur noch bei Nacht hier heraus. Ich bin nie ein sorgfältiger Gärtner gewesen, und dieser Garten ist mir heutzutage viel zu ordentlich. Die sauberen kleinen Rasenflächen würden einem Golfplatz alle Ehre machen, und ihre Begrenzungen sind eine Lektion in Geometrie. Also begnüge ich mich im allgemeinen mit der Dunkelheit, der heimlichen Berührung der Blätter, den Düften verborgener Blüten. Ich habe den Kultivator ohnedies seit mehreren Tagen nicht gesehen, obwohl er offensichtlich noch immer geschäftig bei der Arbeit ist, mit seiner buntlackierten Verkleidung und den verchromten Armen – dahin und dorthin rollt, ständig auf der Suche nach Unkraut ist, Samenkapseln und Rispen sammelt, Sträucher beschneidet, Blumenbeete pflegt und düngt. Wir gehen einander aus dem Weg, er und ich. In seiner streng durchdachten Entschlossenheit – selbst in der Auswahl der Blumen und Pflanzen, die er selbst über Fax bestellt und anliefern läßt, wenn ich nicht hinschaue – erinnert er mich an Bill. Der Junge gibt sich soviel Mühe. In einer Zeit, da die Leute es aufgegeben haben, sich zu sorgen, ist er ein Mann geblieben, der sich um alles sorgt. Aber er ist auch fürsorglich, das weiß ich. Und ich liebe meinen Sohn. Ich liebe ihn wirklich. Ich wünschte nur, daß Hannah noch am Leben wäre, um ihn mit mir zu lieben. Ich wünschte, daß sie durch die Straßen des kleinen Hafenortes ginge und an den offenen Verkaufsständen Kleider kaufen würde. Ich wünschte mir, daß manches ein wenig anders wäre.

Ich setze mich an der Wand nieder. Es ist schwierig, mich genau zu erinnern, ob ich jemals in einer glücklicheren Lage war. Da muß ich bis zu einer Zeit spät im letzten Jahrhundert zurückgehen, als ich mit Hannah zusammenlebte und alles soviel weniger einfach war. So glaubten wir alle an den Untergang der Menschheit und ihrer technischen Zivilisation in nicht allzu ferner Zukunft. Alles, was wir taten, geschah in dem Bewußtsein, in einer Endzeit zu leben. Natürlich hatte ich Glück; ich arbeitete als beratender Tiefbauingenieur in einer Zeit, als Flüsse umgeleitet, Hochwasserschutzbauten errichtet, der See durch Eindeichungen und Trockenlegungen Land abgewonnen wurde. Ich hatte Geld und Gelegenheiten. Aber wenn man sein Leben mit dem Gedanken verbringt, man sei ein Glückspilz, dann wartet man in Wirklichkeit auf den Fall. Ich erinnere mich der quälenden Überlegungen, denen Hannah und ich uns hingaben, bevor wir beschlossen, ein Kind zu bekommen. Wir redeten über die Kriege, die Erwärmung, die Ausbreitung der Wüsten, Hungersnöte und Bevölkerungsexplosion. Aber schließlich entschieden wir, wie Eltern es immer tun, daß Liebe und Hoffnung genug seien. Und Bill erblickte das Licht der Welt, und

Geld kam auch während der endlosen Rezessionen weiter herein – wenigstens für uns. Es gab sogar Anzeichen, daß die Verhältnisse sich bessern würden. Ich erinnere mich an Fernsehprogramme, in denen Akademiker die goldenen Horizonte zu beschreiben suchten, die vor uns lagen – wie ungenutzte Möglichkeiten, vorausblickende Intelligenz und neue Entwicklungen unbegrenzte Energie verhießen. Hannah und ich waren besser als die meisten anderen imstande, dies alles zu verstehen, aber wir waren noch immer unsicher und verwirrt. Und wir begriffen genug von Geschichte, um die Parallelen zwischen all dieser Quantenmagie und dem Fiasko der Nuklearenergie zu erkennen, die einst ebenso vielversprechend und ebenso unverständlich ausgesehen haben mußte.

Aber diesmal hatten die Physiker es im wesentlichen richtig gemacht. Bill muß zehn gewesen sein, als die guten Nachrichten allmählich die schlechten überwogen, und er malte noch immer Bilder vom niedergebrannten und abgeholzten Regenwald, obwohl er inzwischen einen PC mit Malprogramm benutzte. Ich entsinne mich, daß seine stets bedruckte und pessimistische Stimmung mich verblüffte und ratlos machte. Aber ich dachte mir, daß er einfach Zeit brauche, die Veränderungen wahrzunehmen und sich einer Welt anzupassen, die unleugbar günstigere Perspektiven aufwies. Vielleicht wäre es so gekommen, vielleicht wäre er wie Saul und Agatha schon ein Kind des neuen, glänzenden Zeitalters geworden – wenn Hannah nicht gestorben wäre.

Ich tappe zurück durch den Garten, über die Veranda und ins Haus. Wie ein Voyeur komme ich mir vor, als ich ins Schlafzimmer spähe. Sie sind noch keine vierundzwanzig Stunden hier, und schon sieht es bewohnt aus und riecht wie eine Turnhalle. Verschiedene Socken, Bettlaken und Papiertaschentücher liegen am Boden verstreut, außerdem Folienverpackungen von

Wurstwaren, Salzgebäck und Süßigkeiten (bedeutet das, daß ich ihnen nicht genug zu essen gebe?), Schuhe, die zerrissenen Seiten der Bordzeitschrift einer Fluggesellschaft, der farbige Schutzumschlag eines Buches, das Agatha liest. Ich betrachte es näher, aber natürlich ist es kein Buch, sondern ein weiteres Spiel; wahrscheinlich hat Agatha in ihrem Leben noch kein Buch gelesen. Was immer das Ding ist, mir wird schon vom Hinsehen schwindlig, als fiele ich in ein verspiegeltes, prismenförmiges Loch.

Ich lege es genau an die Stelle, wo ich es fand, und sehe, daß sie den Hals der Vase auf der Frisierkommode abgebrochen und die Scherben wieder zusammengesetzt haben. Es ist ein Ding, das Hannah in einem dieser Geschäfte erstand, die Waren aus der Dritten Welt zu Preisen der Ersten Welt verkauften, damals, als es eine Dritte und Erste Welt noch gab. Dicke blaue Glasur, dekoriert mit phantasievollen, unwahrscheinlich aussehenden Vögeln. Ich hatte diese Vase gehaßt, bis Hannah starb, und dann wurden die Dinge, über die wir gestritten hatten, zu schmerzlich-süßen Erinnerungen. Saul und Agatha werden mir wahrscheinlich sagen, daß ihnen mit der Vase ein Malheur passiert ist, wenn sie den richtigen Augenblick finden. Oder vielleicht denken sie, Papa wird es nicht merken. Aber es macht mir nichts aus. Es ist mir wirklich gleich. Saul und Agatha können wirklich alles zerbrechen, was sie wollen, können dieses ganze verdammte Haus kurz und klein schlagen. Ich wünschte beinahe, daß sie es tun oder wenigstens einen dauerhaften Eindruck hinterlassen. Dieses Haus ist voll von den Dingen eines langen Lebens, aber nun scheint es leer. Wie beneide ich meine Enkelkinder um dieses furchtbar unordentliche Zimmer, um die Art und Weise, wie sie es fertigbringen, soviel Raum mit dem Inhalt dieser kleinen Reisetaschen und mit all dem Leben auszufüllen, das sie mitbringen. Wenn ich meinen Staubsauger nur programmieren könnte, nicht alles aufzuräumen und zum Verschwinden zu bringen, sobald sie gehen, ließe ich das Zimmer, wie es ist.

Saul hat die Metacam wieder in seine Reisetasche am Boden gesteckt. Die weiße Ecke des Steuergeräts schaut hervor, und einerseits möchte ich genauer hinsehen, vielleicht sogar das Gerät einschalten und herausfinden, ob er dieses Zeug über die alternativen Realitäten, die es zeigen soll, wirklich ernst meinte. Aber bei dem Gedanken, ich könnte es fallen lassen oder zerbrechen, wird mir heiß und kalt – es ist offensichtlich sein derzeitiges Lieblingsspielzeug, und meine Hände zittern schon, wenn ich nur an die Möglichkeit denke. Ich sehe ein Bild vor mir: wie ich über die Metacam gebeugt stehe, die zerbrochen auf dem Fliesenboden liegt. Würde sie ihre eigene Zerstörung aufzeichnen? Aber das ist eine müßige Frage.

Ich verlasse das Zimmer, schließe die Tür. Dann öffne ich sie wieder, um mich zu vergewissern, daß ich alles so gelassen habe, wie es vor meinem Eintreten war. Wieder schließe ich die Tür, dann lasse ich sie angelehnt, wie ich sie gefunden habe.

Ich gehe in mein Zimmer, wasche mich, und dann kommt der Betthelfer gerollt und hebt mich ins Bett, obwohl ich auch allein hineingekommen wäre. Ich zwinkere dreimal, um die Trommelfelle auszuschalten, dann schließe ich die Augen.

Schlaf auf Wunsch ist eine Option, die Dr. Fanian mir bisher nicht bieten konnte. Als ich ihm sagte, wie lang mir die Nächte werden können und wie leicht ich umgekehrt und ungewollt am hellichten Tag einnicken kann, ohne es zu wollen, warf er mir einen Blick zu, dem ich entnehmen konnte, daß er die gleiche Geschichte von Tausenden anderer älterer Patienten auf dieser Insel gehört hat. Sicherlich wird man schließlich eine Lösung für diese leeren Stunden finden, aber den Alten zu helfen, ist niemals ein vordringliches Ziel der technischen Entwicklung gewesen. Wir sind Treibgut am Rand des großen Ozeans, alles Lebendigen. Wir müssen uns mit Nebenprodukten behelfen, während die Wellen uns immer weiter den Strand hinaufstoßen.

Aber kein Schlaf. Nur Stille und Weiße. Wenn ich nicht so müde wäre, würde ich die uralte Abhilfe wählen, aufzustehen und tatsächlich etwas zu tun. Es wäre wenigstens besser, glückliche Gedanken über diesen glücklichen Tag zu denken. Aber Saul und Agatha weichen mir aus. Irgendwie sind sie noch zu nahe, um real zu sein. Erinnerung benötigt Distanz, Verstehen. Dafür ist der Schlaf da, aber wenn man älter wird, will man schlafen, auch wenn man es nicht braucht. Ich wälze mich in schimmernder endloser Weiße auf die andere Seite. Ich denke an Geräte, an Treibgut-Nebenprodukte. Endlose zerbrochene technische Vorrichtungen an einem unendlichen weißen Strand. An ihre zerbrochenen Deckel und herausgerissenen Verdrahtungen. Wenn ich nur niederknien, mich bücken, sie aufheben und zu einem Verständnis kommen könnte. Wenn diese alten Knochen es nur erlauben würden ...

Es gab eine Zeit, als ich die neuesten japanischen Geräte direkt aus der Verpackung in Betrieb nehmen konnte. Ich war ein Meister. VCR-Zweijahrestimer, graphische Equalizer, PCs und Fotokopierer, die Stereoanlage mit acht Lautsprechern im Wagen. Sogar diese technisch anspruchsvollen Camcorder waren kein Problem, obgleich die Resultate immer irgendwie enttäuschend blieben. Ich erinnere mich, wie Hannah eine winterliche Straße hinunterging und sich nach mir umsah, im Hintergrund die kahlen Bäume, und durch graue Atemwolken lächelte. Und Hannah in einem Park mit Booten auf einem See, den kleinen Bill in den Armen, während ich am Boden kauerte, das Auge am Okular. Nach ihrem Tod pflegte ich diese Bänder spät am Abend zu spielen, wenn Bill oben in seinem Zimmer schlief. Ich ließ sie vorwärts und rückwärts laufen und hielt sie immer wieder an, um Standfotos zu betrachten. Ich spielte sie, obwohl Hannah niemals ganz die Hannah meiner Erinnerung war, obwohl sie immer steif und unbehaglich aussah, wenn ein Objektiv auf sie gerichtet wurde. Als die Formate geändert wurden, ließ ich die Bänder umkopieren. Dann wurden die Formate wieder geändert. Alles wurde redigitalisiert. Umgewandelt in Festkörperschaltung, in supraleitende Ringe. Irgendwo unterwegs verlor ich den Kontakt zur Technik.

Am Morgen ist die Schlafzimmertür geschlossen. Nachdem ich meine Haustür überredet habe, sich zu öffnen, und aus irgendeiner hartnäckigen Regung heraus beschlossen habe, die Beinverstärker nicht anzulegen, tappe ich hinaus in den Sonnenschein und steige die Stufen neben dem Haus ohne Hilfe hinunter, eine gebrechliche Hand stets am Geländer.

Es ist wieder ein klarer und vollkommener Morgen. Durch eine Talöffnung in den Hügeln der Insel sehe ich die schneeschimmernden Gipfel des Festlandgebirges, und meine Nachbarn, die Euthons, brechen gerade auf zu ihrem gewohnheitsmäßigen morgendlichen Dauerlauf. Sie winken, und ich winke zurück. Was von ihrem grauen Haar noch übrig ist, haben sie in Stirnbänder gesteckt, als ob es ihnen im Weg sein könnte.

Die Euthons laden mich manchmal zu einem Glas in ihr Haus ein, und obwohl er sie mir schon oft gezeigt hat, demonstriert Mr. Euthon jedesmal seine holographische Stereoanlage. Dabei spielt er Mozart mit einer solchen Lautstärke, daß es der große Genius wahrscheinlich in seinem unbekannten Grab jenseits des warmen Ozeans und der hügeligen grünen Kontinente hört. Ich argwöhne, daß das wahre Interesse der Euthons einfach in der Faszination liegt, welche von den wirklich Uralten für die Alten ausgeht. Wie wenn man einen Wegweiser sieht: Dies ist die Richtung, in die es geht. Aber sie sind noch immer rüstig und ziemlich munter. Als ich im letzten Sommer eines Morgens zum Fenster hinausschaute, sah ich die Euthons einander nackt um ihren Swimmingpool jagen. Ihre schlaffen Arme, Bäuche und Brüste flappten wie federlose Flügel. Mrs. Euthon kreischte wie ein Schulmädchen, und Mr. Euthon hatte eine rosarote Erektion. Ich wünsche ihnen Glück. Sie erleben dieses glückliche, goldene Zeitalter.

Ich erreiche die unterste Stufe und verschnaufe. Im Schatten meines Hauses parkt mein alter Ford, verbeult, mit Staub und Tau bedeckt. Heutzutage benutze ich ihn nur für die kurze Fahrt hinunter zum Hafen und wieder herauf, aber die Straßen werden mit jeder Jahreszeit schlechter und fordern einen hohen Preis. Wer hätte gedacht, daß man die Straßendecken in dieser Zeit so vernachlässigen würde? Viele Leute benutzen heutzutage Flieger, und was an Landfahrzeugen unterwegs ist, hat Luftfederung mit elektronischen Sensoren, die einem auf jeder noch so zerfahrenen und von Rinnen durchzogenen Piste das Gefühl gibt, auf einem Zauberteppich zu schweben. Ich und mein alter Wagen, wir sind sogar zu alt, um ein Anachronismus zu sein.

Ich öffne die Kühlerhaube, schaue hinein und atme den Geruch von Öl und Schmutz. Ah, gute, altmodische Technik! V8-Zylinder, Zündkerzen, deren Kabel zu Verteilerkappen führen. Rostlöcher in den Radkästen. An so manchem frostigen nördlichen Morgen lernte ich, mich mit Wagen auszukennen, wenn dieser oder jener Teil den Dienst verweigerte. An das meiste erinnere ich mich besser als an mein gestriges Mittagessen.

Ein Schwarm weißer Tauben flattert klatschend auf und kreist nach Osten, hinaus über die seidige See zu den Zitronenplantagen auf der Halbinsel. Unter die Kühlerhaube gebeugt, befühle ich die staubigen, öligen Kabelanschlüsse und ertappe mich bei dem Wunsch, daß der alte Bock tatsächlich reparaturbedürftig wäre.

Aber im Laufe der Jahre, als dieses oder jenes Stück ausgefallen oder verlorengegangen ist, haben die Leute in der Werkstatt am Hafen neue Teile improvisiert und eingebaut. Ich bin noch immer nicht sicher, daß ich ihnen glauben soll, wenn sie mir erzählen, daß alle Teile im wesentlichen die gleichen seien und nur dem betreffenden Fahrzeug angepaßt werden müßten. Für mich sind das Redensarten, wie man sie Leuten erzählt, die zu dumm sind, um zu verstehen. Aber die neuen Teile werden bald so ölig und staubig wie die alten, die sie ersetzt haben, und sehen dann auch so aus. Es ist wie mit meinem eigenen Körper und den neuen Teilen, die Dr. Fanian oder irgendwelche Spezialisten eingesetzt haben. Trommelfelle, Hornhäute, eine Leber, Hüftgelenke, ein Herz, Ellbogen- und Schultergelenke, Kniescheiben, nicht zu reden von den chemischen Implantaten, die alles das zu ersetzen haben, was mein Körper natürlich erzeugen sollte. Kleine Nano-Geschöpfe, welche die Wände meiner Arterien reinigen und reparieren. Zeug, das den Schmerz zurückdrängt. Nach einer Weile fragt man sich, wieviel man ersetzen muß, bevor man aufhört der zu sein, der man ist.

»Mußt du was richten, Papa?«

Ich blicke erschrocken auf, schlage mir beinahe den Kopf an der Unterseite der Kühlerhaube auf.

Agatha.

»Deine Hände sind ja ganz schmutzig.« Sie starrt auf die knorrigen alten Baumwurzeln, die Dr. Fanian noch nicht ersetzt hat. Ein wenig verblüfft. Sie trägt dieselbe Bluse, die sie gestern anhatte. Das Haar hat sie mit einem Band aufgebunden.

»Ich hantiere bloß ein bißchen herum.«

»Du mußt Saul und mich fahren.«

»Gern.«

»Hast du uns letzte Nacht gehört, als wir heimkamen? Es tut mir leid, daß wir laut waren – und es war ziemlich spät.« Wie mit der Schere aus dem herrlichen

Sonnenlicht herausgeschnitten, hebt sie die Hand und reibt sich verschlafen die Augen.

»Nein.« Ich zeige. »Diese Ohren.«

»Dann ist dir wahrscheinlich auch das Karnevalsfeuerwerk entgangen. Aber es muß großartig sein, das Gehör nach Bedarf ein- und ausschalten zu können. Was sind sie? Re- oder interaktiv?«

Ich zucke mit der Schulter. Was kann ich sagen? Ich kann nicht mal ein Feuerwerk oder meine Enkelkinder hören, wenn sie betrunken nach Haus kommen. »Habt ihr euch gut amüsiert?«

»Es war nett.« Sie schaut mich lächelnd an. Nett. Sie meint es so. Sie meint alles, was sie sagt.

Inzwischen habe ich bemerkt, daß sie an der Bluse Weinflecken und einen eingetrockneten Tomatensamen hat. Als sie sich über den Motor beugt, sehe ich ihren Scheitel, die blasse Haut unter dem Haarwirbel.

»Du vermißt Großmama noch immer, nicht wahr?« fragt sie aufblickend.

»Das ist alles in der Vergangenheit«, sage ich, gebe ihr ein Zeichen, daß sie zurücktreten soll, und ziehe an der Kühlerhaube, so daß sie mit einem rostigen Schlag zufällt.

Agatha reicht mir den Arm, als ich die Stufen zum Haus hinaufsteige. Ich stütze mich schwer auf sie und frage mich, ob ich es ohne Beinverstärker allein geschafft hätte.

Ich fahre Saul und Agatha hinunter zum Strand. Sie werden auf den Rücksitzen meines Ford durchgerüttelt und herumgestoßen, schreien und lachen. Und auch ich grinse breit, bin munter wie ein Zaunkönig, als ich die Haarnadelkurven in den Sonnenschein hinein und wieder hinaus nehme, durch kühle Waldschatten mit dem Glitzern des Wassers tief unten. Endlich! Eine gute Gelegenheit, um zu zeigen, daß Papa noch nicht völlig hinüber ist. Die Schaltung ist Automatik, aber es bleiben noch immer die Steuerung, die Bremsen, der Choke, das Gaspedal. Meine Hände und Füße bewegen sich in einem komplizierten Tanz, uralt und geheimnisvoll wie Alchimie.

In einer Staubwolke krachen wir die Straße hinunter. Ich drücke auf die Hupe, aber die Leute hören uns sowieso schon von weitem kommen. Sie zeigen zu uns her und winken. Flieger kommen mit schwirrenden Bienenflügeln herunter, um sich das Schauspiel anzusehen. Die Sonne scheint hell und heiß. Die Bäume tanzen grün vorüber. Die See schimmert silbern. Ich bin ein verrückter alter Mann, weise wie die tiefen und lieblichen Hügel, geliebt von seinen geliebten Enkelkindern. Und ich beschließe, daß ich öfter ausgehen sollte. Mit Leuten zusammenkommen. Die Insel sehen, das Bestmögliche aus dem machen, was ich habe. Ein wenig leben, solange ich es noch kann.

»Alles in Ordnung, Papa?«

Agatha drückt einen Knopf an der Bank, und ein gestreifter Sonnenschirm entfaltet sich. »Wenn wir ihn so lassen, sollte er sich mit der Sonne drehen.«

»Danke.«

»Schwimmst du noch?« Sie faßt den Saum ihres T-Shirts und zieht es sich über den Kopf. Ich schaue nicht einmal hin. Saul ist schon nackt. Er streckt sich im weißen Sand neben mir aus. Sein Penis liegt schlaff wie eine tote Maus auf seinem Schenkel.

»Gehst du noch schwimmen, Papa?«

»Nein«, sage ich. »Seit einigen Jahren nicht mehr.«

»Wir könnten später eins von den Pedalos versuchen.« Agatha steigt aus Shorts und Unterhosen. »Sie sind elektrisch angetrieben. Man braucht nicht zu treten, wenn man nicht will.«

»Verstehe.«

Agatha zieht sich das Band aus dem Haar und läuft so rasch über den Strand hinunter, daß der Sand aufspritzt. Es ist Vormittag. Surfer reiten die tiefen grünen Wellen. Leute lachen, planschen, schwimmen, lassen sich in großen transparenten Blasen durch die Brandung tragen. Und am Strand gibt es Sonnenanbeter und Läufer, Kinder, die Strandburgen bauen, mechanische Eisverkäufer.

»Ag und Paps sind ein wirkliches Problem«, sagt Saul. Er liegt auf dem Rücken und hat die Augen geschlossen.

Ich blicke zu ihm hinab. »Ihr werdet ihn besuchen?«

Er zieht ein Gesicht. »Es ist eine Pflicht, unsere Eltern zu besuchen, weißt du. Es ist nicht wie ein Besuch bei dir, Papa.«

»Nein.«

»Du weißt, wie sie sind.«

»Ja«, sage ich und frage mich, warum ich lüge.

Als Hannah starb, schien natürlich jeder anzunehmen, daß sich zwischen Vater und Sohn eine besonders enge und tiefe Beziehung entwickeln würde. Das heißt, alle bis auf diejenigen, die etwas über Kummer und Schmerz um einen Verstorbenen wußten. Bill war damals elf, und als ich eines Morgens vom Frühstückstisch aufblickte, war er zwölf, dann dreizehn. Er fand zu seinen eigenen Ansichten, suchte Unabhängigkeit. Er beschäftigte sich, war ein guter Schüler. Wir unternahmen zusammen Tagesausflüge und Auslandsurlaube. Wir redeten freundschaftlich, wir besuchten zu Weihnachten und an ihrem Geburtstag Mamas Grab und gingen durch das feuchte Gras zurück zum Wagen, jeder in seine eigenen stummen Gedanken versunken. Manchmal sprachen wir lebhaft über Belanglosigkeiten, aber wir stritten nie. Mit siebzehn ging Bill an ein College in einer anderen Stadt. Als er zwanzig war, fand er Arbeit in einem anderen Land. Er schrieb und telefonierte pflichtbewußt, aber die Abstände wurden größer. Je mehr die Revolution der Kommunikationstechnik die Kontakte erleichterte und vereinfachte, desto schwieriger wurde es, die rechten Worte zu finden und zu wissen, was den anderen beschäftigte und bewegte. Und Bill heiratete Meg, und Meg war wie er, nur noch mehr so: ein Kind derselben Generation. Respektvoll, fleißig, diskret, immer höflich und bestrebt, die Form zu wahren. Ich glaube, sie arbeiteten beide als Vermögens- und Anlageberater für Leute, denen nicht zugemutet werden konnte, ihre eigenen Angelegenheiten zu regeln, aber ich war nie ganz sicher. Und Meg war immer nur ein Gesicht und ein Name. Ihre zwei Kinder allerdings – als sie endlich glaubten, sich welche leisten zu können – waren ganz verschieden. Ich liebte sie von ganzem Herzen, ohne Zweifel oder Fragen. Eine Zeitlang, als Saul und Agatha noch Kinder waren und ich die Beinverstärker noch nicht brauchte, um herumzugehen, besuchte ich Bill und Meg.

Agatha kommt aus dem Wasser und läuft den Strand herauf. Sie legt sich hin und läßt die glänzende Haut von der Sonne trocknen. Dann ist es Zeit für das Picknick, und zu meiner Erleichterung ziehen sie beide wieder etwas an. Viele von den Eßwaren, die sie auf der Matte ausbreiten, sind mir unbekannt. Gestern, bei meiner Einkaufsfahrt zum Hafen, habe ich bestimmt nichts davon gekauft. Aber wenn mir dieser oder jener Geschmack auch nicht zusagt, wenn mir die Beschaffenheit der einen oder der anderen Speise auch nicht ganz geheuer ist, das Picknick ist köstlich, so schön wie dieser Tag.

»Habt ihr so was auch im letzten Jahrhundert gemacht, Papa?« fragt Saul. »Ich meine, Picknicks am Strand?«

»Ja freilich«, sage ich. »Aber es gab ein Problem, wenn man zu lange in der Sonne lag. Ein Problem mit dem Himmel.«

»Dem *Himmel?*«

Saul füllt seinen Teller mit etwas Süßem und Knusprigem, das wahrscheinlich so gut und gesund wie frische Luft ist und nicht dick macht. Er sagt es nicht, aber ich merke, daß er sich wundert, wie wir es fertigbringen konnten, damals einen solchen Schlamassel anzurichten, wie jemand überhaupt etwas so Elementares wie den Himmel in Unordnung bringen konnte.

Nach dem Picknick zieht Saul sein Metacam-Steuergerät aus einer der Taschen. Der kleine Stecknadelkopf summt aufwärts, blinkt im Sonnenlicht.

»Der Sand hier ist kein Problem?« frage ich.

»Sand?«

»Ich meine – kann er nicht in den Mechanismus geraten?«

»O nein.«

Aus den Augenwinkeln sehe ich Agatha die Augenbrauen hochziehen. Dann schüttelt sie ihr Kissen auf und legt sich in die Sonne. Sie summt wieder, schließt die Augen. Ich frage mich, ob in ihrem Kopf irgendeine Musik vorgeht, die ich nicht höre.

»Du sagtest gestern«, wende ich mich an Saul, »daß es mehr sei als eine Kamera …«

»Nun ja.« Saul blickt zu mir auf, dann steuert er den Stecknadelkopf zurück und schaltet sein Gerät aus. Offenbar muß er erst abwägen, wieviel und was er Papa sagen kann, damit der es auch versteht. »Kennst du dich mit Quantentechnologie aus, Papa, und dem vereinigten Feld?«

Ich nicke ermutigend.

Er erzählt es mir trotzdem. »Es bedeutet im Grunde, daß es für jedes Ereignis eine enorme Zahl von Möglichkeiten gibt.«

Ich nicke wieder.

»Du schickst eine künstliche Intelligenz die Quantenveränderung entlang, um diese geringfügig verschiedenen Realitäten zu beobachten und die Wellenform zum Kollaps zu bringen. Daher beziehen wir heutzutage den gesamten Energiebedarf der Erde aus dem Gradienten dieses winzigen Unterschieds. Und nach dem gleichen Prinzip arbeitet dieses Steuergerät. Es zeigt einige der Wirklichkeiten, die dicht neben unserer eigenen liegen. Dann projiziert es sie vorwärts. Eine Art Animation. Wie berechenbare Suspension, nur viel fortgeschrittener ...«

Ich nicke, verliere bereits den Kontakt. Und das ist erst der Anfang. Seine Erklärung nimmt ihren Fortgang, wird komplizierter. Ich nicke weiter. Schließlich verstehe ich ein wenig von Quantenmagie. Aber es ist alles hypothetisch, technisches Zeug; Elektronen und Positronen. Es hat nichts mit wirklichen verschiedenen Welten zu tun, nicht wahr?

»Also zeigt es wirklich Dinge, die geschehen sein könnten?« frage ich, als er endlich fertig ist. »Es ist wirklich kein Trick?«

Saul blickt auf sein Steuergerät, dann wieder zu mir auf. Sein Ausdruck zeigt: Er ist verletzt. Der Stecknadelkopf steigt summend auf und schwebt bewegungslos zwischen uns in der Luft, nicht beeinträchtigt von der Brise, die von der See hereinweht. »Nein, es ist kein Trick, Papa.«

Er zeigt mir das Steuergerät, läßt das Ding sogar auf meinem Schoß ruhen. Ich betrachte es und sehe zu, wie die Welten sich teilen.

Die Brecher rollen herein, fallen donnernd in sich zusammen und senden ihre Ausläufer in großen glasigen Fächern zischend über den Sand. Der Seewind fährt in die Fahnen entlang dem Strand, und sie blähen sich. Der Himmel fröstelt. Eine Möwe segelt mit heiserem Schrei über den Strand. Kometenschwänzige graue Dinger, die Geister sein könnten, Leute oder – was weiß ich? – das Produkt meiner eigenen verwirrten und verstärkten Sinne, ziehen verschwommen vorüber.

»Du hast implantierte Hornhäute, nicht wahr, Papa?« sagt Saul. »Ich könnte es wahrscheinlich so einrichten, daß die Metacam direkt in deine Augen projiziert.«

»Nein, danke«, sage ich.

Saul erinnert sich wahrscheinlich daran, was mit dem VR geschehen ist, und drängt mich nicht.

Ich blicke erstaunt auf. »Das ist ...«

Was? Unglaublich? Unmöglich? Unwirklich?

»Das ist ...«

Saul bedient wieder das Steuergerät. Er löscht die krachenden Brecher. Agatha ruft den Eisverkäufer, und irgendwie ist es ein Schock, als sie mir die kühle Eistüte in die Hand drückt. Ich muß sie seitwärts halten, damit sie nicht auf das Steuergerät tropft.

»Das ist ...«

Und mein Eis fällt mir aus der Hand, bespritzt Sauls Arm.

Agatha beugt sich herüber. »Hier, laß mich. Ich werde es abschalten, Papa.«

»Ja, bitte.«

Auf dem Steuergerät ist ohnedies nichts mehr zu sehen. Nur ein Tropfen geschmolzenes Eis und der breite leere Strand. Agatha schaltet den kleinen Bildschirm aus, und die Stecknadelkopfkamera schießt aus einem Himmel herab, der plötzlich viel dunkler und kühler wirkt. Gewaltige purpurgraue Kumuluswolken bauen sich über der See auf. Die Jachten und Flieger wenden sich heimwärts. Agatha und Saul packen unsere Sachen ein. »Ich fahre den Wagen zurück, Papa«, sagt Agatha. Sie hilft mir vom Liegestuhl auf, gerade als ich die ersten Regentropfen fühle.

»Aber ...«

Sie nehmen mich in die Mitte, jeder stützt mich mit einem Arm. Halb führen und halb tragen sie mich über den Strand und hangaufwärts zum Ende der Straße, wo ich den Ford geparkt habe – schlecht, wie ich jetzt sehe.

»Aber ...«

Sie lassen mich los und entfalten ohne Zögern das komplizierte Verdeck des Ford. Sie helfen mir hinein.

»Aber ...«

Sie kurbeln die Scheiben hoch und schalten die Scheinwerfer ein, als die ersten grauen Schleier über die Küste ziehen. Die Scheibenwischer schlagen, der Regen trommelt. Obwohl sie meines Wissens noch nie im Leben gefahren ist, kurbelt Agatha am Lenkrad und jagt durch die Pfützen und schlammigen Rinnsale die schmale Straße hinauf zu den Haarnadelkurven. Auf dem Rücksitz an Saul gelehnt, zu müde, um mich zu beklagen, schlafe ich ein.

An diesem Abend gehen wir drei tanzen.

Viele Gesichter sind um mich, Körper in schimmernden Papageienfarben. Über den Dächern des Hafens steht der Mond am Nachthimmel. Ich bin etwas enttäuscht, daß er heute nacht so voll ist und vieles überstrahlt. Seit ich diese Hornhäute habe, erkenne ich bei klarem Wetter drüben auf dem Festland nachts die Lichter der Ortschaften.

Agatha beugt sich über den Kaffeehaustisch. Sie summt irgend etwas. »Siehst du was da oben, Papa?«

»Den Mond.«

Sie blickt ihrerseits hinauf, und der Mond spiegelt sich in ihren Augen. Sie zwinkert, ein halbes Lächeln umspielt ihre Lippen. Sie hat ihre Erinnerungen. Sie saß da oben in Bars, schlief in Hotels, mietete Solarbuggies und erstieg Kraterränder. Trotzdem scheint sie noch etwas vom Geheimnis zu spüren.

»Du warst nie da oben, nicht wahr, Papa?«

»Ich habe die Erde nie verlassen.«

»Es ist immer noch Zeit«, sagt sie.

»Zeit wofür?«

Sie lacht, schüttelt den Kopf.

Musik spielt, der Wein fließt. Der Hafen ist hübsch bei Tag, aber noch besser gefällt er mir unter diesen Laternen, diesem Mond, an diesem warmen Sommerabend. Jemand nimmt Saul bei der Hand und zieht ihn vom Stuhl, damit er an dem Tanzvergnügen teilnimmt, das den kleinen Platz füllt. Agatha bleibt bei mir sitzen. Es sind liebe, aufmerksame Kinder. Einer von ihnen bleibt immer an Papas Seite.

»Weißt du, welcher Art von Arbeit euer Vater heutzutage nachgeht?« frage ich Agatha in dem unbeholfenen Versuch, sowohl meine Neugierde zu befriedigen als auch das Thema Bill und Meg zur Sprache zu bringen.

»Er bearbeitet die Märkte, Papa. Wie immer. Er verkauft Rohstoffe und börsengängige Waren.«

»Aber wenn er mit Waren handelt«, sage ich wirklich, wenn auch nur leicht verwundert, »bedeutet das doch, daß es nicht genug von allem gibt ...?« Aber vielleicht ist es ein anderer Teil des Spiels. Wenn alles unbegrenzt verfügbar wäre, würde es keinen Spaß mehr machen, nicht wahr? Nichts, wofür man sparen würde. Kein Gefühl von Erwartung oder erhebender Entsagung. Aber wie kommt es, daß Bill alles so ernst nimmt? Was will er damit beweisen?

Agatha zuckt auf meine Frage sowieso die Achseln. Na und? Sie versteht diese Dinge selbst nicht, und es kümmert sie nicht im geringsten. Dann kommt jemand und zieht sie vom Stuhl und in den Tanz, und Saul nimmt ihren Platz neben mir ein. Der Augenblick ist verloren. Saul klopft mit einem Fuß zum Rhythmus der Musik auf den Boden. Er lächelt zu Agatha hinüber, deren buntes Kleid wirbelt. Keine Metacam heute abend, keine Picasso-Gesichter. Sie löst sich nicht auf, klatscht nicht in die Hände, bricht nicht in Gelächter oder Tränen aus, kommt nicht singend an den Tisch zurück. Aber es ist schwierig, nicht an all diese durcheinanderpurzelnden Möglichkeiten zu denken. Wo soll das enden? Gibt es für jeden Augenblick einen anderen Papa, sogar einen, der jetzt sterbend auf diesen glatten Pflastersteinen liegt, während Blut aus brüchigen Arterien in sein Gehirn gepumpt wird? Und gibt es einen anderen, weit jenseits der

173

Barrikaden der Zeit, der hier mit Saul sitzt, Agatha beim wirbelnden Tanz zusieht und Hannah noch an seiner Seite hat?

Ich greife zum Weinglas und trinke. Hannah ist tot – wie aber, wenn eine Zelle, ein Strang der Doppelspirale, ein Atom anders gewesen wäre ...? Oder wenn Hannah vielleicht weniger optimistisch gewesen wäre? Wie, wenn sie diese winzigen Symptome nicht mißachtet hätte, sondern zum Arzt gegangen und sich hätte untersuchen lassen? Oder wenn es später geschehen wäre, nur fünf oder zehn Jahre später, als es eine sichere Heilungschance gab ...? Trotzdem aber – und ungeachtet der Metacam – bin ich überzeugt, daß es nur ein wirkliches Universum gibt. Der ganze Rest ist Hokuspokus, Quantenmagie. Und schließlich ist es unangebracht, über eine Welt zu klagen, in der so vieles schließlich gut ausgegangen ist ...

»Einen Penny.«

»Was?«

»Für deine Gedanken.« Saul füllt die Gläser auf. »Es ist eine Redensart.«

»Ach ja.« In meinem Kopf fängt es an zu zischen. Ich trinke den Wein. »Eine alte Redensart. Ich kenne sie.«

Die Musik hört auf – Agatha klatscht mit erhobenen Händen, ihr Gesicht strahlt. Die Menge drängt sich vorbei. Zeit zum Trinken, zum Plaudern. Ich blicke über den jetzt leeren Platz, die jetzt baumbestandene Straße hinunter, die zum Hafen führt, und sehe eine grauhaarige Frau auf uns zukommen. Ich zwinkere zweimal langsam, warte, daß sie verschwindet, aber meine Ohren fangen das Geräusch ihrer Schritte durch das Stimmengewirr und das Stimmen der Instrumente auf. Sie lächelt. Sie kennt uns. Sie winkt. Mein Herz drückt auf den Magen. Sie überquert den Platz und zieht einen Stuhl an unseren Tisch.

»Darf ich?«

Agatha und Saul nicken. Sie sind immer erfreut, neue Leute kennenzulernen. Was mich angeht, ich starre sie an. Natürlich ist sie nicht Hannah. Nicht Hannah.

»Erinnern Sie sich?« fragt sie mich, streicht das Kleid um die Beine glatt und setzt sich. »Ich half Ihnen, Ihre Einkäufe zu diesem Wagen zu tragen. Ich habe ihn einmal oder zweimal auf dem Platz gesehen und mich immer gefragt, wer ihn fährt.«

»Der Wagen ist Papas Stolz und Freude«, sagt Agatha. Sie ist vom Tanzen noch außer Atem.

Die Frau beugt sich lächelnd über den Tisch. Ihre Haut ist weich, mollig, flaumig wie ein Pfirsich.

Ich zeige auf Saul. »Mein Enkel hier hat so ein Gerät. Er erzählt mir, es projiziere andere mögliche Welten …«

»Ach, Sie meinen eine Metacam.« Sie wendet sich Saul zu. »Welches Modell?«

Saul sagt es ihr. Die Frau, die nicht Hannah ist, nickt, breitet die Hände aus, schiebt das Kinn ein wenig vor. Es ist nicht die Wahl, die sie getroffen hätte, aber …

»Noch Wein, Papa?«

Ich nicke. Agatha schenkt ein.

Ich beobachte die Frau mit dem grauen Haar. Augen, die nicht Hannahs Farbe haben, eine enttäuschend hängende Nase. Ich versuche, ihrer und Sauls Unterhaltung zu folgen, als die Musik wieder anfängt, warte, daß sie sich erneut mir zuwendet, warte auf den Punkt, daß ich mich einschalten kann. Er kommt nicht, und ich trinke meinen Wein.

Irgendwo scheint es einen Spiegel zu geben, vielleicht ist es bloß ein möglicher Spiegel in einer anderen Welt. Meine eigene verschwommene Phantasie – jedenfalls sehe ich die Frau, deren Namen ich nicht verstanden habe, an ihrem Platz sitzen, und sehe mich selbst daneben, halb seitwärts auf meinem Stuhl, mit beiden Armen auf die Lehnen gestützt. Ein fetter Bauch und lange dünne Gliedmaßen, beunruhigend blasse Augen und einen schlaffen Mund, umgeben von herabhängenden Falten uralter Haut. Ein Gesicht, durch das man den Schädel sehen kann.

Nicht-Hannah lacht über etwas, das Saul sagt. Ihre Lippen bewegen sich, ihre Hände, aber ich kann nichts mehr hören. Ich habe zu oft gezwinkert – vielleicht habe ich sogar geweint –, und irgendwie habe ich die Trommelfelle abgeschaltet. In völliger Stille ergreift Nicht-Hannah Sauls kräftige junge Arme und zieht ihn hoch. Sie finden mühelos in den Rhythmus des Tanzes. Seine Hand ruht in ihrem Kreuz, und sie wirbelt in seinen Armen herum, leicht wie eine Feder. Ich zwinkere und trinke Wein, und die Geräusche brechen wieder krachend über mich herein. Ich zwinkere. Sie sind da, sie sind fort, wie die Brecher der Brandung. Was tue ich hier überhaupt, warum muß ich den Fähigen, den Glücklichen, den Jungen ihren Spaß verderben?

Dieses Fest mit seinem Tanzen und Lachen wird weitergehen bis zum Tag eines Jüngsten Gerichts, das niemals kommen wird. Diese Leute werden ewig leben. Sie werden die Sonne aufheizen, wenn sie erkalten sollte, sie werden den Kollaps des Universums verhindern, oder vielleicht werden sie einfach jeden herrlichen Augenblick noch einmal durchleben, wenn das Universum in sich selbst zusammenfällt und die Zeit sich umkehrt, sie werden mit den Dinosauriern feiern, die Toten auferwecken und tanzen, bis alles mit dem größten aller möglichen Donnerschläge enden wird.

»Fehlt dir was, Papa?«

»Alles in Ordnung.«

Ich fülle die Gläser auf.

Der Wein schwappt über den Tisch.

Saul sitzt mit Nicht-Hannah wieder bei mir, und der verschüttete Wein tropft von der Tischkante auf Nicht-Hannahs Kleid. Ich sage, scheiß drauf, macht nichts, und vergieße noch mehr, als ich versuche, den Fluß einzudämmen, und nun habe ich den beiden die ideale Entschuldigung gegeben, zusammen fortzugehen, damit er ihr helfen kann, das Kleid zu säubern. Ja, helfen, ihr Kleid zu heben, obwohl sie alt genug ist, seine ...

Aber wen kümmert es? Hauptsache, man hat seinen Spaß. Oder vielleicht ist es Agatha, hinter der sie her war. Oder beide oder keiner von beiden. Es spielt keine Rolle, nicht wahr? Schließlich haben sie einander, meine Enkel. Nennen Sie mich altmodisch, aber sehen Sie sie an. Meine eigenen verdammten Enkelkinder. Sehen Sie sie an. Geschöpfe aus einer anderen verdammten Welt ...

Aber Nicht-Hannah ist doch allein abgezogen. Vielleicht habe ich irgend etwas gesagt, aber meine Trommelfelle sind abgeschaltet; ich höre nicht mal meine eigenen Worte, was wahrscheinlich gut ist. Saul und Agatha starren mich an. Sehen besorgt aus. Ihre Lippen sagen etwas über Papa und Bett und nach Hause, und es gibt ein gewaltiges rotes Feuerwerk, das den Mond überstrahlt. Oder vielleicht ist es ein Warnungskursor, der auch zu den Dingen gehört, auf die achtzugeben Dr. Fanian mir riet, falls es jemals ein Problem geben sollte. Mein Körper ist mit allen möglichen Systemen und Alarmanlagen ausgestattet, die sich fröhlich in meinem Fleisch und meinen Adern eingenistet haben. Es ist bloß dieses Gehirn, das ein bißchen wild geworden ist, ein wenig entfremdet, das wie ein bleicher Fisch in seiner Schale aus Flüssigkeit und Knochen schwimmt. Warum also nicht ein paar neue Stücke einfügen, den letzten Rest vom alten grauen Fleisch loswerden? Dann wäre ich wie neu, vollkommen ...

Weiße. Weiße. Kein Licht. Keine Dunkelheit.

»Sind Sie da drinnen?«

Dr. Fanians Stimme.

»Wo sollte ich sonst sein?«

Ich schlage die Augen auf. Alles wird klar. Tigerstreifen von Sonnenschein an den Wänden meines Schlafzimmers. Die verchromten Gliedmaßen der Gottesanbeterin, meines Betthelfers. Der Geruch meiner eigenen Haut, wie saures altes Leder. Erinnerungen an den vergangenen Abend. »Was haben Sie mit mir gemacht?«

»Überhaupt nichts.«

Ich zwinkere und schlucke, hindere mich daran, noch mal zu zwinkern. Dr. Fanian trägt Shorts und ein lächerliches buntes Hemd; seine übliche Aufmachung bei Krankenbesuchen.

»Wußten Sie«, sage ich, »daß man ein großes rotes Neonschild über dem Mond installiert hat, das sagt: ›Bitte hören Sie auf, Alkohol zu trinken!‹?«

»Also hat der Kursor funktioniert!« Dr. Fanian sieht selbstzufrieden aus. Seine jungenhaften Züge bekommen Fältchen. »Dann sind Sie ohnmächtig geworden, nehme ich an.«

»Nicht lange danach. Ich dachte, es sei bloß der Wein.«

»Es ist eine Sicherheitsschaltung. Natürlich hat der Körper auch eine, aber sie ist in Ihrem Alter weniger verläßlich.«

»Ich habe nicht mal einen Kater.«

»Dafür haben wahrscheinlich die Filter gesorgt.«

Dr. Fanian sieht sich in meinem Schlafzimmer um. An der Wand hängt ein gerahmtes Foto von Hannah. Sie sitzt im Gras, hat die Arme um die Knie gelegt, und hinter ihr ist nichts als Himmel; an Zeit und Ort kann ich mich nicht erinnern. Er betrachtet es schweigend. Wahrscheinlich ist er im ganzen Haus herumgeschlichen und hat nach Anzeichen Ausschau gehalten, um zu sehen, wie der Alte zurechtkommt. Aus genau diesem Grund lege ich Wert darauf, ihn regelmäßig in der Praxis aufzusuchen. Als ich jünger war und mir alles noch leichter fiel, fürchtete ich mich nie vor Ärzten. Aber jetzt fürchte ich mich. Jetzt, da ich sie brauche.

»Ihre Enkel riefen mich. Sie waren in Sorge. Das ist verständlich, obwohl es wirklich keine Ursache gab.« In

Dr. Fanians Stimme schwingen Obertöne von Verärgerung mit; es verdrießt ihn, daß jemand seine berufliche Tüchtigkeit in Zweifel zieht oder denkt, Papas Systeme könnten so nachlässig eingerichtet worden sein, daß ein paar Gläser Wein irgendwelche Schwierigkeiten bereiten würden.

»Nun, vielen Dank.«

»Kein Problem.« Er lächelt, beginnt wieder zu summen. Er vergibt leicht. »Wenn Sie nächste oder übernächste Woche bei mir vorbeischauen wollen – es gibt da ein paar Neuigkeiten, die ich Ihnen gern zeigen würde. Vor allem einen Kurzzeitgedächtnis-Verstärker. Sehr hilfreich, wenn Sie vergessen, was Sie vor kurzem getan oder sich vorgenommen haben, wissen Sie.«

Ich schweige und überlege, was Dr. Fanian im Haus gefunden haben mag, das ihn zu diesem Vorschlag anregte.

»Wo sind Saul und Agatha?«

»Gleich nebenan. Sie packen.«

»*Packen?*«

Er lächelt. »Wie dem auch sei, ich muß jetzt gehen. Ich bliebe gern zum Frühstück, aber ...«

»Vielleicht in einem anderen Universum, wie?«

Er wendet den Kopf und blickt zu mir zurück. Er versteht mich besser als ich mich selbst, aber er sieht trotzdem erstaunt aus.

»Ja.« Er nickt mit einem halben Lächeln. Geht auf einen alten Mann ein. »Seien Sie vorsichtig, hören Sie?«

Er läßt die Tür hinter sich offen. Ich höre Saul und Agatha lachen, streiten. Packen.

Ich richte mich mühsam auf. Der Betthelfer kommt herangerollt und streckt die Arme zum Festhalten aus. Ich stehe, als Saul hereinkommt.

»Tut mir leid, daß wir den Doktor geholt haben, Papa. Wir dachten bloß, weißt du ...«

»Warum packt ihr? Ihr wollt doch nicht schon weg, wie?«

Er lächelt. »Erinnerst du dich nicht, Papa? Wir wollen zum Amazonas. Das erzählten wir dir gestern am Strand.«

Ich nicke.

»Aber es war großartig, Papa, wirklich.«

»Tut mir leid, das mit gestern abend. Ich benahm mich wie ein Narr.«

»Ja.« Er klopft mir mit den Händen auf die knochigen Schultern und lacht gerade heraus. »Das war schon etwas!« Er schüttelt bewundernd den Kopf. Papa, der Krawallbruder! »Du hast wirklich auf die Pauke gehauen, wie?«

Agatha bereitet das Frühstück. Der Kühlschrank ist voll von Dingen, von denen ich nie auch nur gehört habe. Sie haben irgendwo eingekauft, und jetzt sieht er wie ein Füllhorn aus. Ich sitze da und beobachte meine liebliche Enkelin, wie sie summend umhergeht und die Vorbereitungen trifft. Küchendüfte. Das Seufzen der See weht zum offenen Fenster herein. Ein weiterer vollkommener Tag. Wenn ich daran denke, daß sie und Saul abreisen, wären graue Regengüsse angemessener. Aber selbst im Paradies kann man nicht alles haben.

»Also«, sage ich, »wollt ihr zum Amazonas.«

»Ja.« Sie knallt die Teller auf den Tisch. »Da gibt es Süßwasserdelphine. Ameisenbären. Leute, die noch wie ihre Vorfahren leben, von und mit der Natur. Die Fläche des Regenwaldes hat sich wieder vergrößert.« Sie lächelt so verträumt wie letzte Nacht, als sie zum Mond aufblickte. Ich sehe sie im magischen Halbdunkel des Waldes stehen, nackt wie eine Priesterin, die Haut gestreift mit grünen und mahagonibraunen Schatten. Das kostet mich keine Einbildungskraft. »Es wird Spaß machen«, sagt sie.

»Dann werdet ihr eure Eltern in nächster Zeit nicht besuchen?«

Sie verteilt das Essen. »Es ist genug Zeit. Wir werden

schon noch hinkommen. Und ehrlich gesagt, Papa, ich wünschte, wir hätten hier mehr miteinander geredet. Es gibt so vieles zu fragen.«

»Über Großmama?« frage ich.

»Auch über dich. Diese Jahre nach ihrem Tod. Die Zeit von damals bis heute. Du mußt mir erzählen, was du getan hast.«

Ich öffne den Mund, hoffe, daß er sich mit irgendeiner Bemerkung füllen wird, aber nichts kommt heraus. Diese Jahre: Wie konnte ich so viele Jahre durchlebt haben, ohne es zu bemerken? Mein Leben ist unterteilt, wie Geologen die Erdkruste aufteilen: die dicken, leeren und leblosen Gesteinsschichten und dann ein eingelagertes schmales Band, das alles zu enthalten scheint. Und Saul und Agatha reisen ab, und die Zeit – dieses kostbarste von allen Gütern – ist an mir vorbeigegangen. Wieder.

Agatha setzt sich auf einen Hocker und beugt sich nach vorn, die braunen Unterarme auf den braunen Schenkeln. Einen Augenblick lang denke ich, daß sie die Sache nicht weiterverfolgen wird. Aber sie sagt: »Ja, erzähl mir von Großmama, Papa. Darüber mag Vater nicht reden.«

»Was willst du wissen?«

»Ich weiß, es ist dir unangenehm, aber … wie starb sie?«

»Bill hat es euch nie erzählt?«

»Wir dachten uns, daß er damals vielleicht zu jung war, um es zu wissen. Aber er war nicht zu jung, oder?«

»Bill war elf, als eure Großmama starb«, sage ich. Ich weiß, warum sie mich jetzt fragt: Sie will Papas Geschichte hören, bevor es zu spät ist. Aber ich bin nicht beleidigt. Sie hat ein Recht, es zu wissen. »Wir versuchten vieles über Hannahs Sterben von Bill fernzuhalten. Vielleicht war das ein Fehler, aber wir hatten es beide beschlossen.«

»Es war eine Krankheit, die Krebs genannt wird, nicht wahr?«

Also weiß sie doch etwas. Vielleicht hat Bill ihr mehr erzählt, als sie zugibt. Vielleicht hat sie sich erkundigt, Versionen verglichen. Aber wenn ich in ihr unschuldig fragendes Gesicht blicke, weiß ich, daß der Gedanke ungerecht ist.

»Ja«, sage ich, »es war Krebs. Auch damals konnte man viele Formen der Krankheit heilen. Wahrscheinlich hätte man auch Hannah heilen können, wenn sie ein paar Monate früher zur Untersuchung gegangen wäre.«

»Es tut mir leid, Papa. Es muß schrecklich gewesen sein.«

Ich starre meine Enkelin an. Ein neues Jahrhundert wird bald beginnen, und ich bin tief in der Zukunft; weiter, als ich mir je gedacht hatte. Hat Agatha jemals ein Familienmitglied gekannt, das gestorben ist? Und was weiß sie von Schmerzen? Und wer bin ich, ihr das jetzt zu erklären – ein Gespenst aus der Vergangenheit? Was will sie wirklich wissen – wie gut oder schlecht soll ich es machen, um ihrer Erwartung gerecht zu werden? Soll ich ihr erzählen, daß Hannah sechs Monate nach der ersten Diagnose tot war? Oder daß sie ihre letzten Tage im Krankenhaus verbrachte, obwohl sie gern daheim gestorben wäre – daß ihr Anblick im Endstadium den kleinen Bill aber zu sehr ängstigte? Es ängstigte mich auch, und sie selbst. Ihre Haut war von der Behandlung, auf der die Ärzte bestanden hatten, mit Geschwüren bedeckt.

»Es war alles ziemlich rasch vorbei«, sage ich. »Und es ist lange her.«

Ich fange ein Geräusch hinter mir auf, wende mich um. Saul lehnt im Küchendurchgang, die Arme verschränkt, den Kopf geneigt. Auch er hat zugehört. Und meine Enkelkinder schauen bekümmert drein, beinahe so, als ob sie alles gehört hätten, was ich ihnen nicht erzählen konnte.

Saul kommt und legt mir den Arm um die Schultern. »Armer Papa.« Auch Agatha kommt zu mir. Ich berge mein Gesicht zwischen ihren Köpfen. Ein leichtes Zittern ist über mich gekommen. Aber das Leben muß weitergehen, und ich löse mich von ihnen. Ich möchte ihren Besuch nicht mit Tränen verderben. Aber ich weine trotzdem. Und sie ziehen mich wieder in ihre Wärme, und die Tränen kommen süß wie Regen.

Dann sitzen wir beisammen und frühstücken. Ich fühle mich gereinigt, aber wacklig. Für einige Augenblicke scheint die Gegenwart so real wie die Vergangenheit.

»Übrigens, dein Wagen«, sagt Saul, mit der Gabel fuchtelnd, »weißt du, ob es eine Möglichkeit gibt, noch einen weiteren davon aufzutreiben?« Er wechselt Themen mit der Leichtigkeit der Jugend.

Ich bin beinahe versucht, ihm den Ford zu überlassen. Aber was bliebe dann mir? »Früher gab es überall große Halden von Gebrauchtwagen und Schrottfahrzeugen«, sage ich.

»Dann werde ich hierher zur Insel zurückkommen und ihn in dieser Werkstatt unten am Hafen herrichten lassen, wo sie dir dieses ganze unglaubliche Zeug eingebaut haben.« Er schmunzelt. »Schließlich will ich nicht nach einer Tankstelle suchen müssen.«

Benzin. Wann habe ich zuletzt Benzin gekauft? Vor Jahren, denke ich. Doch der alte Ford rattert noch immer dahin.

»Ich muß fertig packen«, sagt Agatha. Sie steht auf, und ich sehe, daß ihr Teller leer ist, obwohl ich mit meinem Frühstück kaum angefangen habe. So sitze ich mit Saul beisammen, während er sein Frühstück verzehrt, und verspüre nicht den geringsten Appetit, beneide ihn aber um den seinen. Er schiebt den Teller von sich, blickt umher nach irgendeiner Küchenmaschine, die nicht zur Stelle ist, um ihn vom Tisch zu nehmen, und schneidet eine Grimasse.

»Beinahe hätte ich's vergessen, Papa. Ich sagte, daß ich deine Konsole richten würde.«

Ich nicke. Das Ding, das Leute daran hindert, mich anzurufen, und ihn und Agatha nicht zu mir durchkommen ließ, muß noch an sein.

Saul macht sein Versprechen wahr. Während Agatha im Nebenzimmer eine wortlose Melodie singt, geht er mit mir an der Konsole einige der einfacheren Optionen durch. Ich nicke, angestrengt um Konzentration bemüht. Und Hannah hält ihre Knie umfaßt und lächelt aus dem Foto an der Wand auf uns nieder. Saul scheint ihren Blick nicht zu bemerken. Ich bin versucht, ihn um seine Hilfe bei anderen Dingen im Haus zu bitten. Gern ließe ich den mechanischen Gärtner und den Staubsauger umprogrammieren, um zu erreichen, daß Haus und Garten besser zu mir passen. Aber ich weiß, daß ich mich niemals an seine Instruktionen erinnern werde. Ich möchte nichts anderes, als daß er noch ein wenig länger bleibt und mit mir redet.

»Also ist dir das klar, Papa?«

»In Ordnung.«

Er wendet sich ab und ruft: »He, Ag!«

Danach dauert alles nur ein paar Augenblicke. Plötzlich stehen sie zusammen in der Diele, haben ihr Gepäck bei sich. *Venedig. Paris. New York. Das Mare Tranquilitatis.* Marschbereit.

»Wir dachten, daß wir zu Fuß zum Hafen hinuntergehen, Papa. Dann nehmen wir einfach die nächste Fähre. Es ist so ein schöner Tag.«

»Und danke, Papa. Danke für alles.«

»Ja.«

Ich werde nacheinander von beiden umarmt. Nach den Tränen zum Frühstück bleiben meine Augen jetzt erstaunlich trocken.

»Nun...«

»Ja...?«

Ich blicke die beiden an, meine schönen Enkelkinder.

Versuche noch immer, sie einzubeziehen. Die Zukunft erstreckt sich vor uns und zwischen uns.

Sie öffnen die Tür. Sie gehen die mit Zypressen bestandene Straße hinunter. »Mach's gut, Papa. Wir haben dich lieb.«

Ich stehe da und fühle die Sonne im Gesicht. Sehe sie gehen. Meine Haustür beginnt zu piepen. Ich beachte sie nicht. Im Schatten meines Hauses, neben dem alten Ford, steht ein Flieger mit schlaff hängenden Flügeln. Saul und Agatha müssen ihn letzte Nacht benutzt haben, um mich nach Haus zu bringen. Ich habe keine Ahnung, wie man diese Dinger bedient und wie ich es loswerden soll.

Bevor sie hinter der Straßenbiegung verschwinden, wenden die beiden sich noch einmal um und winken. Ich winke zurück.

Dann bin ich drinnen. Die Tür ist geschlossen. Das Haus ist still.

Ich gehe ins Schlafzimmer mit dem Doppelbett. Sie haben das Bettzeug abgezogen und einen Versuch gemacht, alles aufzuräumen, aber ich spüre beinahe, daß mein Staubsauger es nicht erwarten kann, hereinzukommen und die Arbeit richtig zu Ende zu führen. Agatha hat den von mir geborgten Bademantel auf dem Bett liegen gelassen. Ich hebe ihn auf und berieche ihn. Seife und Salz – und etwas wie Thymian. Der Duft wird ein paar Stunden vorhalten, und danach werde ich noch immer die Erinnerung an sie haben, wenn ich ihn anziehe. Die Vase, die Hannah vor so vielen Jahren kaufte, steht noch auf der Frisierkommode, sie kamen nicht dazu, mir zu sagen, daß ihnen das Ding kaputtgegangen ist. Ich hebe die Vase auf, drehe das glasierte Gewicht in den Händen, um den Schaden zu begutachten. Aber die Sprünge, die Scherben sind verschwunden. Die Vase ist ganz und vollkommen – mindestens so vollkommen, wie sie es vorher war. In Panik blicke ich umher, lasse die Vase beinahe fallen und frage mich, was ich sonst noch vergessen oder mir eingebildet haben könnte. Aber es ist noch da, das sich verdünnende Fluidum ihrer Anwesenheit. Eine vergessene Socke beim Nachttisch, herausgerissene Seiten aus dem Magazin der Fluggesellschaft. Ich stelle die Vase behutsam zurück. Wenn so viele andere Dinge möglich sind, gibt es vermutlich auch ein billiges Gerät oder Mittel, das Porzellan und Steingut bruchlos kittet.

Mit einem unangebrachten Gefühl von Erwartung spähe ich unter das Bett. Staub liegt dort, den der Staubsauger bald beseitigen wird. Das fettige blaue Einwickelpapier von etwas mir Unbekanntem. Zerdrückte Papiertaschentücher. Natürlich hat Saul die Metacam mitgenommen. Schließlich ist sie sein Lieblingsspielzeug. Die wundervollen Versprechen dieser Steuerfunktionen und die grünen Menüs, die wie Seerosen auf dem Bildschirm schwimmen. KORRIGIEREN. GESTALTEN. SCHNEIDEN. MONTIEREN. VERÄNDERN. Und Agatha, wie sie sich umwendet. VERÄNDERN. Agatha, wie sie stillsteht. KORRIGIEREN. Geisterhafte Blütenblätter, die sich aus ihren Händen lösen, und eine weiße Jacht, die mit den Sternen am Horizont schwebt. Wenn man die Vergangenheit verändern könnte, wenn man korrigieren könnte …?

Aber ich habe immer gewußt, daß der Traum nur ein Traum und ein Spielzeug nur ein Spielzeug ist. Vielleicht wird es eines Tages möglich sein, die Pharaonen zu besuchen oder zu den heißen süßen Tagen der ersten Liebe zurückzukehren. Aber das liegt in weiter Ferne, viel weiter noch als die nächsten Sterne, die das erste große Schiff irgendwann erreichen wird. Weit jenseits meiner Lebenszeit.

Das zerbrochene VR-Gerät schaut aus dem Papierkorb beim Fenster. Ich nehme es heraus, wickle die Drähte um das Gehäuse und überlege wieder, ob es eine Möglichkeit gibt, das Ding zu reparieren. Früher einmal wurde VR als ein Ausweg aus den Schwierigkeiten der Welt gesehen. Aber niemand gibt sich noch viel damit ab. Es war meine Generation, die nichts unternehmen konnte, ohne es für irgendein neues Medium aufzuzeichnen, das die Japaner herausgebracht hatten. Saul und Agatha sind nicht mehr so. Sie fürchten nicht, die Vergangenheit zu verlieren. Sie fürchten nicht, in der Gegenwart zu leben. Sie fürchten nicht, die Zukunft zu finden.

Ich stehe da und klammere mich an das Gefühl ihrer verblassenden Gegenwart, tue einen mühsamen Atemzug um den anderen. Dann beginnt die Konsole zu piepen, und die Türglocke ertönt. Ich stolpere hin, voll Freude. Sie sind zurückgekommen! Sie haben es sich anders überlegt! Es gibt erst morgen eine Fähre! Ich kann es nicht glauben ...

Die Tür blinkt mir BESUCHER NICHT ERKANNT entgegen. Schließlich bringe ich es fertig, sie zu öffnen.

»Sie sind also doch zu Hause. Ich dachte ...«

Ich stehe da, momentan sprachlos. Die grauhaarige Frau von gestern abend steht vor der Tür und sieht mich an.

»Sie sind fort«, sage ich.

»Wer? Ach, Ihre Enkel. Ja, sie wollten heute vormittag eine Fähre nehmen, nicht wahr? Unterwegs nach Brasilien oder irgendwo.« Sie lächelt und schüttelt den Kopf. Die Unbändigkeit der Jugend. »Übrigens ist das mein Flieger«, sagt sie und zeigt hin. »Statt ihn zurückzurufen, dachte ich, könnte ich einen Spaziergang machen und ihn abholen.« Sie blickt hinaus zur blauen See, zum blauen Himmel über dieser prachtvollen Insel. Sie atmet alles tief ein. »So ein schöner Tag.«

»Möchten Sie hereinkommen?«

»Gern, aber nur für einen Augenblick.«

»Ich fürchte, ich war gestern abend ein wenig angetrunken ...«

»Denken Sie sich nichts dabei. Ich habe mich gut amüsiert.«

Ich spähe ihr ins Gesicht, suche nach Ironie. Aber sie meint es offenbar so.

Ich grabe mich in meinen übervollen Kühlschrank. Als ich mit einem Tablett ins Wohnzimmer komme, sitzt sie im Sessel und betrachtet den leeren Bildschirm meines alten Fernsehers.

»Wissen Sie«, sagt sie, »ich habe seit Jahren keins von diesen Dingern gesehen. Wir hatten natürlich keinen zu Hause. Aber meine Großeltern.«

Ich stelle das Tablett ab und suche in meiner Tasche. »Dies hier«, sage ich und winke mit dem zerbrochenen VR-Gerät in meiner knorrigen Hand. »Ist es möglich, das Ding zu reparieren?«

»Lassen Sie mich sehen.« Sie nimmt das Gerät, öffnet den gesprungenen Deckel. »Ach, ich denke schon, es sei denn, die Spule wäre beschädigt. Natürlich wäre es billiger, ein neues zu kaufen, aber ich nehme an, Sie haben Erinnerungen da drinnen, die Sie gern bewahren möchten?«

Ich stecke das VR-Gerät ein wie ein schmutziges Geheimnis und schenke Kaffee ein. Ich nehme ihr gegenüber Platz. Wir sehen uns an, diese Frau und ich. Wie alt mag sie sein? Heutzutage ist das oft schwer zu sagen. Irgendwo zwischen Bill und den Euthons, nehme ich an, was auf einen Altersunterschied von annähernd dreißig Jahren hinauslaufen würde. Und selbst wenn sie Hannah noch ähnlicher wäre, sie ist nicht so, wie Hannah wäre, wenn sie noch leben würde. Hannah wäre wie ich, auf gebrechlichen Beinen tappend, verwirrt, bemüht, durch Sinnesorgane zu kommunizieren, die nicht mehr ihre eigenen sind. Sich immer weiter in die undenkbare Zukunft fortschleppend, verzweifelt nach der versunkenen Vergangenheit scharrend, sich festklammernd an den seltenen hellen Tagen, wenn die Enkelkinder zu Besuch kommen, den goldenen Sand kostbarer Augenblicke durch die Finger rinnen sehen, noch bevor die Besucher fort sind.

Und Zeit spielt für diese Frau keine Rolle; für niemanden unter hundert. Das ist einer der Gründe, warum es mir so schwerfällt, den Überblick zu behalten. Auch auf dieser Insel wechseln die Jahreszeiten, aber die Leute schauen bloß und bewundern. Sie heben die Frucht auf, wie sie fällt. Sie atmen den salzigen Wind vom grauen winterlichen Ozean und frösteln glücklich, weil sie wissen, daß sie am Feuer sitzen und Toast essen werden, sobald sie nach Haus kommen.

»Ich wohne nicht allzuweit von hier«, sagt die Frau schließlich. »Das heißt, wenn es etwas gibt, womit ich Ihnen helfen könnte, wenn etwas zu tun ist, könnte ich rasch bei Ihnen sein.«

Ich erwidere ihren Blick und versuche, nicht beleidigt zu sein. Schließlich weiß ich, daß ich wahrscheinlich Hilfe dieser oder jener Art brauche. Mir fällt bloß nicht ein, was es ist.

»Oder wir könnten uns einfach unterhalten«, ergänzt sie.

»Erinnern Sie sich an Schnellrestaurants? McDonald's?«

Sie schüttelt den Kopf.

»ET? P. W. Herman? Globale Erwärmung? Ethnische Säuberungen? Don Quayle?«

Sie schüttelt den Kopf. »Tut mir leid ...«

Sie hebt ihre Kaffeetasse, trinkt sie rasch aus.

Die Stille fällt zwischen uns wie Schnee.

Ich stehe an der Haustür und sehe ihren Flieger aufsteigen und die winzigen Flügel im Sonnenlicht schwirren. Ein letztes Winken, und ich schließe die Tür in dem Bewußtsein, daß Saul und Agatha wahrscheinlich jetzt auf der Fähre sind. Nicht mehr auf dieser Insel.

Ich tappe in mein Schlafzimmer. Mein Betthelfer nimmt an, daß es Zeit für meine Vormittagsruhe ist, und streckt erwartungsvoll die Arme aus. Ich blicke ihn zornig an, aber natürlich versteht er nicht, und ich habe den Kniff, den Saul mir zeigte, um den Betthelfer abzuschalten, bereits vergessen. Das Haus und seine Maschinen haben schon die Herrschaft angetreten, bringen alles in Ordnung, säubern das Zimmer, wo Saul und Agatha geschlafen haben, beseitigen jedes Zeichen von Leben.

Aber ich habe wenigstens einen Versuch mit der Konsole gemacht und weiß jetzt, wie ich die Kommunikationsleitung freihalten kann, wenn ich es will. Ein Kinderspiel, wirklich – und außerdem wußte ich immer, wie ich die Nummer meines Sohnes anrufen konnte. Was ich jetzt wieder tue.

Bill ist in London, ausgerechnet. Die genaue Anschrift erscheint auf dem Bildschirm, bevor er selbst auftritt; es kam bloß darauf an, die richtige Frage einzugeben, die richtige Taste zu drücken. Dann gibt es eine Pause.

Ich muß warten.

Es ist beinahe so, als wolle die Konsole meinen Entschluß auf die Probe stellen, obwohl mir klar ist, daß Bill wahrscheinlich jemand anderen warten lassen muß, um mit mir zu sprechen. Und er wird denken, daß sich eine Krise zusammenbraut – warum riefe Papa sonst an?

Aber ich warte geduldig, und während ich es tue, übe ich die Worte ein, die ich sagen muß, obgleich ich weiß, daß sie anders herauskommen werden. Aber solange noch Zeit ist, will ich mein möglichstes tun, um die Jahre zu überbrücken.

Versuchen will ich es wenigstens.

Originaltitel: ›Papa‹ • Aus: ›Asimov's Science Fiction‹, Oktober 1993 • Copyright © 1993 by Dell Magazines. Division of BantamDoubledayDell • Übersetzung aus dem amerikanischen Englisch von Walter Brumm

---

Geoffrey A. Landis

WINTERFEUER

Ich bin nichts und niemand; Atome, die gelernt haben, sich selbst zu betrachten, Dreck, der gelernt hat, die ehrfurchtgebietende Größe und die Pracht des Universums zu sehen.

Der Tag, als der Hovertransporter, ein riesiges Titangehäuse, das auf einem elektrostatischen Kissen schwebte, das Flüchtlingslager erreichte, der Tag, als gesichtslose Männer das zerlumpte Mädchen, das ich war, fortbrachten aus dem verfluchten engen Tal, das einst Salzburg war, damit es ein neues Leben auf einem anderen Kontinent begänne: das war der wirkliche Anfang meines Lebens. Was davor war, ist praktisch unwichtig, eine Reihe von Erinnerungen, mit Säure in mein Gehirn geätzt, aber ohne Bedeutung für mein Leben.

Manchmal glaube ich fast, daß ich mich an meine Eltern erinnern kann. Ich erinnere mich nicht an sie, wie sie waren, aber an den Umriß, den ihre Abwesenheit hinterließ. Ich erinnere mich, wie ich mich nach der Stimme meiner Mutter gesehnt habe, die mir sanft auf japanisch vorsang. Ich erinnere mich nicht an die Stimme selbst oder welche Lieder sie gesungen hat, aber ich erinnere mich so klar, daß ich sie vermißte, an das Loch, das sie hinterließ.

An meinen Vater erinnere ich mich als Verlust von etwas Großem und Warmem und unendlich Starkem, riechend nach – nach was? Ich entsinne mich nicht mehr. Wieder ist es der Verlust, der in meinem Gedächtnis blieb, nicht der Mann. Ich erinnere mich an ihn als etwas, das massiver war als ein Berg, etwas Ewiges, aber am Ende war er nicht ewig, er war nicht einmal so stark wie ein sehr kleiner Krieg.

Ich lebte in der Stadt der Musik, Salzburg, aber ich kann nur wenig aus der Zeit vor der Belagerung ins Gedächtnis rufen. Ich entsinne mich noch der Cafés (von unten besehen, mit riesigen Tischen und Beinen der Kellnerinnen und Gesichtern, die sich bedrohlich nach unten beugten, um mich zu fragen, ob ich ein Bonbon wolle). Ich bin mir sicher, daß meine Eltern auch da waren, aber daran erinnere ich mich nicht.

Ich erinnere mich an Musik. Ich hatte meine kleine Geige (obwohl sie mir riesig vorkam), und Musik war nicht meine zweite, sondern meine erste Sprache. Ich dachte in Musik, bevor ich sprechen lernte. Sogar heute noch, Jahrzehnte später, höre ich auf, in Worten zu denken, wenn ich mich in die Mathematik vertiefe, sondern denke in klaren und perfekt harmonischen Begriffen, so daß ein mathematischer Beweis nicht mehr ist als die unvermeidliche Erhabenheit eines Crescendo, das zu einem auflösenden Schlußakkord führt.

Ich brauchte lange, bis ich alles vergaß, was ich über die Geige wußte. Ich habe seit dem Tag nicht mehr gespielt, als ich neun war und aus den Trümmern unserer Wohnung die zersplitterte Schnecke aus Kirschholz zog. Ich hütete dieses bedeutungslose polierte Holzstück über Jahre, hielt es jede Nacht in der Hand, während ich schlief, bis es mir schließlich von einem Soldaten weggenommen wurde, der fest entschlossen war, mich zu vergewaltigen. Möglicherweise hätte ich ihn gewähren lassen, wäre er nicht der törichten Überzeugung gewesen, daß mein einziger dürftiger Besitz eine Waffe sein könnte. Der Koitus ist ein natürlicher Akt der Tiere. Vom Singvogel bis zum Tümmler wird jedes männliche Tier ein erreichbares weibliches vergewaltigen, wenn sich die Möglichkeit dazu bietet. Die Handlung selbst ist ohne Bedeutung; man wird dadurch höchstens zum Nachdenken über das Leben und Vergehen der Natur und Hilflosigkeit eines Einzelwesens innerhalb derselben angeregt.

Als ich drei Jahre später und um ein Jahrhundert älter aus der Stadt der Musik geholt wurde, besaß ich nichts und verlangte nach nichts. Nichts war von der Stadt geblieben. Als mich der Hoverjet forttrug, blieben nur die von Bombenkratern zernarbten Berge und das Geröll, das den Ort bezeichnete, wo einst die Burg stand, Berge, die mit dem Blick der Ewigkeit auf die Menschheit hinabschauten.

Meine wirklichen Eltern, so wurde mir erzählt, wurden in der allerersten Nacht des Krieges mit einer brennenden Dynamitstange aus der Wohnung gescheucht und noch an der Haustür als Ungläubige erschossen. Möglicherweise begingen Fanatiker der Neuen Orthodoxen Wiederauferstehung die Tat während ihrer ersten ethnischen Säuberungsaktion, obwohl das niemand sicher zu wissen scheint.

Zu Beginn, ungeachtet der Auflösung Österreichs und des Zusammenbruchs der Föderation Freier Europäischer Staaten, ungeachtet der Haßtiraden, die von den Anhängern Dragan Vukadinovics verbreitet wurden, des gewalttätigen Reinigers der Orthodoxen Kirche, der panslawistischen Vereinigungsbewegung und aller Ereignisse, die durch die Nachrichtennetze des Jahres 2081 jagten, glaubte kaum jemand an einen Krieg, und wenn er doch käme, dann würde er nur ein paar Monate dauern.

Die Auflösung Österreichs und Osteuropas in eine Gemeinschaft unabhängiger Staaten wurde von den Intellektuellen als gute Sache angesehen, eine Erkenntnis der nahe bevorstehenden Bedeutungslosigkeit von Regierungen in der posttechnologischen Gesellschaft mit ihren aufknospenden Himmelsstädten und den prosperierenden Freihandelszonen. Jeder sprach von einem Bürgerkrieg, aber so als ob er weit weg stattfände; er war ein schreckliches mythisches Monster aus uralten Zeiten, das man für tot gehalten hatte, ein Ding, das die Herzen der Menschen fraß und sie in fratzenhafte Ungeheuer verwandelte. Er würde niemals hierherkommen.

In Salzburg haben viele Asiaten gelebt, einst selbst Flüchtlinge vor dem wirtschaftlichen und politischen Aufruhr des einundzwanzigsten Jahrhunderts, nun aber wohlhabende Bürger, die mehr als ein halbes Jahrhundert in der Stadt gelebt hatten. Niemand dachte im Salzburg dieses vergangenen Zeitalters über Religion nach, es kümmerte niemanden, daß ein Mensch, dessen Familie einst aus dem Fernen Osten kam, ein Hindu, ein Buddhist oder ein Konfuzianer sein könnte. Meine eigene Familie war, soweit ich weiß, überhaupt nicht religiös eingestellt, aber das störte die Fanatiker nicht. Meine Mutter, die mit möglichen Unruhen in dieser Nacht gerechnet hatte, schickte mich zu einem alten deutschen Ehepaar, das im Nachbarhaus wohnte. Ich weiß nicht mehr, ob ich mich von ihr verabschiedet hatte.

Johann Achtenberg wurde mein Pflegevater, ein stämmiger, bärtiger alter Mann, der immer nach Zigarrenrauch roch. »Wir bleiben«, sagte mein Pflegevater immer wieder. »Das ist *unsere Stadt*, die Barbaren können uns nicht vertreiben.« Später während der Belagerung pflegte er mit grimmiger Miene hinzuzufügen: »Sie können uns umbringen, aber sie können uns nicht vertreiben.«

Die nächsten Wochen waren voller Unruhen, als die Orthodoxe Wiederauferstehung Salzburg einzunehmen versuchte – und dabei fehlschlug. Sie war immer noch unorganisiert, mehr Pöbel als Armee; und auch noch nicht die Mordmaschine, zu der sie schließlich wurde.

Als die Orthodoxen schlußendlich aus Salzburg vertrieben wurden, sprengten sie alle Gebäude hinter sich in die Luft. Dann vereinigten sie sich mit der Panslawistischen Armee, die vom völlig zerstörten Graz her anrollte. Alle Straßen, die nach Salzburg hineinführten, waren verbarrikadiert; die Belagerung begann.

In diesem Sommer des Jahres 2082, dem ersten Sommer der Belagerung, hatte sich das Leben in der Stadt kaum verändert. Ich war zehn Jahre alt. Es gab Strom, Wasser und Lebensmittellager. Die Cafés waren geöffnet, obwohl Kaffee schwer zu besorgen war, und wenn man ihn bekommen konnte, war er unbeschreiblich teuer; in diesen Zeiten wurde nichts anderes als Wasser serviert. Ich wollte die schönen Mädchen beobachten, die in farbenfrohes italienisches Veloursleder gekleidet waren und behängt mit überreich geschnitztem Ladakhi-Schmuck die Straße hinunterschlenderten und ab und zu anhielten, um mit Jungen in T-Shirts zu schwatzen. Ich fragte mich, ob ich jemals heranwachsen würde, um so elegant zu sein wie sie. Das Artilleriefeuer war noch weit entfernt, und jeder glaubte, daß unter dem Druck der Weltmeinung der Krieg bald beendet sein werde. Wenn eine Granate zufällig die Stadt traf, war der Aufruhr gewaltig; Leute schrien und warfen sich unter die Tische, selbst wenn das Ding Hunderte von Metern entfernt einschlug. Später, als auch Zivilisten Ziele waren, erkannten wir Kaliber und Flugbahn einer Granate an ihrem Pfeifen, wenn sie herunterkam.

Nach einer Explosion war es für einen Augenblick still, dann begann ein Tumult aus berstendem Glas und herunterkrachenden Trümmern, wenn die Wände einstürzten. Leute tätschelten sich aufmunternd, um zu überprüfen, ob sie noch am Leben waren. Der Staub hing dann noch für Stunden in der Luft.

Gegen September, als offensichtlich wurde, daß sich die Weltmächte in einer Pattsituation befanden und nicht intervenieren würden, wurde der Beschuß der Stadt ernst. Panzer, auch moderne mit elektrostatischem Schwebekissen und schlanken Spulengeschützen anstatt schweren Kanonen, konnten in den engen Gassen der Altstadt nicht manövrieren und wurden zudem von den steil abfallenden Tälern aufgehalten. Aber weiter außen liegende Vororte wurden eingenommen, dem Erdboden gleichgemacht und verwüstet zurückgelassen.

Ich bekam nicht viel davon mit – als Kind sieht man nur wenig –, aber die Stadt wehrte sich mit notdürftig zusammengeschusterter Artillerie plump und quälend. Auf fünfzig Granaten, die hereinkamen, konnte eine auf die Angreifer zurückgefeuert werden.

Es gab ein Waffenembargo gegen die Wiederauferstehung, aber das schien nichts zu nützen. Ihre Waffen besaßen nicht die allermodernste Technologie, waren aber viel besser als unsere. Sie hatten supraleitende Spulengeschütze, Waffen, die aerodynamisch geformte Geschosse abfeuerten – wir nannten sie Vögel –, die entlang sich windender Entladungsbögen manövrierten. Die Vögel waren kaum größer als meine Hand, aber mit metastabilem atomaren Wasserstoff gefüllt, der ihnen eine unglaubliche Explosionskraft verlieh.

Unsere Verteidiger mußten auf ältere Waffen zurückgreifen, Kanonen, die mit chemischen Explosivstoffen die Geschosse trieben. Die Geschütze wurden nach jedem Schuß rasch demontiert und von ihrer Position abgezogen, weil die feindlichen Computer leicht die Bahn der Geschosse, die nur eine simple Aero-Manövriervorrichtung besaßen, zurückverfolgen konnten, um die vermutete Stellung dann mit einem tödlichen Regen von Vögeln zu bedecken. Seit wir vom regelmäßigen Nachschub abgeschnitten waren, war jede Granate kostbar. Wir wurden mit Munition versorgt, die auf Maultieren über nächtliche Geheimwege durch waldreiches feindliches Territorium transportiert wurde; Granaten wurden auch einzeln in Rucksäcken durch gefährliches Gebiet getragen.

Aber noch konnte die Stadt auf wundervolle Weise gehalten werden. Der ständige Stahlregen über unseren Köpfen erodierte die Skyline. Unsere wunderschöne Feste Hohensalzburg wurde geschleift und hinterließ nur einen nackten Felsen, die Türme des Doms stürzten ein, und die Trümmer wurden ganz allmählich zu Kies zermahlen. Glocken klangen aus Mitleid mit den Zerstörungen, bis sie schließlich zum Verstummen gebracht wurden. Langsam weichte Erosion die Profile der Gebäude auf, die einst die Skyline der Stadt ausgemacht hatten.

Ohne auf Krater zu achten, lernten wir am Aussehen der Bäume erkennen, wo ein Einschlag stattfand. In der Nähe einer Detonation hatten die Bäume ihre Blätter verloren. Sie wurden von der Druckwelle abgerissen. Aber keiner der Bäume hielt sich bis zum Winter.

Mein Pflegevater baute einen Ofen, indem er mit dem Hammer Kotflügel und Türbleche eines Autowracks zurechtschlug, mit einem Rohr aus Kupferteilen von Hausdächern und unzähligen Getränkedosen. Bodendielen und Möbel wurden zerbrochen, um Brennstoff zu erhalten, der uns wärmte. Überall in der Stadt brachen plötzlich Ofenrohre durch Fenster und Außenwände. Die Fiberglaswände moderner Wohnblocks, die nie für eine solch simple Heizung eingerichtet waren, wurden mit schwarzen Rußspuren wie unleserliche Graffiti dekoriert, die Stadtparks starben auf unheimliche Weise aus, durchzogen von gewundenen Wegen, die sich an den Kratern vorbeischlängelten, wo einst die Bäume gestanden hatten.

Johanns Frau, meine Pflegemutter, eine dünne, stille Frau, starb, weil sie zur falschen Zeit im falschen Haus war. Sie besuchte eine Freundin am anderen Ende der Stadt, um ein bißchen Tratsch und eine Prise gehorteten Tee auszutauschen. Es hätte auch das Gebäude sein können, in dem ich mich aufhielt, wo der Vogel sich sein tödliches Nest zu bauen entschied. Johann verlor etwas von seiner Festigkeit. »Verliebe dich niemals, kleine Leah«, sagte er mir mehrere Monate später, als unser Leben wieder zur alten, zerbrechlichen Stabilität zurückgekehrt war. »Es schmerzt so sehr.«

Mein Pflegevater tauschte nicht nur das Allernotwendigste ein, und was nicht zu tauschen war, ersetzte oder improvisierte er, hamsterte in Kellern und Bunkern alle Nahrungsmittel, die er ergattern konnte, nein, er hatte auch noch einen anderen Job. Vielleicht war er auch von einer Idee besessen. Er ging fort, manchmal für mehrere Tage. Einmal lief ich ihm nach bis zum Eingang der alten Katakomben unter den von Vögeln zerhackten Ruinen der schönen Feste Hohensalzburg. Als er in der Dunkelheit verschwand, wagte ich es nicht, ihm zu folgen.

Als er zurückkehrte, fragte ich ihn danach. Er war befremdlich abgeneigt, etwas zu erzählen. Als er es doch tat, erklärte er nichts, sondern sagte nur hastig, daß er an der Molekular-Destillieranlage arbeite, und weigerte sich, mit mehr herauszurücken. Er schärfte mir ein, mit niemandem darüber zu sprechen.

Als Kind sprach ich ein Kauderwelsch aus verschiedenen Sprachen: dem Englisch der Fremden, dem Französisch der Europäischen Union, dem Japanisch meiner Eltern, dem Hochdeutsch, das wir in der Schule lernten, und dem österreichischen Dialekt, der hier gesprochen wurde. Zu Hause redeten wir meist deutsch. Ich verstand zwar mehrere Sprachen, aber was eine Destillieranlage war, wußte ich damals noch nicht. Überhaupt habe ich nur ›Stillhieranlage‹ verstanden. In den folgenden Wochen und Monaten wuchs diese Maschine in meiner Phantasie zu einem wundervollen Ding, einem ruhigen und friedlichen Ort, weit entfernt vom dröhnenden Lärm des Krieges. Ich kannte meinen Pflegevater als sanften Mann, der sich nichts weiter als Frieden wünschte, und so stellte ich mir das Gerät als eine Art Geheimwaffe vor, etwas, das wundervolle Ruhe in die Welt bringen würde. Wann immer er von dieser wunderbaren ›Stillhieranlage‹ zurückkam, fragte ich mich, wann sie wohl fertig sein und Frieden bringen würde.

Und die Stadt wurde gehalten. »Salzburg ist eine Idee«, pflegte Johann mir zu sagen, »und alle Vögel der Welt können diese Idee nicht zerhacken, weil sie in unseren Gedanken und Seelen lebt. Salzburg steht für uns, solange irgend jemand von uns lebt. Und wenn wir jemals die Stadt zurücklassen müssen, dann ist Salzburg gefallen, auch wenn die Stadt selbst noch steht.«

In der Außenwelt, einer Welt, die ich nicht kannte, entzweiten sich die Nationen und führten sich mit ihrer Unentschlossenheit darüber, was zu tun sei, selbst in eine Sackgasse. Unsere Stadt war mit der westlichen Hälfte Europas durch einige Straßen verbunden. In der Angst, daß sich das Chaos westwärts ausbreiten könnte, wurden die Straßen unpassierbar gemacht und die Brücken über die Salzach, den Grenzfluß, gesprengt. Das war keine staatliche Anordnung, sondern die Taten einzelner. Sie haben uns von der Zivilisation abgeschnitten und uns auf Gedeih und Verderb in unserer eigenen Stadt zurückgelassen.

In der Ära, die auf die Eroberung der Ressourcen des Weltraums folgte, wurden Regierungen durch die prosperierenden Freihandelszonen immer unwichtiger. Aber das Handelskonsortium, das in Amerika und dem Fernen Osten anstelle einer Regierung die Macht ausübte, gewann seinen Einfluß dadurch, daß es fleißig seine Verteidigungskapazitäten übertrug, und obwohl die Abkommen, die den Verband sicherten, untergraben wurden, hielt man daran fest. Nur Regierungen konnten uns helfen, und sie versuchten es auch noch mit Verhandlungen und Diplomatie, als Dragan Vuka-dinovic für die Neue Orthodoxe Wiederauferstehung Versprechungen machte und diese brach.

Die Besitzer der Himmelsstädte taten hoch oben das einzige, was sie tun konnten: den Zugang zum Welt-raum jeder Seite zu verwehren. So blieb der Krieg auf dem Boden, was uns mehr traf als die Armeen, die uns umzingelt hatten. Schließlich brauchten sie keine Satel-liten, um herauszufinden, wo wir waren.

Im Osten beschossen die Panslawistische Armee und die Neue Orthodoxe Wiederauferstehung pausenlos die Zuflucht des Zehnten Kreuzzugs, weiter südlich gab es Gefechte mit der Islamischen Föderation. Gelegentlich setzte das Granatfeuer für eine Weile aus, dann konnte man die gehorteten Solarzellen an die Sonne bringen, um die Batterien aufzuladen – das Stromnetz war schon lange zusammengebrochen. Oder wir sammelten uns um einen uralten Solar-Fernseher und sahen den weit entfernten Verhandlungsdelegationen zu, wie sie über unser Schicksal redeten. Jeder wußte, daß der Krieg bald vorbei sein würde. Die Welt mußte einfach handeln. Aber die Welt tat nichts.

Ich erinnere mich, wie ich Batterien oder Rückleuch-ten aus Autowracks holte, damit wir noch nach Son-nenuntergang aufbleiben konnten. Es gab ein Gebräu aus aufgebrühten Blättern, das wir ›Tee‹ nannten, ob-wohl wir weder Zucker noch Milch dazu hatten. Wir konnten zusammensitzen, uns am Wunder des Lichts erfreuen, am Tee nippen, vielleicht lesen, vielleicht auch nur schweigend dasitzen.

Mit der Zerstörung der Brücke wurde Salzburg in zwei Städte geteilt, nur durch Richtstrahl-Mikrowellen-funkgeräte und gelegentliche Ausflüge einzelner über die gefährlichen Balken verbunden, die von dem einst stolzen Bauwerk übriggeblieben waren. Die zwei Salz-burgs hatten unterschiedliche Bevölkerungen; die meisten Einwanderer lebten in den modernen Häusern östlich des Flusses, die Österreicher im Westen.

Es ist unmöglich, das Gefühl, das Salzburg vermittelte, zu beschreiben, die Aura einer kultivierten Stadt, eingehüllt in eine glitzernde, reine Schneedecke, belagert, konfrontiert mit den täglichen Angriffen einer unsichtbaren Armee, die einen unendlichen Nachschub an Spulengeschützen und metastabilem Wasserstoff zu haben schien. Wir waren niemals außer Reichweite. Der Salzburger konnte nur sicher sein, wenn er sich in der Deckung von Gebäuden oder speziell konstruierten Barrikaden befand; offenes Gelände überquerte er im zackigen Sprint, um nicht das zufällige Ziel eines Heckenschützen zu werden, der irgendwo in den Bergen versteckt lag und Überschallnadeln in die Stadt schoß. Vor den tödlichen Vögeln gab es überhaupt keinen Schutz. Sie konnten überallhin fliegen, ohne Vorwarnung. Wenn du ihr schrilles Lied hörst, bist du schon tot – oder hast durch ein Wunder überlebt.

Nicht einmal die Nächte waren ruhig. Es ist ein unglaublicher Anblick, wenn die in Dunkelheit gehüllte Stadt plötzlich vom blauen Schein einer Leuchtbombe erhellt wird, die von den Bergen aus abgeschossen wurde und den glitzernden Schnee mit blitzendem Licht übergießt. Da war eine seltsame, verhängnisvolle Stille; die Gebäude der Stadt schleppten sich blinzelnd aus ihrer Dunkelheit und entfalteten ein zauberhaftes Glühen, nackt vor den Augen der unsichtbaren Artilleristen auf den Berghöhen. Binnen dreißig Sekunden würden die Vögel zu singen beginnen. Vielleicht landeten sie einige Blocks entfernt, und das Echo ihres Ablebens würde das Tal hinauf- und herunterrollen; oder sie landeten auf der Straße unten, und nach der Explosion suchten die Menschen Deckung unter den Tischen, während das berstende Glas der Fensterscheiben durch den Raum flog.

Ich glaube, sie konnten die Stadt zu jeder Zeit vollständig zerstören, aber das diente nicht ihren Zwecken. Salzburg war eine Beute. Ob die Häuser ganz oder in Trümmern lagen, war einerlei, aber die Stadt sollte nicht einfach ausgelöscht werden.

Im April, als die Knospen zwischen dem Schutt erblühten, erwachte die Stadt. Wir bemerkten, daß wir den Winter überlebt hatten. Diplomaten schlugen vor, die Stadt zwischen Deutschen und Slawen aufzuteilen – Asiaten wie ich und andere Volksgruppen wurden nicht erwähnt –, und die Bedingungen dafür wurden festgesetzt, aber es kam nichts dabei heraus außer einem Waffenstillstand, der noch am selben Tag gebrochen wurde.

Der zweite Sommer der Belagerung war ein Sommer der Hoffnung. Jede Woche, so dachten wir, wäre die letzte der Belagerung; daß Frieden geschlossen würde zu Bedingungen, die wir akzeptieren konnten, die uns unsere Stadt ließen. Die Verteidigung der Stadt hat einen Korridor geöffnet, der humanitäre Hilfe, Schwarzmarktwaren und Flüchtlinge aus anderen Kriegsgebieten einließ. Einige Leute, die vor der Belagerung geflohen waren, kehrten zurück, obwohl große Teile der Bevölkerung die Chance nutzten, sich nach Westen abzusetzen. Mein Pflegevater schwor jedoch, daß er bis zum Tod in der Stadt bleiben werde. Wenn die Zivilisation zerstört ist, hat nichts mehr einen Wert.

Christen des Zehnten Kreuzzugs und Türken der Islamischen Föderation kämpften Seite an Seite mit den offiziellen Truppen des Bürgermeisters, um die Stadt zu verteidigen; sie teilten die Munition, aber nicht das Kommando. Von hoch oben blickten Himmelsstädte auf uns herab, aber wie Engel, die alles sahen, unternahmen sie nichts.

Die Cafés öffneten wieder, auch die, die keine Schwarzmarktkontakte hatten und nur Wasser anbieten konnten, und abends übertönte die Musik in den Nachtklubs sogar den fernen Geschützdonner. Mein

Pflegevater ließ mich natürlich nicht so lange auf, daß ich herausfinden konnte, was in diesen Klubs vor sich ging, aber einmal, als er fort war und sich um seine Molekular-Destillieranlage kümmerte, wartete ich auf die Dunkelheit und schlich durch die Straßen, um nachzuschauen.

Eine Bar war fest in der Hand der Türken der Islamischen Föderation, die grüne Turbane, Uniformen aus kastanienbraunem Baumwollstoff und Railgun-Werfer auf dem Rücken trugen. Schwerter und Messer hingen an Lederriemen von ihren Körpern. Jeder von ihnen hatte eine Mokkatasse starken Kaffees und einen Whisky vor sich stehen. Ich dachte, daß ich im Eingang unsichtbar wäre, aber ein Türke, ein großer Mann mit pockennarbigem Gesicht und dunklem Schnurrbart, der ihm zu beiden Seiten des Mundes hinabhing, sah auf und sagte ohne Lächeln: »Hoy, kleines Mädchen, ich glaube, du bist hier falsch.«

Im nächsten Klub stürzten Söldner mit Cowboyhüten Whisky hinunter. Bevor sie sich an der Bar niederließen, hatten sie ihre Waffen an die Wand gelehnt. Die Musik war so laut, daß der Beat in der halben Stadt widerhallte. Der, welcher der Tür am nächsten war, hatte den Kopf kahlgeschoren, ein Spinnennetz auf den Hals und Dolche sowie unheimliche heraldische Figuren auf die Arme tätowiert. Als er mich anblickte, lächelte er, und ich bemerkte, daß er mich schon eine ganze Weile beobachtet hatte, möglicherweise seit ich durch die Tür getreten war. Sein Lächeln war furchteinflößender als das teilnahmslose Gesicht des Türken. Ich rannte den ganzen Weg nach Hause.

Tagsüber hatte oft der Knall des Gewehrs eines Heckenschützen unverzüglich den Austausch schwerer Maschinengewehrsalven zur Folge, ein wildes, knatterndes Geräusch, das wie toll von den Bergen zurückgeworfen wurde. Das Feuer von Handwaffen würde erschallen, *tak-tak-tak,* und vom Singen der kleinen Railguns, *tie-tie*, beantwortet werden. Man konnte unmöglich sagen, von wo das Gewehrfeuer genau kam; es schien von überall herzukommen. Man konnte sich nur ducken und rennen. Später in diesem Sommer kamen die ersten Omniblaster auf, die einen Strahl reiner Energie mit einer so hörbaren Stille abschossen, daß ich vor Angst am ganzen Körper eine Gänsehaut bekam.

Kosmetika, Babymilch und Whisky waren die am meisten geschätzten Waren auf dem Schwarzmarkt.

Ich hatte keine Ahnung, worum es in dem Krieg ging. Niemand konnte es einem elfjährigen Mädchen verständlich erklären, obwohl sich einige redlich bemühten. Ich wußte nur eines: Böse Menschen auf den Bergen versuchten alles zu zerstören, was ich liebte, und gute Menschen wie mein Pflegevater wollten sie daran hindern.

Ich lernte langsam, daß mein Pflegevater anscheinend sehr wichtig für die Verteidigung war. Er sprach nie darüber, was er tat, aber ich belauschte Gespräche mit anderen Männern, in denen Worte wie ›lebenswichtig‹ und ›unerläßlich‹ vorkamen, und das machte mich stolz. Zuerst dachte ich einfach, daß es seine bloße Existenz war. Ein Mann, stolz auf seine Stadt und nicht gewillt, sie zu verlassen, mußte allein schon die Mühen der Verteidigung lohnen. Aber später merkte ich, daß es mehr sein mußte. Da waren Tausende von Männern, die diese Stadt liebten.

Gegen Ende des Sommers wurde der Belagerungsring um die Stadt wieder geschlossen. Die Armee des Zehnten Kreuzzugs kam und nahm die Kämme im Westen; die Panslawistische Armee und die Orthodoxe Wiederauferstehung hielten die der Stadt am nächsten liegenden Bergketten und das Gebiet im Osten. Den ganzen Herbst über flogen die Granaten des Zehnten Kreuzzugs in hohem Bogen über unsere Köpfe hinweg zu den Panslawisten, die mit purpurnen Feuerstrahlen der mit Omniblastern bestückten automatischen Roboter beantwortet wurden. Es war ein guter Herbst, Zivilisten wurden nur durch verirrte Kugeln getroffen. Aber wir waren hier eingeschlossen, es gab keinen Weg hinaus.

Es gab keine geeignete Stelle, um nach draußen durchzubrechen, keinen Ort, der sicher war. Der Himmel wurde unser Feind. Meine Freunde waren Bücher. Ich hatte Märchenbücher geliebt, als ich noch jünger war, in der Kindheit vor der Belagerung, an die ich mich schon damals kaum erinnerte. Aber Johann hatte keine Märchenbücher; seine umfangreiche Bibliothek voller dicker Wälzer mit blöden Texten und unverständlichen Diagrammen, die keine Bilder von irgend etwas mir Bekanntem waren, war für mich abschreckend. Ich brachte mir selbst Algebra bei, mit etwas Hilfe von Johann, und begann mit Analysis. Es war einfacher, nachdem ich merkte, daß die Mathematik in den Büchern nur eine seltsame, in einer fremden Sprache geschriebene Form von Musik war. Kerzen waren kostbar, aber weil ich abends weiterlesen wollte, baute Johann mir eine Lampe, in der Pflanzenöl verbrannt werden konnte. Das war zwar beinahe so wertvoll wie Kerzen, aber nicht so wertvoll wie mein Bedürfnis zu lesen.

Die ›Stillhieranlage‹ wurde zur ›Destillieranlage‹, mit der man, wie ich gelesen – und auf dem Schwarzmarkt erfahren – hatte, Alkohol herstellen oder wenigstens Alkohol von Wasser trennen konnte. Machte eine Molekular-Destillieranlage Moleküle?

»Das ist albern«, sagte mir Johann. »Alles besteht aus Molekülen. Dein Bett, die Luft, die du atmest, sogar du selbst – nichts als Moleküle.«

Im November starb der letzte standhafte Elefant im Zoo. Die Raubtiere, die Löwen, die Tiger, sogar die Wölfe waren bereits alle eingegangen, einfach hingerafft vom Mangel an Fleisch. Die Zebras und Antilopen sind rasch gestorben, einige an einer hungerbedingten

Krankheit, andere wurden von Wilderern geschlachtet. Der Elefant mußte überraschenderweise als letzter gehen, eine abgemagerte Erscheinung, die mit wenig Gras und ein bißchen Abfall überlebte und vor den ausgehungerten Wilderern durch bewaffnete Wachleute abgeschirmt wurde. Die Wachen erwiesen sich jedoch als unfähig, ihn vor dem Verhungern zu schützen. Einige Leute behaupteten, daß die Känguruhs und Emus noch am Leben wären. Die Granaten hatten ihre Gehege zerstört, und man könnte sie spät in der Nacht in den Straßen der Stadt frei herumlaufen sehen. Ich frage mich, ob sie immer noch leben, ungeschickte Vögel und hüpfende Beuteltiere, versteckt in den Vorbergen der österreichischen Alpen, die letzten Überlebenden der Belagerung Salzburgs.

Es war ein harter Winter. Wir lernten das kleinste bißchen Wärme zu bewahren und ein paar Stücke Feuerholz über eine ganze Nacht zu strecken. Typhus, Ruhr und Lungenentzündung töteten mehr als der Granatbeschuß, der mit dem Beginn des Winters wieder einsetzte. Kurz nach Neujahr erwischte mich ein Fieber, und es gab keine Medizin, um keinen Preis. Johann wickelte mich in Decken, flößte mir heißes Salzwasser ein und gab mir eine Prise kostbaren Zuckers. Ich zitterte und glühte, halluzinierte seltsames Zeug. Nun sah ich Känguruhs und Emus außerhalb meines kleinen Zimmers, erblickte mich selbst auf der Oberfläche des Mars, keuchend vor Luftmangel, dann unverzüglich auf der Venus, in Hitze und Dunkelheit erstickend, dann in den interstellaren Raum strömend; mein Körper wuchs größer als eine Galaxis und schrumpfte, bis ich kleiner war als ein Atom. Ich war so weit fort, daß es Äonen dauern würde, bis ein Ruf von mir die Welt, auf der ich geboren wurde, erreichen könnte.

Schließlich schwand das Fieber, und ich war wieder in meinem Zimmer, in kalte, nach Schweiß stinkende Tücher gehüllt, in einer Stadt, die langsam von weit entfernten Soldaten, deren Gesichter ich nie gesehen hatte und die für eine Ideologie kämpften, die ich nicht verstand, zu Schutt zermahlen wurde.

Nach meiner Genesung nahm mich Johann aufgrund meiner ständigen Bitten mit zu seiner Molekular-Destillieranlage. Es war ein gefährlicher Spaziergang durch die Stadt, beleuchtet durch den Schein des Marionettentheaters, das vor zwei Tagen durch Brandbomben in Flammen gesetzt worden war. Die Destillieranlage war unter der Stadt versteckt, noch tiefer sogar als die Schutzbunker, in Katakomben, die vor mehr als zweitausend Jahren in den Berg getrieben worden waren. Es waren noch zwei Männer dort, einer etwa so alt wie mein Vater und mit einem weißen Schnurrbart, der andere ein Deutsch-Vietnamese mit einem Bein, der sogar noch älter war. Ersterer sagte die ganze Zeit über kein Wort.

Der ältere Mann sah mich an und sagte auf französisch (er dachte vielleicht, daß ich es nicht verstände): »Das ist nicht der Ort für ein Kind.«

Johann antwortete auf deutsch: »Sie stellt viele Fragen.« Er zuckte mit den Achseln. »Ich möchte es ihr zeigen.«

Der andere sagte, immer noch auf französisch: »Sie kann es nicht verstehen.« An diesem Punkt entschied ich, daß ich in jedem Fall alles verstehen würde, was sie für so geheimnisvoll hielten. Der Mann betrachtete mich prüfend, besonders wohl mein glattes schwarzes Haar und meine dunklen Mandelaugen. »Sie ist nicht deine. Was bedeutet sie dir?«

»Sie ist meine Tochter«, sagte Johann.

Die Molekular-Destillieranlage war nichts Sehenswertes. Eine Kammer mit faltigen Vorhängen aus schwarzem Samt, tausend und aber tausend Meter Schwärze. »Das ist es«, sagte Johann. »Schau es dir gut an, kleine Leah, du wirst um alles in der Welt so etwas niemals wieder sehen.«

Irgendwo war ein Ventilator, der Luft an den Vorhängen vorbei blies. Ich fühlte die Luft im Gesicht, wie sie träge vorüberströmte. Der Boden der Kammer war mit weißem Staub bedeckt, der in der Dunkelheit glitzerte. Ich faßte hinunter und wollte ihn berühren, aber Johann hielt meine Hand fest. »Nicht anfassen«, sagte er.

»Was ist das?« fragte ich erstaunt.

»Kannst du das nicht riechen?«

Und ich konnte es tatsächlich riechen, ich hielt fast den Atem an, um den Geruch zu vermeiden. Die Augen tränten mir. »Ammoniak«, sagte ich.

Johann nickte lächelnd. Seine Augen leuchteten. »Ammoniumnitrat«, sagte er.

Ich war fast während des ganzen Rückwegs zu dem befestigten Kellergeschoß still, das wir uns mit zwei anderen Familien teilten. Es muß Bombenbeschuß gegeben haben, weil immer Vögel da waren, aber ich kann mich nicht entsinnen. Endlich, bevor wir zum Fluß kamen, fragte ich: »Warum?«

»Oh, meine kleine Leah, denk doch einmal nach. Wir sind hier abgeschnitten. Haben wir Generatoren, um Spulengeschütze betreiben zu können wie die Barbaren, die uns umzingelt haben? Nein, haben wir nicht. Was können wir tun, wie wollen wir uns verteidigen? Die Molekular-Destillieranlage sortiert Moleküle aus der Luft aus. Stickstoff, Sauerstoff, Wasser, das ist alles, was man braucht, um Sprengstoffe herzustellen, wenn man diese Elemente nur richtig zusammenfügen kann. Meine Molekular-Destillieranlage nimmt den Stickstoff aus der Luft und macht daraus Ammoniumnitrat, mit dem wir unsere Kanonen abfeuern können, um die Barbaren aus der Stadt zu halten.«

Ich dachte darüber nach. Inzwischen kannte ich Moleküle, ich kannte Stickstoff und Sauerstoff, wußte aber nichts über Sprengstoff. Schließlich kam mir etwas in den Sinn. »Aber was ist mit der Energie? Woher kommt die Energie?«

Johann lächelte, sein Gesicht strahlte fast vor Freude. »Ah, meine kleine Leah, du kannst schon die richtigen Fragen stellen. Ja, die Energie. Wir haben unsere Destillieranlage so gebaut, daß sie mit einer Serie von Reaktionen arbeitet, von der jede nicht mehr als eine Winzigkeit Energie benötigt. Trotz allem hast du recht, wir müssen von irgendwoher Energie stehlen. Wir holen thermische Energie aus der Luft. Aber die alte Dame Entropie läßt sich nicht so leicht hinters Licht führen. Wir brauchen einen Wärmetauscher.«

Ich wußte nicht genug, um seinen Worten folgen zu können, und so wiederholte ich sie bloß stumm. »Einen Wärmetauscher.«

Er machte eine ausholende Geste auf den Fluß hin, der dunkel unter einer dünnen Eisschicht floß. »Und was für einen Wärmetauscher! Die Barbaren wissen, daß wir Waffen produzieren, den Beweis schießen wir ihnen jeden Tag zurück, aber sie wissen nicht wo. Und hier ist sie, direkt vor ihrer Nase, die Antriebskraft der größten Waffenfabrik Österreichs, und sie können sie nicht sehen.«

Molekular-Destillieranlage hin oder her, die Belagerung ging weiter. Die Panslawisten drängten den Zehnten Kreuzzug zurück und begannen erneut mit ihren Angriffen auf die Stadt. Im Februar drangen die Armeen zweimal in die Stadt ein und wurden von den abgerissenen Verteidigern zweimal wieder hinausgeworfen. Im April blühten wieder die Blumen, und wir hatten einen weiteren Winter überlebt.

Ich hatte seit Monaten kein Bad mehr gehabt. Man verschwendete keine Wärme an bloßes Wasser, und Seife gab es ohnehin nicht. Nun endlich konnten wir uns waschen, im Wasser, das direkt aus der Salzach kam, schrubben und bürsten, um die Läuse des Winters loszuwerden.

Wir standen stundenlang Schlange für eine Tagesration Makkaroni, die humanitäre Hilfe, die von der Luft aus in die Stadt abgeworfen wurde, und schleppten riesige Eimer durch die Stadt, um unseren Trinkwasservorrat aufzufrischen.

Ein Sommerregen fiel, und wir fingen das Wasser mit Regentonnen auf. Den ganzen Sommer über hing der Geruch von verkohltem Stein in der Luft. Von Kugeln durchsiebte Autos, glitzernde Glasscherben, Betonstücke und Ziegelsteine bedeckten die Straßen. Steinköpfe und Wasserspeier von Gebäuden, die in die Luft geflogen waren, wollten an den seltsamsten Ecken der Stadt zu dir aufblicken.

Keller und Tunnel unter der Stadt waren mit Matratzen und Feldbetten vollgestellt. Sie dienten als Notunterkünfte für Flüchtlinge und rochen im Sommer streng nach Schweiß, dafür waren sie im Winter eiskalt. Über uns bebte der Boden, als die Vögel einflogen, und Putz bröckelte von der Decke.

Ich wuchs heran. Ich las Bücher über Sex und wußte, daß dies ein natürlicher Teil des Lebens war, der Trieb der Chromosomen, die Welt zu erobern. Ich versuchte, mir dies bei jedem, den ich sah, vorzustellen, von Johann bis zum vorbeigehenden Soldaten, aber ich konnte meine Phantasie nicht dazu bewegen, es wirklich zu glauben. Es gab genug Sex um mich herum – wir waren ja eng zusammengepfercht –, und Menschen unter Streß kopulieren aus Verzweiflung, aus Langeweile oder aus purem Überlebensinstinkt. Es gab genug zu sehen, aber ich konnte das, was ich sah, nicht auf mich beziehen.

Ich glaube, als ich sehr jung war, dachte ich, daß menschliche Wesen etwas Besonderes seien, mehr als nur denkendes Fleisch. Die Belagerung, ein unerbittlicher Lehrer, zeigte mir etwas anderes. Eine Frau, bei der ich während eines Tages war, kuschelte sich in ihr Lager und erzählte Unsinn; am nächsten Tag wurde sie von einem Schrapnell in zwei Teile gerissen und auf eine Anatomielektion reduziert. Wenn es eine Seele gab, dann war sie etwas nicht Greifbares, etwas, das so zerbrechlich war, daß es selbst den sanftesten Kuß aus Stahl nicht aushalten konnte.

Leute blieben am Leben, weil sie Blätter und Eicheln aßen und – wenn die humanitäre Hilfe vom Himmel fiel – weil sie vom Mais nicht nur die Körner aßen, sondern auch die Kolben zu Mehl zermahlten und daraus Küchlein buken.

Es gab Entwicklungen in diesem Krieg, die ich aber nicht kannte. Die Panslawistische Armee schickte ihren doppelköpfigen Drachen gegen das Dreifachkreuz der Neuen Orthodoxen Wiederauferstehung, und ein befriedeter Landstrich verwandelte sich in brennende Ruinen, als die früheren Verbündeten sich gegenseitig anfielen. Wir sahen den Rauch in der Ferne, riesige Säulen, die sich kilometerhoch in den Himmel erhoben.

Für die Belagerung hatte das aber keine Bedeutung. Auf den Berghöhen drängte die Panslawistische Armee die Neue Orthodoxe Wiederauferstehung zurück, und als sie damit fertig war, richtete sie die Geschütze wieder auf die Stadt. Bis zum Herbst hatte sich die Lage nicht geändert, und wir wußten, daß wir einem weiteren Winter ins Auge blicken mußten.

Weit über unseren Köpfen konnten wir durch den allgegenwärtigen Rauch die Lichter der Freiheit sehen, den Schimmer der entfernten Himmelsstädte, weitab von den Kämpfen auf der Erde. »Sie haben keine Kultur«, sagte Johann. »Sie haben Macht, ja, aber keine Seelen, sonst hätten sie uns geholfen. Aluminium und Kohle, das haben sie, aber sonst? Das Leben, weiter nichts. Und wenn sie tausend Jahre alt werden, haben sie nicht ein Drittel der Realität unserer Stadt. Freiheit, ha! Warum *helfen* sie uns nicht, hm?«

Der Winter war ein langsames, frostiges Verhungern. Die Artilleriegeschütze fielen nach und nach aus, wir hatten weder Werkstätten, um sie zu reparieren, noch Werkzeuge, um neue Granaten herzustellen. Einer nach dem anderen fanden die teuflischen Vögel, abgeschossen von den fernen Berghängen, die Unterstände unserer Kanonen und zerschlugen sie. Mitte Februar waren wir ohne Verteidigung.

Und die Vögel fielen weiter.

Manchmal begleitete ich Johann zur Molekular-Destillieranlage. Während der langen Monate der Belagerung hatten sie sie so modifiziert, daß sie nicht nur Nitrat aus Luft und Wasser destillierte, sondern auch gleich die Explosivstoffe für die Kanonen fertigte, Tonnen pro Stunde. Aber wozu war sie jetzt noch nütze, wenn es keine Geschütze mehr gab, die sie versorgen konnte? Von den acht Männern, die die Anlage einst erbaut hatten, lebten nur noch zwei: der einbeinige Nguyen und Johann.

Eines Tages kam Nguyen nicht mehr. Vielleicht war seine Behausung getroffen worden, oder es hatte ihn unterwegs erwischt. Ich würde es niemals herausfinden.

Nichts war mehr übrig, um die Stadt zu verteidigen, und keiner mehr in der Lage, Widerstand zu leisten. Sogar jene, die noch kämpfen wollten, waren vor Hunger so schwach, daß sie keine Waffe mehr halten konnten.

Den ganzen Februar und März über wurde der Granatbeschuß fortgesetzt, ungeachtet dessen, daß er von der Stadt nicht beantwortet wurde. Sie müssen gewußt haben, daß der Widerstand vorbei war. Vielleicht, meinte Johann, haben sie vergessen, daß hier überhaupt eine Stadt war, und schießen jetzt nur noch aus Gewohnheit. Möglicherweise schießen sie als Strafe, weil wir es wagten, ihnen zu trotzen.

Den ganzen April über ging der Beschuß weiter. Es gab keine Nahrung, keine Heizung, keine Medikamente, um die Verwundeten zu behandeln.

Als Johann starb, brauchte ich vier Stunden, um die Trümmer von seinem Körper fortzuräumen. Ich zog

Steine fort, während um mich herum die Vögel herab-
regneten und einen Block weiter westlich oder zwei
Blocks weiter nördlich einschlugen. Ich war überrascht,
wie leicht er war, nur wenig schwerer als ein Federkis-
sen. Es gab keinen Ort, wo man ihn begraben konnte, die
Friedhöfe waren alle voll. Ich legte ihn zurück, faltete
ihm die Hände und ließ die Trümmer des Kellers, wo
wir gemeinsam unser Leben verbrachten, sein Grab sein.

Ich zog in einen neuen Bunker, einen Tunnel, der in
den soliden Felsen unter dem Mönchsberg getrieben
worden war, eine uralte Kaverne, in der sich hundert Familien zusammendrängten und auf das Ende ihrer Existenz warteten. Einst war es eine Tiefgarage gewesen. Die
Feuchtigkeit, die dreihundert Lungen ausatmeten, kon-
densierte an der Steindecke und tropfte auf uns herab.

Endlich, Ende April, hörte der Granatbeschuß auf.
Einen Tag lang war alles ruhig, dann zog die siegreiche
Armee ein. Es gab keine Gassen mehr, die ihre Panzer
stören konnten. Sie kamen in Kunststoffrüstungen, gesichtslose Soldaten mit Railguns und Omniblastern auf
dem Rücken. Sie trugen die schreckliche Standarte der
Panslawistischen Armee, den zweiköpfigen Drachen
über einem Feld blauer Kreuze. Einer der Soldaten
mußte Dragan Vukadinovic der Reiniger sein, der Skorpion von Bratislava, aber in den Rüstungen war niemand zu erkennen. Mit ihnen kamen die Diplomaten
und erklärten jedem, der es hören wollte, daß ein Frieden ausgehandelt werde, der Krieg vorüber sei. Unser
Teil des Abkommens war, daß wir die Stadt verlassen
und uns in Lager begeben mußten, um woanders wieder angesiedelt zu werden.

Würden die Sieger die Geschichte schreiben, fragte
ich mich? Wie würden sie ihre Taten rechtfertigen?
Oder würde die Geschichte sie auch hinter sich lassen,
einen unwichtigen Faktor in einem unwichtigen Ereignis, verglichen mit dem Drama eines Schicksals, das
sich weit fort selbst erfüllt?

Sie trafen eine lebende Welle zerlumpter Menschen, die die Verkrüppelten und Verletzten auf behelfsmäßigen Schlitten mit sich zog. Ich konnte kaum glauben, daß noch so viele übrig waren. Nähmen sie Notiz von einem zwölfjährigen, für sein Alter kleinen Mädchen, das fortschlüpfte? Und wenn, wohin sollte es schon schlüpfen?

Die Molekular-Destillieranlage lief immer noch. Die Dunkelheit, der Geruch der Anlage, versteckt unter einem zerstörten, verwüsteten Salzburg, waren mir ein Trost. Sie allein war standhaft. Auch als sich die Leute, die sie pflegten, am Ende als zu zerbrechlich erwiesen, lief sie weiter, allein in der Dunkelheit, produzierte Pulver, das niemand jemals brauchen würde, füllte die Kavernen und Kerker unter einer Burg, die einst das stolze Wahrzeichen einer stolzen Stadt gewesen war. Sie füllte sie Tonne für Tonne, Tausende von Tonnen, möglicherweise Zehntausende.

Ich hatte einen Wecker und eine Batterie mitgebracht, und so saß ich lange in der Dunkelheit und erinnerte mich der Stadt.

Und in der Dunkelheit konnte ich es nicht übers Herz bringen, zum Engel der Zerstörung zu werden, das reinigende Feuer herabrufen und über meine Feinde zu bringen, wie ich es so oft erträumt hatte. Um zu überleben, mußt du zäh sein, hatte Johann mir einst gesagt; du mußt hart werden. Aber ich konnte nicht hart genug werden, ich konnte nicht werden wie *sie*.

Und so zerstörte ich die Molekular-Destillieranlage und verfütterte die Stücke an die Salzach. Trotz ihrer Macht und Schönheit war sie zerbrechlich, und als ich fertig war, war nichts mehr übrig, anhand dessen man sie hätte rekonstruieren können. Ich ließ den Wecker, die Batterie und zehntausend Tonnen Sprengstoff hinter mir in den Katakomben.

Vielleicht sind sie da heute noch.

Wie mir berichtet wurde, war Salzburg die schönste, die kultivierteste Stadt der Welt. Die vielen Leute, die mir das erzählten, sind inzwischen alle tot, und ich erinnere mich an die Stadt nur durch die Augen eines Kindes, das von unten aufschaute und nur wenig verstand.

Nichts ist mehr von dem kleinen Mädchen übrig. Wie meine Zivilisation, so habe auch ich mich erneuert. Ich lebe jetzt in einer Welt des Friedens, einer Welt der Mathematik und der Himmelsstädte, am Beginn einer neuen Renaissance. Doch wie die erste Renaissance wurde auch diese aus Feuer und Krieg geboren.

Ich werde dies niemals irgend jemandem erzählen. Für die Menschen, die nicht dabei waren, ist die Geschichte nichts weiter als Worte. Und diejenigen, die dabei waren, wir, die wir während der langen Belagerung in Salzburg lebten und irgendwie lebendig herauskamen, brauchen keine Worte.

Auch in einem sehr langen Leben könnten wir nicht vergessen.

Originaltitel: ›Winterfire‹ • Aus: ›Asimov's Science Fiction‹, August 1997 • Copyright © 1997 by Dell Magazines. Division of BantamDoubledayDell • Übersetzung aus dem amerikanischen Englisch von Ralf Hlawatsch

---

James Sarafin

IM TIEGEL DER NACHT

»Welch Tiegel barg dein Hirn?«

WILLIAM BLAKE, *Der Tiger*

Als Barry Murtoch den Hügel durch das dichte, wild-
wachsende Gras hinabging, wehte ihm der auffri-
schende Morgenwind den Hauch des Todes entgegen.
Die Verwesung mußte in dieser Hitze und Feuchtigkeit,
die der Monsun mit sich brachte, rasch fortgeschritten
sein – was bedeutete, daß er den vermißten Parkwächter wahrscheinlich gefunden hatte. Die über dem Fluß
kreisenden Geier schienen dies zu bestätigen.

Der Boden begradigte sich in der Nähe des Flusses.
Das trockene, braune Gras des letzten Jahres stand noch
immer mannshoch. Seine Armbanduhr, die mit dem
globalen Ortungssystem verbunden war, zeigte ihm an,
daß sie sich dem Peilsender des vermißten Wächters
näherten. Auf dem schmalen Pfad verlangsamte er seinen Schritt und beobachtete die Lichtungen im Gras,
durch die hindurch er schimmernde Wasserlachen
sehen konnte. Leuchtend gelbe Schmetterlinge, die ihre
Flügel anmutig zusammenlegten, wenn sie sich zum
Trinken im Feuchtgebiet niederließen, umschwärmten
das Flußufer. Der ruhige Fluß brachte von weit her das
Glucksen der Wasservögel.

Der Geruch wurde strenger.

Barry nahm die Hände vom Schaft seines Gewehrs
und versuchte sie an seinen Shorts trockenzuwischen.
Ohne Erfolg, denn seine Kleidung war ebenfalls durch-

geschwitzt. Aus den Augenwinkeln bemerkte er, daß selbst Joshua und Robert schweißgebadet waren. Die zwei waren seine afrikanischen Fährtensucher und gingen kaum zwei Schritt hinter ihm. Indien ... nun – wie hatte Dschingis-Khan es beschrieben? »Die Hitze ist unerträglich, und das Wasser macht die Männer krank.« Wie wahr. Der südafrikanische Sommer war nichts im Vergleich zu diesem, und bis jetzt war er auch noch nicht auf Wasser gestoßen, das er zu trinken gewagt hätte. Nur Emily Kammath, der leitenden Biologin, schien diese Hitze nichts anzuhaben. Sie sah wie eine Halbinderin aus und sprach, als sei sie in Oxford aufgewachsen. Sie schlenderte den Fährtensuchern hinterher.

Ein Schatten zog vor ihm über das Gras. Entweder hatten sich die Geier verspätet, oder etwas anderes erwartete sie bei der erlegten Beute. Etwas, das sie fürchteten.

»Warten Sie hier, wir werden uns kurz umsehen«, flüsterte er Kammath zu.

Nichts strapazierte seine Nerven stärker als die Verfolgung gefährlichen Großwilds im undurchdringlichen Dickicht. Wie in solchen Situationen üblich, hielt Barry, der Berufsjäger, auch jetzt leichten Abstand von seinen Fährtensuchern. Er behielt den Daunen an der Entsicherung, den Finger am Abzug und ignorierte die Mücken, die ihn pausenlos umschwirrten. Seine Stiefel versanken im Morast, als er die Lichtung betrat, auf der das hohe Ufergras in die niedrige Vegetation des Feuchtgebietes überging. Ein paar aufgescheuchte Gänse rannten flügelschlagend über das Wasser und setzten, bei jedem Flügelschlag schnatternd, zum Flug an. Schließlich hoben sie ab und zogen die Füße an.

Barry ahnte sofort, daß der Unterstand einem blutigen Schlachthaus gleichen würde.

Der Ort mußte den beiden Parkwächtern als geeignet erschienen sein. Die letzten tödlich verlaufenden An-

217

griffe auf Dorfbewohner und umherziehende Flüchtlinge hatten gezeigt, daß sich die Raubkatzen hier am Fluß entlang bewegt hatten. Der Unterstand war im Schilf angelegt worden, am Ende einer schmalen Halbinsel, die zwischen dem Hauptarm des Flusses und einem sumpfigen Seitenarm herausragte. Drei Sichtblenden aus geflochtenem Bambus und blattreichen Zweigen bildeten ungefähr ein Dreieck, das zum Köder hin offen war. Jetzt waren die Blenden eingerissen und zerfetzt, nur eine freie Stelle aufgewühlter roter Erde war zu sehen.

Eine Horde Geier machte sich über etwas her. Was immer es war, es mußte tot sein.

Der Köder, ein zweijähriger Zuchtbüffel, kauerte am Pflock seiner Halteleine. Als sich die drei Männer näherten, erhob er sich und gab einen kläglichen Laut von sich.

Barry bewegte sich rasch auf den freien, schlammigen Sand der Halbinsel zu. Dann drehte er sich um und beobachtete das Gras, das sich hinter ihm zu beiden Seiten erstreckte. Warum, zum Teufel, war der Köder noch am Leben? Eine Spur aus Blut und niedergetretenem Gras führte am Pflock des Büffels vorbei in das Dickicht am Ufer. Auf dem feuchten, schlammigen Boden war jedoch nichts deutlich zu sehen.

Barry tauschte einen Blick mit den Fährtensuchern; sie alle wußten, was die Raubkatze verschleppt haben mußte. Der Büffel brüllte noch immer, als Barry zum Ende der Halbinsel lief und die Geier endlich träge davonflogen. Auf dem aufgewühlten Boden lag ein toter Mann auf dem Rücken. Seine grüne Uniform der indischen Forstwirtschaftsbehörde war von den Geiern zerfetzt. Murtoch hatte schon häufig Überreste der von Raubkatzen gerissenen Beute gesehen. Manche waren menschlich gewesen. Er ließ sich Zeit, diese hier genauer zu untersuchen.

Die Geier hatten den Mann übel zugerichtet, doch er

schien durch einen einzigen Biß in den Kopf getötet worden zu sein. Vier Fangzähne waren wie stählerne Spitzen einer hydraulischen Presse durch die Seiten des Schädels getrieben. Das war ungewöhnlich. Die meisten Raubkatzen töteten ihre Beute durch einen Würgebiß. Tiere, die Menschen angriffen, hatten schnell gelernt, wie leicht verletzbar Menschen sind, und rissen ihnen, anstatt sie zu erwürgen, die Kehle heraus. Eine Ausnahme waren Leoparden, die es vorzogen, sich im Nacken oder in der Schulter zu verbeißen, während sie mit den Hinterpranken ihr Opfer ausweideten. Aber diese Katze hatte eine auch viel schnellere Methode zum Töten entwickelt. Das Gewehr des Mannes lag unbenutzt neben ihm; es war nicht einmal entsichert. Die Katze mußte ihn völlig überrascht haben. Nichts wies auf das Schicksal des zweiten Mannes hin. Mit Ausnahme der Schleifspuren.

»Haben Sie etwas gefunden?« Emily Kammath war ohne Zögern näher gekommen. Sie schien zu glauben, daß die Militärausgabe ihres Sig Zielsuchgewehres ihr jeglichen Schutz bot, den sie brauchte. Jedoch nur gegen Wilderer, wie sie stets versicherte.

Gegen Wilderer mochten Kugeln, die in unmittelbarer Nähe des Ziels explodierten, das beste Mittel sein. Barry war es jedoch gewohnt, die Richtlinien des *Fair Chase* zu befolgen. Diese Regeln des Jagdsports verboten größtenteils den Gebrauch moderner Technologien des 21. Jahrhunderts. Hier jagte man nicht zum Vergnügen, doch für große Raubkatzen bevorzugte Murtoch noch immer die Durchschlagskraft seiner alten 375er H & H Magnum mit Zylinderverschluß, einer Waffe, die vor mehr als einem Jahrhundert entwickelt wurde.

»Was ist passiert?« fragte Emily. Murtoch deutete mit seinem Gewehr in die Richtung. Sie wußte ja doch alles besser. Sie sollte es selbst sehen. Wahrscheinlich würde sie sich beim ersten Anblick sofort übergeben.

Zwei Fährtensucher untersuchten die nähere Um-

219

gebung. Sie fanden viele Schleifspuren, doch Barry konnte keine vollständigen, klaren Abdrücke erkennen. Wo, zum Teufel, war die Katze hergekommen? Wie hatte sie hier eindringen können, direkt am Büffel vorbei, wenn die beiden Männer nicht fest geschlafen hatten oder stockbesoffen gewesen waren?

Joshua rief vom Flußufer hinüber und zeigte auf eine freie Sandfläche, auf der ein einzelner Abdruck war, der aus dem Wasser führte. Es war der Fußabdruck einer sehr großen Katze, viel größer als jeder Löwe, den Barry jemals gesehen hatte. Die Spur eines Tigers – eine *pugmark*, wie sie es hier nannten. Sie war jedoch viel größer als alles, was Gott oder die Natur Indien jemals aufgebürdet hatte. Dies erklärte allerdings nicht, wie eine Raubkatze dieser Größe den Fluß hätte durchschwimmen können, ohne von den Wächtern bemerkt zu werden.

»Es war keiner der Tiger, stimmt's?« rief Emily.

Für einen Moment war Barry ratlos. Was dachte sie wohl, hatte die Wächter denn sonst getötet? Dann wurde ihm klar, daß sie wissen wollte, was *getötet worden ist.*

»Meinen Glückwunsch«, sagte er. »Es sieht ganz so aus, als hätten Sie sich eine richtige Super-Raubkatze herangezüchtet.«

Barry beobachtete Emily, als sie den Unterstand betrat. Er erwartete, daß sie würgend zurücktaumeln würde. Statt dessen ging sie auf den Leichnam zu, stellte sich vorsichtig neben das getrocknete Blut und holte ein kleines Maßband aus der Brusttasche. Er ging zu ihr hin. Sie maß die Bißspuren am Kopf des Mannes aus. Dann stand sie auf, musterte ihn distanziert, ohne sich von dem Toten oder der Blutlache auch nur im geringsten irritieren oder beeindrucken zu lassen, und sprach ein einziges, ihm nicht bekanntes Wort:

»Shaitan.«

Sie sprachen nicht. Sie schwiegen, als sie vom Fluß aus den Pfad zum Rover mühsam wieder hinaufstiegen und als sie der Rover rüttelnd über die ausgefahrene, morastige Straße zurück zum Lager brachte. Sie schwiegen, weil es nichts gab, was der eine fragen und der andere hätte erklären können. Sie schwiegen, weil es nichts gab und es auch niemals mehr als nichts geben würde zwischen der leitenden Biologin des Tiger-Schutz-Programms im Nationalpark von Ranthambhore und dem Berufsjäger, der sich darauf spezialisiert hatte, seinen Kunden beim Abschlachten von Leoparden und gelegentlich auch von Löwen behilflich zu sein. Der sich jedoch niemals in den 47 Jahren seines Lebens hätte träumen lassen, eines Tages beauftragt zu werden, einen Tiger zu erlegen.

Indien hatte die Jagd auf Tiger vor mehr als 50 Jahren untersagt. Von Wilderern abgesehen, hatten nur wenige alte Männer jemals einen Tiger gejagt. Dennoch zahlten Sport- und Trophäenjäger, wie im 19. und 20. Jahrhundert üblich, weltweit noch immer große Summen, um in Afrika jagen zu können. Wirtschaftliche Interessen am Erhalt des Safarigeschäftes hatten in Afrika für einen ausgewogenen Großwildbestand gesorgt. Die Safarifarmen konnten die Nachfrage nach bedrohten Arten wie Elefanten, Löwen oder Nashörnern mit geklonten Exemplaren befriedigen. Daher sah sich die indische Forstwirtschaftsbehörde zuerst in Afrika um, als sie einen Großwildjäger suchte.

Barry und sein Safariteam waren die Nacht zuvor von Kariba, Simbabwe, nach Jaipur in Indien geflogen und am Morgen mit einem Helikopter zu einem südöstlich im Park gelegenen Lager gebracht worden. Kaum hatte Barry festen Boden unter den Füßen, teilte ihm der Direktor des Parks auch schon mit, daß zwei Parkwächter seit dem vorigen Tag vermißt wurden, und bat ihn, ihren Unterstand zu überprüfen.

»Ich bin der Verwalter, kein Mann der freien Natur«,

hatte Direktor Ghouri gesagt. »Bedauerlicherweise patrouillieren die übrigen Wächter in anderen Gebieten. Oder sie haben sich krank gemeldet. Und die Dorfbewohner sind zu verängstigt, um uns in dieser äußerst mißlichen Lage eine ernstzunehmende Hilfe zu sein.« Der Direktor gab ihm das nötige Kartenmaterial und den elektronischen Schlüssel, mit dem er die Gatter öffnen konnte, die die alten Parkwege blockierten. Nur für den Fall, daß er auf seiner Suche nach den Wächtern Ranthambhore betreten mußte.

Barry schüttelte die Müdigkeit, hervorgerufen durch Jet-lag und den Klimawechsel vom südafrikanischen Winter zum schwül-tropischen Sommer, ab und kletterte auf den Beifahrersitz des Rovers. Die Biologin hatte sich zu ihnen gesellt, ohne sich überhaupt vorzustellen. Eine Stunde später hielt der Fahrer und zeigte auf einen Wildwechsel, der bergab in das Dickicht führte. Er weigerte sich, das Fahrzeug zu verlassen, und stieß einen Wortschwall auf hindi hervor.

»Er sagt, dies seien Wertiger«, übersetzte Emily, »die durch Kugeln nicht verletzt werden können. Es ist ein alter indischer Glaube, Mr. Murtoch, so wie die Europäer an Menschen glauben, die sich in Werwölfe verwandeln können.« Sie schien sich darüber zu amüsieren.

Barry wußte, daß es keine kugelsicheren Raubkatzen gab. Entscheidend war allein, nahe genug an sie heranzukommen, um einen sauberen und glatten Schuß abfeuern zu können. Jetzt, wo sie zum Lager zurückkehrten, bemerkte er, was es damit auf sich hatte.

Der Rover holperte über knorrige Baumstämme, die verstreut in Gras und Unkraut lagen. Dem Unkraut konnte man bei dieser Sonne und den Niederschlägen, die die einsetzende Regenzeit brachte, beim Wachsen zusehen. Noch unter dem offenen Verdeck nahm Barry den betäubend scharfen Geruch wahr, der pausenlos aus den mit Methan angetriebenen Fahrzeugen zu entweichen schien. Auf dem Kamm des Hügels angelangt, blickten sie über den Park und sahen die in der Nachmittagssonne schwach schimmernden Ruinen eines alten Steintempels. Rebhühner flogen am Straßenrand auf, übertönten das Geräusch des laufenden Motors und zogen in Richtung Ruinen hinab.

Edward, Barrys Lagerverwalter, trat aus dem klimatisierten Kantinenzelt und kam dem Rover entgegen. Es war wirklich zu heiß, um im Freien zu bleiben. Edward sah Barrys Gesichtsausdruck und ersparte sich die Frage.

»Wo ist der Parkdirektor geblieben?« fragte Barry.

»Mr. S. K. Ghouri nahm den Helikopter zurück in die Stadt.« Edward, der meist damit beschäftigt war, die nicht an der Jagd beteiligten Ehepartner und Besucher zu unterhalten, hatte ein erstaunliches Namensgedächtnis. Er konnte sich selbst an afrikanische Namen erinnern. Ebensogut überblickte er Vorrat und Versorgung des Lagers von der wiederaufladbaren Solarbatterie bis hin zum letzten Sack Reis. »Er bat Sie darum, ihn nach Ihrer Rückkehr sofort zu unterrichten.«

Barry war kaum in die wohlige Kühle seines Zeltes eingetreten, als er auch schon sein Notebook wählen ließ. Ghouri, dessen Züge auf dem kleinen Bildschirm erschienen, strich sich gerade über seinen dicht gewachsenen Bart. Er fragte sofort nach den Wächtern.

»Beide tot, es tut mir leid«, berichtete ihm Barry. »Sieht aus, als hätte sich eine der Raubkatzen – wahrscheinlich die ausgewachsene Tigerin – von hinten an sie herangeschlichen. Wir fanden nur eine Leiche. Ich fürchte, die andere ist verschleppt worden.«

»Diese Männer habe ich selbst eingestellt. Sie haben Familie.« Ghouri hatte sich offensichtlich auf das Schlimmste eingestellt, doch der Schock stand ihm ins Gesicht geschrieben. »Die Zahl der Opfer erhöht sich nun auf 64, wenn man die Wilderer nicht mit dazurechnet.«

Barry ließ den Mann die Neuigkeiten ein wenig verdauen, dann stellte er seine erste Frage. »Mr. Ghouri, können Tiger schwimmen? Ich meine nicht einfach durch einen Fluß, wenn sie es müssen. Ich meine aus freien Stücken?«

»Ich fürchte, diese Frage kann ich Ihnen nicht beantworten. Außer in Ranthambhore gibt es heutzutage in Indien keine Tiger mehr, und nur den angestellten Wächtern und Biologen war in den letzten zehn Jahren der Zutritt zum Park gestattet. Das ist eine Frage, die Ihnen vielleicht Ms. Kammath beantworten könnte.«

»Ehrlich gesagt, hört man von ihr momentan recht wenig. Ich dachte, die Angestellten des Parks wären angehalten worden, mit uns in dieser Angelegenheit zusammenzuarbeiten.«

»Sicher, aber sie arbeitet im Auftrag der UN, nicht für die Forstwirtschaftsbehörde und auch nicht für die indische Verwaltung.«

Barry versuchte sich nichts anmerken zu lassen. »Als man mich anheuerte, sagte ich Ihnen bereits, daß ich so gut wie nichts über Tiger weiß. Wollen Sie mir jetzt erzählen, daß ich nicht mit der Hilfe der Person rechnen kann, die sich mit den Tigern hier am besten auskennt?«

Der Direktor rutschte auf dem Stuhl herum. »Gegen sie ist ein Ermittlungsverfahren wegen grober Fahrlässigkeit eingeleitet worden. Unglücklicherweise wissen wir noch immer nicht, wie diese Tiere aus dem Freigehege entkommen sind. Das Rechtsmodul ihres KI hat darauf bestanden, ihr Privileg, sich selbst nicht belasten zu müssen, so lange aufrechtzuerhalten, bis ihr der gesetzliche Schutz vor Strafverfolgung zugesichert wurde.« Er hob hilflos die Hände. »Schon so viele Opfer, Mr. Murtoch, und wer weiß, wie viele noch hinzukommen. Einen energischen Aufschrei würde es geben, gewährte man jemandem in dieser Situation Immunität.«

Barry überlegte kurz, was ihn dazu getrieben hatte, seine Kunden mitten in der Jagdsaison umzubuchen, nur um in diesen dampfenden indischen Dschungel zu kommen. Weil die Inder ihm den zweifachen Tagessatz angeboten hatten, zuzüglich Spesen, nur aus diesem Grund.

Und natürlich wegen der einmaligen Chance, das gefährlichste Raubtier der Welt zu jagen.

»Hören Sie, ich bin auf die Hilfe dieser Frau angewiesen. Sie kann die einzelnen Tiere an ihren Spuren erkennen. Offensichtlich hat sie ihnen Namen gegeben. Wissen Sie, was ›Shaitan‹ zu bedeuten hat? Ich glaube, so nannte sie die Katze, die Ihre Wächter getötet hat. Danach igelte sie sich förmlich ein.« Das Wort ging Barry nicht mehr aus dem Sinn – als hätte er es zuvor schon einmal gehört.

Ghouri beobachtete die Konsole vor ihm, während sein Personal-KI einen Suchbefehl ausführte. Wenig später sagte er, sichtlich erregt: »Es ist ein altes islamisches Wort, das auf das hebräische ›saytan‹ – also ›Satan‹ – zurückgeht, und Teufel bzw. böser Geist bedeutet. Noch mehr von diesem Quatsch über Wertiger, schätze ich.«

»Ich weiß nicht. Die Art, wie sie reagierte … als hätte sie es nicht laut aussprechen wollen.«

»Ich werde die Suche ausweiten, wenn es mir mein Zeitplan erlaubt. Lassen Sie sich in der Zwischenzeit nicht beunruhigen, Mr. Murtoch. Man hält Sie für den besten Raubtierjäger der Welt. Natürlich wäre es bedauerlich, drei Tiger töten zu müssen, doch die hiesige Situation läßt keine andere Lösung zu. Sie müssen sie aufhalten, egal wie. Solange von Ms. Kammath keine überzeugenden Vorschläge kommen, wie wir die Tiere lebend einfangen können, müssen Sie sie erledigen.«

»Nach dem, was ich heute gesehen habe«, sagte Barry zu sich selbst, als das Gespräch beendet war, »werde ich mich glücklich schätzen können, überhaupt einen Schuß abzugeben.«

Er wußte, daß sein Safariteam der letzte Ausweg war, nachdem alle vorangegangenen Versuche, die Tiger zu fangen und in das Freigehege zurückzuführen, gescheitert waren. Irgendwie schafften es die Tiere, jede ihnen gestellte Falle, jede Grube und jede Schlinge zu umgehen. Sie vermieden es, sich einem der Unter- und Hochstände zu nähern, von wo aus man sie mit einem Betäubungspfeil oder einem Netz hätte einfangen können. Viermal hatten Wächter sie aus der Luft gesichtet und versucht, sie mit einem Pfeil zu betäuben oder in die Fänge anderer Wächter auf dem Boden zu treiben, doch diese Anstrengungen führten entweder zu nichts oder endeten mit weiteren Verlusten.

Murtoch war die letzte Rettung. Der verdammt beste Raubtierjäger der Welt. Wie lächerlich.

Bislang hatte er seinen Durst ignoriert, doch jetzt zitterten ihm die Hände, als er eine Kiste unter seinem Feldbett hervorzog und die erste Flasche feinen Singlemalt Scotch herausholte. Das Trinken war eine alte Safaritradition, und es gehörte ebenfalls zu dieser Tradition, daß der Kunde den Schnaps für den Berufsjäger zahlte; Barry entschloß sich, die Kiste als Spesen zu verrechnen. Den ersten Doppelten hatte er bereits Zunge und Kehle passieren lassen, als Edward hereinkam und ihm mitteilte, daß das Abendessen gleich serviert würde.

»Ms. Kammath sitzt bereits am Tisch«, teilte ihm Edward mit.

»Laß sie warten. Oder kümmere dich um sie, wenn sie es wünscht. Ich habe mein Gewehr noch nicht gereinigt.«

Das afrikanische Safarigeschäft hatte die alten englischen und europäischen Traditionen bewahrt, die das Jagen zu einem Sport der höheren Stände machte, umsorgt von emsigen Bediensteten. Barry war gebeten worden, seine ganze Mannschaft mitzubringen, was er auch getan hatte, inklusive seiner Fährtensucher und Lagerarbeiter. Sein Gewehr reinigte er jedoch immer selbst. Für gewöhnlich war es immer das gleiche Gewehr: die alte Sako, die er erworben hatte, als er vor Jahren den Besitzer der Safarifirma auszahlte und den Laden übernahm. Seine wohlhabenden Kunden hatten ihm über die Jahre zahlreiche schöne Gewehre geschenkt; er hatte sie alle verkauft oder weggegeben. Neben dem schweren Gewehr, das er nur aus nächster Nähe benutzte, wenn einer seiner Kunden ein Tier verletzt entkommen ließ, trug er immer die Sako und Geschosse mit kontrollierter Ausdehnung bei sich. Er wollte weder seinen Kopf unnötig mit ballistischen Berechnungen belasten noch den Daumen und die Finger ständig an neue Entsicherungen und Abzüge gewöhnen müssen.

Mit einem Öltuch reinigte er Lauf und Mechanik, jede Stelle, die im Laufe des Tages berührt wurde, und zog ein Tuch durch den Lauf, um mögliche Rückstände zu entfernen. Seine Hände bewegten sich mit übertriebener Sorgfalt und Vorsicht, was auf den Whiskey zurückzuführen war. Als er fertig war, wärmte bereits der nächste Doppelte seinen Magen. Er nahm sein Glas und die Flasche zum Abendessen mit. Außerhalb seines klimatisierten Zeltes stürzte die Hitze wie eine Welle auf ihn ein und hielt ihn gefangen, bis er das Kantinenzelt erreichte.

»Nett von Ihnen, daß Sie sich zu uns setzen«, sagte Emily. »Mußten Sie Ihren Freund mitbringen?« Sie sah mißbilligend auf die Flasche. Das Kantinenzelt wurde von einer altmodischen Petroleumlampe beleuchtet, die in dem aufkommenden Wind leicht mit dem Zeltgestänge schwankte. Der verlängerte Schatten der Flasche huschte über den Tisch hin und her.

Wie er feststellen mußte, hatte sie nicht auf ihn gewartet, sondern saß bereits an ihrem Nachtisch. Angesichts der Kühle im Zelt hatte sie ihr langes dunkles

Haar gelöst, das nun locker über ihre Schultern fiel. Sie sah nun sehr viel jünger aus. Barry goß sich einen guten Schluck auf einmal ein. Edward tischte erst einen Salat auf, dann brachte er das Hauptgericht, geröstetes Rebhuhn mit Wildreis. Das Rebhuhn war ein wenig trocken, da Barry zu lange hatte auf sich warten lassen, doch er wußte, daß es für seinen Nachtschlaf das beste war, den Abend so früh wie möglich mit einem guten Schluck einzuleiten. In diesem Stadium neigte Barry zum Philosophieren. Er wollte sich nun einen Spaß daraus machen, Emily zu reizen.

»Die meisten Menschen haben ihre Lieblingsdroge, Ms. Kammath, ob es nun Kaffee, Nikotin, Quadprozac oder irgendein illegales Zeug ist. Aber nichts ist mit Schnaps vergleichbar. Die primitiven Völker wissen alles über narkotisierende und halluzinogene Pflanzen und Pilze, aber nichts von dem Zeug hat sich durchgesetzt, außer in den Randgebieten der Weltkulturen. Es hat einen Grund, warum Alkohol sich fast überall als Droge Nummer eins behauptet hat: Kein anderer Stoff haut einen so gründlich um. Und wenn man möchte, daß er seine Aufgabe erfüllt, braucht man ihn gar nicht erst zu mixen, sondern kann ihn einfach runterkippen.«

»Um die Nerven zu stärken, kein Zweifel. Oder ertränken Sie ein schlechtes Gewissen?«

Für einen kurzen Moment verlor er den Boden unter den Füßen. Sie schien über etwas völlig anderes zu sprechen.

»Warum sollte ich das tun?«

»Lassen Sie mich offen sprechen.« Sie beugte sich vor und fixierte ihn mit starrem Blick. »Ginge es nicht um die Verpflichtung, meine Tiger zu schützen, könnte ich nicht einmal den Gedanken ertragen, mit Ihnen an diesem Tisch zu sitzen. Sie sind ein Mörder. Und Sie sind anderen beim Töten behilflich – nur zum Vergnügen.«

Sie hatte eines ihrer Lieblingsthemen angeschnitten.

»Was heißt hier ›nur zum Vergnügen‹? Die Jagd ist ein

Wesenszug unserer Natur. Sie befriedigt ein Grundbedürfnis: das Bedürfnis, mit eigenen Händen die eigene
Nahrung zu beschaffen.«

»Ihnen und Ihren Kunden geht es nicht um Nahrung.«

Er lächelte und schüttelte den Kopf. »Wir gehen nicht
jagen, weil wir darauf angewiesen sind. Einige von uns
ziehen aber nun mal frisches Fleisch dem mit Wachs-
tumshormonen angereicherten Chemiefleisch aus dem
Supermarkt vor. Hat Ihnen Ihr Rebhuhn geschmeckt?
Wir bekamen die Erlaubnis, für unser Abendessen ein
wenig auf die Jagd zu gehen, und Edward hatte diese
hier heute morgen am Straßenrand vor dem Lager ein-
gesackt. Möchten Sie jetzt vielleicht zur Toilette gehen,
um es loszuwerden? Nur weil es durch einen Schuß
getötet wurde und nicht durch ein Messer auf einer Ge-
flügelfarm?« Er machte eine Pause, nahm einen großen
Schluck und goß sich das Glas wieder voll. »Wir sind
von Natur aus Raubtiere. Die Augen in unseren Köpfen
sind nach vorne ausgerichtet. Für Menschen, zumindest für die, die ihre Natur nicht verleugnen, ist das
Jagen eine absolut sensorische und sinnliche Erfahrung.
Wie das auch bei Tigern der Fall sein muß.«

»Diese Trinkerei wird den Tigern zugute kommen.
Aber sagen Sie mir«, sie lehnte sich zurück, »bekommen Sie eine Erektion, wenn Sie am Abzug ziehen?«

Er goß sich ruhig ein weiteres Glas ein. »Ich sprach
von Sinnlichkeit, nicht von Sex. Menschen, die dem
Jagen eine sexuelle Note geben, wissen einfach nicht,
wie sie es sonst beschreiben sollten. Sie greifen auf ein
anderes, ebenso natürliches Grundbedürfnis zurück,
nach dem wir in unserem tiefsten Innern streben. Wie
Reptilien, werden Sie sagen. Aber das ist nicht nur eine
männliche Erfahrung, auch bei Frauen ist es so.«

»Ich bezweifle, daß Sie mehr über Frauen wissen als
über Tiger, Mr. Murtoch.«

»Viele meiner Kunden sind Frauen.« Die Petroleumlampe schwang einschläfernd hin und her und zischte ins Dunkel der Nacht. Der Whiskey stieß ihn auf einmal über die Schwelle zwischen Philosophie und Stumpfsinn. »Ich war mit einer verheiratet, zehn Jahre lang. Bis ich sie mit einem anderen Mann in einem Hotel in Kariba fand.«

Sie schaute interessiert auf. »Ich vermute, Sie haben sie dort erschossen.«

»Nein.« Barry leerte das Glas in einem Zug. Der Scotch glitt weich seine Kehle hinunter. Das war's – er konnte die Flasche jetzt wegstellen. Er mußte sich jetzt nur noch für eine Stunde zurücklehnen, eine rauchen und sich vielleicht noch ein paar Gedanken über Tiger machen, dann wäre es soweit. Er würde zu seinem Feldbett gehen und in einen tiefen Schlaf fallen, ohne auch nur das Geringste zu träumen.

Er beobachtete die Motten, die die Lampe umschwirrten. Er wußte, daß er die Klappe halten, sich ans Essen machen und zum Rauchen an das Lagerfeuer gehen sollte. Edward würde es entfachen, bevor die schweren Niederschläge kamen. Aber dafür schien es viel zu spät, und er stammelte weiter. »Ich hätte das ertragen. Erst als sie sagte, daß sie mich seinetwegen verlassen würde, habe ich sie erschossen.«

»Warum, Barry?« fragte sie mit gespielter Betroffenheit. »Weil Sie sie wirklich geliebt haben?«

»Nein, Emily. Und aus diesem Grund steht auch Ihren Tigern das Ende bevor: weil ich niemals aufgebe. Und ich hasse es, zu verlieren.«

Acht Kilometer südlich von einem Flüchtlingslager entfernt, gingen sie Berichten über das jüngste Opfer nach und fanden am Rande einer Steppe, die offensichtlich einmal bewirtschaftet worden war, bis der Boden nichts mehr hergab, die Überreste eines kleinen Jungen. Er war noch nicht völlig skelettiert, ihr Kommen mußte die Katze bei ihrem Morgenschmaus gestört haben. Der

Junge war höchstens sieben oder acht Jahre alt. Gesicht und Oberkörper waren unversehrt, man hätte meinen können, er schliefe bloß im Gras. Barry zog sich in den Schatten eines Baumes zurück und versuchte sich eine rauchlose Zigarette anzuzünden. Er mühte sich vergeblich mit dem Rädchen ab. Schließlich nahm er das Feuerzeug in die linke Hand, entzündete es und sah zu Emily hinüber.

»Warum gehen Sie nicht aus dem Weg und lassen die Fährtensucher ihre Arbeit machen?«

Sie schien ihn zu überhören und ließ sich nicht von ihrer klinischen Inspektion der Fundstelle abhalten. Barry lehnte sein Gewehr an den Stamm und setzte sich unter den Baum. Er nahm seinen Hut ab und wischte sich den Schweiß von der Stirn. Kaum zehn Uhr, und ein Mann konnte sich nicht mal mehr hinsetzen, ohne daß ihm dabei der Schweiß ausbrach.

Nach einer Weile kam Joshua und hockte sich zu ihm in den Schatten.

»Eine Katze, allein auf der Pirsch. Ein bißchen kleiner als die Spur unten am Fluß. Könnte diesmal eines der fast ausgewachsenen Jungen gewesen sein.« Joshua zögerte. »Das vom Tiger niedergetretene Gras richtet sich gerade erst wieder auf.« Er deutete in Fahrtrichtung.

Die beiden Männer beobachteten das kniehohe Gras, das bei den nächtlichen Regenfällen mit jedem Tag höher wuchs. Wenn das Gras erst einmal mannshoch stand und die Regenzeit ihren Höhepunkt erreichte, wollte Barry keine Katzen mehr jagen. Zumindest war dieser Tag bislang klar geblieben, auch wenn es heiß war.

»In Ordnung.« Barry stand auf. Wohin würde die Katze laufen? Er dachte daran, Emily zu fragen, aber sie würde wahrscheinlich nicht antworten oder ihm zumindest nicht die Wahrheit sagen.

Plötzlich hatte er das Gefühl, daß die Katze noch immer in der Nähe war. Er gab den zwei Afrikanern

231

und dem indischen Fahrer kurz Bescheid, rief dann die Biologin und kletterte zusammen mit Joshua und Robert auf die Rückbank des Rovers.

Emily setzte sich auf den Beifahrersitz. Sie schien amüsiert. »Untersuchen Sie noch immer den Tatort, Mr. Murtoch?«

Der Rover machte einen Bogen von einem halben Kilometer. Der Fahrer drehte sich um, und Barry nickte. Als der Wagen langsamer wurde, sprangen die drei Männer auf der Sitzbank heraus.

»Was, zum …?« Emily fuhr herum, doch der Rover beschleunigte schon wieder und fuhr den Pfad hinunter. Barry wartete, bis das Motorengeräusch und die Frau, die auf den Fahrer einredete, nicht mehr zu hören waren. Mit Handzeichen leitete er die Fährtensucher in das Dickicht zu beiden Seiten der Straße. Dann stieg er den Hang hinauf und kehrte, gegen den Wind gerichtet, zur Stelle der Tötung zurück. Er war keine hundert Meter vorangekommen, als er schon wieder anhalten mußte, um sich den Schweiß vom Gesicht zu wischen. Sein Beruf hatte ihn die Jahre über in Form gehalten, Beine und Rücken waren noch immer kräftig, doch mit zunehmendem Alter hatten sich Fettpolster an seinem Körper gebildet. In der Hitze schien sich das Fett um seinen Bauch in einen schlaffen, schwabbelnden Sack Wasser zu verwandeln.

Er hatte den Hügel überquert und konnte die Stelle der Tötung überblicken, als er plötzlich einen Schuß hörte. Robert und Joshua hatten das Ende der Straße erreicht. Sie marschierten, beide mit schußbereiten Waffen, nebeneinander auf die Stelle zu, ohne jedoch erneut zu schießen. Es war windstill, aber Barry sah eine Bewegung im Gras. Er blieb stehen und holte sich Joshua auf seine Armbanduhr.

»Etwas bewegt sich, ungefähr 500 Meter von mir entfernt, direkt zwischen uns. Haltet Abstand und kommt zu mir. Und betet, daß es in meine Richtung läuft.«

Barry schlich sich so schnell und so leise, wie er nur konnte, den Hang hinunter. Die feuchten, klebrigen Grashalme schlugen gegen seine Beine. Ein Busch auf mittlerer Hanghöhe würde eine gute Deckung abgeben und ihm eine gute Sicht über das Grasland ermöglichen. Er setzte sich hinter den Busch und wartete in der brütenden Hitze. Die Fliegen summten ihm in den Ohren. Er vermied es jedoch, nach ihnen zu schlagen oder seinen Kopf zu schütteln. Wie viele Tiere reagierten auch Großkatzen auf Bewegung, einen sich ruhig verhaltenden Menschen konnten sie hingegen kaum ausmachen.

Die Fährtensucher holten langsam auf. Das Gras raschelte wieder und kräuselte sich wie das windstille Meer. Er machte eine Pause, stützte die Ellenbogen auf die Knie und zwang sich zu entspannen. Sein Atem ging wegen des Aufstiegs noch immer schwer. Die Schutzhülle seines Feldstechers zitterte mit seinem Herzschlag. Nichts war zu sehen als das wogende Gras ungefähr hundert Meter vor ihm.

Dann starrten zwei Augen aus dem Gras. Es waren Katzenaugen, ganz sicher. Sie loderten in der prallen Nachmittagssonne. Etwas zuckte – wohl ein Ohr –, und für einen Augenblick glaubte Murtoch, die Umrisse eines Kopfes wahrnehmen zu können. Für einen Kopfschuß war er zu weit weg – wo war die Schulter? Die Augen verschwanden, und er verlor jede Spur von der Katze. Nichts als Gras, das jetzt ruhig war. Er konnte die herannahenden Fährtensucher hören. Ihre Beine streiften durch das Gras, und ab und zu traf eine Sohle auf harten Untergrund.

Das Gras neigte sich erneut. In seine Richtung. Murtoch schwenkte seinen Feldstecher, um eine Lichtung überblicken zu können, wo das Buschwerk nur noch spärlich und niedrig wuchs. Er atmete ein wenig ein, hielt die Luft an und unterbrach die Verbindung zwischen Auge und Hand. Das Gras neigte sich nach vorn,

233

wogte am Rande der Lichtung – eine leichte Bewegung, eine Tatze nah über dem Boden.

Murtoch hatte kein Ziel vor Augen und setzte das Fernglas vorsichtig ab. Die Katze erfaßte selbst diese kleine Bewegung. Die. lodernden Augen schwenkten nun ganz in seine Richtung – dann schien das Gras selbst in hastige Bewegung zu verfallen, immer am Rande der Lichtung entlang.

Murtoch zielte zu rasch und feuerte schwankend in die Höhe. Doch es war ein geglückter Schuß, der den Tiger mitten im Sprung erwischte. Die Katze brüllte und kämpfte sich, indem sie ihre zusammengebrochenen Hinterläufe hinter sich herzog, weiter zum Ende der Lichtung. Murtoch lud durch und feuerte erneut. Die Katze stürzte zu Boden, das Gras raschelte heftig, dann war alles still.

Murtoch erhob sich mit gespannter Aufmerksamkeit. Er konnte die Katze nicht mehr sehen, und das Gras hatte jegliches Eigenleben verloren. Die Fährtensucher arbeiteten sich heran, die Gewehre im Anschlag. Sie hüteten sich, blindlings durch das Buschwerk zu eilen. Murtoch hängte seine Sako um und ging den Hügel hinab. Es war kaum vorstellbar, daß das eine junge Katze gewesen sein sollte. Sie hatte das Gras als Deckung genommen, wie es nur die erfahrensten Jäger tun.

Die Fährtensucher näherten sich auf 20 Yards, hielten die Gewehre bereit und warteten. Die gefährlichen Partien einer Jagd waren Aufgabe des Berufsjägers. Murtoch ging hinunter und trat vorsichtig an diesen Haufen aus gestreiftem Fell heran. Die Muskeln des Tigers zuckten noch, die Augen waren offen und starrten ins Leere. Doch bevor Barrys Anspannung nachließ, berührte er den starren Augapfel mit dem Gewehrlauf. Der erste Treffer hatte der Katze das Rückgrat zerschossen, genau in der Mitte, der nächste Schuß hatte den Brustkorb durchschlagen. Er war sich nicht sicher, ob es sich um eines der Jungen handelte – es erschien ihm recht groß. Er hob einen der Hinterläufe und sah, daß es ein Männchen war.

Ein toter Löwe sah für gewöhnlich dreckig und leicht verkommen aus: voll von Zecken und Flöhen, mit kahlen Stellen im Fell und voller Narben aus Kämpfen mit anderen Löwen, die Mähne zottelig und schmutzig. Der Anblick war für den Kunden in der Regel alles andere als erfreulich. Diese Katze hier glich jedoch eher einem Leoparden, selbst im Tode war sie noch schön anzusehen; ihr dichtes Fell war von einem erdigen Orange mit tiefschwarzen Streifen. An den Seiten des Kopfes hatte sich gerade erst die Halskrause gebildet, die den männlichen Tiger auszeichnet, die der Mähne des Löwen entspricht, die ihn von der Löwin unterscheidet. Joshua und Robert beglückwünschten ihn, klopften ihm auf die Schulter und staunten über eine Katze, wie sie sie noch nie zu Gesicht bekommen hatten.

Der Rover hielt mit kreischenden Bremsen in einer Abgaswolke. »Sie Schwein«, sagte Emily. »Sie haben das Betäubungsgewehr im Auto gelassen. Sie wollten nicht einmal versuchen, ihn lebend zu fangen.«

»Sie haben vollkommen recht«, antwortete Barry. Ihm war aufgefallen, daß sie ›ihn‹ gesagt hatte. Erneut hatte sie aufgrund der Untersuchung der Tötungsstelle gewußt, um welche Katze es sich handelte, sich aber nicht darum gekümmert, diese Information an irgend jemanden weiterzugeben.

»Betäubungsgewehre haben nur eine eingeschränkte Schußweite und eine verminderte Zielgenauigkeit. Wenn die Dosierung falsch ist oder der Pfeil abfällt, haben Sie ein äußerst gereiztes Tier vor sich. Tatsächlich hatte ich nicht die Absicht, meine Männer in den Busch zu schicken, um mit Ihrem Biologenspielzeug einen Menschenfresser zu jagen. All diese Methoden, ein Tier lebend zu fangen, haben versagt – darum hat man mir freie Hand gegeben, diese Tiere zu töten. Und alles, was ich von Ihnen verlange, ist, mir zum Teufel noch mal aus dem Weg zu gehen.«

»Boss«, rief Joshua. »Die Katze hat einige ältere Verletzungen, vielleicht einen Monat alt.«

Emily näherte sich der toten Katze, und Barry folgte ihr. Er konnte sehen, wie sich ihre Augen mit Tränen füllten. Nun gut, immerhin hatte sie wirklich Gefühle. Wenn auch nur für Katzen.

Die Katze hatte fast verheilte Wunden an den Schultern und am Nacken. Es war rotes Narbengewebe, kaum sichtbar unter einer kurzen, feinen Schicht aus nachgewachsenem Fell.

»Sieht nicht nach einer Schußverletzung aus«, sagte Barry. »Ich bezweifle sogar, daß eine Schrotflinte solche Wunden hinterlassen könnte.«

Emily tastete die Wunde ab und stieß in sie hinein. Sie schüttelte den Kopf. »Deshalb konnten sie also ausbrechen!« Ihrem Gesicht sah man deutlich die Schlußfolgerung an, zu der sie im Geiste gekommen war. Sie bemerkte, daß die Männer sie anstarrten, stand auf und ging zum Rover. Barry heftete sich an ihre Fersen.

»Gut, ich habe genug von diesen Spielchen.«

»Ich habe nicht die geringste Ahnung, wovon Sie sprechen.«

»Sie werden mir jetzt genauestens erklären, was Ihre Bemerkung eben zu bedeuten hat. Wenn nicht, werde ich dem Direktor des Parks mitteilen, daß Sie sich uns in den Weg stellen. Und sollte er Sie nicht aus dem Lager abziehen, werde ich einpacken und zurück nach Afrika gehen. Da ich bereits einen der Menschenfresser erledigt habe, möchte ich wetten, daß er auf meiner Seite stehen wird. Wenn Sie also auch weiterhin darauf Einfluß nehmen wollen, wie diese Jagd weitergeht, fangen Sie jetzt besser an zu reden.«

Einen Augenblick lang starrte sie weiter vor sich hin, dann gab sie nach.

»Der Park ist unter der Erde von einem elektrischen Einfriedungskabel umgeben. Gleich nach ihrer Geburt betäuben wir die Tiger und implantieren ihnen kleine Transceiver-Einheiten in den Nacken, unter die Haut, an die Halswirbelsäule. Der Transceiver gibt uns zu jeder Zeit ihre genaue Position an und reagiert zudem auf das Feld des vergrabenen Kabels. Nähert sich ein Tiger diesem Feld, verursacht die Vorrichtung zunächst ein unangenehmes Kribbeln, danach Schmerz. Käme einer schließlich doch zu nahe an das Kabel, würde es ihn lähmen.«

»Ich denke, ein gewöhnlicher Stahlzaun hätte es auch getan«, sagte Barry, »die Katzen wären drinnen und die Leute draußen geblieben.«

»Vor Jahren hat die Behörde versucht, den Park mit einem Stahlzaun einzuzäunen. Aber die Wilderer, die in dieser Gegend aktiv sind, haben ständig Löcher hineingeschnitten. Das vergrabene Kabel hat immer fehlerfrei funktioniert. Zwar hält es keinen davon ab, den Park zu betreten, doch die Gatter hindern die Wilderer daran, in den Park hineinzufahren.«

»So, und warum hat das Kabel die Tiere nicht am Ausbrechen gehindert?«

»Ich stelle nur Vermutungen an«, sagte sie. »Kurz bevor die drei Tiger entkamen, gab es einen Vorfall. Ein Tiger wurde durch eine Mine verletzt, die ein Wilderer im Park gelegt hatte. Ein Wächter hörte, wie der Sprengsatz hochging, und fand dort frisches Blut und Fellfetzen. Zu dieser Zeit wußten wir nicht, welche Katze verletzt worden war, aber es muß diese hier gewesen sein. Später, als wir die Stelle überflogen, sahen wir menschliche Überreste: Einer der Tiger muß also den Wilderer getötet haben, als dieser zur Überprüfung zurückkehrte. Wie auch immer, Tiger lecken ihre Wunden – ihr Speichel ist ein starkes Antiseptikum –, und Mütter pflegen ihre Jungen, selbst wenn diese fast ausgewachsen sind. Vielleicht hat die Explosion die Transceiver-Einheit offengelegt, so daß die Tigerin sie mit der Zunge gespürt und herausgerissen hat.«

»Wollen Sie mir erzählen, daß die Mutter die Einheit mit den Zähnen entfernt hat?«

Sie zuckte die Achseln und sah ihn bestimmt an.

»Warten Sie«, fuhr er fort. »Alle drei Katzen haben das Einfriedungskabel überquert. Das heißt, sie alle müssen ihre Einheit verloren haben.«

»Richtig.«

»Wollen Sie damit sagen, daß sie sich die Einheiten gegenseitig aus dem Nacken herausgerissen haben? Damit sie über die Einfriedung gelangen können, wie ich vermute?«

Sie zuckte wieder die Achseln und wich seinem Blick aus. »Ich sagte Ihnen, daß ich nur Vermutungen anstelle. Die Tiger konnten die Transceiver vor diesem Vorfall nicht bemerkt haben. Dieses Junge hat alte Wunden an der Implantationsstelle, und jetzt ist die Einheit nicht mehr da. Wie wollen Sie sich das erklären?«

Trotz der Hitze lief es Barry für einen Moment kalt den Rücken hinunter. Er schüttelte den Kopf. Kein Tier konnte derartige Schlußfolgerungen ziehen. »Das nehme ich Ihnen nicht ab. Irgend jemand muß sie herausgeschnitten haben, nachdem er die Katzen ruhiggestellt hatte.«

»Sieht nicht sauber genug aus für einen Eingriff mit dem Messer«, erklärte ihm Joshua.

»Das ist gut«, sagte Emily. »Sie beantworten sich Ihre Fragen also selbst.« Sie schob sich an ihm vorbei, ging zum Rover und blieb plötzlich wie versteinert stehen.

Während sie miteinander sprachen, schien eine Gruppe Nomaden, Flüchtlinge aus den Jahren der Dürre, die die nördlichen Regionen des Subkontinents plagte, offensichtlich den Schüssen gefolgt zu sein. Sie näherte sich ihnen jetzt auf den Spuren, die der Rover im Gras hinterlassen hatte. Es waren Männer, Frauen und Kinder, in Lumpen gehüllt, die ihre wenige Habe in alten Saatbeuteln auf dem Rücken trugen. Als sollte ihre Mühsal verhöhnt werden, die sie aus ihren Dörfern vertrieben hatte, bauten sich am Horizont hinter ihnen schwere Wolken auf, die einen frühen Nachmittagssturm ahnen ließen.

Einige Nomaden blieben an der Stelle stehen, wo der tote Junge lag. Das Wehklagen verschiedener Frauen, wahrscheinlich der Mutter des Jungen und der Verwandten, drang über das Gras. Dann herrschte plötzlich emsiges Treiben rund um die Tötungsstelle, hohe Flammen flackerten auf, und dicker schwarzer Rauch stieg in den Himmel.

Emily schnaubte. »Sie glauben, daß der tote Junge als Tiger wiederkehren wird, wenn sie den Körper nicht sofort verbrennen.« Sie blickte Barry unschuldig an. »Es heißt in einigen abgelegenen Dörfern sogar, daß Tiger von den Seelen gehörnter Ehemänner besessen sind.«

Die erste Welle der Nomaden näherte sich in absoluter Stille. Nur das Schlurfen ihrer nackten Füße oder Sandalen im Gras war zu hören und das Quietschen eines Karren, der von zwei Männern gezogen wurde. In Afrika würden die Dorfbewohner wild schreien und tanzen, um den Tod eines großen Raubtiers zu feiern. Diese Leute hier standen bloß in einem Kreis um den Kadaver da, mit einem seltsam gespannten Ausdruck in den Gesichtern.

»Wir sollten ihn besser aufladen«, sagte Murtoch zu seinen Fährtensuchern. »Bevor sie ihn zerstückeln.« Er sah sie schon, wie sie ihn in Stücke hackten, entweder aus Rache oder um ihn irgendwie als Zauber oder Medizin zu benutzen.

»Boss, ich glaube nicht, daß sie hier sind, um ihn zu zerstückeln«, sagte Joshua. »Wir haben diesen Gesichtsausdruck schon einmal gesehen, zu Hause. 2014, das Jahr, als der Sambesi bis auf ein Rinnsal austrocknete. Erinnern Sie sich noch, wie das aussah?«

Hunger. Murtoch erkannte es jetzt in den Gesichtern der Nomaden. Hunger, der einen dazu trieb, alles zu essen – Insekten, Blätter, die eigenen Schuhe, wenn man welche besaß. Dinge, die unangenehmer waren als diese Katze.

Emily war überrascht. »Sie wollen sie essen? Für Hindus gilt diese Art von Fleisch als unrein, selbst für die Unberührbaren.«

»Vielleicht nicht für verhungernde Hindus«, entgegnete Barry.

Die Nomaden hatten die Jäger und ihren Wagen vollständig umringt, es waren fünfzig bis sechzig, und noch immer kamen einige heran. Murtoch wies seine Fährtensucher an, nur das Fell mitzunehmen. Sie zogen ihre Messer und arbeiteten zügig.

»Wir brauchen einen Beweis für die Regierung«, sagte er, ohne zu wissen, ob die Nomaden sein Englisch verstehen konnten. »Wir überlassen ihn euch, wenn wir das Fell abgezogen haben.« Ohne darum gebeten worden zu sein, übersetzte Emily seine Worte in Hindi. Aber die Nomaden schauten sie nur mit leeren Augen an, Augen, die nur lebendig schienen, wenn sie sich auf das Fleisch richteten.

Barry drehte sich nach einem anderen Rover um, der kreischend durch das Gras auf sie zuschoß.

»Oh, das sind Wilderer.« Emily rannte zum Rover, um ihr Zielsuchgewehr zu holen. Der Rover der Wilderer näherte sich schnell und bremste schleudernd ab, wobei er ein paar Nomaden streifte, die es versäumt hatten, aus dem Weg zu springen. Er sah ein wenig größer und schwerer aus als die Parkfahrzeuge und hatte ein Verdeck. Vier Männer sprangen heraus, drei Inder und ein recht großer, asiatisch aussehender Mann – vielleicht ein Chinese. Alle hatten moderne Zielsuchgewehre bei sich, wie Emily eins hatte.

»Sind die dreist!« sagte Barry. In Afrika trug jeder Berufsjäger, mit amtlicher Unterstützung, einen ständigen

Krieg gegen Wilderer aus, die sonst die Jagdkonzessionen gefährden würden. Vielleicht hatte in Indien keiner ein direktes wirtschaftliches Interesse am Erhalt der Tiere.

»Die wissen genau, daß wir keine Luftunterstützung anfordern können, bei dem Sturm, der dort aufzieht«, sagte Emily bitter. »Und wer weiß, ob sie nicht einfach jemanden vom Parkfunk bestochen haben, mal eben nicht so genau hinzuhören. Ich werde besser versuchen, mit ihnen zu reden.«

Nach einem Austausch auf hindi drehte sie sich zu Barry um. »Ihr chinesischer Anführer bedankt sich, daß Sie den Tiger erlegt haben. Sie werden ihn mitnehmen. Er sagt, nun könne jedermann sehen, daß Tiger keine bösen Geister seien, denn einer von ihnen ist durch eine Kugel getötet worden. Wir müssen Ihnen dafür dankbar sein, daß Sie das gezeigt haben.«

Joshua und Robert hatten das Häuten des Tigers unterbrochen und sofort nach ihren Gewehren gegriffen, als sie hörten, wie Emily diese Männer als Wilderer identifizierte – beide hatten Barry über Jahre hinweg mehrmals dabei geholfen, Wilderer in Simbabwe aufzuspüren und zu verhaften. Plötzlich schob sich einer der indischen Wilderer an den Fährtensuchern vorbei und griff nach einem Hinterlauf des Tigers. Während er seine linke Hand vom Vordergriff des Gewehrs nahm, machte Barry drei schnelle Schritte auf ihn zu und zwang den Wilderer in die Knie. Mit der gleichen Bewegung streckte Barry seine Sako aus und hielt sie dem Chinesen direkt auf die Brust.

»Sagen Sie ihnen, daß es uns leid tut«, rief er Emily über die Schulter zu, »aber sie können ihn nicht kriegen. Sie sollten sich besser aus dem Staub machen.«

Der Chinese sah Barry scharf an, als Emily übersetzt hatte, nickte kurz, zog seine Geldbörse und nannte Barry eine Summe, die ihn schockte. Es war eine Summe, die seinen Lohn bei weitem übersteigen würde, wenn er und seine Safarifirma noch einen Monat bei ihrem Job bleiben würden. Emily wartete auf eine Regung von Barry, wahrscheinlich in der Hoffnung, er würde annehmen und nach Afrika zurückkehren.

Er lehnte sich vornüber, ohne den Lauf auch nur im geringsten zu bewegen, und sagte laut und deutlich: »Nein.«

Soviel verstand der Wilderer. Er steckte das Geld zurück. Von Bestechung war von nun an keine Rede mehr. Dennoch machten die Wilderer keine Anstalten, zu ihrem Rover zurückzukehren. Solange konnten die Fährtensucher nicht mit dem Häuten fortfahren. Es sah nach einem Dreiwegepatt aus, mit vier Bewaffneten auf zwei Seiten und den Nomaden, die den Mangel an Waffen durch ihre Überzahl aufwogen. Die Wilderer wollten das Fell nicht aufgeben, willigten jedoch ein, nachdem man ihnen die Knochen, die inneren Organe und die Genitalien zugesichert hatte. Sie würden sie auf asiatischen Schwarzmärkten verkaufen. Um die Nomaden schienen sie sich nicht weiter zu kümmern, doch sie fanden einfach keine Verwendung für das Fleisch und die Innereien. So wurde der Handel abgeschlossen, und die Fährtensucher konnten mit ihrer Arbeit fortfahren.

Barry war damit nicht zufrieden. Niemals zuvor war er mit Wilderern einen Kompromiß eingegangen. Aber er wollte nicht, daß jemand getötet wurde, schon gar nicht Joshua oder Robert, die ihn seit der Gründung des Geschäftes begleitet hatten und die einzige Art Familie darstellten, die ihm geblieben war. Wie er sehen konnte, war auch Emily nicht zufrieden.

»Was wollen die Nomaden mit den Innereien anfangen?« fragte er beunruhigt, hielt die Wilderer jedoch noch immer in Schach.

»Essen, vermute ich«, erklärte ihm Emily. »Und sie regen sich über Tiger auf, die ein paar von ihnen auslesen.«

Gehäutet sah die Katze kleiner aus und bar all ihrer Schönheit: Die hervortretenden Augen und blanken Zähne vervollständigten eine erstarrte Grimasse. Das Tier war nichts als Fleisch und Sehnen an Knochen. Die Fährtensucher legten vorsichtig das Fell zusammen und sprangen auf die Rückbank des Rovers. Als sie in den Wagen stiegen, lösten die Wilderer die Knochen vom Kadaver und warfen den Nomaden die Fleischstücke zu.

»Welche Seite bekommt wohl den Mageninhalt?« fragte Murtoch noch beim Anfahren.

Im Lager wollten die afrikanischen Arbeiter die Jagd bis in die Nacht feiern. Als Barry sich endlich zurückziehen konnte, rief er sich den Parkdirektor auf den Schirm, wobei er sein Glas Whiskey vorsichtshalber außerhalb der Reichweite der Videokamera seines Notebooks stellte. Ghouri war erst über die Nachrichten entzückt, dann äußerte er sich kritisch, da sie nicht die ganze Katze mitgebracht hatten. Als ihm die Umstände geschildert wurden, wirkte er schließlich selbstgefällig und zufrieden.

»Ich glaube, die Hinweise gefunden zu haben, nach denen Sie fragten«, sagte Ghouri. »Es ist unglaublich. In der Kumaonregion nahe bei Tibet soll es kurz nach der Jahrhundertwende einen Menschenfresser gegeben haben, den die Engländer die Champawat-Tigerin nannten. Diese unselige Kreatur fraß 436 Menschen und vielleicht noch mehr, deren Tod nicht dokumentiert wurde. Damals fürchteten die Briten natürlich eine Revolte, und gewöhnlichen Indern war der Waffenbesitz grundsätzlich untersagt. Die Bergbevölkerung, der das Biest am grausamsten zusetzte, glaubte, daß es ein übernatürliches Wesen sei, und nannte es ›Shaitan‹. Ein Nationalpark in dieser Region wurde nach dem britischen Staatsbürger Colonel Edward James Corbett benannt, der der Tigerin auf die Spur kam und sie im Jahre 1907 erlegte.«

Natürlich. Corbetts Buch *Menschenfresser von Kumaon* war ein klassisches Nachschlagewerk, das man Barry empfohlen hatte, als er anfing Leoparden zu jagen. Corbett, erinnerte er sich, wurde in Kumaon geboren und war ein phänomenaler Jäger. Nach etwa 30 Jahren, in denen er vornehmlich allein gejagt hatte, zog er einen Schlußstrich unter seine Karriere als Jäger. Insgesamt hatte er zehn menschenfressende Leoparden und Tiger erlegt, die zusammen an die 1500 Menschen getötet hatten.

Im mittleren Alter jedoch, nachdem er beobachten mußte, wie englische Freunde eine unverhältnismäßig große Zahl an Wasservögeln abknallte – zu allem Überfluß auch noch Enten –, hing Corbett die Waffen an den Nagel und gab das Jagen für immer auf. Als Grund gab er an, nicht mehr töten zu wollen. Da Barry schon immer den Charakter und die Fähigkeiten dieses Mannes bewundert hatte, hatte er diesen plötzlichen Gesinnungswandel niemals verstehen können.

Er hätte dem Abschnitt über die Tigerjagd in Corbetts Buch mehr Aufmerksamkeit schenken sollen. Er mußte den Text wohl auf sein Notebook laden und versuchen, ihn im Lager noch einmal zu lesen.

Ghouri fuhr fort. »Sie fragten, ob Tiger schwimmen können. Es gibt alte Berichte von Tigern, die auf die offene See hinausschwimmen und Leute in ihren Booten anfallen. Obwohl man von ihnen behauptet, daß sie es nicht mögen, wenn ihr Kopf naß wird.«

Das erklärte noch nicht, warum die zwei Wächter einen schwimmenden Tiger nicht gehört oder gesehen haben sollten. Barry schüttelte den Kopf und kam auf das eigentliche Thema zurück. »Wie kommt die Biologin dazu, einer dieser Katzen hier den Namen des Menschenfressers aus Champawat zu geben?«

»Da fragen Sie noch?« Der Direktor lächelte gequält. »Obwohl dieser hier noch einiges aufzuholen hat.«

Murtoch gab sich nicht zufrieden; Emily hatte diesen

Namen voller ... Anerkennung ausgesprochen. Das bedeutete, daß sie dem Tiger den Namen gegeben hatte,
bevor dieser entkam und damit beginnen konnte, Menschen zu töten.

»Mr. Ghouri, als wir das letzemal miteinander sprachen, sagten Sie, diese Katzen hätten vierundsechzig
Menschen getötet, die Wilderer ausgenommen. Was
genau wollten Sie damit sagen?«

Der Direktor sah ihn fest an. »Wildern ist illegal.
Daher kümmern wir uns nicht darum, wie viele von
ihnen in den Grenzen des Parks getötet worden sein
könnten, bevor die Katzen entkamen.«

»Waren es viele?«

»Wilderei ist schon immer ein ernstzunehmendes
Problem in Ranthambhore gewesen. Die Wilderer
haben jede Tierart in diesem Park empfindlich dezi-
miert. Zu allem Unglück müssen wir davon ausgehen,
daß die Bären und Faultiere ausgerottet worden sind –
ihre Gallenblasen werden für große Summen verkauft.
Ein Wilderer jedoch, der einen Tiger eigenhändig tötet,
ist ein gemachter Mann. Jedes Teil dieses Tieres bringt
auf den Märkten des Fernen Ostens phantastische Summen ein. Allein die Knochen, die für chinesische Medizin gemahlen werden, bringen mehrere Millionen Ru-
pien ein. Seit Jahren können wir nicht genug Wächter
einstellen, die die Tiger vor den Wilderern schützen.«

»Ja, ich habe gerade einige Ihrer Wilderer getroffen,«
sagte Barry. »Aber passen Sie auf, meine Männer sind
nicht hier, um Wilderer zu bekämpfen. Wie wäre es,
wenn Sie ein paar Wächter mehr in diesem Gebiet stationieren, damit wir den Job machen können, für den
Sie uns bezahlen?«

»Mr. Murtoch, unter den Wächtern gab es schon acht
Opfer. Bedauerlicherweise haben doppelt so viele ihre
Anstellung gekündigt oder melden sich Tag für Tag
krank. Ich kann jedoch einen unserer Helikopter aus
Armeebeständen in Ihrem Lager stationieren – morgen

früh, wenn ich zu Ihnen komme, um mir das Fell anzusehen. Werfen Sie ein Auge drauf – es ist Eigentum des Staates von Rajasthan.«

Murtoch stürzte einen zweiten Whiskey hinunter und goß sich einen dritten ein. Dann machte er sich auf die Suche nach den Fährtensuchern. Es gehörte zwar nicht zu ihren regulären Aufgaben, doch Joshua und Robert waren emsig damit beschäftigt, das Fell auszufleischen und zu salzen. Noch zwei Katzen, dann konnten sie nach Hause gehen. Barry auch, er wollte nur noch raus aus dieser unerträglichen Hitze. Er überprüfte ihre Arbeit, weil er nicht wollte, daß der Parkdirektor sich über ein verdorbenes Fell aufregte, das höchstwahrscheinlich bald sein Büro zieren würde.

Als er am Kantinenzelt vorbeikam, sah er, daß das Essen fast fertig war. Er nahm am Tisch Platz, hielt mit der einen Hand sein Glas fest und ließ die andere auf dem Bauch ruhen. Der Whiskey und die Errungenschaften des Tages hatten ihn in eine großmütige Stimmung versetzt. Als Emily nicht auf den Ruf des Kochs reagierte, ging Barry zu ihrem Zelt, um sie zu holen. Ihre Lampe hing erloschen in der Abenddämmerung, und er hörte ihr Feldbett quietschen, als sie sich erhob und ins Vorzelt trat.

»Das Essen ist fertig.«

»Ich habe keinen Hunger.«

Er konnte ihr Gesicht nicht sehen, aber ihre Stimme hatte diesen nasalen, verstockten Klang von jemandem, der gerade geweint hat. Sie hatte ihr Zelt nicht versiegelt und gekühlt, sondern nur das Moskitonetz vor den offenen Eingang gezogen. Der Vorhang raschelte unsichtbar zwischen ihnen, und die Härchen auf seinen Unterarmen richteten sich auf. Barry konnte das Klatschen und Knacken der Insekten hören, die gegen das Netz flogen. Er spürte einige der Mücken und Fliegen auf ihm landen. Ohne Aufforderung trat er ein.

Sie reagierte keineswegs so, wie er es erwartet hatte:

feindlich und ihre Privatsphäre schützend. Statt dessen drehte sie sich bloß um und setzte sich wieder auf das Feldbett. Barry beobachtete sie. Sie beugte sich vor und stützte sich auf die Hände. Im Dämmerlicht des Zeltes hoben sich die Haut und die Rundungen ihrer Brust von dem sonnengebräunten Gesicht und den Armen ab. Sie würde auf diesem Feldbett bestimmt eine gute Nummer abgeben. Greif sie dir in der richtigen Stimmung. Die alte Geschichte, Barry, dein Timing mit den Frauen war schon immer miserabel. Im Moment sieht sie gerade so aus, als hätte sie ein Kind verloren.

»Glauben Sie mir, ich weiß, wie Sie sich fühlen«, sagte er.

»Woher sollten Sie?« Die Mischung aus Schmerz und Spott verschlug ihr mit einemmal die Stimme. Noch im Verklingen hinterließ sie ein derartiges Loch im Raum, daß er sich beeilte, es zu füllen.

»Vor siebzehn Jahren arbeitete ich als Unternehmer in den USA – in Chicago. Ich fuhr mit meiner Familie nach Afrika in den Urlaub. Afrika – von Kindheit an war dieser Name für mich mit einem Zauber verbunden. Aber es war Afrika, das mir meinen Sohn genommen hat. Das einzige Kind, das ich jemals hatte.« Er schloß die Augen und rieb sie. Warum erzählte er ihr das?

Doch er fuhr fort. »Ich überredete meine Frau, mit auf Safari zu gehen, entlang des Steilabbruchs von Sambesi im nördlichen Simbabwe. Keine Jagd. Ich wußte zu dieser Zeit nicht einmal, wie ich mit einem Gewehr umzugehen hatte. Die Safarifirma, die ich letztendlich aufgekauft habe, bot neben der Jagd auch Fotosafaris an. Unser Führer wußte es nicht, aber erst kürzlich war ein Leopard in dieser Gegend dazu übergegangen, Menschen anzufallen. Und eines Morgens kam er in unser Lager und holte sich Ben, als er von der Toilette kam.«

Er konnte seine Stimme kaum halten. O Mann, wie

247

konnte ihm nur so etwas Blödes einfallen. Mit ihr darüber zu reden. Es lag wieder an diesem verdammten Whiskey.

»Deshalb also hassen Sie sie so sehr«, sagte sie leise, wie zu sich selbst. Und er sagte im gleichen Moment: »Er war acht Jahre alt.«

Für einen Augenblick war es still. Jeder wartete, daß der andere fortfuhr. Der Whiskey ließ ihn jedoch bald weiterreden.

»Es war ein großer Kater, acht Fuß. Er schleppte ihn einfach aus dem Lager. Später hörten wir, daß er bereits vier Menschen getötet hatte.«

»Geschah das, bevor Sie sich von Ihrer Frau trennten?«

Er nickte.

»War Ihr Kind das einzige, was Sie noch zusammenhielt? Oder haben Sie sich gegenseitig vorgeworfen, für seinen Tod verantwortlich zu sein?«

»Das eine hatte mit dem anderen nichts zu tun.« Sprechen wir nicht mehr darüber, dachte er und leerte das Glas in einem Zug. Genug vielleicht, um wieder Oberwasser zu gewinnen. Weiter geht's. Stochern wir besser in ihren Wunden herum.

»Ich weiß, daß Sie einen Ihrer Tiger verloren haben. Aber denken Sie an die Menschen, die wir dadurch retten konnten. Wir haben den Menschenfresser davon abgehalten, Ihr Volk anzufallen.«

»Mein Volk?« Emily lachte verbittert. »Das Kastensystem wurde in Indien vor Jahrzehnten offiziell abgeschafft. Dennoch ist die Gesellschaft noch immer von Vorurteilen gegenüber den niederen Kasten durchdrungen. Meine Mutter war eine englische Sozialarbeiterin, mein Vater gehörte einer Kaste an, die sich nur wenig von den Unberührbaren abhob. Ich hatte das große Glück, im Land meiner Mutter zur Schule gehen zu dürfen. Für ›mein Volk‹, wie Sie es nennen, bin ich ein niedrig geborenes Halbblut. Würde ich nicht für die

Vereinten Nationen arbeiten, hätte ich nicht die geringste Chance, einen Unterschied zu machen.«

»Was für einen Unterschied wollen Sie denn machen?« fragte Barry. »Haben Sie sich den kleinen Jungen heute überhaupt angesehen?«

»Sie werden mich nicht dazu bringen, Sympathiebekundungen abzugeben. Das Projekt Tiger-Schutz ist mein Lebenswerk, und es wird sowohl von der indischen Regierung als auch von der internationalen Gemeinschaft offiziell unterstützt. Hält man Raubtiere in der freien Natur, dann gehört es *natürlich* zu den Geschäftsbedingungen, daß es gelegentlich einen Menschen erwischt. Aber glauben Sie mir, was die Tiere den Menschen antun können, ist nichts im Vergleich zu dem, was sich die Menschen gegenseitig antun.«

»Sie würden anders denken, wenn Sie oder jemand, der Ihnen nahesteht, von ihnen gefressen würde.«

»Ich würde *nicht* anders denken. Ich würde mein Leben für diese Tiger geben.«

Barry merkte, daß sein Glas leer war, aber er stand noch nicht auf, um zu gehen. »Ich hatte gehofft, wir würden zusammenarbeiten. Mir ist es egal, wie ich diesen Job beende. Ich würde mich sogar dazu überreden lassen, die Tiere lebend zu fangen, wenn Sie mir nur genug Informationen geben könnten, damit sich das auch machen läßt.«

Sie schüttelte den Kopf. »Ich vertraue Ihnen nicht, Murtoch. Leute wie Sie waren an ihrer Ausrottung beteiligt. Aber soviel werde ich Ihnen sagen: Das ist unsere letzte Chance, wilde Tiger zu halten. Zur Jahrhundertwende gab es in Ranthambhore weniger als ein Dutzend Tiere, und das Schicksal hätte diese geringe Population selbst dann ereilt, wenn die Wilderer sie in Ruhe gelassen hätten. Man bräuchte ein paar hundert Tiere in einem Wildpark, der größer sein müßte als alles, was in Indien übriggeblieben ist, um die genetische Überlebensfähigkeit zu gewährleisten.«

»Deshalb mußten wir eingreifen, um den Genpool zu unterstützen. Wir verwendeten das beste genetische Material, das wir finden konnten, mit der Folge, daß wir ein Tier heranzogen, das so groß oder sogar noch größer als die ausgestorbene sibirische Subspezies war. Die Tigerin, die hier entkam, war eine von denen, die wir aufgezogen hatten – allerdings niemals für die freie Wildbahn. Wir verwendeten mechanische Tiger, ein paar echte Tiger, die wir aus dem Zoo ausliehen, ja selbst Holosimulationen, ohne sie jemals mit Menschen zu konfrontieren, es sei denn als Bedrohung oder ... Und diese Tigerin ist jetzt die erste dieser Gruppe, die sich im Freien fortgepflanzt und ihren Wurf großgezogen hat. So. Hilft Ihnen das weiter?«

»Und diese Tigerin ist es, die Sie Shaitan nannten«, sagte er. »Sie wollten doch sagen: ›Es sei denn als Bedrohung oder *als Beute.*‹ Habe ich recht?«

Sie sah so überrascht auf, daß Barry wußte, wie richtig er lag.

»Vor mehr als hundert Jahren gab es einen Menschenfresser, den die Menschen in Kumaon ›Shaitan‹ nannten«, sagte er. »Wollten Sie diesen übertreffen?«

»Ich glaube, Ihr Essen wird kalt, Mr. Murtoch.«

Wie immer war der Antilopenrücken perfekt zubereitet, das Fleisch so zart wie das beste magere Rindfleisch. Außerdem hatte Edward einen guten Burgunder geöffnet, den er zum Essen servierte. Aber Barry, der alleine aß, rührte ihn nicht an. Als der Wein abgeräumt worden war, ging er wieder zu seinem Whiskey über. Schließlich übertrat er die Schwelle, bis zu der er noch normal funktionieren konnte. Er hätte ihr gegenüber niemals mit der Geschichte über seinen Sohn anfangen sollen. Dies alles lag schon lange zurück und sollte einfach begraben bleiben. Er hatte es noch nie gemocht, darüber nachzudenken. Denn es rief immer alles in Erinnerung, was er hätte tun sollen, um es zu verhindern. Der Whiskey konnte die Erinnerung wie seine Träume von ihm fernhalten.

Spät in der Nacht torkelte er im Lager herum und trank dabei direkt aus der Flasche, weil er sein Glas irgendwo stehengelassen hatte. Über den Hügeln stand der Vollmond und tauchte die freien Stellen des Lagers in silbriges Licht, das die Schattenränder der Zelte und des Waldes überflutete. Die Zikaden sangen ihr Paarungslied, und die Zweige der Bäume wiegten sich im heraufziehenden Tropenregen. Die Luft war heiß und stickig wie in einem Brutkasten. Barry war zu müde, um nach seinem Zelt zu suchen. Seine Beine gaben nach, er lehnte sich an einen der Latrinenpfosten und rutschte zu Boden. Die Flasche neigte sich senkrecht, und er nahm den letzten Schluck Whiskey auf.

Er senkte den Kopf und sah sie aus der Schattenmauer des Waldes kommen. Sie materialisierte sich wie in einem Traum. Langsam schwang sie ihren gewaltigen Schädel, und für einen Augenblick flackerte das Mondlicht in ihren Augen. Dann bewegte sie sich auf ihn zu, in einer fließenden, gleichmäßigen und ruhigen Bewegung. Im Pelz wurde das blanke Gold zwischen den dunklen Längsstreifen deutlich und ihr Körper, der breit und stabil wie ein Eichenholzfaß war. Sie hielt den Kopf gesenkt, der Schwanz war aufgerichtet und starr wie ein Stock, als sie näher kam. Alles, was Barry tun konnte, war, die leere Flasche auf den Boden zu stellen.

Das Fließen verschwand, als sie sich neben ihm hinhockte. Er fühlte, wie sie an seinen Knöcheln witterte. Dann richtete sie sich auf. Ihr gewaltiger Schädel näherte sich Barrys Kopf. Er sah, wie sich der Zwillingsmond in ihren Augen spiegelte. Die leichteste Berührung mit seiner Hose richtete ihren Schwanz auf, als sie über ihn schritt und sich dann abwendete.

Ein warmer Strahl Urin traf den Pfosten neben seinem Gesicht und spritzte ihm blendend in die Augen. Der beißende Gestank ließ ihn würgen. Er wischte sich das Gesicht ab und blinzelte den Urin und die Tränen aus den Augen. Als er wieder sehen konnte, bewegte sich die Katze bereits geschmeidig über den Boden auf Emilys Zelt zu. Barry konnte sich nicht bewegen. Er wußte, daß er versuchen mußte, sein Gewehr zu holen. Doch noch immer fühlte er sich wie in einem Traum, trotz der kühlenden Feuchtigkeit und dem stechenden Uringeruch.

Irgend etwas ließ ihn herumfahren. Am Rande des Waldes, von wo Shaitan gekommen war, hockte eine zweite, etwas kleinere Katze im Schatten. Das zweite Junge war ein Weibchen. Es lag auf der Lauer, wartete auf seine Mutter. Eine riesige Motte flatterte vor dem Jungen und lenkte es für einen Augenblick ab. Aus den Bäumen ringsherum, aus dem ganzen Wald kam der hohe, zirpende Gesang der Zikaden und übertönte selbst das Rauschen des herannahenden Sturmes. Es wurde dunkler. Als Barry aufblickte, sah er, wie der Mond von einer dichten Wolkenbank geschluckt wurde, die über die Hügel zog.

Die Tigerin hatte Emilys Zeit erreicht, machte sich jedoch nicht lange daran zu schaffen, sondern bewegte sich zum nächsten Zelt, Barrys Zelt. Hier verharrte sie ein wenig länger und trat kurz über die Schwelle, bevor sie sich wieder abwandte. Dann ging sie zu dem Zelt, das Edward mit zwei Lagerhelfern teilte. Sie hielt wieder inne. Dann erreichte sie das Zelt der Fährtensucher. Sie drang ein, diesmal ganz.

Die Zeltplanen wölbten sich und beulten sich durch ihre schnellen Bewegungen aus. Ein lautes Stöhnen ließ die Zikaden und andere Insekten in unmittelbarer Nähe verstummen. Es war ein Laut, den ein Mann in Alpträumen von sich geben würde in einer Mischung aus Schrecken und Scham. Die eine Seite des Zeltes wölbte sich noch stärker, flatterte. Dann folgte ein zweiter Schrei, eine andere Stimme. Ein Schrei, der nicht menschlich klang, sondern wie von einem Tier. Wie von einer Antilope oder einem Affen ausgestoßen, vielleicht im Todeskampf.

Die Hinterläufe der Tigerin tauchten im Eingang auf, die Pranken gruben sich ein. Noch immer zappelte etwas, das das ganze Zelt erzittern ließ. Ein Pfosten brach, und die Zeltplane riß. Die Tigerin hatte sich aus dem Zelt befreit und lief zurück in den Wald. Sie hatte etwas Dunkles gepackt, das um sich schlug und erneut diesen Klageschrei der Antilope ausstieß.

Sie jagte auf ihn zu, den Kopf erhoben, den Nacken gewölbt. Zwischen den Zähnen hielt sie sanft, doch mit unerbittlicher Entschlossenheit den Körper eines Mannes wie ein Hund, der eine Ente apportierte. Der Mann wurde mit dem Gesicht nach oben an seinem Rückgrat getragen, er strampelte und schlug der Tigerin mit den Armen auf den Kopf. Diese legte nur ihre Ohren an und schloß die Augen. Die Katze bewegte sich lautlos, nur die Schreie des Opfers hielten an. Und als diese Erscheinung an ihm vorbeizog, sah Barry, noch immer wie in Trance, das Gesicht Joshuas, den offenen Mund, die weit aufgerissenen Augen und den leeren Blick. Seine Pupillen reflektierten das schwächer werdende Mondlicht.

Die Schatten am Waldrand wurden dunkler, doch konnte Barry weder mit Gewißheit sagen, wann die Katzen verschwunden waren, noch wann der Traum zu Ende war und er wieder auf den Beinen war. Das ganze Lager erwachte in einem Stimmengewirr und den Lichtern, die das Innere des Zeltes ausleuchteten. Zuerst erreichte ihn Emily mit einer Taschenlampe, die sie ihm ins Gesicht hielt. Erst durch die dritte oder vierte Frage, vielleicht auch durch die heftig niederprasselnden Regentropfen, wurde er wieder ins Leben der schnellen Reaktionen zurückgerufen. Ohne zu antworten, rannte er zu seinem Zelt, um sein Gewehr und ein Blendlicht zu holen.

In der Hitze der tropischen Nacht stolperte Barry

253

über umgefallene Bäume, rannte gegen stehende und schnitt sich an Dornen und Stacheln, während es stürmte und schüttete. Immer wieder schrie er ›Joshua‹, als hätte sich sein Freund aus diesen gigantischen Kiefern heraushebeln können und würde nun durch den Wald irren. Er stolperte weiter, die Äste schlugen ihm ins Gesicht und an die Arme, bis er sich gegen Morgengrauen keuchend an einen Baum lehnte, sein Gewehr in den Morast legte und die Augen schloß … Die Alpträume kehrten zurück.

Der Jäger hat ihm gesagt, er solle im Rover warten, doch Barry folgt dem jungen Fährtensucher Joshua, der selbst noch unter den Fittichen seines Vaters steht, auf Schritt und Tritt. Die trockenen Gräser und Kletten zerkratzen seine nackten Beine und Knöchel, und an den unbewachsenen Stellen wirbelt der feine, erstickende Staub mit jedem Schritt auf. Der Staub auf den freien Flächen zeigt, wo der Leopard langgelaufen ist. Barry hat aufgehört zu fragen, weil die anderen nur die Köpfe schütteln, ohne ihm zu antworten. Es scheint, als stolpere er ziellos weiter, doch sie erreichen schließlich den Rand eines Waldes.

Die Fährtensucher bleiben stehen und sehen den Jäger an, der wiederum für einen Augenblick Barry beobachtet. Die Fährtensucher setzen sich zur Rast hin.

»Gehen Sie zurück und warten Sie«, sagt der Jäger. »Wir sind bald wieder zurück.«

»Geben Sie mir eine Waffe«, antwortet Barry.

»Es tut mir leid, aber Sie könnten aus Versehen einen von uns treffen.«

Er weiß, sie denken, daß die Katze wahrscheinlich nicht sehr viel weiter gekommen ist. Der Jäger schickt die Fährtensucher voraus. Etwas weiter am Rande der Bäume schnaubt ein Kudu und bricht durch das Dickicht. Der Jäger zündet sich eine Zigarette an und wartet. Barry schreitet auf und ab. Die Fährtensucher kehren zurück, setzen sich hin und schauen hinüber zum Steilabbruch, hinter dem die Sonne langsam untergeht. Dann sieht Joshua ihn an.

Barry bricht einen Ast von einem abgestorbenen Baum und folgt der Fährte, die nun in dem trockenen, braunen Gras durch die Fußspuren der Fährtensucher deutlich zu erkennen ist. Eine Hand berührt ihn an der Schulter, er wirbelt herum, hält den Stock hoch, weicht zurück, hebt immer wieder den Schlagstock, während sie ihn wie Schakale peinigen, ihn anflehen stehenzubleiben. Der letzte Schimmer einer blinden Hoffnung schwindet jedoch, als er in einer Baumgabel hoch oben in den Zweigen ein blasses, schmächtiges Bein hängen sieht, nackt und aus der Hose gerissen. Er läßt sich von den Händen packen und zurückziehen. Seine Welt bricht zusammen.

»Wir müssen ihn dort oben liegen lassen«, erklärt ihm der Jäger, »weil der Killer zurückkommen wird.«

Joshua geht zum Rover und holt ihn von der Straße. An den Kotflügel gelehnt, raucht Barry eine Zigarette nach der anderen, nur damit seine Hände etwas zu tun haben. Lange nach dem Einbruch der Dunkelheit hört er den Schuß. Joshua startet den Motor, und Barry steigt ein. Schatten kriechen und springen, als der Wagen ächzend über das unebene Terrain rumpelt. Die zwei Umrisse, die keine Schatten sind, werden am Rande des Waldes im Scheinwerferlicht deutlicher und winken.

»Wir haben ihn!« ruft Joshuas Vater.

Joshua schaltet den Motor aus und springt aus dem Wagen. Barry bleibt auf dem Beifahrersitz sitzen. Nach einer Weile hört er Rascheln im Dickicht, dumpfes Auftreten und Stimmen von Männern. Die Heckklappe schlägt auf, und Barry hört Fell über einen Stahlboden schlittern. Dann das Rascheln eines anderen, in Zeltbahn gewickelten Objekts, das neben die tote Katze gezogen wird. Rich setzt sich ans Steuer, die Fährtensucher setzen sich auf die Rückbank, und sie fahren wieder davon.

Den ganzen Weg zurück zum Lager hört Barry von der Ladefläche des Rovers die Stimme seines Sohnes. Wieder und wieder fragt ihn die Stimme: »Warum, Daddy? Warum?« Die Stimme wird schwächer, als sie sich dem Lagerfeuer nähern, wird leiser, bis sie nur noch das Geräusch der Reifen zu sein scheint, die auf der Straße singen, warum, warum, warum, warum... und er sieht Karens Gesicht in dem Scheinwerferlicht auf sie zukommen.

Die Vögel zwitscherten schon in den Bäumen, als ihn das Geräusch des Helikopters aufweckte. Der Helikopter und die zwei, die ihm folgten, wiesen ihm zumindest die Richtung zum Lager. Er war zerkratzt und blutig, zerstochen und von dem Regen durchnäßt, der fast die ganze Nacht angehalten hatte. Zweimal wurde ihm auf dem Weg zurück zum Lager übel. Als er dort ankam, standen die Helikopter in einem Zuckerrohrfeld neben der Straße, flankiert von einer Gruppe einheimischer Dorfbewohner, die sich darüber aufregten, daß man ihre Felder als Landeplatz mißbraucht hatte. Eine Menge gutgekleideter Menschen verschiedener Nationalitäten stand um das Tigerfell, das ausgestreckt unter einer Plane lag. Nur Edward sah sich nach ihm um, aber Barry schüttelte den Kopf.

Edward sagte ihm, daß Robert tot sei, ein Biß genau durch die Seiten des Kopfes. Die meisten Leute gehörten den internationalen Nachrichtenagenturen an. Sie waren von dem Gerücht über einen abgeschlachteten Tiger angelockt worden, das Emily im Netz verbreitet hatte. Barry wußte, daß sie es schon immer verstanden hatte, die Medien im Interesse ihrer Tiger zu manipulieren. Die Medienleute waren nicht an Joshua und Robert oder an den anderen Opfern interessiert. Sie wollten wahrscheinlich nur Aufnahmen vom Tigerfell machen. Barry erkannte Direktor Ghouri in ihrer Mitte. Er war vor laufenden Kameras in eine hitzige Diskussion mit Emily verstrickt. Ghouri sah aus, als würde er dabei den kürzeren ziehen. Sie alle waren viel zu sehr damit beschäftigt, der Diskussion zu folgen, als daß sie Barrys Ankunft bemerkt hätten.

Er ging zu seinem Zelt, zog sich um und packte rasch seine Ausrüstung ein; Gewehr, zwanzig Schuß Munition, Rucksack und Proviant für eine Woche. Er hielt für einen Moment inne und sah sich die restlichen Flaschen in der Kiste an, aber es ging ihm nun dreckig genug, um sie stehenzulassen. Wahrscheinlich nachte das einen richtigen Alkoholiker aus, war der Grund dafür, daß seine Blutwerte von Jahr zu Jahr schlechter wurden bis zu dem Punkt, an dem er zehn Jahre später wahrscheinlich eine neue Leber brauchen würde: Ganz egal, wieviel er trank, es ging ihm nie so schlecht, daß er es aufgeben wollte. Bis heute.

Als er hinaustrat, löste sich die Pressekonferenz gerade auf. Emily hastete zu ihrem Zelt, und die Reporter suchten im klimatisierten Kantinenzelt Zuflucht, wo sie mit ihren Wünschen Edward zweifellos den Tag versauen würden. Ghouri sah ihn aus dem Zelt kommen und rief zu ihm hinüber. Er wurde von den Dorfbewohnern eingeholt, die sich laut und wild gestikulierend über ihre verdorbene Ernte beschwerten. Barry folgte Emily in ihr Zelt und setzte sich. Noch immer ging es ihm so dreckig, daß er kaum den Kopf heben und ihr in die Augen sehen konnte.

»Beantworten Sie mir nur eine Frage. Wie intelligent haben Sie sie gemacht?«

»Wovon reden Sie?«

Er seufzte. »Gut, ich werde von vorne anfangen. Ihre Parkeinfriedung stellt für Menschen kein Hindernis dar. Nicht genügend Wächter und keine weiteren Sicherheitsmaßnahmen, außer Gatter, die die Fahrzeuge abhalten. Die Teile der Tiger sind ein Vermögen wert, und die Wilderer operieren außerhalb des Parks derart unbehelligt, daß wir mit ihnen verhandeln mußten, um einen Kampf zu vermeiden. Warum also gibt es in Ranthambhore noch immer Tiger?«

Sie zuckte die Achseln. »Die Einheimischen glauben, die Tiere des Parks seien Wertiger. Und offen gesagt, haben wir alles dafür getan, sie in diesem Glauben zu bestärken.«

»Nur komisch, daß sie das niemals abgehalten hat. Nach den Worten des Direktors konnte er selbst vor zehn Jahren nicht genügend Wächter finden, um die Wilderer abzuhalten. Aber ich wette mit Ihnen, sollten wir die Statistiken nach Ihrem neuen Aufzuchtsprogramm überprüfen, würde sich herausstellen, daß eine Menge Leute, wie zum Beispiel der Wilderer mit der Mine, in den Park gegangen sind, aber niemals wieder herauskamen.«

»Niemand führt Buch über Eindringlinge, die sich im Park verirren oder dort von Raubtieren getötet werden.«

Er schüttelte den Kopf und zuckte vor Schmerz zusammen. »Letzte Nacht kam Ihre Tigerin in das Lager und holte sich nur die beiden Männer, die den Geruch ihres Jungen an sich trugen. Das sieht mir sehr nach Rache aus. Ich glaube kaum, daß eine natürliche Katze derart clever sein könnte. Es tut mir leid, aber ich glaube nicht an Wertiger.«

Sie musterte ihn. »Gut, Mr. Murtoch. Jetzt, wo Ihre Fährtensucher tot sind, ist Ihre Safari wohl beendet. Und verzeihen Sie, wenn ich Ihnen das sage, aber Sie sehen nicht so aus, als könnten Sie weiter als bis zur nächsten Entzugsanstalt laufen. Aber Sie haben recht, selbst als dem Park zweihundert Wächter zur Verfügung standen, konnten wir nichts gegen die Wilderei unternehmen. Schmiergelder waren im Spiel, doch selbst die ehrlichen Wächter konnten nicht überall sein. Das war nicht nur ein indisches Problem. Wilderer haben die javanesischen, die kaspischen und die Sumatra-Tiger schon vor der Jahrhundertwende ausgelöscht, und die überlebenden Subspezies gleich im Anschluß. Der wilde Tiger wurde überall in die ewige Nacht der Ausrottung getrieben, außer hier. Wir mußten für unsere Tiere also eine Möglichkeit finden, sich selbst zu schützen.«

»Das dachte ich mir«, sagte er. »Sie sind biologisch aufgebaut, hab ich recht?«

Sie nickte.

»Das verstößt gegen das internationale Gesetz – außer in einigen abtrünnigen Nationen. Indien gehört, wie ich vermute, nicht zu dieser Kategorie.«

»Kein Kommentar«, entgegnete sie. »Die wenigen Daten werden beim ersten Verdacht einer Undichtigkeit zerstört. Es gibt nur eine Handvoll Leute, die davon wissen, und sie haben sich in gleicher Weise wie ich dem Überleben der Tiger verschrieben.«

»Tiger? Wir reden nicht über Tiger. Sie haben eine neue Spezies herangezüchtet. Ein Monster.«

»Da irren Sie sich. Sie werden sich mit normalen Tigern paaren und genetisch überlebensfähigen Nachwuchs hervorbringen. Der Aufbau ist sogar ein wesentlicher Faktor. Und selbst wenn wir an der Grenze zu einer neuen Spezies *stehen*, was soll's? Die Tiger und das menschliche Geschlecht haben – was die Evolution betrifft – seit ein paar Millionen Jahren miteinander Schritt gehalten. Im alten Indien glaubte man, daß Tiger und Menschen von der gleichen Mutter abstammen. Wir waren nicht ihre bevorzugte Beute. Da wir mit größerer Intelligenz ausgestattet sind, hatten sie Grund genug, uns zu respektieren. Aber wir waren ein Teil ihrer natürlichen Beute. Sie fraßen ein paar von uns, wir ein paar von ihnen – und keiner von beiden erlangte irgendeinen nennenswerten evolutionären Vorteil. Bis die modernen Technologien es uns erlaubten, ihre Ausrottung zu vollenden.«

»Hieße das nicht einfach, daß wir das Evolutionsspiel gewonnen haben? Viele andere Spezies haben verloren, so sind die natürlichen Spielregeln.«

»Aber nicht so. Hätte sich der technische Fortschritt und das Bevölkerungswachstum in normalen evolutionären Stufen entwickelt, dann hätten sie mit uns Schritt halten können. Verstehen Sie denn nicht? Wir haben ihnen nur das gegeben, was ihnen die Evolution unter normalen Bedingungen auch mitgegeben hätte.«

»Gut, dann komme ich auf meine erste Frage zurück: Wie intelligent haben Sie sie gemacht?«

Sie holte tief Luft. »Wir haben hauptsächlich ihre zerebrale Hemisphere erweitert und die neurologische Dichte vergrößert. Ferner galt es, die Drüsenfunktion im Gleichgewicht zu halten. Allerdings war ich nicht direkt an den genetischen Veränderungen beteiligt. Wir versuchten ihnen zu geben, was der Mensch besitzt: die Fähigkeit, logisch zu denken, aus der Vergangenheit zu lernen, die Konsequenzen ihres Tuns vorauszusehen und die Zukunft zu planen. Ebenso Gefühle wie Liebe und Aufopferung – oder Haß und Rache. Der Hauptgrund dafür, daß wir sie größer machten als den angestammten indischen Tiger und ihre Trächtigkeitsperiode etwas verlängerten, bestand darin, es den Weibchen zu erleichtern, ihre Jungen mit einem größeren Schädel auf die Welt zu bringen. Wir erwarten allerdings, daß die Jungen sowieso länger bei ihrer Mutter bleiben, denn sie werden eine Menge zu lernen haben: wie die Menschenkinder. Shaitans Junges ist drei Jahre alt, ein älterer Teenager nach menschlichen Maßstäben.«

»Wollen Sie damit sagen, daß diese Katzen so intelligent wie Menschen sind?«

»Vielleicht. Wahrscheinlich auf eine andere Art. Wir haben auf einer nichtmenschlichen Basis aufgebaut und noch keinen Weg gefunden, sie genau zu messen, besser gesagt, die Intelligenz der Katzen nach menschlichen Maßstäben zu verstehen.«

»Großartig. Und wie finden wir heraus, wohin sie als nächstes gehen werden?«

»Oh, das wissen wir bereits. Einer unserer Helikopter hat sie heute morgen auf der Straße gesichtet – wie sie in den Park verschwanden. Deswegen zögere ich auch nicht, Ihnen das alles zu erzählen.«

»Warum sollten sie dorthin zurückkehren?«

»Ich habe eine Theorie.« Sie öffnete ihr Notebook und rief eine Karte des Parks auf den Bildschirm. »Sie würde klären, warum sie zunächst einmal ihren Platz verlassen hatten. Sehen Sie, die Jagdreviere der dominierenden männlichen Tiger sind blau umrandet, die Reviere der Weibchen sind rot markiert. Die Reviere der Weibchen können sich mit denen der Männchen und in geringerem Maße auch gegenseitig überlappen. Aber die Männchen sind sehr auf ihr Revier bezogen und würden jeden ausgewachsenen Tiger bekämpfen, der dort eindringt. Ich denke, daß Shaitan, sobald sie dazu in der Lage war, den Park verließ, um ihr Junges zu beschützen. Um ihm sein eigenes Revier zu sichern. Und jetzt, wo es tot ist, wird sie sich wahrscheinlich um ihre übrigen Jungen kümmern und darauf aus sein, ihr eigenes Revier zu sichern.«

»Wo ist ihr Revier?«

»Es erstreckt sich hier vom südlichen Rand des Parks nach Norden bis zu der alten Festung.« Sie zeigte auf die rote Linie entlang der Westseite des größten Sees im Park.

»In Ordnung.« Er stand auf.

»Wohin gehen Sie?«

»Ich werde Joshua nicht da draußen im Wald lassen. Ich werde sie suchen, bis ich sie gefunden habe.«

»Allein? In Ihrem Zustand?«

»Ich werde es schaffen.«

»Ich fürchte, das werden Sie nicht. Die Tiger sind im Park vollkommen sicher.«

Er ging ohne eine Antwort hinaus.

»Ich werde Sie aufhalten, wenn Sie versuchen den Park zu betreten«, rief sie ihm nach.

Barry warf seine Ausrüstung in einen der Rover und fuhr davon. Berichten zufolge war selbst die Hauptverbindung nach Jaipur an mehreren Abschnitten überschwemmt. Die alten Parkwege waren wahrscheinlich erst recht nicht zu passieren. Er bog von der Hauptstraße auf eine Schotterpiste in Richtung Norden ab, die einst für Touristen als Zufahrt zum Park angelegt worden war. Die Piste schlängelte sich eine Weile gut befahrbar einen Hügel hinauf, doch schon beim Eintauchen in die erste tiefere Pfütze drang schlammiges Wasser durch die Türritzen.

Er fuhr langsam, mit Blick auf die Piste. Murtoch war kein Fährtensucher, doch der Morast machte es ihm leicht. Nach wenigen Kilometern erblickte er ein paar Fußstapfen, *pugmarks*, groß wie Untertassen, die aus dem Dickicht kamen und die Piste hinaufführten. Ein Schwarm Vögel schien wenige hundert Yards von der Piste entfernt von einem bestimmten Teil des Abhangs besonders angezogen zu werden. Er verfolgte die Spuren der Katze zurück und fand auf einer Seite des Hangs über eine Lichtung verstreut die Überreste von Joshua. Barry sammelte sie in einer Zeltplane, die er für diesen Zweck mitgebracht hatte. Als er die Piste wieder erreicht hatte, legte er das Bündel auf die Ladefläche des zweiten Rovers, der gerade angekommen war und hinter ihm geparkt hatte. Emily stieg aus dem Wagen aus.

»Okay, Sie haben ihn also gefunden.« Da er sie ignorierte, folgte sie ihm zu seinem Rover. »Das hier ist keine persönliche Rache, Murtoch. Sie haben keine Erlaubnis, ihnen in den Park zu folgen.«

»Ich werde dafür bezahlt, drei Menschenfresser aufzuspüren und zu töten«, erklärte er. »Was könnte diese Katzen ohne diese Transceiver daran hindern, erneut auszubrechen und weitere Menschen zu fressen, nächste Woche vielleicht oder nächsten Monat?«

»Darüber sollten Sie sich keine Gedanken machen. Und falls sie irgendwelche Zweifel daran haben, dann hören Sie sich besser das hier an.« Sie klappte ihr Notebook auf und rief einen sehr unglücklich dreinschauenden Parkdirektor auf den Bildschirm.

»Die Medien verbreiten, daß Indien seine letzten Tiger für die Trophäenjagd freigegeben hat. Und sie stellen *mich* als den Verantwortlichen hin! Sie fragen *mich*, was der Premierminister zu tun gedenkt, wenn ausländische Regierungen erst einmal behaupten, Indien verletze CITES II und andere Artenschutzabkommen. Aus diesem Grund darf ich Ihnen bedauerlicherweise nicht die Erlaubnis erteilen, den Tigern in den Park zu folgen.«

»Die Spur ist noch frisch«, entgegnete Barry. »Wenn wir jetzt aufgeben, werden wir verdammt lange brauchen, sie wieder zu finden, vor allem bei diesem Wetter. Der Job muß gemacht werden, jetzt oder nie.«

»Schön, dann ist es mir eine unangenehme Pflicht, Ihnen mitzuteilen, daß Sie entlassen sind. Natürlich werden Ihnen Ihre Zeit und Ihre Spesen bis zum heutigen Tage bezahlt.«

Barry klappte das Notebook zu und schleuderte es den Hang hinunter. Er entsicherte sein Gewehr, trat zurück und feuerte eine Salve durch den Tank von Emilys Rover. Das Methan entwich in einer übelriechenden Wolke und hinterließ einen gefrorenen Flecken am Kotflügel. Als er davonfuhr, sah er im Rückspiegel Emily, die den Hang zu ihrem Notebook hinunterstieg.

Die Theorie einer Biologin war schön und gut, doch wie Barry aus Erfahrung wußte – und die Literatur derjenigen, die vor ihm gejagt hatten, bestätigte dies –, würde eine große Katze mit Sicherheit erneut töten, sobald sie den Menschen als Beute erkannt hatte. Es sei denn, man würde sie ein für allemal aufhalten. Aber man konnte von Provinzpolitikern und Bürokraten, deren Horizont nicht weiter als bis zu ihrer nächsten Wahl oder Ernennung reichte, kaum erwarten, daß sie diese einfache Tatsache akzeptierten.

Er bremste den Wagen ab, als er sich dem massiven Stahlgatter näherte, das die alte Parkstraße blockierte. Tief eingelassen in ein Betonfundament, schien es einen Panzer aufhalten zu können. Er suchte in der Brusttasche und fand den elektronischen Schlüssel, den Ghouri ihm geliehen hatte. Gut, daß bis jetzt noch niemand auf den Gedanken gekommen war, den Code zu verändern, um ihn auszusperren. Als der Rover sich auf der zugewachsenen Straße einen Weg bahnte, fiel das Gatter hinter ihm zu, und ihm fiel ein, daß sie den Code vielleicht ändern würden, während er im Park war. Vielleicht würde er auch von dieser Jagd nicht lebend zurückkommen, doch wenn es so wäre, müßte er den Rover hier stehenlassen und den ganzen Weg zum Lager zu Fuß zurücklegen. Er sprang erneut aus dem Wagen und steckte die Karte wieder in den Schlitz. Diesmal klemmte er einen abgebrochenen Ast dazwischen, um das Gatter offenzuhalten. Ein Wächter konnte zwar vorbeikommen und die Karte herausziehen, aber mehr konnte er nicht tun.

Er fuhr eine Weile und fand hin und wieder *pugmarks* in den Schlammlachen. Die Tiger waren auf der Straße geblieben, um leichter voranzukommen. Die Straße schlängelte sich ins Tal zu einem Dorf hinab. Sie wurde unpassierbar, als ein angeschwollener Fluß sie auf zwanzig Meter überflutet hatte. Barry stieg aus dem Wagen, schulterte Rucksack und Gewehr und watete durch das oberschenkeltiefe schlammige Wasser. Der Wald war von den Regengüssen überschwemmt worden, das Wasser stürzte auf der anderen Seite des steil abfallenden Tals kaskadenartig die Straße herab. Hier hatten die Tiger die Straße verlassen, und er konnte auf dem moosbedeckten Boden keine Spuren mehr ausmachen. Der Wald lichtete sich. Eine leichte Brise wehte kaum wahrnehmbar den Berg hinunter. Er rief sich eine alte Taktik aus Corbetts Buch in Erinnerung. Da Tiger bevorzugt im Wind lagen, versuchte Corbett, jeden Hinterhalt zu vereiteln, indem er sich im Zickzack vor und zurück bewegte. Auch Barry wechselte jetzt häufig die Richtung, als er sich in den Wald schlug.

In der Nähe des Höhenkamms tauchten die Umrisse einer alten Moschee aus den Blättern und Bäumen auf, deren verwittertes Kuppeldach Ähnlichkeit mit dem Rücken eines zerfallenden grünen Elefanten hatte. Zweige der umliegenden Dhok- und Banyanbäume wucherten dicht um sie herum, an der linken Seite hielten Lianen eine Säule fest umschlungen. Blätter und Äste lagen verstreut auf den zerbrochenen Steinstufen, die zu einem dunklen Eingang zwischen zwei schweren Säulen hinaufführten. Über ihm schlug plötzlich etwas Alarm. Barry wirbelte herum und nahm den Schatten eines silbergrauen Languraffen wahr, der einen Baum höher hinaufhastete.

Als er sich wieder umdrehte, saß Shaitan im Eingangsbereich der Moschee, unbeweglich, als wäre auch sie aus Stein gemeißelt. Sie beobachtete ihn mit der gleichen geringschätzigen Beteiligung, mit der sie nachts im Lager auf ihn uriniert hatte.

Barry zog sein Gewehr aus der Halterung des Rucksacks und stürzte nach vorn, um an einem Busch vorbeizukommen, der ihm die Sicht halb verdeckte. Er hob die Füße nicht hoch genug, so daß er über eine Wurzel stolperte. Sein Gewehrlauf pflügte durch den Schmutz. Er hörte es im Busch rascheln und fühlte, wie ein Körper, seinen Rücken schrammend, über ihn hinwegfegte.

Zu seiner Linken krümmte sich das Junge. Es erholte sich vom Sprung und kam auf ihn zu. Barry sprang auf und hielt das Gewehr unmittelbar unter die fauchenden Zähne. Es war weniger als zwei Meter von ihm entfernt, doch er wagte nicht zu schießen, da er nicht wußte, wieviel Schmutz sein Gewehrlauf aufgenommen hatte.

Barry streckte den Arm aus und hielt das Gewehr in voller Länge mit einer Hand von sich. Er wollte es soweit wie möglich von seinem Gesicht weghalten für den Fall, daß sie angriff und er abdrücken mußte. Während sich die Augen der Katze in seine eigenen gleichsam einbrannten, erinnerte sich Barry daran, wie Corbett einst einen sich duckenden Tiger aus ähnlicher Entfernung und in exakt dieser Stellung hatte töten müssen und dabei ein Paar kleiner Vogeleier in der linken Hand gehalten hatte. Man gebe mir die Eier und einen sauberen Lauf, betete er.

Shaitan fauchte scharf, und das Junge verschwand in einem Wirbel aus Blättern. Barry drehte sich noch rechtzeitig um und sah, wie Shaitan sich fast gelangweilt von ihm abwandte und in der alten Ruine verschwand.

Ein Hinterhalt. Sie hatte versucht, ihn direkt ihrem Jungen vorzuführen, indem sie sich selbst dabei als Köder präsentierte. Aber sie konnte nicht wissen, daß sein Gewehr nicht funktionierte, und es mußte so ausgesehen haben, als ob er das Junge jeden Moment erschossen hätte. Barry erstarrte, spitzte die Ohren. Er hörte sogar das leise Scharren der Tatzen auf dem Stein. Er wartete und verwarf jeden Gedanken, ihnen in die dunkle Ruine zu folgen. Nach einiger Zeit wurde ihm klar, daß die Katzen nicht wieder auftauchen würden. Er war allein, nur der Affe hing noch im Baum.

Barry fand den Rückzug der Katzen bestätigt, als er ihre Spuren auf der anderen Seite sah. Er verbrachte die Nacht in der alten Moschee, während der Sturm durch die Zweige der umstehenden Bäume tobte und Wasser in Rinnsalen die Steinwände hinunterfloß. Das Innere war mit abgestorbenen Pflanzen und Tiermist übersät. Nachdem er gründlich den Boden niedergetrampelt hatte, um Schlangen zu vertreiben, fegte Barry eine relativ trockene Ecke frei und breitete seinen Schlafsack und seine Isomatte auf dem harten Steinboden aus. Der Sturm hielt den ganzen folgenden Tag in wechselhafter Stärke an. Barry mußte abwarten, doch er wußte, daß der Wind die Spur längst verweht hatte. Von Zeit zu Zeit vertrat er sich die Beine, ging zum Vorder- oder Hintereingang der Moschee, lauschte dem Rauschen und Krachen der riesigen Bäume und sah dem Blitzgewitter am Himmel zu.

Der Durst plagte ihn sehr an diesem zweiten Nachmittag. Sein Magen verkrampfte, auf seiner Haut bildete sich Schweiß, und die Hände zitterten ihm. Aber er hatte seinen gesamten Vorrat an Whiskey im Lager gelassen, absichtlich. Und jetzt gab es nichts mehr, dem er hätte nachgeben können. Er konnte Schlimmeres ertragen. Wenn er zurückkehrte – falls er zurückkehrte –, würde er jede Flasche zerschlagen. Es war der Alkohol, der Joshua das Leben gekostet hatte. Barry war schon immer ein leichter Schläfer gewesen, und wäre er in seinem Zelt geblieben, anstatt besoffen auf dem Hintern zu sitzen, hätte er die Tigerin womöglich erschießen können, als sie mit seinem alten Freund zu entkommen versuchte.

Mann, wie sehr er jetzt einen guten Schluck vertragen könnte.

Er schloß die Augen und lehnte sich gegen den kühlen, moosbewachsenen Stein. Über das Moos lief Wasser gegen seine Wange, und er drehte den Kopf, um es im Mund zu sammeln. Das Wasser war lauwarm und schmeckte wegen der alten Steine und des feuchten Mooses leicht abgestanden und mineralisch.

Seine Trinkerei hatte auch Ben getötet. Wäre er nicht mit dem Führer und den anderen Touristen bis in die späte Nacht aufgeblieben, und hätte er nicht am nächsten Morgen seinen Rausch ausgeschlafen, dann hätte sein Sohn auch nicht allein zu den Latrinen gehen müs-

267

sen. Das war ihm schon immer klar gewesen, tief in seinem Innern. Karen hatte das auch gewußt, aber vielleicht hatte sie sich noch schlimmere Vorwürfe gemacht. Genug, um herumzustolzieren, sich selbst und den anderen Vorwürfe zu machen, bis nichts mehr übrigblieb. Keiner von beiden hatte etwas gesagt oder den anderen noch angesehen. Keiner von beiden war in der Lage gewesen, die Anwesenheit des anderen in diesem Schweigen zu ertragen. Bis er sich selbst mehr und mehr von ihr entfernte und sie sich im Bett eines anderen Mannes wiederfand. Zu der Zeit, als sie ihn wegen des Austauschprofessors aus den Staaten verließ, mußte sie noch jemanden gesucht haben, der sie mit nach Hause nehmen würde. Sie gehörte einfach nicht nach Afrika, konnte es nicht ertragen, an einem Ort zu bleiben, der ihr den Sohn genommen hatte. Während Barry es nicht ertragen hätte, ohne ihn in sein altes Leben zurückzukehren.

Jetzt war Afrika sein Zuhause, war alles, was ihm geblieben war – selbst wenn ihm der Gedanke schwerfiel, ohne Joshua und Robert weiterzujagen. Und nach Simbabwe zurückzukehren, wo er ihren Familien gegenübertreten mußte ...

Er wußte, daß diese empfindenden Tiger alle Vorteile auf ihrer Seite hatten: Er war allein, in ihrem angestammten Revier, mit nur geringen Chancen, sie überraschen zu können. Die Chancen, getötet zu werden, hätten nicht größer sein können, selbst damals nicht, in den frühen Jahren seiner Karriere als Berufsjäger, als er noch all diese albernen Risiken mit verletzten Büffeln und Leoparden eingegangen war. Und sollte er nicht getötet werden, würde ihn die indische Regierung, sobald er eingeholt worden war, entweder ins Gefängnis werfen oder ausweisen.

Nichts jedoch konnte schlimmer sein, als zu den Familien der Fährtensucher zurückzukehren, während die Tigerin noch am Leben war. Ehrlich gesagt, jagte er diese Katzen nicht mehr für die indische Regierung. Wenn sie unbedingt Menschenfresser in ihren Parks halten wollten, dann war das ihre Angelegenheit. Es mochte nichts anderes als Vergeltung sein, schlichtweg Rache, aber es war auch sehr afrikanisch. Die Familien würden den Tod der Tigerin Shaitan begrüßen – ja sogar erwarten. Erst dann würde Joshuas Seele Ruhe finden. Vielleicht auch Barrys Gewissen.

Das Kreischen einer alten Zweitakter-Motorkettensäge ließ ihn früh am nächsten Morgen auffahren. Dann folgte das Krachen eines umstürzenden Baumes unten im Tal. Barry kletterte aus dem Schlafsack und griff nach Hose und Stiefeln. Der Parkdienst war inzwischen schon so sehr darauf aus, ihn zu fassen, daß er selbst seinen eigenen kostbaren Wald rodete. Wahrscheinlich in der Absicht, eine Furt zu bilden, um den Rover über den angeschwollenen Strom setzen zu können.

Der Regen hatte aufgehört, wie er feststellte, als er den Rucksack schulterte und die Moschee verließ. Wind raschelte noch in den Blättern, die Wolken hingen tief und kündigten weitere Niederschläge an. Gut, zumindest setzten sie noch keine Helikopter ein, um ihn aus der Luft aufzuspüren.

Er arbeitete sich ins nächste Tal hinunter in der stillen Hoffnung, dort auf eine Spur der Katzen zu stoßen. Vielleicht mußte er auch nur darauf vertrauen, daß sie ihn finden würden.

Dann hätte er aber blind vertrauen müssen.

Gegen Mittag kämpfte sich die Sonne ein wenig durch die Wolkendecke, und der Wald dampfte. Barry mußte sich zwingen, sehr langsam zu gehen, zum einen aus Angst vor den Katzen, zum anderen jedoch aus Angst vor einem Hitzschlag. Sein Hemd war durchgeschwitzt, und er trank häufig aus seiner Feldflasche. Als er durch den ziemlich lichten, altbewachsenen Mischwald aus Laub- und Nadelbäumen hinunterstieg, konnte er in dem Tal, das sich unter ihm erstreckte, lange hellgrüne Flächen und das Schimmern von Wasser ausmachen. Er überprüfte die Koordinaten seines GPS auf seiner Armbanduhr: Er näherte sich Padam Taleo, dem großen See des Parks. Als er das Ende des Waldes erreichte, näherte sich die Sonne hinter einer tief hängenden Wolkendecke dem Zenit. Es war unerträglich heiß geworden. Weitere Anstrengungen mußten einen Hitzschlag zur Folge haben, und er wußte, daß sich auch die Katzen irgendwo niedergelassen haben mußten, wahrscheinlich gut getarnt in der Nähe des Wassers.

Das Gebiet um den See bestand größtenteils aus niedriger Vegetation und offenen Grasflächen, die eine gute Sicht boten. Als er den Waldrand am Ufer erreichte, konnte er über den See die Befestigungsanlagen von Ranthambhore am Horizont erkennen. Ihre Festungsmauern und Türme hoben sich kaum von den felsigen Hängen ab, in die sie hineingebaut waren. Die einzige Zufahrt, eine stark beschädigte Piste, führte steil bergauf, wandte sich in die entgegengesetzte Richtung und wieder hinauf, verlief für kurze Zeit ebenerdig und führte schließlich durch zwei verfallene Türme. Außer dieser Piste und einer kahlen zentralen Spitze war der größte Teil der Festungsanlagen von Büschen und Bäumen überwuchert. Am Fuße des Hügels, direkt am Ufer, standen die Überreste der einstigen königlichen Sommerresidenz. Der Asphaltparkplatz dahinter und die Straße, die auf der anderen Seite des Sees dorthin führte, deuteten darauf hin, daß der Palast restauriert und als Besucherzentrum genutzt worden war, bevor der Park geschlossen wurde. Zwischen Barry und dem Palast erstreckte sich ein hellgrünes Feuchtgebiet. Seine Wasseroberfläche schien an manchen Stellen so fest wie ein Fußballfeld.

Er entschloß sich, die schlimmste Hitze des Nachmittags auf einer Anhöhe im Schatten der Bäume abzuwarten, von wo aus er gelegentlich das westliche Ufer des Sees mit dem Feldstecher absuchte. Vögel, eine Art Fliegenschnäpper und anscheinend eine Goldamsel, huschten durch die Uferböschung und tauchten in einschläfernder Regelmäßigkeit ins Wasser ein und wieder auf. Er döste bis zum späten Nachmittag vor sich hin, bis er durch den teuflischen Schrei eines Pfaus irgendwo hinter ihm am Waldhang aus dem Schlaf gerissen wurde.

Er marschierte weiter Richtung Westen, am Ufer entlang auf die Festung zu. Dabei folgte er einem schmalen Wildpfad, stolperte über Wurzeln, watete durch Tümpel und kleine Wasserläufe. Bald schon lief ihm das Wasser in die Stiefel. Weiter oben ging das Dickicht in Grasland über. Weit hinten am Ende des Sees konnte er eine Herde Sambar erkennen, großes indisches Rotwild, die am Ufer auf und ab lief und im Wasser watete.

Weitere Sambar kamen aus dem Gras und liefen ins Wasser. Sie hatten die Köpfe erhoben, die Ohren aufgerichtet, und alle starrten zurück zum Ufer, als sie weiter in den See sprangen. Durch seinen Feldstecher bemerkte Barry eine Bewegung im Gras, die nicht vom Wind herrührte.

Barry konnte die Tiger nicht sehen, doch er wußte, daß sie sich an die Sambar heranpirschen würden. Ein vereitelter Hinterhalt, denn die Sambar hatten sie bereits gewittert. Warum brachen sie es nicht ab? Für gewöhnlich verschwendeten Katzen keine Zeit auf eine Beute, die bereits auf der Hut war, schon gar nicht bei einer solchen Hitze. Es sei denn, sie wollten die Tiere in den See treiben. Aber wozu – um sie den Krokodilen zum Fraß vorzuwerfen?

Man nahm jedoch an, daß die Wilderer die Krokodile zusammen mit den anderen Raubtieren des Parks vor Jahren ausgerottet hatten. Er hatte weder irgendwelche Krokodile gesehen, als er das Seeufer passierte, noch eine einzige Schleifspur eines Schwanzes im Morast des Ufers gefunden.

Eine leichte Bewegung erfolgte im Schilf entlang des hinteren Teils des Sees, an den Sambar vorbei – die Halme teilten sich, dann breitete sich keilförmig eine Welle auf der Oberfläche des Sees aus. Das näher an den Tieren stehende Schilf teilte sich ebenfalls, ihre Aufmerksamkeit war noch immer auf das Ufer gerichtet.

Es gab also noch Krokodile im See. Als Barry sein Fernglas schwenkte, erkannte er an der Spitze der Bugwelle eine schwarze Schnauze und eine leichte Woge, die durch einen großen, unter Wasser schwimmenden Körper aufgeworfen wurde. Die zwei Bugwellen drehten ab und kreisten die Sambar ein, die sich am weitesten in den See vorgewagt hatten. Als sie sich der ahnungslosen Beute auf den letzten Metern näherten, tauchten die Schnauzen völlig ein. Zurück blieben nur schwankende Wasserpflanzen und ein leichtes Kräuseln der Wasseroberfläche.

Barry erwartete, eine Wasserfontäne aufsteigen zu sehen, sobald die Krokodile ihre Beute gepackt hatten und das Rotwild versuchen würde zu entkommen. Statt dessen explodierte die Wasseroberfläche in einem pelzigen Orange, und zwei Sambar verschwanden. Zwei Tiger richteten sich hoch im Wasser auf und packten die Sambar am Nacken.

Barry ließ beinahe den Feldstecher fallen. *Tauchende Katzen?*

Auf diese Weise waren also die zwei Wächter in ihrem Unterstand getötet worden. Deswegen hatten sie Shaitan nicht durch den Fluß kommen sehen.

Die Tiger drückten die Sambar unter Wasser, um sie zu ertränken. Die übrigen Tiere schreckten panisch auf. Sie kletterten und sprangen gegenseitig übereinander, bis sie schließlich festen Tritt im flachen Wasser fanden, das Seeufer entlangsprangen und im Wald verschwanden. Die Tiger schleiften die zwei toten Sambar aus dem Wasser und schüttelten sich. Einer sah aus wie Shaitan. Der andere war noch größer, mit einem massiveren Körper und einer auffallenden Halskrause – ein ausgewachsenes Männchen, wahrscheinlich der dominierende Tiger in diesem Abschnitt des Parks. Zwei weitere Tiger kamen aus dem Gras auf die Beute zu.

Barry war das ständig zunehmende Geräusch der Rotorblätter entgangen, nicht überhören konnte er jedoch das Geräusch eines Parkhelikopters, der direkt über ihn hinwegschoß. Sie mußten gestartet sein, sobald es das Wetter zugelassen hatte. Und obwohl er den satellitengestützten Ortungssender an seiner Armbanduhr abgeschaltet hatte, mußten sie ihn hier im Freien mit Sicherheit entdecken. Zu spät, trotz alledem. Ihm würde noch die Zeit bleiben, sich heranzupirschen, um mit etwas Glück noch vor ihrem Eintreffen einen Schuß auf die Tigerin abzugeben. Für den anderen Menschenfresser, Shaitans Junges, das Weibchen, würde die Zeit wohl nicht reichen, denn sobald die Tigerin getroffen wäre, würden die anderen Katzen sofort ausreißen.

Der Helikopter drehte nach Norden ab. Barry sah ihm nach und bemerkte eine leichte Bewegung auf der gegenüberliegenden Seite des Sees. Ein Rover war gerade aus dem Wald aufgetaucht und steuerte nun auf die Festung zu.

Großer Gott, sie waren ihm dicht auf den Fersen, zu Luft und zu Boden. Er schlich vorsichtig in den Schutz des Dickichts zurück, jedoch nicht mit übertriebener Vorsicht, da die Tiger weit entfernt waren und der Wind günstig stand. Die Temperatur war mit der untergehenden Sonne leicht gefallen, und er kam durch das lichte Unterholz schnell voran. Von Ferne erklang das Knattern des Helikopters aus Richtung des Rovers über den See. Er hatte die Tiger aus den Augen verloren, glaubte jedoch, daß sie bei ihrer Beute bleiben würden, solange sie sich nicht gestört fühlten. Die Welt war voller Fluglärm und Maschinenkrach, so daß sie der Helikopter nicht aufschrecken würde, solange er nicht über sie hinwegfegte.

Je näher Barry kam, desto mehr steuerte er wieder auf den Rand der Grasfläche zu. Der Helikopter kam zurück, um nach ihm zu suchen. Er hatte gehofft, daß sie ihn im Dickicht nicht ausmachen konnten, aber das Geräusch wurde immer lauter.

Barry verlangsamte seinen Schritt erst, als er den Rand des Dickichts erreicht hatte. Die Katzen würden ihn bei dem Lärm, den der Helikopter verursachte, nicht hören. Er konnte sie jetzt in ungefähr vierhundert Meter Entfernung sehen: wachsam, aber noch immer die Sambar fressend. Sein Zielfernrohr könnte die genaue Entfernung erfassen, doch er würde es unter normalen Umständen nicht einmal wagen, auf Raubtiere von halber Distanz zu schießen. Die Kugel würde derart an Wucht verlieren, daß er sich eines sofortigen Todes nicht sicher sein konnte.

Aber das hier waren keine normalen Umstände – schon gar nicht mit den Behörden im Nacken. Könnte er aus geringerer Entfernung einen sauberen Schuß auf Shaitan abgeben, dann würde er es riskieren. Sie wäre nicht sofort tot, doch die Wächter des Parks könnten den Job beenden, wenn man es ihn nicht tun ließe. Eine Kugel in die lebenswichtigen Organe, und der Menschenfresser wäre erledigt. Bliebe ihm eine zweite Salve für das Junge, um so besser.

Die vier Tiger hörten auf zu fressen und beobachteten den Helikopter. *Nicht aufschrecken*, flehte er, nun auf allen vieren durch das Gras robbend. Er legte ein kleines Stück zurück, langsam und darauf bedacht, das Gras nicht zu bewegen. Der Helikopter schwebte über ihm, und die Moskitos stachen ihn gnadenlos. Als er den Schutz des Dickichts erreicht hatte, hob er seinen Kopf und sah, daß die Katzen aufgeschreckt waren und nun vereinzelt um den hinteren Ausläufer des Sees herumtrotteten – völlig außer Reichweite. Natürlich – Shaitan und das Junge hatten gelernt, Helikopter während ihrer Streifzüge außerhalb des Parks zu meiden.

Verdammt. Er stand auf und sah ihnen nach. Der Helikopter setzte gleich vor ihm auf. Das war's also. Viel zu heiß, um jetzt noch wegzurennen oder den Katzen zu folgen. Nach einer abgeblasenen Pirsch wie an diesem Nachmittag würde er normalerweise ins Lager zurückkehren und einen Drink zu sich nehmen. Vielleicht sollte er doch nicht den gesamten Vorrat an Whiskey vernichten.

Emily sprang aus dem Helikopter, zog den Kopf unter den laufenden Rotorblättern ein und rannte auf ihn zu. Sie war allein.

»Es sind die Wilderer!« schrie sie und deutete über den See zum Rover, der außer Sichtweite der Katzen unter einer niedrig gewachsenen Baumgruppe geparkt hatte. Durch seinen Feldstecher sah er einen der Wilderer, wahrscheinlich den Chinesen, der auf dem Dach des Rovers stand und die Tiger ebenfalls durch ein Fernglas beobachtete.

»Sie haben die Katzen in ihre Richtung gescheucht«, sagte Barry. Tatsächlich schienen die Tiger direkt auf den verborgenen Rover zugetrieben worden zu sein.

»Sie müssen mir helfen, sie zu stoppen! Sie werden sie alle töten!«

»Und ich werde Shaitan töten, sobald sie mir unterkommt«, erklärte er. Er sah ihre Unentschlossenheit, die Qual der Wahl, vor der sie stand. Die Wilderer würden alle Katzen töten, wenn es ihnen gelänge.

»Sie würden nicht versuchen, alle zu töten?«

»Mich interessieren nur die Menschenfresser. Shaitan und ihr Junges.«

»Na, dann los.« Sie rannte zum Helikopter, er folgte ihr. »Ich werde es nicht zulassen, daß Sie sie töten.

Nicht, wenn es in meiner Macht steht«, fügte sie noch hinzu.

Dann saßen sie in den Sitzen. Barry legte sein Gewehr hinter sich und fummelte an den Gurten herum. »Ich wußte nicht, daß Sie eines dieser Dinger fliegen können.«

»Es ist eines der Militärmodelle mit intelligentem Autopiloten. Man benutzt den Cursor, um ihm zu sagen, wohin er fliegen soll. Den Rest erledigt er von allein. Dieser schwachköpfige Bürokrat war so sehr damit beschäftigt, vor den Reportern sein Gesicht zu wahren, daß ich nicht mehr abwarten konnte, was er Ihretwegen zu tun gedenkt. Ich habe mir also seinen Chopper genommen. Ich wünschte, ich wüßte, wie man diese Kanonen hier bedient.«

Als der Motor ansprang, sah er, daß es schon zu spät war, die Tiger waren bereits in Reichweite der Wilderer, Shaitan und der ausgewachsene Tiger bildeten die Nachhut. Er sah ein, daß es seine Schuld war, daß die Wilderer überhaupt hier waren. Zum einen hatte er ihnen gezeigt, daß die Tiger wie normale Tiere getötet werden konnten, und zum anderen hatte er das Gatter aufgesperrt. Sie mußten ihm gefolgt sein, als er aus dem Lager aufgebrochen war. Sie hatten sich wohl nur wegen des starken Sturms und der Überschwemmungen verspätet. Aber vielleicht würden sie Shaitan töten und ihm eine Menge Ärger ersparen.

Der Helikopter schwebte über den See, und die Katzen richteten ihre Aufmerksamkeit auf ihn, als der Rover aus unmittelbarer Nähe aus dem Dickicht brach. Die Wilderer eröffneten aus dem linken Fenster das Feuer. Doch sie waren übereifrig und warteten offensichtlich nicht ab, bis ihre Zielsuchgewehre ihr Ziel erfaßt hatten, was bei einem beweglichen Ziel ungefähr eine Sekunde in Anspruch nahm. Der Boden explodierte an einem halben Dutzend Stellen. Es regnete Brocken aus Lehm und Gras. Zwei Katzen machten sofort kehrt und rannten über die Straße zu den Bäumen am Fuße der Festung.

Das Junge jedoch hatte die Wilderer noch immer nicht gesehen. Es hetzte direkt auf den Rover zu. Es schien zu glauben, die Schüsse würden vom Helikopter kommen, der, wie Barry wußte, schnell vorankam, doch noch immer über dem Wasser zu hängen schien. Das Junge machte ein paar ausgedehnte Sprünge, in denen es ebenfalls in der Luft zu hängen schien, und verkürzte die Reichweite damit noch mehr. Die Wilderer stellten ihre wahllose Schießerei ein und ließen die Gewehre ihr Ziel erfassen. Plötzlich materialisierte sich aus dem Gras eine gestreifte Gestalt und stellte sich schützend über das Junge.

Shaitan. Sie schien etwas zu fauchen, während sie den jüngeren Tiger für einen Moment festhielt, und trat dann zurück, damit das Junge wieder auf die Beine kam. Das Junge sprang auf den Wald zu.

Und dann explodierte Shaitans rechte Gesichtshälfte in einem sich langsam auflösenden rosa Nebel. Die Tigerin schwankte und schwang ihren Schädel herum, als würde sie mit ihrem verbliebenen Auge nach den fehlenden Stücken ihres Gesichtes suchen. Zwei Wilderer sprangen aus dem Rover und rannten auf sie zu.

»O Gott, nein!« stöhnte Emily. Sie nahm das Mikrofon aus der Halterung und schaltete die Lautsprecher ein. Barry hörte ihre Stimme, die durch die Viersitzerkabine schallte und das Knattern der Rotoren übertönte.

»Hier spricht die Parkwacht« – nun, zumindest war sie im Besitz ihres Helikopters –, »Feuer einstellen und Waffen weg!«

Die einzige Antwort der Wilderer war, die Gewehre von der verletzten Tigerin auf den Helikopter zu richten. Barry sah durch das Metall in Emilys Tür Tageslicht blitzen und hörte den Klang der Schrapnelle, die die Umhüllung durchschlugen. Und ein leises »Oh!«,

277

das über ihre Lippen kam. Dann griff er verzweifelt nach Halt und hatte Mühe, den Inhalt seines Magens an Ort und Stelle zu lassen, denn in einem automatischen Ausweichmanöver legte sich der Chopper hart in die Kurve. Die Wasseroberfläche zog draußen am Fenster vor seinem Gesicht vorbei, der Helikopter richtete sich auf, legte sich in die Gegenkurve, und sein Gleichgewicht war wieder hergestellt, als sie den Steilabbruch der Festung scharf hinaufstiegen. Oben angekommen, ließ Emily ihn auf der Piste vor den Toren der Festung landen, von wo aus sie noch immer einen Überblick über das Seeufer hatten. Die Maschine stand still. Was blieb, war das dumpfe Knattern der Hauptrotoren, das sich in einem Luftwirbel um sie herum auflöste.

»Haben sie einen der Motoren erwischt?« fragte er.

»Nein.«

Er fummelte an den Schutzkappen seines Feldstechers herum und spähte durch das Vorderfenster. Der Rover parkte noch immer an derselben Stelle. Die zwei Männer waren im Gras. Er sah nicht einen einzigen Tiger, doch selbst aus dieser Entfernung bemerkte er vor den beiden Männern eine helle, glitzernde Blutlache im niedergetretenen Gras. Shaitan hatte sich trotz ihrer schrecklichen Wunde davongemacht, und die Wilderer setzten sich auf ihre Spur. Zu schnell, um einer verwundeten Katze zu folgen.

»Was geht da vor? Können Sie sie sehen?« Ein leichtes Keuchen schien in Emilys Stimme zu liegen.

»Nein«, sagte er. »Sind Sie in Ordnung?«

Sie nahm ihre linke Hand von ihrer Seite. Sie blutete.

»Oh, ich fürchte nicht.«

Er sprang heraus, ging vorne um den Helikopter herum und öffnete ihre Tür. Die Wunde war so klein, daß es ein wenig dauerte, bis er sie gefunden hatte: ein ausgefranstes Loch auf ihrer linken, unteren Seite, das Blasen warf, sobald sie Luft holte.

»Wir müssen Sie in ein Krankenhaus bringen.«

Sie schüttelte den Kopf.

»Die Lunge ist getroffen worden, Emily. Ich weiß nicht wie schwer. Aber wenn ich Sie nicht zu einem Arzt bringe, können Sie in wenigen Stunden tot sein.« In wenigen Minuten, doch das sagte er nicht. Nur weil es ein kleines Einschußloch gab, hieß das noch lange nicht, daß sie innerlich nicht schwer verletzt war.

»Und wer wird *sie* dann stoppen?« Sie deutete auf die Wilderer, die noch immer über die Grasfläche vordrangen. »Sie werden Shaitan töten. Und Chowgarth.« Er vermutete, daß das der Name des Jungen war, wahrscheinlich nach einem anderen berühmten Menschenfresser benannt. »Und die anderen, falls sie sie finden. Wir können das nicht zulassen!«

»Haben Sie nicht gesehen, was mit Shaitan passiert ist? Sie zu töten, wäre für sie wohl das beste, wenn sie nicht schon längst tot ist. Anderenfalls wird sie sich quälen, vielleicht tagelang, bis sie stirbt.«

»Dann retten Sie Chowgarth.« Ihre Stimme war bereits deutlich schwächer. »Und erzählen Sie niemandem von der biologischen Manipulation – Sie sind der einzige, der außerhalb des Programms davon weiß. Falls Sie etwas darüber erzählen, würde die Regierung sie wahrscheinlich töten, mitsamt dem Rest der wilden Tiger. Bitte.«

»Können Sie Ihre Hand hier fest dagegendrücken?« Sie nickte. Er war bereits zu einem Entschluß gekommen. Ginge es nach ihm, würde er sich für seine Spezies entscheiden. Genauso, wie es die Tiger tun würden. Oder die Sambar, oder der Banyanbaum, wenn sie die Wahl hätten. Der Helikopter würde zum Krankenhaus in Jaipur fliegen. Wenn die Behörden es zuließen, würde er danach zurückkommen und dabei helfen, die Wilderer zur Strecke zu bringen. Und wiederfinden oder erledigen, was auch immer von Shaitan übriggeblieben war.

Er saß angeschnallt im Sitz und versuchte, die Maschinen zu starten und den Cursor zu positionieren, als ihn etwas im Tal aufmerken ließ. Er setzte den Feldstecher an und fing im Bereich vor den herannahenden Wilderern die Andeutung einer Bewegung ein.

Der Tiger brach aus dem Dickicht mit derselben unermüdlichen Kraft hervor, mit der er die Sambar im See attackiert hatte. An Verteidigung war nicht zu denken, den beiden Männern blieb kaum mehr die Zeit, die Köpfe in die entgegengesetzte Richtung zu drehen. Von der einen Seite sprang Shaitan hervor und packte den Kopf des einen Mannes zwischen ihren Kiefer, Schädel und Vorderpranken waren schattenhaft, der Schwanz aufrecht, und gleich dahinter, als Gegengewicht, schienen die Hinterläufe fest mit dem Boden verwachsen, als zöge die Katze Substanz und Kraft direkt aus der Erde. Barry schien es, als könnte er spüren, wie die Fangzähne durch den Knochen brachen. Das Männchen packte den anderen Mann an der Schulter und schleuderte ihn umher, wie eine Hauskatze einen Vogel oder eine Ratte, um ihm das Rückgrat zu brechen. Er schleuderte ihn weiter und brüllte so tief und laut, daß es selbst noch aus dieser Entfernung zu hören war.

Shaitan hatte ihr Opfer sofort fallen gelassen und schwang ihren Schädel hin und her, tief über dem Boden, als suche sie noch immer nach dem Rest ihres Gesichtes. Sie stieß ein tiefes Brüllen hervor, so furchterregend wie das Brüllen des Männchens. Dann, mit ein paar schnellen Sprüngen, verschwanden die Tiger wieder im kurzen Gras. Das Männchen hatte seine Beute mit sich geschleppt.

Stille legte sich über das Seetal es gab keine Bewegung mehr, nicht einmal vom Wind. Nur Shaitans Opfer zuckte noch einmal schwach mit den Gliedern. Der Himmel heiterte sich kurz auf, als die Sonne durch die Wolken brach, die sich am Horizont über dem See bildeten. Darüber zog ein Schwarm Vögel dahin, um sich im Wald einen Schlafplatz zu suchen. Ihre Flügel sangen im Wind.

Der Rover setzte sich in Bewegung, nachdem sich die zwei verbliebenen Wilderer von ihrem Schock erholt hatten. Sie wollten den verwundeten Tiger nicht entkommen lassen, aber Barry bezweifelte, daß sie den Schutz ihres Fahrzeugs aufgeben würden. Sie fuhren Richtung Festung, überquerten das Grasland und verschwanden am Fuße des Festungswalls aus seinem Blickfeld. Barry sah zu Emily rüber. Sie hatte ihre freie Hand fest um den Startschalter geklammert.

»Wir fliegen nicht, solange sich die Tiger in Gefahr befinden«, keuchte sie.

Es würde schneller gehen, nach ihnen zu sehen, als sich mit ihr zu streiten. Er verließ den Helikopter und ging zum Rand der Befestigungsmauern. Er konnte den Rover auf der Piste hören, ihn jedoch hinter den Bäumen am Fuße des Festungshügels nicht sehen.

Barry spürte eine leichte Bewegung unter sich. Die altertümliche Befestigungsmauer war aus Steinen und Felsbrocken verschiedener Größe und Formen errichtet worden, die Risse und hervorstehende Ecken hinterlassen hatten. Shaitan und ihr Junges kletterten daran hinauf und erreichten die erste Biegung der Serpentinenpiste. Vielleicht suchten sie Schutz in den Festungsruinen. Die Wilderer mußten sie ebenfalls gesehen haben, denn Barry hörte die Gangschaltung des Rovers, der sich den Weg hinaufarbeitete, und sah ihn dann aus den Bäumen auf der Piste unter ihm auftauchen.

Die Tigerin stoppte in der Mitte der Serpentine, die direkt unter Barry verlief. Sie schwang ihren Schädel und stieß noch immer dieses fürchterliche Jaulen hervor. Das Junge starrte auf den sich nähernden Rover, sah zurück zur Mutter und fauchte scharf. Sollte Shaitan den Rover hören oder sehen, so ließ sie es sich nicht anmerken. Sie lief in enger verlaufenden Kreisen auf der Piste umher, bis sie sich schließlich niederließ. Ihr

Jaulen wurde leiser, und sie legte den Kopf auf die Piste. Das Junge starrte auf den Rover, hockte sich hin und begann furchteinflößend zu fauchen.

Hatte es ihn noch überrascht, daß Shaitan sich für ihr fast ausgewachsenes Junges hatte opfern wollen, so war Barry nun um so mehr verblüfft, daß eine Katze das gleiche für ein Elternteil tun würde. Und doch, diese junge Tigerin schien sich darauf vorzubereiten, den sich nähernden Rover selbst abzuwehren.

Barry rannte zum Helikopter zurück. Emilys Kopf hing auf ihrer Brust, ihre Augen waren geschlossen. Der unregelmäßige, flache Atem ließ ihr Blut aus Mund und Nase sprudeln. Er sah, daß es zu spät war. Sie würde es bis zum Krankenhaus nicht mehr schaffen.

Sie hörte ihn an der Tür und hob den Kopf. Als er ihre Augen sah, bemerkte er, daß es allein ihr Wille war, der sie so lange am Leben erhalten hatte. Sie sah ihn an und wußte, daß ihre Katzen nicht in Sicherheit waren. Sie umklammerte schwach den Starthebel und sah ihn flehentlich an.

Selbst als er sein Gewehr von der Rückbank nahm, wußte er nicht, auf was oder wen er schießen würde. Irgendwie schien auch sie das zu wissen.

»Bitte«, sagte sie. »Nicht das Junge.«

Er blickte zu Boden. Er war nicht in der Lage, ihr dies zu versprechen. Sie hustete. Helles Rot sammelte sich hinter ihren Lippen.

»Wissen Sie, ich habe nachgedacht«, flüsterte sie und stieß mit jedem Wort rote Blasen hervor. »Fossey hat, glaube ich, mehr für die Gorillas getan, nachdem sie von den Wilderern getötet worden war.«

Was auch immer er zu tun hatte, er sollte sich besser beeilen. Barry rannte auf den Mauervorsprung zurück. Der Rover war in Reichweite der beiden Tiger gekommen und manövrierte auf der schmalen Piste hin und her, um dem Mann auf dem Beifahrersitz einen sicheren Schuß zu ermöglichen. Die Vorderreifen standen bei leuchtenden Bremslichtern kurz vor dem Rand der Serpentine. Die breite Röhre eines Zielsuchgewehres schob sich langsam aus dem Fenster und zielte auf die Katze. Doch dann bemerkte einer der Wilderer Barry, und der Lauf schwang herum.

Er warf sich flach auf den Boden und hörte, wie das Geschoß hinter ihm explodierte, genau dort, wo sein Kopf gewesen war. Schrapnells schlugen pfeifend in die Felsen, ein Stück bohrte sich in seinen Arm.

Dies legte zumindest die Prioritäten fest. Er lud durch, bewegte sein Gewehr vorsichtig über den Rand, fand eine gute Position, mit beiden Ellenbogen auf den Fels gestützt, und holte sich das Fenster des Rovers ins Visier. Das Zielsuchgewehr zeigte erneut auf die Tiger, doch Barry konnte die Position des Schützen innerhalb des Wagens nicht erkennen. Er wußte nicht, ob er nun auf dem Vordersitz oder auf der Rückbank saß. Aber er glaubte, den Fahrer ausmachen zu können, genauso wie seine Vorstellungskraft jederzeit die Umrisse des Herzens oder der Lunge eines Tieres in dessen Körper erkennen konnte. Wegen des steilen Winkels zielte er niedrig und drückte ab.

Mit einem scharfen Knall, der gleich auf das Schußgeräusch folgte, schlug das 19-Gramm-Geschoß durch das Dach des Rovers. Eine Weile geschah nichts. Plötzlich zuckte der Gewehrlauf im Fenster wie verrückt, die Bremslichter verloschen und Räder zerstoben den Schotter, als der Rover nach vorne schoß.

Er schoß direkt über die Kante und den steilen Abhang hinunter, bis er außer Sicht war. Barry hörte die Radaufhängung des Fahrzeugs rattern und kreischen, hörte das Unterholz am Metall kratzen und Steine, die sich aus der Festungsmauer lösten. Dann folgte ein weiterer Moment der Stille und ein neuer, schwerer metallener Schlag, als er unten auf dem Boden aufschlug.

Das Junge beobachtete die leere Stelle auf der Piste. Es peitschte mit dem Schwanz die Luft, offensichtlich argwöhnisch über das Verschwinden des Rovers, ohne jedoch Barrys Anwesenheit bemerkt zu haben. Das Schußgeräusch mußte von den Mauern widergehallt sein, so daß es schwierig zu sein schien, seinen Ursprung zu erfassen. Barry richtete sein Gewehr auf Shaitan und feuerte erneut. Sie sprang auf und fiel mit ausgestreckten, zitternden Hinterläufen auf die Seite.

Das Junge blickte zu seiner Mutter zurück, trottete hinüber, schnüffelte und gab einen langen Klageschrei von sich. Noch immer hatte es Barry nicht bemerkt. Es schien zu glauben, daß der Rover seine Mutter getötet habe. Er zielte durch das Fadenkreuz, um die nächste Kugel durch die vordere Schulter der jungen Tigerin zu schicken.

Ganz unten vom Fuße der Festung ertönte ein eigenartiges Stöhnen. Die junge Tigerin trottete an den Rand der Piste, wo die Reifenspuren des Rovers noch immer im Staub zu sehen waren, und antwortete mit einem beinahe kläglichen Knurren. Mit seinem freien linken Auge sah Barry gestreiftes Fell aufblitzen. Es überquerte ein offenes Stück der Piste und ging hinunter zum See, durch eine Lücke zwischen den Bäumen. Sein Fadenkreuz blieb auf die Schulter der jungen Katze fixiert. Ein harter, bitterer Geschmack hatte sich in seinem Mund gebildet, so als hätte er gerade eine billige, ausgetrocknete Zigarre bis auf den Stummel niedergeraucht.

Von einem ausgewachsenen Jungen erwartete man nicht, daß es sich um die Mutter kümmerte. Katzen kannten keine Mutter-Kind-Liebe oder Selbstopferung. Oder Rache. Aber das hier waren keine echten Tiger. Und dieser hier in seinem Visier besaß zwei Arten von Wissen, die ihn sehr gefährlich machten: das Wissen, daß Menschen Beute sein konnten und wie man den Grenzen des Parks entkam.

Barry konnte sich kaum vorstellen, daß irgend jemand in dem Fahrzeug den Sturz überlebt hatte, doch die menschlichen Schreie, die die Mauern hinaufschallten, belehrten ihn eines Besseren. Das Schreien wurde durch eine Serie gereizten Brüllens unterbrochen. Die junge Tigerin stand am Abgrund, um sich zu den anderen, fressenden Tigern zu gesellen. Aber sie sah erneut zurück, um einen letzten Blick auf ihre Mutter zu werfen. Wußte sie, daß sie tot war? Versuchte sie, dies zu begreifen?

Sie hockte sich hin, um die Mauer hinunterzuspringen. Barry korrigierte sein Ziel und feuerte einen letzten Schuß ab.

Er war sich nicht sicher, ob sie Mutanten waren. Vielleicht *würde* die Evolution das gleiche für die Tiger tun, wenn man ihr genug Zeit ließe. Und die Menschen hatten Tiere schon immer genetisch manipuliert, durch selektives Züchten in zeitraubenderen und willkürlicheren Versuchen – mindestens seit dem Paläolithikum. Tiger waren wahrscheinlich nicht die einzige biologisch manipulierte Spezies, die auf dem Planeten frei herumlief. Vielleicht werden die Tiere, die wir verändert haben, die einzigen sein, die die Erde mit uns teilen.

Oder sie vielleicht eines Tages beherrschen.

Barry wußte, daß er diese Frage nicht beantworten mußte. Er hatte genug. Vom Tod genug gesehen und genug selbst getötet. Das Jagen würde niemals wieder so sein, wie es einst mit Joshua gewesen war, und er würde nach Shaitan keine weitere Katze mehr töten. Die Sonne ging blutrot hinter den Waldhügeln und dem See unter, wo sich dicke, schwarze Wolken zum nächtlichen Sturm sammelten. Er faßte sein Gewehr am Lauf, schleuderte es, soweit er konnte, und wandte sich zum Helikopter, ohne auch nur zu warten, wo es aufschlug.

Ihre Hand umklammerte noch immer den Kontrollschalter, doch ihr Brustkorb hatte sein ruppiges Auf und Ab eingestellt. Emilys Augen waren noch immer auf seine Tür fixiert. Er war nicht rechtzeitig zurückgekommen, um ihren Blick zu erwidern. Er setzte die Koordinaten für Jaipur, und der Helikopter stieg vom Boden auf. In einer Sache hatte sie recht gehabt: Sobald sich herumgesprochen hatte, daß Emily Kammath bei dem Versuch, Wilderer aufzuhalten, getötet worden war, würde die Welt eine Welle der Anteilnahme für ihre Tiger erfassen.

Er hatte noch Fragen, die er ihr stellen wollte. ›Was glauben Sie, Emily‹, wollte er sie fragen, ›würde eine intelligente, junge Tigerin, die zusehen mußte, wie ihr Bruder und ihre Mutter durch Menschenhand getötet worden waren, und die sich dabei ihren eigenen Schwanz versengt hatte, verängstigt genug sein, um zu Hause zu bleiben? Würde das für eine Weile ausreichen?‹

Vielleicht.

Vielleicht aber auch nicht.

Originaltitel: ›In the Furnace of the Night‹ • Aus: ›Asimov's Science Fiction‹, Mai 1997 • Copyright © 1997 by Dell Magazines. Division of BantamDoubledayDell • Übersetzung aus dem amerikanischen Englisch von Heiko Fiedler

---

Michael Siefener

DAS RELIQUIAR

Neulich erfuhr ich, daß die behördlichen Untersuchungen ergebnislos beendet wurden. Deshalb habe ich mich nach langem Zögern dazu entschieden, meine persönliche und subjektive Version der Ereignisse mitzuteilen, die zu dem Brand und der völligen Zerstörung der Pfarrkirche St. Leodegar in Dernig geführt haben. Mir ist selbst nicht klar, wie das Geschehen zu deuten ist; daher will ich mich im folgenden darauf beschränken, meine Tagebucheintragungen, die den in Frage stehenden Zeitraum betreffen, unkommentiert so wiederzugeben, wie ich sie unter dem unmittelbaren Eindruck der verwirrenden Vorfälle niederschrieb. Zur Vorgeschichte aber seien mir einige erläuternde Anmerkungen erlaubt.

Ulrich Hommes war ein alter Schulfreund von mir. Nach dem Abitur hatten wir uns aus den Augen verloren; er studierte Theologie in Trier; ich blieb in Köln, meiner Heimatstadt. Auf einem spätwinterlichen Klassentreffen in unserer alten Schule sahen wir uns nach vielen Jahren wieder. Wir knüpften schnell an die alten Zeiten an, und es stellte sich heraus, daß Ulrich nun in einer kleinen Gemeinde im Maifeld in der Eifel seinen priesterlichen Dienst tat. Dort schien es ihm nicht zu gefallen; er klagte darüber, daß er recht einsam sei und bis auf einen alten Geistlichen im Range eines Monsignore, der in der Gemeinde als Subsidiar noch tätig war, niemanden kenne, mit dem er einmal ein Wort wechseln könne, und auch der Monsignore sei griesgrämig und verbiestert. Dann schwärmte er von den landschaftlichen Schönheiten der Eifel, von der interessanten Dorfkirche, einem romanischen Bau aus der Zeit um 1200, kurz, er wollte mich dazu verführen, ihn einmal für längere Zeit zu besuchen und unsere alte Freundschaft zu erneuern.

Da ich selbst damals aus persönlichen Gründen eine Ablenkung gebrauchen konnte und mir meine Wohnung nach dem Auszug meiner Frau zu groß und einsam geworden war, nahm ich seine Einladung gern an und versprach, ihm im Mai zwei Wochen lang Gesellschaft zu leisten.

Ich meldete im Büro meinen Urlaub an, erhielt ihn genehmigt und machte mich zum vereinbarten Termin auf den Weg zu Ulrich, nach Dernig in der Eifel. Der Fortgang der Ereignisse ergibt sich unmittelbar aus meinen Tagebuchaufzeichnungen.

Montag, den 14. Mai

Der erste Tag in Dernig. Er brachte mehr an Zerstreuung als Monate meines unerträglich gewordenen Daseins in meiner leeren Wohnung, und er endete sogar mit einem Rätsel. Doch ich will wie gewöhnlich alles der Reihe nach schildern.

Gegen neun Uhr verließ ich Köln bei Sonnenschein gen Süden, nahm die A 61 in Richtung Koblenz, verließ diese bei Mendig, folgte einer zweispurig ausgebauten Landstraße, die hinter Mayen in eine kleine Kreisstraße übergeht und dann an winzigen, angenehm unbekannt klingenden Orten wie Allenz, Gering oder Kollig vorbeiführt. Kurz vor dem Dörfchen Roes verließ ich diese Straße wieder und bog in einen asphaltierten Feldweg ein, von dem ich niemals vermutet hätte, daß er zu einem Ziel führte, wenn nicht an der Einmündung ein

288

Wegweiser mit der Aufschrift ›DERNIG 2 km‹ gestanden hätte. Die holprige Straße wurde auf beiden Seiten durch ausgedehnte Rapsfelder begrenzt, deren kraftvolles Gelb in der Mittagssonne einen leuchtenden, wie aus eigener Kraft strahlenden Kontrast zu den zartgrünen Hecken und Sträuchern und den fern sich anschließenden Wiesen und Weiden schuf. Ich kurbelte das Seitenfenster hinunter und ließ die von Vogelgezwitscher und Grillengesang erfüllte Luft durch das stickige Innere meines Wagens fließen. Nur wenige wattige Wölkchen durchschwammen die flirrende Bläue, und kaum ein Baum am Rande des Weges spendete Schatten.

Die schmale Straße führte mich sanft in ein flaches Tal, in dessen Mitte Dernig liegt, überragt und bewacht von dem schiefergedeckten hohen Kirchturm, den ein goldglänzender Wetterhahn krönt. Die hartweiß getünchte Kirche befand sich am anderen Ende des Ortes, den ich nun langsam durchfuhr. Die Straße ist kopfsteingepflastert, die Häuser tragen den eifeltypischen weißen Verputz und Fensterumrandungen aus hellrotem oder ockerfarbenem Sandstein. Selbst im Ortskern gibt es noch viele Bauernhöfe; als ich sie passierte, begannen die Hunde müde zu bellen. Doch auch hier hat die Zivilisation Einzug gehalten: Viele Fassaden sind mit Satellitenantennen verschandelt, und in einem großen alten Haus hat sich ein Laden mit grellbunten Auslagen und dem schräg klingenden Namen ›Top Video Super Aktuell‹ (sic) eingenistet.

Endlich hatte ich die Kirche erreicht. Ich stellte meinen Wagen auf dem weiten Platz davor ab und schaute mich um. Links neben der Kirche steht ein Bruchsteinhaus, dessen dunkle Fassade von den übrigen Gebäuden absticht; wie um diesen düsteren Ton auszugleichen, hängen Geranien in verschwenderischer Pracht vor den Fenstern. Hier wohnt – wie mir Ulrich eben erzählte – das Ehepaar Kall, das für ihn Küster- und

Haushälterinnendienste übernommen hat. Zur Rechten ist ein zweistöckiges barockes Haus unmittelbar an die Kirche angebaut. Keine Blumen, nur ein kleiner, dürr aussehender Küchengarten davor, sachlich, beinahe traurig. Die Hunde hatten sich wieder beruhigt, große Straßen waren fern; die Mittagsstille lastete schwer auf dem Ort.

Das mächtige Portal des Barockflügels öffnete sich, und Ulrich kam heraus. Er mußte meine Ankunft beobachtet haben. Er lief ein wenig ungelenk auf mich zu; seine grauen Augen blinzelten freudig.

»Wie schön, daß du da bist«, sagte er herzlich. »Ich hoffe, du hattest eine gute Fahrt. Ein herrlicher Tag heute, nicht wahr? Komm, ich zeige dir dein Quartier.«

Ich holte zwei kleine Koffer aus meinem Wagen; sofort nahm er mir einen ab und ging voran. Vor der Tür blieb er kurz stehen und sagte: »Ein wunderbares Pfarrhaus, nicht wahr? 1777 erbaut. Teil eines alten Klosters; alles, was davon übriggeblieben ist.«

Er zeigte auf ein steinernes Wappen mit einer verwitterten Jahreszahl über der Tür.

Im Innern empfing uns angenehme Kühle. Ulrich ging auf eine breite Holztreppe mit einem fein geschnitzten Geländer zu.

»Hier im Erdgeschoß befinden sich nur das Pfarrsekretariat, ein Besprechungsraum und eine unter Denkmalschutz stehende Küche. Die Wohnräume sind allesamt oben.« Schon stieg er die anheimelnd knarrende Treppe hoch, bog an deren Ende nach links in einen zwielichtigen Korridor ein und öffnete eine Tür an dessen Ende.

»Bitte einzutreten«, sagte er geschäftig.

Ja, hier läßt es sich wirklich eine Weile aushalten. Das Zimmer liegt nach hinten hinaus, es stehen nur die nötigsten Möbel darin: ein Bett, ein Sessel, ein Tischchen, ein Schrank. Die Wände sind weiß und kalt. Im Winter mag es unangenehm sein, nun aber ist es das

Paradies. Ich schreibe diese Zeilen an einem kleinen Schreibtisch, der unmittelbar unter einem quadratischen Sprossenfenster steht, und wenn ich aufsehe, erkenne ich links noch die Apsis der Kirche, dahinter ein von Weiden, Eschen und Haselsträuchern beufertes Bächlein, dessen fernes Murmeln einschläfernd wirkt. Dahinter schließt sich ein dunkles Wäldchen an, umrahmt von Wiesen und Feldern, gelb, braun, grün. Es muß schön sein, hier vom Morgenlicht geweckt zu werden und den noch schläfrigen Blick über den Fluß, das Wäldchen und die Felder schweifen zu lassen.

Nachdem ich ausgepackt hatte, zeigte mir Ulrich das Pfarrhaus. Montags ist sein freier Tag, den er jede Woche heiß herbeisehnt, und so hatte er viel Zeit für mich und geleitete mich mit sichtlichem Vergnügen herum. Das Wohnzimmer ist mit alten Möbeln eingerichtet, die er zum größten Teil von seinem Vorgänger übernommen hat, deutsche Eiche, deren Patina sie erträglich, ja gar vornehm macht. Ferner stehen ihm ein Schlafzimmer, ein Eßzimmer, eine Küche – das Reich von Frau Kall, die eine hervorragende Köchin ist; ich kann's nun bestätigen – und ein Arbeitszimmer zur Verfügung, in der seine umfangreiche Bibliothek steht; es ist sein Lieblingsraum; schließlich ehrt er die Bücher genauso wie ich. Endlich gibt es ein zweites Gästezimmer und ein Bad. Man kann nicht gerade sagen, daß Ulrich hier spartanisch dahinvegetiert. Dennoch ist er nicht zufrieden; er ließ es kurz durchblicken. Zwischen uns und dem Glück steht einfach das, was wir nicht haben, auf ewig.

Ulrich gab mir einen Zweitschlüssel für die Haustür, und danach schlichen wir vorfreudig ins Speisezimmer. Als Frau Kall die Suppe brachte, wurde ich ihr vorgestellt. Sie ist eine fünfundsechzigjährige Frau, weißhaarig, furchiges Gesicht, klein, mit einer hohen, trockenen Stimme und freundlich-unverbindlichen Augen. Sie hatte schon Ulrichs Vorgänger den Haushalt geführt, unter dem auch ihr Mann bereits Küster gewesen war. Es gab eine fettige Rindfleischsuppe, danach scharf gewürzten Hackfleischbraten, dazu Salzkartoffeln (Eifler, einfach besser als das, was wir in der Stadt bekommen) und mit ausgelassenem Speck gedünsteten Wirsing; als Nachtisch Schokoladenpudding. Ich verstand Ulrichs Frustrationen immer weniger.

Während des Essens unterhielten wir uns kurz über die alten Zeiten, dann erzählte Ulrich von seiner Arbeit. Er hat wegen des Priestermangels inzwischen vier Pfarreien zu betreuen; Dernig, Kollig und als Kapellengemeinden Roes und Pyrmonterhöfe. Er ist sehr froh, wenigstens Monsignore Scheuren zu haben, der ihm leidlich hilft. Ulrich sagte, er sei neugierig darauf, mich kennenzulernen, und werde heute abend zu Besuch kommen. Ich solle um Himmels willen nicht erwähnen, daß ich von meiner Frau getrennt lebe, denn der Monsignore sei ein Mensch mit recht altmodischen und starren Moralvorstellungen.

Nach dem Essen besichtigten wir die Kirche. Erst vor wenigen Monaten ist sie restauriert worden und leuchtet außen und innen in frischen Farben. Wir traten durch das schwere, archaisch wirkende Hauptportal an der Westseite und standen sogleich in dichter Finsternis. Ich blieb verunsichert stehen. Auch Ulrich wartete einen Augenblick lang. Langsam, sehr langsam schälten sich die Umrisse gedrungener dicker Säulen und klobiger Kapitelle aus der Dunkelheit, und bald konnte ich erkennen, daß wir uns in einer niedrigen zweischiffigen Pfeilerhalle befanden. Wenige weitere Schritte brachten uns in das Hauptschiff, das nur durch eine Reihe hochliegender kleiner Fenster im Obergaden an den Längsseiten beleuchtet wird. Es besitzt vier quadratische Joche mit späterem Kreuzrippengewölbe und endet in einer fünfseitig gebrochenen Apsis, über die sich ein halbes Chorgewölbe mit Wulstrippen auf Säulendiensten dehnt. Die Ausmalung der Apsis, die aus dem 13. Jahrhundert stammt und nun sorgfältig restauriert wurde, besteht aus Bändern von großen rotgrundigen Medaillons, in die alternierende Darstellungen von Tieren und stilisierten Blumenranken eingefügt sind. In der Mitte des Chorraumes erhebt sich ein moderner Marmoraltar, über dem ein Triumphkreuz aus dem 16. Jahrhundert hängt.

Neben der Tür, die zur Sakristei hinter der Nordwand führt, steht auf einem Postament die Holzstatue des Schutzpatrons der Kirche, des hl. Leodegar. Ulrich erklärte mir, daß dieser um 616 geborene Leodegar Abt des französischen Klosters St. Maixent war und später zum Ratgeber König Childerichs des Zweiten ernannt wurde. Er geriet in politische Intrigen, wurde gefangengenommen, geblendet und dann zunächst verbannt, schließlich aber enthauptet. Seine Hilfe wird bei Augenleiden und Besessenheit (welch eine Kombination!) erfleht. Nun führte mich Ulrich zu einem winzigen Seitenschiff an der Südseite, in dem das schwarze Marmorhochgrab des Grafen Philipp von der Mark und seiner Gattin Katharina von Manderscheid-Schleiden aus dem 17. Jahrhundert steht. Genau darüber erhebt sich der Glockenturm, der einen Zugang von der Apsis her besitzt.

Als spiele er den Fremdenführer, zeigte mir Ulrich noch die buntgipsernen, kitschigen Kreuzwegreliefs aus dem 19. Jahrhundert und dozierte anschließend über die Geschichte der Kirche. »Ich werde dir das alles nur erzählen, weil es zum Verständnis der größten Sehenswürdigkeit nötig ist.« Er lächelte heimlichtuerisch. »An dieser Stelle wurde im letzten Viertel des 12. Jahrhunderts von den Herren von Kerpen ein Augustinerchorfrauenstift gegründet. Die Bauarbeiten müssen schlecht vorangekommen sein, denn der Erzbischof Konrad von Köln, zu dessen Bistum Dernig damals gehörte, erteilte den gottgeweihten Frauen 1240 eine Kollektenerlaubnis. Darauf soll der Bau bereits 1241 vollendet gewesen sein. Um 1243 wurde das Stift den Prämonstratensern angegliedert und dem Kloster Steinfeld unterstellt. 1475 verwüstete ein Brand die Einrichtung und das Dach. Nach dem Wiederaufbau wurde das Stift 1505 in einen Männerkonvent umgewandelt, da unter den frommen Fräulein ein beängstigender Sittenverfall eingerissen sein soll. Um 1640 wurden neue Klostergebäude errichtet, und nach einer weiteren Feuersbrunst entstand der Südflügel – also das jetzige Pfarrhaus – 1776 bis 1782 neu. Im Zuge der Säkularisierung wurde der Konvent 1803 aufgehoben und die Kirche zur Pfarrkirche St. Leodegar gemacht. Doch zur Baugeschichte gibt es noch eine absonderliche Variante.« Ulrich zeigte zur Nonnenempore über der Pfeilerhalle. »Von dort oben hat man einen schönen Blick.« Schon lief er in die dumpfe Eingangshalle, in der sich eine Wendeltreppe nach oben drehte.

Von der Empore aus zeigte sich in der Tat die vollendete Harmonie des Kirchenschiffs am eindrücklichsten. Doch Ulrich zog mich ungeduldig hinter die Orgel – »Von 1714 und noch voll funktionsfähig«, merkte er kurz an –, setzte über einen Stapel farbklecksiger Decken hinweg und wies mit leicht zitternder Hand auf vier schlecht ausgeleuchtete Fresken.

»Schau dir das an!« sagte er aufgeregt.

Die Fresken sind nur etwa zwanzig mal vierzig Zentimeter groß und mit einer geometrischen Bordüre umgeben. Die Farben sind stark verblaßt und hier und da bereits völlig abgeblättert. Ich trat näher hinzu. Ulrich hielt sich dicht hinter mir und sagte: »Genau über den Wandmalereien war der Putz herabgefallen; diese Stelle hier ist feucht. Bei der Ausbesserung fand man die Fresken. Sie wurden gesäubert, aber noch ist nicht entschieden, ob sie auch restauriert oder nur in ihrem jetzigen Zustand konserviert werden sollen.«

Das erste Bild zeigt eine Stiftsfrau. »Sie trägt ein Rochett, die Cappa und das Almutium, also ist sie eine

Augustinerchorfrau«, bemerkte Ulrich rasch, »daher können wir die Fresken auf die Zeit zwischen etwa 1175 und 1243 datieren.« Die Frau sitzt an einem Tisch, auf dessen zu steil gemalter Platte ein Blatt beschriebenen Papiers und eine Feder liegen. Ihr gegenüber steht eine bizarre dürre Gestalt mit riesigen Klauen statt Händen und Füßen, mit einem langen geschuppten Schwanz und einem hundeähnlichen Kopf mit stark hervorspringendem Gebiß, das grotesk gebogene Reißzähne besitzt. Aus dem Rücken der Kreatur sprießen zusammengefaltete fledermausartige Flügel. »Der Teufel oder ein Dämon«, erklärte Ulrich. »Sie haben einen Pakt geschlossen.«

Auf dem nächsten Fresko ist das Äußere der im Bau befindlichen Kirche abgebildet – wiederum in hilflos verzerrter Perspektive. Daneben steht die Stiftsfrau aus dem ersten Bild und reckt befehlend die Hände in den Himmel. Von dort nähert sich die Kreatur mit weit ausgebreiteten Schwingen und hält einen riesigen Steinquader in den Klauen.

»Jetzt wissen wir, warum die Kirche im Jahre 1241 so überraschend schnell fertiggestellt wurde«, kommentierte Ulrich. In seiner Stimme schwangen Spott und Zweifel; auch vibrierte sie ein wenig.

Ich drehte mich zu ihm um. Er lächelte schief. Seine Stimme sank zu einem Flüstern herab; ich wußte nicht, ob er einen Scherz machte: »Manchmal glaube ich wirklich, diese Kirche ist des Teufels. Doch schau dir das dritte Fresko an.«

Es zeigt erneut die Augustinerin, die einen erstaunlich fein gemalten goldfarbenen Zylinder wie ein Heiligtum in den Händen trägt, aus dem das geifernde Haupt des Ungeheuers hervorlugt.

»Es kann nur ein Reliquiar sein; sie zwingt den Teufel hinein. Erst mußte er schuften, dann wurde er übertölpelt. Doch die Seele der Chorfrau wird dafür in der Hölle schmoren.« Ulrichs Stimme hatte einen schnei-

295

denden Ton angenommen. »Das vierte, am stärksten beschädigte Bild stellt die Einweihung der Kirche dar; es ist nicht mehr interessant. Komm jetzt.«

Er floh geradezu nach unten in die finstere Halle. »Was hältst du von einem kleinen Spaziergang?« fragte er, wartete kaum meine Zustimmung ab und lief nach draußen. Ich folgte ihm.

Ein Schwall heißer Luft schlug uns entgegen. Sofort begann ich zu schwitzen. Sanfter Wind brachte eine kurze Kühlung. Wir wanderten zunächst schweigend die Straße entlang bis zum Ortsausgang, folgten dann dem Lauf des Flüßchens, bogen schließlich in die Felder ab und gingen auf jenes Wäldchen zu, das ich von meinem Fenster aus sehen kann.

Ulrich wurde allmählich ruhiger. »Es ist merkwürdig. Dort oben auf der Empore habe ich immer wieder das Gefühl, als müsse ich ersticken. Es wird die schlechte Luft sein; sie ist feucht und muffig. Aber ich wollte dir doch unbedingt diese Fresken zeigen. Sie sind das Ungewöhnlichste, was ich in dieser Art je gesehen habe.«

Er blieb stehen. Der Wald um uns war beinahe so dunkel wie das Innere der Kirche. Auch hier schwieg uns die Welt an. Ulrich sagte leise: »Manchmal ängstigen mich diese Bilder. Ich weiß, es ist verrückt, aber auf mich wirken sie bedrohlich. Dabei ist es nichts als überlebter Aberglaube. Da siehst du, wie man wird, wenn man zu lange in einer solchen Umgebung dahinvegetiert.« Er bemühte sich zu lachen und ging trotzig weiter.

Erst nach drei Stunden kamen wir zurück. Ulrich hatte sich wieder gefaßt und war wie früher. Er mußte sein Brevier beten und erlaubte mir, in der Zwischenzeit einen Blick in seine Bibliothek zu werfen. Bücher hatten ihn schon immer sehr interessiert, und so stöberte ich lustvoll herum und fand etliche wertvolle Ausgaben der Kirchenväter, so die berühmte Basler

Augustinus-Edition von 1505 und dergleichen mehr. Ich vergrub mich geradezu in den leicht staubigen Bänden, entdeckte auch einiges, was ich nicht zu sehen erwartet hatte, wie ein altes Exemplar der *Fanny Hill*, eine faszinierende Ausgabe der *Justine und Juliette* von de Sade (jene mit den Kupfern ...), Bücher über Exorzismus und Hexenwahn, Absonderlichkeiten wie Grafs *Naturgeschichte des Teufels* und anderes mehr.

Ich schreckte hoch, als sich plötzlich die Tür öffnete. Ulrich sah herein und sagte leise: »Scheuren ist schon da. Der alte Knabe konnte es wohl nicht erwarten.«

Ich legte das Buch fort, in dem ich gerade geblättert hatte, und folgte Ulrich. »Nette Sachen hast du da stehen«, sagte ich, und er kicherte wie ein Schuljunge. »Wer sagt denn, daß man als Priester unbedingt sauertöpfisch sein muß? Ich brauche schließlich auch meinen Ausgleich für all das hier«, antwortete er mit gicksender Stimme, räusperte sich, als er die Wohnzimmertür öffnete, und war wieder ganz Geistlichkeit, während er mich dem Monsignore vorstellte.

Mein erster Eindruck von ihm war: Schwarz. Schwarze, streng gescheitelte Haare, glatt an dem ausladenden Schädel anliegend, wie pomadisiert, schwarze Augen, schwarzer Anzug über einem hohen, massigen Körper, weißes Hemd und schwarze Krawatte, schwarze Schuhe. Er beherrscht jeden Raum. Trotz seiner achtundsiebzig Jahre macht er einen vitalen, gegenwärtigen Eindruck. Er erscheint seltsam alterslos. Seine Stirn ist ungefurcht wie bei einem Menschen, der nicht weiß, daß er lebt. Er begrüßte mich höflich mit einem festen Händedruck. Zunächst unterhielt er sich mit Ulrich über Pfarrangelegenheiten und warf mir nur ab und zu einen Blick herüber. Seine Stimme ist voll und dunkel, aber monoton: Er redet beinahe ohne Betonung. Ab und an nahm er einen Schluck süßen Moselwein, den Ulrich aufgetischt hatte.

Schließlich fragte Monsignore Scheuren mich, ob ich

bereits die Kirche besichtigt hätte. Ich bejahte eifrig. Ob mir Ulrich auch die Fresken auf der Empore gezeigt habe? Erneutes Nicken. Ob ich vielleicht eine Idee hätte, warum die Bilder gemalt wurden? Diese Frage hatte ich mir noch nicht gestellt, doch Scheuren hatte recht: Die Nonnen werden sich nicht selbst der Zuhilfenahme des Teufels bezichtigt haben. Vielleicht sollten die Darstellungen zur Denunziation der Verantwortlichen dienen? Ulrich beendete die Spekulationen: »Man wird es kaum mehr herausfinden können. Es gibt leider keine weiteren Dokumente aus dieser Zeit. Ich denke auch nicht, daß es wichtig ist.«

»Glauben Sie, daß das Reliquiar nach der Natur gemalt worden ist?« fragte ich den Monsignore.

»Woher soll ich das wissen?« gab er nicht sonderlich freundlich zurück.

Ulrich bemühte sich, die Atmosphäre zu lockern: »Zumindest befindet es sich nicht in unserer Kirche. Ich habe zwar das Reliquiar, das in der Platte des neuen Altares eingemauert ist, nie gesehen, aber ich nehme nicht an, daß es sich dabei um das auf dem Fresko handelt.«

»Richtig«, bemerkte Scheuren trocken.

»Könnte es sich nicht an einem anderen Ort in der Kirche befinden?« gab ich zu bedenken.

»Nein, mit Sicherheit nicht«, entgegnete Scheuren und nippte an seinem Weinglas. Dann sah er versonnen in das flüssige Gold zwischen seinen Fingern. »Reliquiare gehören in die Mensa des Altars.«

Ich muß ein verständnisloses Gesicht gemacht haben, denn er erklärte sofort: »Die Mensa ist die Platte, wie sie Herr Hommes eben schon despektierlich genannt hat. In unserer Mensa befindet sich eine Reliquie der hl. Barbara; das Reliquiar stammt aus den sechziger Jahren.«

Nun war es auch an Ulrich, ein erstauntes Gesicht zu machen.

»Kennen Sie etwa nicht die Geschichte von der Entfernung des alten Hochaltars, Herr Pfarrer?« fragte der Monsignore mit leichtem Tadel. »Sicher, es war vor Ihrer Zeit, aber ich dachte, Sie hätten sich informiert.«

»Ich muß gestehen, daß ich dafür noch keine Zeit hatte«, versuchte sich Ulrich zu verteidigen und spielte an seinem Weinglas, wie um sich an etwas festhalten zu können. Scheuren ging auf diese Entschuldigung nicht ein, sondern begann: »Als Ihr Vorgänger – damals war er noch so jung wie Sie heute – das Zweite Vatikanum in unserer Pfarre rasant umsetzte, wurde der häßliche Altar, der noch jetzt den Chor verschandelt, in Auftrag gegeben. Der schöne barocke Hochaltar sei angeblich in einem schlechten Zustand, sei kunsthistorisch unbedeutend, und daher lohne sich eine Restaurierung nicht. Überdies weise der Steinsockel Senkungsschäden auf, so daß auch das Generalvikariat dem Abriß unter der Auflage zustimmte, daß die in der Mensa eingelassene Reliquie des hl. Leodegar in den neuen Altar zu verbringen sei.

Wir öffneten daraufhin den betreffenden Teil der Mensa, fanden schließlich die Höhlung, darin aber nur einen vergilbten Zettel, sonst nichts. Das gesamte Reliquiar war verschwunden und somit der Altar die ganze Zeit über entweiht gewesen. Ich war entsetzt. Ob das fehlende Reliquiar mit jenem auf dem Fresko identisch war, kann ich natürlich unmöglich sagen.«

»Davon wußte ich nichts«, bemerkte Ulrich kleinlaut und zuckte mit den Schultern.

»Sie haben sich ja auch nie um die Geschichte der Kirche gekümmert«, sagte der Monsignore vorwurfsvoll.

Nun war ich neugierig geworden. Ich fragte den alten Geistlichen: »Stand vielleicht etwas auf dem alten Zettel?«

»Ja, aber es war sinnloses Gewäsch, nur ärgerlich, sonst nichts. Sinngemäß stand da, daß nur Gott allein wisse, wo die Reliquie sei. Zynisch, nicht wahr?«

»Wo ist denn der Zettel abgeblieben?« fragte Ulrich beiläufig und schaute gedankenverloren aus dem Fenster, hinter dem sich die Nacht herabsenkte.

»Ich habe ihn damals an mich genommen, da niemand sonst eine Verwendung für ihn hatte.«

»Möglicherweise können wir ihn uns einmal gemeinsam ansehen?« schlug ich vorsichtig vor.

»Ich kann ihn morgen vorbeibringen, aber machen Sie sich keine Hoffnungen. Es steht nicht mehr darauf, als ich schon sagte. Kein Hinweis, rein gar nichts. Bestimmt ist das Reliquiar mitsamt dem Inhalt schon vor langer Zeit gestohlen worden.«

Schließlich verabschiedete sich Monsignore Scheuren von uns und ließ uns mit unseren Gedanken allein. Nun bin ich auf den Zettel gespannt. Ulrich hingegen ist nicht neugierig. So desinteressiert habe ich ihn selten gesehen. Morgen abend wissen wir mehr. Mir scheint, als wolle ich unbedingt ein Rätsel lösen. Es würde mich ablenken. Der Tag war schön und beklemmend zugleich.

Dienstag, den 15. Mai

Erneut wunderbares Frühlingswetter!

Ulrich mußte arbeiten, und so unternahm ich nach dem Frühstück einen langen Spaziergang durch die an das Dorf grenzenden Felder und die noch ungemähten Wiesen, in denen es geschäftig brummte und summte, dann hin zu dem düsteren Wäldchen, durch welches wir gestern bereits gewandert waren.

Das Gezwitscher unzähliger Vögel perlte herab, und ich blieb stehen, um die Sänger zu beobachten, die gegen den bisweilen launischen Wind ankämpften, geradezu in der Luft hingen, sich drehten und pfeilschnell in eine fremde Richtung davonflogen.

Bald umgaben mich dichter Mischwald und zähes

Zwielicht. Die Morgensonne hatte noch nicht zu dem Wald gefunden, doch die kecken Lieder der Vögel durchwoben auch diesen Ort und dämpften die seltsame Melancholie, die darüber brütete. In seiner Mitte liegt still, verträumt und selbstvergessen ein kleiner Teich, an dessen sumpfigem Ufer eine verwitterte Bank steht. Dort setzte ich mich nieder und schaute in die Runde, betrachtete gedankenverloren die schweren Zweige einiger Weiden, die sich im starren Wasser des Weihers spiegelten, und den schmalen verschlungenen Pfad, der mich hergeführt hatte. Mir war so leicht zumute: als ob die Sorgen der Vergangenheit aus diesem See des Vergessens Linderung empfingen. Doch es war kalt hier; endlich mußte ich weitergehen.

Nachdem ich den Wald verlassen hatte, schlug ich einen großen Bogen durch die Weiden und Felder nach Dernig zurück. Da ich an dem der Kirche entgegengesetzten Ortsrand ankam, mußte ich das ungeschäftige Dorf durchqueren. Niemand ließ sich auf der Straße blicken. Irgendwo tuckerte laut ein Traktor. Die Läden waren geschlossen. Der Mittagstod. Ich warf einen kurzen Blick auf die Auslage der Videothek: *Die Fliege; Zombie; Die Nacht der reitenden Leichen* und dergleichen mehr. Ein bizarrer Geschmack schien im Dorf zu herrschen.

Beim Mittagessen berichtete mir Ulrich, daß Monsignore Scheuren den Zettel vorbeigebracht habe. Er hatte ihn nicht aus der Hand geben wollen, und so war Ulrich gezwungen gewesen, sich eine Abschrift anzufertigen, die er mir überließ. Sie liegt nun neben mir auf dem Schreibtisch und lautet: *Si me interrogabis horum versuum lector benevolens ubi essent reliquiae tibi respondebo. Solum salvator noster Iesus Christus responsum novit.** Irgend etwas macht mich immer wieder stutzig

---

* Wenn du mich fragen wirst, wohlwollender Leser dieser Zeilen, wo die Reliquien seien, werde ich dir antworten. Nur unser Erlöser Jesus Christus kennt die Antwort.

an diesem Text. Den größten Teil des Nachmittags habe ich damit verbracht, einen Sinn in die Zeilen zu lesen. Ich habe es mit der Umstellung von Wörtern und Buchstaben versucht, mit Auslassungen, mit Abzählen, doch es war umsonst. Schließlich hatte ich genug, meldete mich bei Ulrich ab, der in seinem Arbeitszimmer eine Predigt und eine Pfarrgemeinderatssitzung vorbereitete, die heute abend stattfinden soll, und fuhr nach Münstermaifeld, um mich abzulenken. Bereits hinter Sevenich erkannte ich die wuchtigen Umrisse der ehemaligen Stiftskirche, der sogenannten Gottesburg, auf einer Anhöhe vor mir. Sie thront massig über den sich an sie schmiegenden niedrigen Häusern und beherrscht mit ihrer festungsartigen Anlage die Silhouette des Städtchens.

Als ich endlich vor der Kirche stand, war ich beeindruckt. Das fünfgeschossige hochromanische Westwerk mit seinem rechteckigen Mittelturm und den beiden ihn flankierenden Seitentürmen hätte besser zu einer Trutzburg als zu einem Gotteshaus gepaßt. Die Apsis hingegen stammt aus spätromanischer Zeit, die riesigen Querschiffe zeigen bereits frühgotische Elemente, und die Vorhalle vor dem Südeingang ist in reinem gotischen Stil errichtet. Im Innern faszinierten mich die erst 1930 freigelegten Fresken, vor allem das achteinhalb Meter hohe Bild des Christophorus an der Nordwand des Querschiffes. Bemerkenswert sind auch die spätmittelalterlichen Pfeilerbemalungen, die um überlebensgroße Heilige herum detailbesessen ausgeführte Phantasielandschaften und Jagdszenen zeigen. Die Figurenstaffage ist höchst originell; man findet alle Arten von Vögeln, von Wild, sogar ein Einhorn, Menschen in allen Perspektiven, und weiterhin entdeckte ich eine Kreatur, die so bizarr ist, daß ich sie einfach nicht beschreiben kann. Leider wird sie in dem kleinen Führer, den ich in der Kirche gekauft habe, nicht erwähnt. Eigentlich ist es nicht mehr als eine unförmige Masse mit zwei grauen Schlitzen, die wohl die Augen darstellen sollen, denn in ihnen wiederum stecken zwei violette Pupillen. Vielleicht ist es eine verblichene Darstellung des Teufels.

In einer mit gotischem Maßwerk verzierten Piscinennische fand ich eine Reliquiarbüste mit Gebeinen des hl. Severus; die Reliquien sind in Brusthöhe der Skulptur in einer verglasten Einwölbung verborgen. Meine Gedanken kehrten zwangsläufig zum hl. Leodegar zurück. Ich wußte nicht, daß sich Reliquien doch nicht unbedingt im Altar befinden müssen.

Nach einer ausgedehnten Besichtigung der Gottesburg machte ich mich auf den Rückweg. Ich überlegte mir, daß vielleicht die Plastik des Leodegar das verschwundene Reliquiar beherbergen könnte. Sofort setzte ich Ulrich von meiner Mutmaßung in Kenntnis, doch er zerstörte meine Hoffnung, indem er mir mitteilte, daß die Skulptur neben der Sakristei aus dem 19. Jahrhundert stammte, der Zettel mit der Botschaft aber sowohl wegen des Schriftduktus als auch wegen der Art des Papiers dem 17. oder 18. Jahrhundert angehörte. Schade.

Heute abend zelebriert Monsignore Scheuren die Messe; Ulrich meinte, es könne nicht schaden, wenn ich daran teilnehme. Ich habe zwar keine Lust, aber mir scheint, als halte Ulrich den Besuch für wünschenswert. Nun gut.

Später

Ich habe gehorcht. Die Messe war kurz; der Monsignore enthielt sich glücklicherweise einer Predigt, die angesichts der wenigen Gläubigen auch kaum angebracht gewesen wäre. Außer mir waren noch drei alte Frauen mit wettergegerbten Gesichtern anwesend, deren schaurig hoher, brüchiger Gesang verlassen durch die Kirche hallte. Ich erhob, setzte und kniete mich mechanisch – Erbe meiner Erziehung – und ließ meine Gedanken schweifen; die monotone Stimme des Geistlichen machte es mir leicht.

Einmal riß mich jedoch ein heruntergeleierter Satzfetzen aus meinen zusammenhanglosen Träumen: »… nur Gott allein ist unsere Erlösung.«

Nur Gott allein … Etwas hatte sich in meinen Gedanken in Gang gesetzt. Erst am Ende der Messe, beim Schlußsegen, wußte ich, was es war. Warum heißt es in der Botschaft nicht: ›Nur Gott allein kennt die Antwort?‹ Es mag sein, daß die Abweichung bloß auf eine Eigenart des Verfassers zurückzuführen ist. Oder wollte er damit tatsächlich einen Hinweis geben: nicht Gott, sondern sein Sohn …? Es gibt keine Darstellungen Gottes, aber unzählige Darstellungen Christi wie z. B. das Kreuz in der Kunst. Es stammt – ich habe es gerade in meinen Tagebuchaufzeichnungen nachgeschlagen – aus dem 16. Jahrhundert. Es wäre möglich. Aber es ist absurd. Wenn ich mich recht erinnere, ist das Kreuz die einzige Darstellung Jesu Christi in dieser Kirche. Ich spüre das Jagdfieber. Leider konnte ich bisher nicht mit Ulrich darüber sprechen, denn die Sitzung des Pfarrgemeinderates ist noch nicht beendet. Ich werde ihn morgen früh fragen.

Mittwoch, den 16. Mai

Ich hatte recht! Die Jagd ist eröffnet! Statt der Reliquie haben wir allerdings nur ein neues, bislang völlig unverständliches Rätsel gefunden, doch seine Existenz beweist, daß wir auf der richtigen Fährte sind.

Heute morgen teilte ich Ulrich meine Überlegungen mit. Er glaube nicht, daß das Reliquiar im Kreuz verborgen sein könnte; dazu sei dieses wahrscheinlich zu flach. Er schlug aber vor, das Kreuz in Augenschein zu nehmen. Der Küster habe eine hohe Leiter, die er mir sicher leihe. Leider mußte Ulrich nach Kollig fahren und konnte mir daher keine Gesellschaft leisten.

So klingelte ich bei dem Bruchsteinhaus nebenan. Frau Kall öffnete mir und begrüßte mich sehr freundlich. Plötzlich schoß zwischen ihren Beinen etwas Großes, Braunes hindurch auf mich zu! Ich zuckte zusammen; ich weiß nicht, was ich erwartet hatte. Die Gestalten auf den Fresken – hier und in der Gottesburg – haben meine Phantasie stärker erregt, als ich glaubte. Frau Kall hingegen blieb ruhig. »Was haben Sie?« fragte sie. Da sah ich, daß das braune Untier nur ein massiger Kater war, der mir nun schnurrend um die Beine strich. Ich lachte auf, gab aber keine Antwort. »Zurück ins Haus, Peter«, sagte Frau Kall, und der Kater gehorchte tatsächlich. Ich wurde hineingebeten und dem Küster vorgestellt. Er ist recht wortkarg, geht leicht gebückt und sieht nicht so aus, als ob er viel lache, doch er ist sehr hilfsbereit. Er legte seine Zeitung fort, ging mit mir zu einem Schuppen, der hinter dem Haus steht, und holte eine hohe Aluminiumleiter heraus. Gemeinsam trugen wir sie zur Kirche. Dabei fragte Herr Kall, was ich denn damit vorhätte. Ich antwortete ausweichend, ich wolle mir das Altarkreuz einmal aus der Nähe betrachten, und hoffte, daß diese Lüge nicht zu unglaubhaft sei. Herrn Kall indes schien meine Auskunft zu genügen; er verfiel wieder in sein Schweigen. Er entriegelte das Kirchenportal und zog mich gleichsam durch das Zwielicht der Pfeilerhalle.

Als wir die Leiter im Altarraum so aufgestellt hatten, daß ich das Kreuz bequem erreichen konnte, ließ der Küster mich allein. Vorher bat er mich noch, ihm Bescheid zu sagen, wenn ich fertig sei, damit er wieder abschließen könne. Ich kletterte vorsichtig die Sprossen hinauf und untersuchte buchstäblich jeden Zentimeter des Kreuzes. Die Vorderseite brachte keine Erkenntnisse, doch als ich die Leiter verschob und mir die

Rückseite ansah, entdeckte ich schließlich im Querbalken winzige, tief in das Holz eingegrabene Buchstaben. Sie waren schwer zu entziffern; halb las ich sie, halb ertastete ich sie. Zuerst vermutete ich, es sei nur ein Signet des Künstlers, doch bald hatte ich den folgenden Text zusammenbuchstabiert: *Vide apud Lšm in opere magno ult. auct. MCDXLII eo loco de remediis. Octavum ad ultimum it.**

Ich trat wieder nach draußen und bemerkte, daß sich der Himmel drohend bewölkt hatte. Der Küster mußte mich vom Fenster aus beobachtet haben, denn schon kam er mir entgegen, und gerade als wir mit der Leiter am Schuppen anlangten, fielen die ersten dicken Tropfen. Ich rannte durch wolkenbruchartigen Regen zurück zum Pfarrhaus.

Ulrich hatte erst während des Mittagessens Zeit für mich. Ich berichtete ihm von meiner Entdeckung. Er las den kryptischen Text immer wieder durch und schüttelte langsam den Kopf. »Ich weiß nicht recht«, sagte er. »Ich kann mir kaum vorstellen, daß es etwas mit der Reliquie zu tun haben soll. Vielleicht deutet der Text nur auf den Künstler hin. Es geht sicherlich um etwas völlig anderes.«

Ich war von seiner Reaktion enttäuscht. »Wo bleibt dein Sinn für das Rätselhafte?« fragte ich ihn heftig, denn ich glaubte fest daran, im Fall des verschwundenen Reliquiars einen wesentlichen Schritt weitergekommen zu sein. Der Zettel hatte einfach zu deutlich auf das Kreuz hingewiesen.

Ulrich stocherte in seinem Essen und vermied es, mich anzusehen. Schließlich sagte er: »Mein Sinn fürs Rätselhafte ist mir in diesem Kaff und in dieser Kirche abhanden gekommen.«

---

* Siehe bei Lšm im Hauptwerk letzt. Aut. 1442 dort über Heilmittel. Das Achte geht zum letzten.

Der Regen trommelte gegen das Fenster; die Welt draußen schien in nassen Schlieren unterzugehen. »Die Rouladen sind gut, nicht wahr?« versuchte Ulrich abzulenken. »Ein Spezialrezept von Frau Kall.«

Ich ließ nicht locker: »*Lšm* könnte wegen der Anspielung auf ein Werk eine Abkürzung für den Namen eines Autors sein – wahrscheinlich eines theologischen. Was soll aber dieser Strich über dem S bedeuten?«

»Er soll es bestimmt verdoppeln; man findet solche Striche häufig in alten Büchern.«

»Na also!« sagte ich triumphierend und legte mein Besteck weg. Der Hunger war mir vergangen. »Also haben wir *Lssm.* Sagt dir das etwas?«

Ulrich rieb sich die Augen. Dabei murmelte er: »Die Vokale könnten fehlen. Es scheint tatsächlich eine verschlüsselte Botschaft zu sein. Vielleicht sind wir aber auch auf dem Holzweg.«

»Bestimmt nicht!« sagte ich mit Nachdruck. »Denk doch bitte einmal nach. Schließlich geht es um ein wertvolles Kunstwerk«, versuchte ich ihn zu locken.

Er seufzte auf, als er begriff, daß ich nicht lockerlassen würde. »Im Lateinischen werden auch die Eigennamen dekliniert, und nach *apud* folgt immer eine akkusative Form, in unserem Fall wohl *um.* Also haben wir schon *Lssum.*«

»Warum nicht gleich so?« rief ich, verwundert und ein wenig ärgerlich zugleich. »Kannst du dir vorstellen, wer da gemeint sein könnte?«

Der Regen ritt eine neue Attacke; es hörte sich an, als schlügen unzählige kleine Hämmer gegen die Scheiben.

»Ich habe keine Ahnung.« Er wischte sich mit der Serviette über den Mund, schaute kurz auf seine Uhr und sprang auf. »Ich muß wieder los – Exequien und eine Beerdigung in Kollig, und dort die Abendmesse, und vorher muß ich noch mein Brevier lesen. Ich werde leider erst spät zurückkommen. Schau dich ruhig in der

Bibliothek um. Vielleicht findest du ja etwas, das dich weiterbringt.« Schon ließ er mich allein. Kurz darauf hörte ich, wie die Haustür zuschlug.

Diese Zeilen schreibe ich in Ulrichs Bibliothek, in der ich den ganzen Nachmittag verbracht habe. Hinter dem Fenstergeviert ballen sich immer neue schwarze Wolken zusammen, deren Regen der Wind unablässig gegen die Scheiben peitscht. Ein rechter Tag zum Bücherstöbern. Es dauerte eine Weile, bis ich ein Lexikon fand, das mir weiterhelfen konnte. Im *Lexikon für Theologie und Kirche* entdeckte ich eine Eintragung über einen belgischen Jesuiten des 16. Jahrhunderts mit dem Namen Leonhard Leys, latinisiert Lessius! Der Akkusativ lautet also: Lessium! Es paßt. Das Lexikon führt im wesentlichen fünf Schriften von ihm an, vor allem *De iustitia et iure caeterisque virtutibus card.* Löwen 1605.

Gleich werde ich mich in Ulrichs Büchern auf die Suche machen. Es wäre ein grandioser Zufall, wenn er dieses Werk besäße.

Später

Ja! Ich habe eine venezianische Ausgabe von 1608 gefunden! Ulrich ist in der Tat gut sortiert. Er besitzt noch zwei andere Werke von Lessius, die jedoch bei weitem nicht den Umfang von *De iustitia et iure* erreichen. Ich nehme an, daß es sich bei diesem um sein Hauptwerk handelt – opus magnum. Was aber bedeutet *ult. auct. MCDXLII eo loco de remediis? Eo loco* wird sich nicht auf das *De iustitia* ... beziehen, denn dieser Verweis wäre überflüssig. Also steht es wohl mit *ult. auct.* in Verbindung. An jenem Ort des Autors? Das ergibt keinen Sinn. Vielleicht: an einem Ort im Buch des Autors? Welches Autors?

MCDXLII = 1442? Damals gab es noch keine gedruckten Bücher. Ein Verweis auf eine Handschrift?

Dann ist das Rätsel für mich an dieser Stelle zu Ende. Wie soll ich eine Handschrift lokalisieren, geschweige denn einsehen dürfen?

Später

Nicht aufgeben! Ist es etwa keine Jahreszahl? Möglicherweise nur eine Zahlenkombination zum Auffinden einer bestimmten Stelle? Aber es existiert im *De iustitia* keine Seite 1442.

Lessius zitiert viele Autoren und Autoritäten. Letzter von ihm zitierter Autor? Im gesamten Werk: Augustinus. 1442? Sinnlos ...

Das Werk ist unterteilt in Bücher (4), Capitel (Buch 1: 2, Buch 2: 47, Buch 3: 2, Buch 4: 4), diese jeweils in dubitationes, jede mit einer eigenen Überschrift. Verdammt, ich krieg's nicht heraus! Das fordernde Trommeln des Regens macht mich bald wahnsinnig.

Später

ult. auct. in einem bestimmten Kapitel? Welches? Etwa der letzte zitierte Autor in Buch 1, cap. 44, dub. 2? Nein, das erste Buch besitzt ja nur 2 cap. Daher ebensowenig Buch 1, cap. 4, dub. 42. 1442=?

Eventuell Zahlenwerte? 1442 = ADDB. Anfangsbuchstaben eines Namens? Nein, zu unbestimmt.

Viel später

Langsam! Nur nichts überstürzen! Verdammt, ich glaube, ich hab's!

›Rückwärts‹ ist das Zauberwort. 1442 = 2441. Ich habe es herausgefunden, als ich zurückgeschaut habe. Vergangenheit. Alles ging mir durch den Kopf. Nach hinten sehen. Maria. Buch 2, cap. 44, dub. 1. Diese Stelle des Buches ist überschrieben: *Quid sit magia et quotuplex?** Eine solche Stellenangabe wäre logisch, denn die Texteinteilung wird in allen Auflagen beibehalten, während die Seitenzählung wegen des Formats schwanken kann. Eine sichere Identifizierungsmöglichkeit. Magie ... Das Thema ist der Suche nach dem Teufelsreliquiar perfekt angepaßt. Der letztgenannte Autor von Buch 1, cap. 44, dub. 2 ist Martin Anton Delrio. Nie gehört.

Lexikon für Theologie und Kirche: Delrio (Del Rio), Martin, Anton, SJ, vielseitiger Gelehrter, *17. 5. 1551 zu Antwerpen, von spanischen Eltern, † 19. 10. 1608 zu Löwen ... am bekanntesten *Disquisitiones magicae* (Löwen 1599, 20 Auflagen) ... Ein Buch über die Hexenprozesse. Ob Ulrich auch dieses besitzt?

Später

Leider nicht. Ich habe beschlossen, morgen nach Trier zu fahren. Dort gibt es eine hervorragende Universitäts- und Stadtbibliothek, da werde ich das Buch bestimmt finden. Ich glaube, ich habe von unten etwas gehört. Ulrich wird zurückgekommen sein.

Abends

Es war Ulrich, er war völlig durchnäßt. Wie er sagte, war es eine der traurigsten Beerdigungen, die er je vorgenommen hat. Ich habe ihm meine Ergebnisse sofort unterbreitet, doch er achtete nicht darauf, sondern lief geradewegs zum Badezimmer.

---

* Was und wie vielgestaltig die Magie sei.

310

Schließlich saßen wir noch ein Weilchen beisammen. Ulrich bezweifelte meine Schlußfolgerungen. »Selbst wenn du recht haben solltest, wird es kaum etwas bringen. Natürlich kannst du gern morgen nach Trier fahren; es ist eine sehenswerte Stadt. An deiner Stelle ließe ich aber die Finger von dem angeblichen Rätsel.«

Ich verstand seine Reaktion nicht.

»Weißt du …«, begann er versonnen, stand plötzlich auf und holte sich einen Whiskey. »Willst du auch einen? Er wärmt so schön.«

Früher hatte er alles verabscheut, was stärker als Wein war. Ohne meine Antwort abzuwarten, stellte er ein volles Glas vor mich hin.

»Ich halte es nicht für sinnvoll, an diesen alten Dingen zu rühren. Es war kein guter Einfall von uns, Scheuren um den Zettel zu bitten.«

»Ich verstehe dich nicht«, erwiderte ich verdutzt. »Früher hättest du dich mit aller Kraft auf eine solche Herausforderung gestürzt.«

»Früher vielleicht. Aber das ist alles Vergangenheit. Ich weiß nicht, wie lange ich noch hierbleiben muß; schließlich kann ich nicht frei über meine Versetzung entscheiden. Wenn ich es könnte, wäre ich schon lange fort.«

»Bei dem Klassentreffen hast du doch diesen Ort und die Kirche in den höchsten Tönen gelobt!« wunderte ich mich. Ich nippte an dem Whiskey; er brannte mir in der Kehle.

»Ich wollte dich herlocken. Hätte ich dir vielleicht sagen sollen, daß ich bald am Ende meiner Kräfte bin? Wärst du etwa hergekommen, wenn du gewußt hättest, was dich hier erwartet?«

»Was hat mich denn erwartet?«

Der Alkohol brach Ulrichs Panzer auf. »Ein Gebrochener. Ich hasse dieses Dorf, diese Kirche, und das Schlimmste ist: Ich weiß nicht, warum!«

Darauf konnte ich nichts sagen. Er tat mir leid, wie er

311

da vor mir hockte: eingesunken, kraftlos, aller Hoffnung beraubt. Schließlich versuchte ich es noch einmal: »Das Rätsel könnte dich doch ablenken.«

»Du verstehst mich nicht. Dieses Rätsel – wenn es denn überhaupt eines ist – dreht sich um diesen Ort, um diese Kirche, um all das, dem ich entfliehen will. Ich möchte mich in meiner Freizeit nicht noch tiefer in diese Umgebung saugen lassen. Ich habe dich hergebeten, um mich abzulenken, um auszubrechen, und was geschieht? Du glaubst, ein Rätsel entdeckt zu haben, und kreist nur noch darum. Ich wünschte, ich hätte dir die Fresken nie gezeigt. Sind sie dir nicht unheimlich vorgekommen?«

»Es sind alte Bilder, die von einem überwundenen Aberglauben berichten.«

»Ich fürchte, ich hätte damals, als ich hierherkam, dasselbe gesagt.«

»Hältst du sie für wahr?« fragte ich entsetzt. Ich wollte es nicht für möglich erachten, daß mein Freund so tief in den Aberglauben gerutscht sein konnte.

»Nein, natürlich nicht, aber ... es ist die Atmosphäre, die über diesem Ort liegt wie eine Glocke und aus der nichts entweicht – schon all die Jahrhunderte nicht. Man muß hier leben, um es zu spüren. Ich habe es auch erst nach vielen Monaten gemerkt. Hier wird dir jede Hoffnung ausgesaugt.«

Donnerstag, den 17. Mai

Das Rätsel ist gelöst, ich hatte recht, was auch Ulrich zugeben mußte. Das Reliquiar aber ist noch nicht gefunden.

Die Spur zu Delrio hat sich als richtig erwiesen. Doch der Reihe nach: Am Morgen waren die dunklen Wolken fortgezogen, und auch Ulrich schien besserer Laune zu sein. Er wünschte mir Glück, und ich hatte den Eindruck, daß er sich für den vergangenen Abend schämte.

Ich fuhr über Pyrmonterhöfe und Brohl hinab an die Mosel und folgte ihrem Lauf bis Trier. Es war eine lange, interessante Strecke vorbei an Cochem und seiner Ritterburg aus dem 19. Jahrhundert (auferstanden aus Ruinen ...), an Bullay, Traben-Trarbach und Piesport.

In Trier fand ich die Stadtbibliothek schnell. Sie besitzt ein Exemplar der *Disquisitiones magicae* in der Ausgabe Mainz 1603, Folio. Schon eine halbe Stunde nach der Aufgabe meiner Bestellung saß ich im Lesesaal über dem Text. Ich blätterte die modrigen, braunfleckigen Seiten durch, die angefüllt sind von schauerlichen Sagen und vagen Berichten über verbotene magische Experimente, und im sechsten, letzten Buch fand ich einige Kapitel über die Heilmittel gegen Zauberei. Lange las ich in ihnen, wobei mir das gestelzte Latein des alten Jesuiten große Schwierigkeiten machte. Da blieb mein Blick unvermittelt an einem Wort hängen: *reliquiae*. In der Tat: In L. VI, cap. II, sect. III, qu. III *(de remediis supernaturalibus diuinis seu Ecclesiasticis*)* werden als achtes Heilmittel gegen Behexung der Gebrauch und die Hilfe der Reliquien der Heiligen genannt. Als achter Punkt. *Octavum ad Ultimum it*, wie es im Rätsel steht. Das Achte geht zum letzten. *Ultimum: Pulsatio Campanarum Ecclesiae Catholicae!* Das letzte Heilmittel: der Schlag der Glocken katholischer Kirchen! Glocken!

Im Glockenturm!! Das Achte – das Reliquiar – geht zum letzten, also zum Glockenturm! Das muß des Rätsels Lösung sein. Leider war es bislang nicht möglich, dieses Ergebnis zu überprüfen.

Ich fuhr auf dem schnellsten Weg zurück und traf Ulrich in seiner Bibliothek bei der Predigtvorbereitung

---

* Von den übernatürlichen, göttlichen oder kirchlichen Heilmitteln an. Sofort berichtete ich ihm, was ich herausgefunden hatte.

»Glocken spielen tatsächlich im Volksglauben eine wichtige Rolle«, sagte er, während er das Buch, das er gerade in der Hand gehalten hatte, beiseite legte und mich mit abwesenden Augen anschaute. »Ihnen wird eine besondere Kraft bei der Abwehr von Übel und der Vertreibung der Dämonen nachgesagt. Ein Versteck in ihrer Nähe ist nach dieser Auffassung wirkungsvoll gesichert, wenn es darauf ankommen soll, eine teuflische Macht zu bannen. Sicherlich war das im 17. und 18. Jahrhundert allgemein bekannt. Es wäre fraglos möglich, daß derjenige, der die Reliquie aus dem Hochaltar verschwinden ließ, der Meinung war, dort sei sie nicht sicher genug verwahrt, wenn denn der Altar einmal ein Raub der Flammen werden sollte, was öfter vorkam, oder auf andere Weise entweiht oder beschädigt werden mochte. Man sollte das Reliquiar niemals durch Zufall finden, doch ein intelligenter und vor allem verantwortungsbewußter ...«

Ich unterbrach Ulrich ungeduldig: »Sollten wir nicht endlich dem Glockenturm einen Besuch abstatten?«

Ulrich lächelte schwach. »Ich weiß nicht ...«, sagte er. Seine Stirn zog sich in Falten. Ich befürchtete schon, er werde wieder mit seinen Ängsten beginnen, doch schließlich setzte er nach: »Na gut. Komm, es kann nichts schaden, wenn wir uns den Turm anschauen. Von dort hat man übrigens eine schöne Sicht auf das Umland.«

Schon kurz darauf befanden wir uns in der Kirche. Ulrich schloß eine schmale Pforte in der Südseite der Apsis auf, hinter der sich in dem dicken Mauerwerk eine Wendeltreppe hinaufschraubte. Ich folgte Ulrich nach oben, und schließlich gelangten wir in einen quadratischen Raum, dessen Wände je eine hohe, durch romanisches Säulenwerk zweigeteilte Fensteröffnung tragen, die den Blick auf das üppige Grün und flammende

Gelb der umliegenden Landschaft freigeben; Ulrich hatte nicht zuviel versprochen. In der Mitte des Raumes hängen an einem hölzernen Gerüst drei Glocken unterschiedlicher Größe. Ulrich zufolge läuten sie ein Gloria-Motiv. Er schaute auf seine Uhr: »Wir haben 25 Minuten Zeit, bis sie schlagen; dann sollten wir hier oben verschwunden sein, denn sie sind höllisch laut.«

Ich überlegte, ob sich das Reliquiar in oder an einer der Glocken befinden mochte.

»Undenkbar«, antwortete Ulrich. »Die Glocken wurden zwar nach dem Brand von 1682 gegossen und haben alle Wirren der folgenden Zeiten überstanden, doch eine solche Manipulation hätte ihren Ton verändert. Der ist aber immer noch so rein wie möglich.«

»Wo würdest du hier etwas verstecken?« fragte ich und beobachtete Ulrich. Er dachte nach; offenbar hatte er einen Teil seiner Zweifel und Bedenken verworfen; vielleicht wollte er sich auch nur beweisen, daß er immer noch fähig war, etwas zu tun.

»Alle Holzkonstruktionen fallen aus, denn sie sind zu feueranfällig«, sagte er langsam. »Somit kann es weder im Gebälk noch im Fußboden versteckt sein.«

»Also bleiben nur die Wände«, warf ich hastig ein und ließ den Blick herumschweifen.

»Es wäre möglich. Wir können aber nicht auf eine bloße Vermutung hin alle Wände aufreißen. Außerdem kann ich so etwas nicht allein entscheiden. Wir sollten es aufgeben und alles so lassen, wie es ist.« Schon hatte ihn der Mut wieder verlassen.

Ich entgegnete: »Wir müssen nicht ziellos suchen. Dem Fresko zufolge handelt es sich bei dem Reliquiar um eine Arbeit aus Gold oder zumindest aus Metall. Ich denke, mit einem Metalldetektor könnten wir es genau lokalisieren.«

Ulrich schüttelte den Kopf. »Wir wissen doch nicht, ob es sich um das Reliquiar auf dem Fresko handelt.

Zwischen den Gemälden und der Botschaft auf dem Zettel liegen mindestens 400 Jahre. Außerdem besitzen wir keinen Metalldetektor.«

Ich erbot mich, morgen einen zu besorgen. Wieder schien Ulrich mit sich selbst zu kämpfen. Schließlich sagte er: »Komm, laß uns von hier verschwinden; mir wird übel.«

Er eilte die Treppe hinab. Unten lehnte er sich an eine der Säulen. Sein Gesicht war beinahe so weiß wie die Wand. »Hast du es nicht gespürt?« fragte er mich.

»Wovon redest du?«

»Da oben« – er zeigte in die Richtung des Glockenturms – »ist ... Ach, es ist sicher nur die schlechte Luft.«

Durch die unverglasten Fenster hatte ein kräftiger, angenehm frischer Wind geblasen. Ich erwiderte nichts, denn ich wollte Ulrich weder kränken noch erzürnen.

Er fuhr fort: »Außerdem muß ich erst dem Kirchenvorstand davon berichten. Heute abend kommt er zu einer Sitzung zusammen. Und Monsignore Scheuren muß es erfahren, denn sonst macht er uns die Hölle heiß. Vielleicht besuchst du noch einmal die Messe und sagst es ihm dann. Er ist manchmal so – seltsam.« Das seid ihr wohl alle hier, dachte ich grimmig. Die Glocken läuteten zur fünften nachmittäglichen Stunde. Wir gingen hinaus.

Während Ulrich seine Arbeiten fortsetzte, unternahm ich erneut einen Spaziergang. Die Gegend um Dernig hat es mir angetan. Ich kann nicht verstehen, warum Ulrich hier so unglücklich ist. Wieder suchte ich das düstere Wäldchen auf, ruhte mich auf der alten Holzbank aus und dachte über die vergangenen Tage nach, wobei ich versonnen in den schweigenden Spiegel des Wassers schaute. Ein Rätsel, dessen Aufdeckung: Das gibt mir neue Kraft. Diese Suche fasziniert mich in gleichem Maße, wie sie Ulrich abzustoßen scheint. Ob er wirklich befürchtet, daß etwas Wahres an den abergläubischen Fresken ist?

Ich saß dort, bis die Glocken zum Gottesdienst riefen. Abermals war die Messe schlecht besucht. Ich schaute zum Kreuz auf und war mir plötzlich nicht mehr sicher, ob der richtige Weg auch der rechte ist.

Als das Schlußgebet dünn verklungen war, begab ich mich zur Sakristei. Während der Monsignore sein Gewand ablegte, berichtete ich ihm von den Neuigkeiten, die ihn offensichtlich sehr erstaunten. »Und was gedenkt unser junger Pfarrer nun zu tun?« fragte er und blitzte mich mit seinen schwarzen Augen an.

Ich setzte ihn davon in Kenntnis, daß wir die Reliquie suchen wollten und daß der Kirchenvorstand in dieser Stunde davon unterrichtet wurde. Zuerst schaute der alte Geistliche fassungslos drein, dann kroch feurige Röte in sein Gesicht. »Das darf doch wohl nicht wahr sein!« rief er und rannte wutschnaubend hinaus. Ich lief mit schlechtem Gewissen hinter ihm her und sah, daß er sich mit weit ausholenden Schritten dem Pfarrhaus näherte. Er klingelte heftig, es wurde geöffnet, und er schlug die Tür hinter sich zu. Ich wartete eine Zeitlang, schloß dann mit meinem Zweitschlüssel auf und schlich mich in die Halle. Dort konnte ich laute Wortfetzen einer erregten Diskussion vernehmen. Die tiefe Stimme des Monsignore drang immer wieder durch den Aufruhr: »... unmöglich ... wertlos ... werdet ihr nie finden ... zu teuer ... sollte alles so lassen, wie es ist ...«

Da ich nicht als schäbiger Lauscher gelten wollte, suchte ich zuerst mein Zimmer, dann die Bibliothek auf. Ich nahm an, daß Ulrich nichts gegen ein weiteres Herumstöbern einzuwenden hatte. Von unten drangen noch immer heftige, unverständliche Worte herauf, aber nach einer Weile wurde es ruhiger, und nachdem sich die Versammlung gegen zehn Uhr aufgelöst hatte, erfuhr ich von Ulrich, der mich bald inmitten seiner Bücher gefunden hatte, daß der Kirchenvorstand die geplante Suche im Glockenturm unterstütze und auch die eventuellen Konsequenzen einer Renovierung mittragen wolle, wenn sichergestellt werde, daß sich die Beschädigungen auf ein Minimum reduzieren ließen und der Detektor nicht aus dem Pfarrvermögen finanziert werde. Knauserige Brüder! Vorerst soll kein Bericht dieser marginalen Aktivitäten an das Generalvikariat weitergeleitet werden. Ulrich gab zu, daß er erstaunt darüber gewesen sei, daß der Vorstand sich nicht gegen die Suche gesperrt habe. Die heftigen Widerworte Scheurens, der in unmöglicher Weise die Sitzung gestört habe, hätten nur Trotz hervorgerufen – offensichtlich selbst bei Ulrich, der nun meinem Plan nicht mehr so ablehnend gegenüberzustehen scheint wie noch vorhin. Morgen ist also der große Tag. Die Spannung steigt.

Freitag, den 18. Mai

Wir haben sie gefunden!

Es war nicht leicht, einen leistungsstarken Metalldetektor aufzutreiben, doch schließlich fand ich einen in Koblenz. Es ist nichts anderes als ein etwa einen Meter langes Stahlrohr mit einer flachen Scheibe am unteren Ende. Der Verkäufer erklärte mir, daß sowohl ein unüberhörbarer Pfeifton erschallen als auch eine rote Lampe am Griffende aufleuchten werde, wenn der Detektor Metall aufgespürt habe.

Ulrich gab vor, mitsuchen zu wollen, doch er mußte am Morgen etliche Verwaltungsangelegenheiten erledigen. Am Mittag war er noch nicht fertig; ich hatte den Eindruck, als wolle er die Suche so lange wie möglich hinauszögern. Er bat mich, auf ihn zu warten. Ich machte einen kleinen Spaziergang durch das stille Dorf. Diese Stille – sie kam mir unvermittelt nicht mehr friedlich, sondern gespannt, aufgeladen vor.

Auch am Nachmittag war Ulrich noch nicht abkömmlich. »Geh doch bitte allein«, sagte er entschuldigend und wies auf die vielen Papiere, die er um sich wie einen Schutzwall ausgebreitet hatte. »Aber achte auf das Geläut.«

Er gab mir die Schlüssel für das Kirchenportal und den Aufgang zum Turm und wünschte mir Glück. Er werde mir folgen, sobald es ihm möglich sei. Ich glaubte ihm kein Wort und verließ ihn.

Ich sperrte das Portal auf, schloß hinter mir wieder ab, ging durch die düstere Kirche, kletterte die steile Wendeltreppe hinauf, und in der Glockenstube setzte ich den Apparat sofort in Betrieb. Während ich erfolglos die Wände absuchte, dachte ich über Ulrichs seltsames Verhalten nach. Früher war er so unternehmungslustig gewesen, neugierig, manchmal geradezu draufgängerisch. Ist es nur der Verlust der Jugend, nur das Einsetzen einer lähmenden Desillusionierung?

Ein schriller Pfeifton zerriß meine Gedanken. Die rote Birne blinkte auf. Ich wollte schon den Apparat absetzen und die Wand an dieser Stelle markieren, als ein unvermuteter Schlag meinen Kopf traf! Es war kein körperlicher Schlag. Es war der Schlag der Glocken. Ich hatte sie völlig vergessen. Mir war, als würden mir die Trommelfelle platzen. Zum Glück schlug es nur die halbe Stunde: zwei Schläge. Nachdem ich wieder zu mir gekommen war, suchte ich die Stelle nochmals und bezeichnete sie mit einem Kugelschreiberkreuz. Dann hastete ich hinunter und besorgte mir bei dem Küster einen Hammer und einen Meißel. Er sah mich zwar mit großen Augen an, doch vielleicht wußte er schon von der Suche; zumindest gab er mir das Gewünschte, ohne eine Frage zu wagen. Als ich mich umdrehte und zum Gehen anschickte, glaubte ich aus den Augenwinkeln heraus gesehen zu haben, daß er über mir das Kreuzzeichen schlug. Bestimmt aber winkte er nur seiner Frau zu, die mit mir das Haus verließ, um im Dorf letzte Besorgungen zu erledigen.

Ich machte mich an die Arbeit und begann damit, das Mauerwerk aufzustemmen, das mir heftigsten Widerstand leistete; es ist von einer geradezu unglaublichen Härte. Schwitzend und keuchend schuftete ich wie ein Besessener; die Hammerschläge hallten in dem kleinen Raum empfindlich laut wider, beinahe wie das Schreien einer gequälten Seele, und es muß auch im ganzen frühabendlichen Dorf zu hören gewesen sein.

Zur nächsten vollen und halben Stunde verließ ich pünktlich die Kammer und verschaffte mir so gleichzeitig kurze Ruhepausen. Nun dämmerte es bereits, und ich hegte schon die Befürchtung, daß das Gerät falschen Alarm gegeben hatte, als plötzlich der Meißel nach einem wuchtigen Schlag eine offenbar nur noch dünne Wandung durchstieß und in einen Hohlraum dahinter rutschte. Mit spitzen Fingern gelang es mir, ihn wieder hervorzuholen, und mit der neu erwachten Kraft der Hoffnung und Neugier vergrößerte ich rasch die Öffnung. Wegen der Dunkelheit konnte ich leider nichts hinter dem Durchbruch erkennen. Ich griff mit der Hand tief hinein – und fühlte kaltes Metall! Vorsichtig ertastete ich ein Kästchen und zog es an das Loch heran, doch es war ein wenig zu groß, um sich herausholen zu lassen. Nun aber vermochte ich es bereits zu erkennen: Es war eine schmucklose Eisenschatulle, völlig unähnlich der auf dem Fresko abgebildeten feinen Schmiedearbeit.

Als ich so meinen Fund aus der Nähe – und zugleich aus noch unerreichbarer Ferne – betrachtete, hörte ich verhaltene Geräusche von unten aus der Kirche heraufdringen. Es war mir, als gebe sich dort jemand große, aber sinnlose Mühe, nicht gehört zu werden. Die kuriosen Fresken, die bizarre Teufelsgestalt, die unerklärliche Abneigung gegen meine Suche, die verschlungenen Pfade, die das Rätsel wies – warum das alles? Kurz kam mir jene verwirrende Darstellung des unmöglichen Wesens auf einem Pfeiler in der Gottesburg in Erinnerung. Ich wischte diese verrückten Gedanken beiseite.

Die Geräusche näherten sich. Es konnte nur Ulrich sein, der seine Arbeiten endlich abgeschlossen hatte. Trotzdem glitt ich leise hinter die Glocken. Jemand stieg herauf, ich hörte die Tritte auf der Treppe genau. Jetzt hatte er den Eingang zur Glockenstube erreicht und blieb im Durchlaß stehen – ein nachtschwarzer Umriß. Brannten da nicht zwei dunkle Feuer inmitten seiner verschwimmenden Masse? Ich hielt den Atem an.

»Michael? Bist du hier?«

Es war in der Tat Ulrich! Erleichtert kam ich aus meinem Versteck hervor.

»Was treibst du denn da hinten?« fragte er verwundert. Er flüsterte so leise, daß ich ihn kaum verstehen konnte. Ich schämte mich wegen meiner kindischen Furcht und gab vor, eine kurze Pause gemacht und dabei aus dem Fenster geschaut zu haben. Dann zeigte ich nicht ohne Stolz auf den Durchbruch und sagte: »Dahinter ist es. Ich muß nur noch das Loch vergrößern, damit wir es herausziehen können.«

Sofort machte ich mich wieder an die Arbeit. Ulrich hielt sich die Ohren zu; er zitterte. Schließlich waren wir am Ziel. Ich holte das unscheinbare Eisenkästchen aus der Wand. Es war stark angerostet. Mit dem Meißel erbrach ich das kleine Schloß, bevor Ulrich etwas einwenden konnte. Ich klappte das Kästchen auf, das ohrenzerreißend quietschte. Darin lag ein fein ziselierter goldener Zylinder, der genau seinem Abbild auf dem Fresko entsprach. Ulrich machte große Augen. Um den wertvollen Behälter war ein Pergamentstreifen gewunden. Darauf lasen wir: *Cave periculum magnum indelibilem.* Ulrich übersetzte schnell: »Hüte dich vor der großen, unvergänglichen – oder: unvertilgbaren – Gefahr.« Er wollte mir das Reliquiar aus den Händen nehmen.

»Laß uns hier verschwinden«, sagte er, »bevor die Glocken wieder läuten.«

Ich schaute auf die Uhr. Wir hatten noch eine Viertelstunde Zeit. Was war bloß mit Ulrich los? Aufgeregt starrte er auf den Zylinder, dann glitt sein Blick wieder unruhig in die Runde.

»Ob der Dämon hierin gefangen ist?« fragte ich leichthin. Es sollte ein Scherz sein, aber ich kam mir vor, als versuche ich unser Schicksal. Es war Ulrichs Nervosität, die mich ansteckte. Trotzdem schüttelte ich den Behälter leicht, an dessen einem Ende ein dünner Stift klemmte, der den an einem zarten Scharnier hängenden Deckel sicherte. Schon hatte ich den Stift gezogen.

»Nein!« rief Ulrich ängstlich aus. Doch es war zu spät. Eine Sekunde lang befürchtete ich, daß sich in dem Reliquiar tatsächlich etwas befand. Aber natürlich geschah nichts. Es enthielt lediglich einen ausgebleichten, spröden Fingerknochen, drei Weihrauchkörner – »Eine übliche Beigabe«, sagte Ulrich, der sich wieder gefaßt hatte – und einen weiteren, eng um den Knochen gedrehten Zettel. Ich entfaltete ihn und fand Schriftzeichen, die weder Ulrich noch ich bisher deuten konnten. Ich steckte ihn und die Warnung ein, um sie später noch einmal zu untersuchen, legte die Reliquie und die Körnchen behutsam zurück in den Zylinder, diesen wiederum in die eiserne Schatulle, und wir verließen den Turm. Die Spuren meiner Tat werde ich am Montag beseitigen.

Wir begutachteten das Reliquiar und seinen Inhalt ausgiebig im hellen Lampenschein in Ulrichs Wohnzimmer. Vor uns auf dem Tisch lag eine der beeindruckendsten Goldschmiedearbeiten, die ich je gesehen habe.

»Am Montag müssen wir das Generalvikariat benachrichtigen«, sagte Ulrich. Er ließ die Finger so vorsichtig über die geometrischen Muster des Reliquiars gleiten, als befürchte er, sie könnten nach ihm schnappen. »Es ist wunderschön«, mußte er zugeben. »Ich weiß selbst nicht, wovor ich Angst gehabt habe. Kannst du dir das vorstellen? Ich habe wirklich Angst gehabt. Man wird schon recht seltsam, wenn man zu lange in diesem Kaff lebt. Manchmal habe ich gedacht, es gehe nicht mit rechten Dingen zu – in der Kirche und in dem Dorf. Irgendwie habe ich es mit den Fresken verbunden, doch natürlich war das Gefühl auch früher schon dagewesen. Du kennst mich; ich bin nie abergläubisch gewesen. Ich – ach, verdammt, wir sollten von etwas anderem reden. Jetzt ist es ja vorbei. Ich fürchte, wir müssen den alten Scheuren informieren. Wenn wir ihn übergehen, wird er kein Wort mehr mit mir reden, und ich bin doch auf seine Mitarbeit in der Pfarrei angewiesen. Ich rufe ihn am besten sofort an.«

Bereits wenige Minuten später traf der Monsignore ein. Er warf einen raschen Blick auf das Reliquiar und murmelte: »Also habt ihr es doch gefunden.« Er nahm es auf und betrachtete es eingehend von allen Seiten. »Ihr habt es doch nicht geöffnet?« fragte er.

Bevor Ulrich noch etwas sagen konnte, hatte ich bereits verneint. Ich fuhr mit der Hand in die Hosentasche und fühlte die beiden Textstreifen.

»Die Reliquie wird noch darin sein«, sagte der Monsignore wie zu sich selbst. Im Lampenschein sah er plötzlich alt und gebrechlich aus. Seine schwarze Kleidung hob die Weiße seines Gesichts unangenehm hervor. »Wir müssen eine Mitteilung an das Generalvikariat machen. Eine wirklich einmalige Goldschmiedearbeit. Sie gehört in ein Museum.«

»Ich werde alles in die Wege leiten«, sagte Ulrich.

»Fast ist man geneigt, die ganze Geschichte auf dem Fresko zu glauben«, murmelte Scheuren abwesend.

»Uns ist kein Dämon begegnet«, entgegnete Ulrich. Schweigen zog sich um uns zusammen.

Endlich meinte der Monsignore: »Manchmal sieht

323

man sie nicht. Ist Ihnen nicht aufgefallen, daß das Kästchen einen seltsamen Geruch hat?«

»Das Alter ...«, brummte Ulrich, nicht sonderlich überzeugt.

Scheuren erschien mir immer mehr wie ein Relikt aus den Zeiten der Gegenreformation. Wie er da so schwarz und grimmig in seinem Sessel hockte und den Rücken leicht gebeugt hielt, erinnerte er mich an einen gotischen Wasserspeier. »Glauben Sie tatsächlich an Dämonen?« fragte ich ihn.

Er sah mich mit einem seltsam melancholischen Blick an. »Die Kirche lehrt, daß sie existieren. Ja, ich glaube an sie. Sie sind die Ursache vieler Übel. Oft spürt man ihr Wirken – hier und jetzt. Aber ich muß nun gehen.« Er erhob sich abrupt, schüttelte mir kurz die Hand und beeilte sich hinauszukommen. Ulrich begleitete ihn nach draußen. Als er wiederkam, kramte ich die beiden Zettel aus meiner Hosentasche und meinte: »Ein komischer Kauz, nicht wahr?«

Ulrich ließ sich schwer auf das Sofa fallen und seufzte laut auf. Dann meinte er: »Eigentlich ist er nicht komischer als du oder ich. Er lebt eben schon länger hier.«

Wir studierten erneut die Zettel, wurden aber nicht schlau daraus. Ulrich mutmaßt, daß die undeutbaren Zeichen eine Beschwörung darstellen könnten.

Samstag, den 19. Mai

Langsam dämmert der Morgen herauf; die Farbe des Himmels wechselt von einem dunklen Violett hinüber zu einem samtigen Blau; durch das leicht geöffnete Fenster höre ich das besänftigende Gurgeln des Bächleins hinter den raunenden schwarzen Baumumrissen, und die Vögel beginnen zu singen.

Ich kann nicht mehr schlafen, nicht nach diesem Alptraum. Also habe ich mich angezogen und mit diesen Aufzeichnungen begonnen, bevor meine Erinnerungen durch den Tag unweigerlich verblassen werden. Zu dem Traum: Das seltsamste daran war seine beängstigende Realität. Gemeinhin sind meine Träume verschwommen; die Szenen wechseln in unlogischer Reihenfolge einander ab, jagen sich ständig und heben beiläufig die Gesetze von Raum und Zeit auf. Nicht so in der vergangenen Nacht.

Mein Traum begann damit, daß ich im Glockenturm den Meißel an die noch unversehrte Wand setzte und den ersten, laut widerhallenden Schlag ausführte. Ich durchlebte ein zweites Mal die Suche, ohne Auslassungen, ohne Sprünge, ohne traumtypische Verzerrungen. Irgendwann hörte ich ferne, leise Geräusche. Sie kamen näher: Es waren Schritte. Furchtsam verbarg ich mich hinter den Glocken; ich wußte ja nicht, wer – oder was – da die Treppe heraufstieg. Dann hörte ich Ulrichs Stimme: »Michael? Bist du hier?«

Erleichtert kam ich aus meinem Versteck hervor. Was folgte, war auf das Wort genau unsere Unterhaltung vom Vortag. Und auch die Handlungen waren identisch: Ich holte die Schatulle heraus, öffnete das Reliquiar, entfernte die um den Knochen geschlungene Beschwörungsformel – und da: Etwas schemenhaft Schwarzes schoß an mir vorbei und zog eine Welle unbeschreiblichen Gestanks hinter sich her. Schon war die substanzlose Schwärze verschwunden; der stechende Geruch hatte sich verflüchtigt. War da überhaupt etwas gewesen? Ich sah Ulrich an. Er schien nichts bemerkt zu haben. Ich steckte die Zettel in die Hosentasche, und wir machten uns mit unserem Fund auf den Rückweg. Nun begann der Traum von dem gestern Erlebten abzuweichen.

Als wir die Wendeltreppe hinunterstiegen, war es mir, als trete ich mehrfach in Pfützen, die klebrig an meinen Schuhen zerrten. Ich sah nach unten. Dort war

325

nichts als der blanke Stein. In der Kirche ballten sich die Schatten der Dämmerung zusammen; sie blähten sich auf, zogen sich wieder zusammen, wirbelten herum. Es war kalt, sehr kalt. Ein schwaches Tröpfeln wie aus einer feuchten Höhle kam von überall her. Manchmal schienen einige Tropfen auf mich zu fallen und sich zähflüssig auf der Haut zu verteilen. Instinktiv versuchte ich sie abzuwischen, doch ich spürte keinerlei Flüssigkeiten. Ich hörte ein Zischen, verbunden mit einem raschelnden Geräusch, während wir die Pfeilerhalle durchquerten, und war froh, als uns vor der Kirche die milde Abendluft empfing. Dann wachte ich auf.

Noch nie zuvor habe ich derart realistisch geträumt. Offenbar haben mich die Ereignisse stärker berührt, als ich es für möglich gehalten hätte. Es war beinahe so schlimm wie die Erinnerung an meine Vergangenheit, an Maria. Genug: nichts mehr davon. Schließlich gilt noch mein Schwur, kein weiteres Wort darüber in mein Tagebuch zu schreiben.

Da Ulrich heute wieder von seiner Arbeit beansprucht sein wird, habe ich mir vorgenommen, die nähere und weitere Umgebung von Dernig zu erkunden.

Abends

Es war ein ruhiger, sonnig-heiterer Tag. Am Morgen suchte ich die Bank bei dem Waldweiher auf, die mein Lieblingsplatz geworden ist. Der unbewegliche Teich fing das klare Blau und die wenigen darin schwimmenden Wölkchen ein und steckte mich mit seiner Ruhe an. Der Alptraum wurde undeutlich, und es tat mir leid, daß ich ihn niedergeschrieben habe. Es wäre besser, wenn er aus meinem Leben verschwunden wäre.

Den ganzen Vormittag verbrachte ich in dem Wald,

auf der Bank, sinnierend, versinkend in mir selbst. Erst die Mittagsglocken rissen mich aus meinen zwielichtigen Träumen und riefen mich ins Pfarrhaus. Ulrich bedauerte, daß er sich nicht um mich kümmern könne; er sei augenblicklich zu beschäftigt. Ich hatte eher den Eindruck, als wolle er nicht mit mir allein sein und auf keinen Fall über unsere erfolgreiche Suche reden. Er bot mir an, mich am kommenden Montag mit nach Trier zu nehmen, wo er das Reliquiar im Generalvikariat abgeben wolle. Schnell setzte er nach, daß Trier wunderbare Sehenswürdigkeiten besitze; er zählte sie auf, bis er sich in ihnen verloren hatte und nicht mehr wußte, was er eigentlich hatte sagen wollen. Schon stand er auf, sein Weinglas war noch halb voll, entschuldigte sich und lief hinaus. Ich aß in aller Ruhe zu Ende und verließ das Haus.

Weder das Dorf noch dessen Umgebung vermochten mich länger zu reizen; also fuhr ich ein wenig durch die Gegend. Ich besuchte Mayen und einige Orte in der Nähe, aber deren Sehenswürdigkeiten konnten mich nicht auf andere Gedanken bringen. Ich mache mir Sorgen um Ulrich. Er ist ein anderer geworden – besonders in den letzten Tagen. Ich hätte diese Reise nicht machen dürfen. Sie sollte mich von allem Unangenehmen fortführen und hat mich doch nur in das Zentrum eines Aufruhrs gebracht, dessen Ursache ich nicht verstehe. Wir müßten glücklich über unseren Fund sein; vielleicht werden unsere Namen in die Kunstgeschichte eingehen, doch ein Schatten liegt über allem.

Ich war rechtzeitig zur Abendmesse zurück, die Ulrich in St. Leodegar zelebrierte. Eigentlich war mir der Gedanke zuwider, noch einmal eine Messe zu hören, doch ich tat es Ulrich zuliebe. Es war sehr kalt in der Kirche, und als ich durch die Pfeilerhalle ging, vermeinte ich in der Dunkelheit ein langsames, stetiges Tröpfeln zu hören. Auch schienen die Umrisse der gedrungenen Säulen irgendwie verändert. Natürlich hatte mir nur das Zwielicht einen Streich gespielt, denn plötzlich glaubte ich zu sehen, wie sie sich drehten und wanden – wie Schlangen. Ich beeilte mich, in das Hauptschiff zu kommen und meinen Platz in einer der steilen Holzbänke einzunehmen. Die Messe hatte noch nicht begonnen. Es war recht voll heute abend, doch nicht alle Gläubigen zeigten die gebotene Andacht. Einige schielten ständig zur Seite, wandten sich wieder nach vorn, nur um wenige Augenblicke später erneut unaufmerksam um sich zu schauen. Sie steckten mich an. Bald starrte ich mit ihnen zur Tür der Sakristei, zu dem scheußlichen Kreuzweg oder in die Richtung der Tumba im kleinen Seitenschiff, das ich von dort, wo ich saß, nur zu einem geringen Teil einsehen konnte. Bisweilen hatte ich den Eindruck, daß sich am Rande meines Blickfeldes etwas bewegte: ein flinker Schatten von amorphen Umrissen. Ich hatte mich von der allgemeinen Unruhe anstecken lassen und war froh, als endlich Ulrich hinter zwei Ministranten aus der Sakristei kam.

Auch während der Messe hielten die nervösen Bewegungen an. Sie ergriffen einen der Meßdiener. Nur Ulrich schien von alledem unberührt. Er predigte lange über Verfehlungen und Vergebung. Dabei wurde mir immer kälter; ich begann regelrecht zu frieren. So war ich froh, als endlich das Schlußlied angestimmt wurde. Die meisten Gemeindemitglieder waren schon nach dem Segen gegangen; ich wartete allein und verlassen in der frostigen Kirche auf Ulrich; gemeinsam gingen wir hinaus.

Der warme Frühlingsabend hüllte uns wie verlorengeglaubte Kinder ein. Erlöstes Reden umfloß uns sogleich. Die meisten der Meßbesucher standen auf dem großen Vorplatz zusammen und unterhielten sich. Sie grüßten Ulrich, manche wechselten einige Worte mit ihm, er stellte mich vielen vor, und es dauerte eine Weile, bis wir uns in das Pfarrhaus zurückziehen konnten. Beim Abendessen fragte ich Ulrich beiläufig, ob er die Kälte und die Unaufmerksamkeiten bemerkt hatte.

»Allerdings«, antwortete er zu meiner Überraschung und stocherte mit der Gabel im Speck. »Da verändert sich etwas. Vielleicht ist es auch nur Einbildung.«

Er schob seinen Teller beiseite und schaute geistesabwesend aus dem Fenster.

Später saßen wir bei einem lieblichen Moselwein zusammen. Wir vermieden es, auf das Reliquiar zu sprechen zu kommen, doch bald erschienen einige Kirchenvorstandsmitglieder, um den Fund zu bestaunen; Ulrich hatte sie bereits pflichtschuldig über unseren Erfolg in Kenntnis gesetzt. Es waren vier Männer; groß und laut kamen sie herein, doch sie wurden leise, als sie den Zylinder sahen. Sie blieben nicht lange.

Sonntag, den 20. Mai

Heute geschah etwas Merkwürdiges. Ich weiß nicht, ob es wichtig ist, ob es einen Sinn ergibt, aber es paßt unangenehm genau in die Atmosphäre. Und dabei begann der Tag in wiedergefundener Ruhe und Hoffnung.

In der Nacht hatte es zu regnen begonnen; einmal war ich aufgewacht, als es hart gegen mein Fenster prasselte. Von fern hörte ich das Rauschen der Bäume im Wind. Der Regen hatte auch am Morgen noch nicht aufgehört; der Himmel war schwer und grau, und launische Böen fegten um das Pfarrhaus. Dennoch unternahm ich einen Spaziergang. Ich wollte nicht schon wieder die Messe besuchen, die Ulrich zu zelebrieren hatte. Ich glaube, dafür war eher meine rasch sich stärkende Abneigung gegen die Kirche als gegen den Gottesdienst selbst verantwortlich. Die frische, recht kalte Luft tat mir gut. Der Regen wusch meine dunklen Gedanken fort, die nassen Felder zeigten mir eine Weite, die mich wieder atmen ließ. Hinter dem dunklen Waldstück streckte ich die Arme in den Himmel, als wolle ich ihn herabzerren. Ich spürte, daß ich frei war, daß ich der Atmosphäre der Kirche und des Dorfes entronnen war, und für einen Augenblick spielte ich mit dem Gedanken, Hals über Kopf abzureisen. Doch ich wollte Ulrich nicht alleinlassen. Er war am Morgen wieder so still und nachdenklich gewesen. Auf meine Frage, ob ihn etwas bedrücke, hatte er nur kraftlos den Kopf geschüttelt.

Beim Mittagessen berichtete mir Ulrich, daß ihm während der Wandlung der weingefüllte Kelch umgekippt sei. »So etwas ist mir noch nie passiert«, sagte er leise und vermied es dabei, mich anzusehen. »Es ist verrückt, aber für einen Augenblick dachte ich, daß das Altartuch – oder der Altar selbst – den Wein aufgesaugt habe. Er schien regelrecht zu versickern und zu verschwinden. Aber da muß ein Fleck übriggeblieben sein. Ich habe den Küster gebeten, sich darum zu kümmern.« Kall vermisse übrigens seinen Kater. Ich hatte ihn nicht gesehen und zuckte bedauernd mit den Schultern.

Ulrich mußte wieder einiges erledigen; so war ich am Nachmittag erneut allein mit mir. Das gefiel mir nicht. Ich fuhr ziellos umher, ohne auch nur ein einziges Mal auszusteigen; der Regen prasselte auf das dünne Blech des Wagens und wischte wie ein nasses Tuch gegen die Windschutzscheibe, so daß mir bald die Lust an meinem Ausflug verging. Schließlich kam ein heftiges Gewitter auf. Donner rollten wie Amboßschläge über das Land, und trotz des Tageslichts drückten die Blitze einen grellen Nachhall in die Netzhaut. Ich kehrte zurück. Schon von weitem sah ich den freundlich-weißen Kirchturm von St. Leodegar, und plötzlich kamen mir meine Gefühle der Angst und Verwirrung unsäglich lächerlich vor. Ich parkte meinen Wagen und ging auf die Kirche zu. Das Portal war nicht verschlossen. Ge-

330

rade als ich eingetreten war, krachte ein weiterer Donner herein und hallte erschreckend lange nach. Die kalten Mauern schienen Echo auf Echo zurückzuwerfen. Ich setzte mich in eine Bank rechts des Mittelgangs und schaute zu dem Triumphkreuz hoch, das sein Geheimnis für so lange Zeit bewahrt hatte.

Der Himmel verdunkelte sich noch mehr; das Gewitter schien sich über dem Gotteshaus förmlich zusammenzuziehen. Schatten herrschten hier. Ein Donnerschlag, ein gleißender Blitz beleuchtete sekundenlang das Innere, tauchte es in hartes, grelles Licht – Finsternis wieder, so tief wie in einer sternlosen Nacht, ein weiterer Blitz – ich vermeinte das Corpus am Kreuz schwanken zu sehen, doch es waren nur die hervorschnellenden Schatten krachender Donner; der Sturm trieb den Regen trommelnd an die dunklen Fenster, wütendes Fauchen des Windes draußen, seltsam belebt klingendes Fauchen, doch hier war Stille, wie im Auge eines Taifuns. Ich war froh, daß ich hergekommen war, denn so konnte ich meine kindische Abneigung gegen dieses Gebäude vielleicht überwinden. Ich spürte, wie mich trotz des tobenden Gewitters draußen die Beklemmungen verließen; die Angst wich, dafür kroch Unverständnis heran. Ich hatte mich selbst verrückt gemacht, warf ich mir vor.

Zwischen zwei gewaltigen Donnerschlägen hörte ich plötzlich ein leises, klägliches Miauen irgendwo hinter mir. Zuerst erschrak ich, dann erinnerte ich mich daran, daß der Küster seine Katze vermißte. Sie hatte wohl vor dem Unwetter hier Unterschlupf gesucht. Erneut maunzte sie verloren. Ich stand auf, wollte sie locken und zurückbringen. Das Miauen kam von oben, von der Orgelempore. Ich durchquerte das Langhaus und stieg die Treppen hinauf. Hier war es noch dunkler als unten. Ich ging in die Hocke und versuchte, das Tier anzulocken. Es kam nicht. Ich stand wieder auf und trat ein wenig näher an die Orgel heran, deren Pfeifen wie Hörner in die Dunkelheit stachen. Da schrie die Katze plötzlich auf. Ein erneutes Fauchen wie von einem Blitz kam hinzu, nur lauter und – näher! Ich blieb wie angefroren stehen. Der Schweiß brach mir aus. Da war noch etwas mit mir und dieser Katze auf der Empore! Für einen Augenblick glaubte ich seine Gegenwart zu spüren. Schon war es vorbei. Draußen tobte das Gewitter weiter wie in alle Ewigkeit.

Lange wagte ich nicht, mich zu rühren, dann endlich tat ich zaghafte Schritte in die Richtung der Orgel. Ich spähte kurz hinter die Orgel. Dort sah ich bloß den Deckenstapel. Dann zischte ein weiterer Blitz vor dem Fenster; er war so hell, als hätte er die Kirche durchschlagen.

Den Donner, der laut wie das Weltenende gewesen sein muß, hörte ich kaum.

Ich sah nur das Blut.

Glitzerndes, noch feuchtes Blut, einige Spritzer am Boden, einige über und unter dem dritten Fresko. Nicht mehr, als wenn sich jemand geschnitten hätte.

Und der Gestank! Wie jener, den ich schon im Traum gerochen hatte.

Natürlich begannen die Fresken nicht zu leuchten, nicht aus der Wand herauszutreten, es waren Täuschungen, verursacht durch die Dunkelheit und die Blitze. Ich rannte hinab, hinab, lief, lief, mußte doch längst unten angekommen sein, die Treppe nahm kein Ende, ich strauchelte, fiel, rutschte die letzten Stufen stolpernd hinunter, schlug auf den Boden, der sich sofort wie belebtes Fleisch an mich schmiegte, er pulsierte, ich riß mich los, floh hinaus in den Regen, sah erstaunt, daß das Gewitter vorübergezogen war, es war sehr hell hier draußen, es regnete leise, sanft, liebkosend, es wusch mich. Ich warf einen Blick zurück auf die Kirche, die in ihrer weißen Unschuld zu grinsen schien, und ging mit zitternden Beinen zum Pfarrhaus.

Ich fand Ulrich in der Bibliothek, wo er mit irgendwelchen Abrechnungen beschäftigt war, und berichtete ihm, was ich erlebt zu haben glaubte. Er hörte mir ruhig zu.

»Du hast dich bestimmt geirrt. Das Blut – vielleicht stammt es noch von einem der Restauratoren.«

Als Ulrich mir die Fresken zum ersten Mal gezeigt hatte, waren mir keine roten Flecken aufgefallen. Aber ich sagte nichts dagegen. Der Gedanke, noch einmal die Kirche zu betreten und nachzusehen, war unerträglich. Zum Glück schlug Ulrich nichts dergleichen vor. Er legte seine Arbeit zur Seite, und wir setzten uns ins Wohnzimmer und schwiegen uns an.

Irgendwann sagte ich: »Ich habe hier Vergessen und Ruhe gesucht, und was habe ich gefunden?«

Ulrich antwortete: »Nenn es, wie du willst. Wir haben alle nie etwas anderes gesucht. Wer Glück sucht, wird Unglück finden. Wer Gott sucht, findet den Teufel. Vielleicht ist es auch ein und dasselbe.« Er massierte sich mit den Fingern die Stirn, als wolle er die soeben geäußerten Gedanken ausradieren. Er fuhr fort: »Morgen werden wir das Reliquiar nach Trier bringen. Ich bin sicher, daß wir von der Aufregung der letzten Tage nur ein bißchen mitgenommen sind. Du wirst sehen, dann wird es uns besser gehen.«

Wieder legte sich das Schweigen schwer auf das Zimmer. Als ich es endlich nicht mehr aushalten konnte, redete ich belangloses Zeug über die alten Zeiten. Wir versteckten uns in unseren Erinnerungen.

Montag, den 21. Mai

Der Himmel hat sich gelichtet; Wolkenfetzen treiben in ihm wie führerlose Seelen herum, wie die Erinnerung an etwas Dunkles, den ganzen Tag schon.

Wir fuhren nach Trier; Ulrich lieferte das Reliquiar ab, das – wie er mir so ausführlich erzählte, als tilge

jedes seiner Worte einen brennenden dunklen Fleck –
im Generalvikariat für unglaublichen Wirbel gesorgt
hatte. Was mit diesem sensationellen Kunstwerk geschehen mag, soll dort bereits in Kürze entschieden
werden. Wir schauten uns den Dom an, auch andere
Kirchen, wie zur Bestätigung, daß es vorbei sei.

Ulrich war in bester Stimmung, als habe er zu seiner
Vergangenheit zurückgefunden. Wir speisten in einem
chinesischen Restaurant und fuhren erst am späten
Nachmittag nach Dernig zurück. Es war nicht schwer
für Ulrich, mich davon abzuhalten, das Loch im
Glockenturm noch heute zu verputzen. Wir haben zwei
Flaschen Moselwein geleert, und ich begreife allmählich, warum ich hergekommen bin. Nun kann die Erholung beginnen. Manchmal verfluche ich meine Neugier.
Wenn ich nicht so interessiert an dem Rätsel gewesen
wäre, hätte ich uns einige Irritationen erspart. Aber
eigentlich ist ja nichts Außergewöhnliches geschehen.
Nur – die Atmosphäre hatte sich gewandelt. Wir waren
gefangen im Spinnennetz unserer Phantasie, unserer
Ängste und Wünsche. Jetzt sind wir frei.

Die Katze des Küsters ist noch immer verschwunden.

Dienstag, den 22. Mai, frühmorgens

Nun bin ich in der vergangenen Nacht doch noch einmal von einem Alptraum geplagt worden. Er ist ein
Postskriptum zu Überwundenem – in jeder Hinsicht.
Doch noch hält er mich gefangen. Um mich von ihm zu
befreien, schreibe ich ihn nieder:

Es begann damit, daß ich in der Kirche saß – genau
dort, wo ich mich gestern befunden hatte, als ich das
Miauen der Katze zu hören geglaubt hatte – und in den
Chor starrte. Es war zwielichtig-düster, aber es gewit-
terte nicht. Rechts neben dem Altar stand eine barocke
Pietà. Ich war darüber erstaunt, denn auch im Traum

war mir bewußt, daß dort keine Pietà steht. Sie ruhte auf einem Holzsockel; die Art der Darstellung war nicht besonders bemerkenswert: eine sitzende Madonna, bekleidet mit einem roten Gewand und einem blaßblauen Überwurf, der auch ihr Haar bedeckte. In den Armen hielt sie den leblosen, geschundenen Körper Jesu, der nur einen zusammengeknoteten silbrigen Lendenschurz trug. Sein rechter Arm hing schlaff herab, seinen linken hielt Maria an die Brust gepreßt und neigte ihr Gesicht, das ich in der Dunkelheit nicht genau erkennen konnte, dem Haupt Christi entgegen, das an ihrer Schulter lehnte. Dann geschah es.

Maria hob den Kopf – es war kein Zweifel möglich. Ihre Arme stießen Jesus von sich; sein toter Holzkörper polterte von dem Postament und blieb in grotesker Haltung am Boden liegen. Maria kletterte herab, stieg über den Leichnam, schüttelte mit einer koketten Bewegung die Kapuze vom Kopf und schritt langsam und mit verführerischem Hüftschwung auf mich zu.

Nun konnte ich ihr Gesicht sehen: Ja, es war Maria.

Meine Maria.

Jetzt war sie bei mir. Ihre Zunge leckte über die roten Lippen, sie ergriff meine Hände und führte mich zum Chor. Vor dem Altar ließ sie mich los, warf ihr Gewand ab und bot sich mir in ihrer entblößten, üppigen Pracht dar. Der Leberfleck unter ihrer rechten Brust – es gab keinen Zweifel. Sie trat einige Schritte rückwärts, streckte die Arme nach hinten aus, erfühlte die Altarplatte, legte sich halb darauf, lächelte mich an und erwartete mich. Ich stand fasziniert vor ihr, trat willenlos auf sie zu. Sie verschmolz mit dem Stein. Ihre Beine verbanden sich mit dem Sockel, und ihr Oberkörper sank langsam in das vom verschütteten Wein befleckte Altartuch und in den darunterliegenden Marmor ein.

Ich erwachte. Zuerst begriff ich nichts, dann war ich erleichtert, daß es nur ein Traum war, schließlich sah ich die Verknüpfungen.

Später

Der Reihe nach.

Am Morgen, nach meiner Eintragung, bemühte ich mich, das Loch in der Glockenstube zu verschmieren. Dazu besorgte ich mir bei Herrn Kall alles Nötige. Nur widerwillig betrat ich die Kirche, schlich an der Stelle vorbei, wo in meinem Traum die Pietà gestanden hatte, und stieg schnell nach oben. Alles war ruhig, normal, beinahe feierlich. Sofort machte ich mich an die Arbeit. Ich rührte den Mörtel an, ließ den Blick über die friedliche Landschaft mit ihren Rapsfeldern, Weiden, Wäldchen gleiten und füllte das Loch. Als ich beinahe fertig war, hörte ich schlurfende Geräusche zu mir hochdringen. Jemand kletterte beschwerlich die Treppe herauf. Meine Nerven bebten. Es konnte nur Ulrich sein oder vielleicht Monsignore Scheuren, der sich nach dem Fortgang der Arbeiten erkundigen wollte. Ich tat so, als ließe ich mich nicht stören. Doch etwas an den Geräuschen beunruhigte mich. Die Tritte waren so unregelmäßig.

Da war es! Eine schwarze Wolke stand in der Tür, glitt auf mich zu. Ein Pesthauch wie aus alten Gräbern schlug mir entgegen. Die Kelle fiel mir aus der Hand, tanzte auf dem Boden, flog fort, schien das Ding vor mir zu fliehen. Ich stand wie angewurzelt da. Die Glocken begannen zu läuten. Sie drohten meinen Schädel zu sprengen. Sie läuteten immer heftiger. Die Schwärze zerfloß, löste sich einfach auf. Auch der Gestank verzog sich. Muß ich noch sagen, daß ich ihn wiedererkannte?

Danach floh ich aus der Kirche. Was ich in ihr sah, fühlte, roch, waren lediglich Einbildungen. Mein Traum, Maria, hat meine alten Wunden aufgerissen, es ist nichts weiter.

Ich erzählte Ulrich nichts davon. Er war gelöst, wir aßen zusammen zu Mittag, und ich hoffe, er hat nicht bemerkt, in welcher Verfassung ich steckte. Doch wir wurden gestört. Es klingelte an der Tür. Herr Kall stand davor und war außer sich vor Aufregung.

»Das müssen Sie sich ansehen!« rief er, wobei er sich beinahe an seinen eigenen Worten verschluckte. »In der Kirche ... ich glaube das einfach nicht.« Schon lief er voraus. Wir folgten ihm. Er rannte zum Altar und zeigte mit bebenden Fingern auf die Platte. »Ich ... ich wollte das Altartuch wechseln, wegen des verschütteten Weins. Und da habe ich das da gesehen.«

Auf der blanken Mensa hoben sich an der zur Apsis hin gelegenen Seite deutlich die steinernen Züge eines weiblichen, unerträglich bekannten Gesichtes ab, das von wallendem Marmorhaar umflossen war. Etwa in der Mitte der Platte reckten sich frech zwei Brustwölbungen in die Höhe.

»Ich bleibe hier nicht länger«, flüsterte Herr Kall. »Hier geht es nicht mehr mit rechten Dingen zu. Ich habe ja nie etwas sagen wollen, aber jetzt ist das Maß voll. Hier geht der Teufel um.«

Der Küster lief durch die Sakristei davon. Stockend berichtete ich Ulrich von meinem Traum. Er sank zu Boden und betete. Er war steif wie eine Holzfigur, nur seine Lippen bewegten sich. Es war sinnlos; man konnte nicht mehr mit ihm reden. Ich blieb neben ihm stehen. Endlich schien er mich zu bemerken und zischte: »Geh!« Sein Ton ließ kein Widerwort zu.

Ich schlich aus der Kirche. Nichts ist in Ordnung. Alles ist Trug und Lüge.

Ich suchte das Wäldchen und den Weiher auf, um mich abzulenken. Unablässig dachte ich an Ulrich und daran, wie er nun vor dem Altar knien und sinnentleerte Gebete an einen machtlosen Gott murmelte. Lange starrte ich in den unbeweglichen Wasserspiegel und auf mein verschwommenes Ebenbild darin. Dieses Ebenbild war schwarz wie die Nacht, es war nicht

337

mehr als ein Schemen, der nicht zu mir zu gehören schien. Schnell lief ich zurück zum Pfarrhaus. Ulrich war nicht dort. Also betrat ich nochmals die Kirche. Ich sah seinen Rücken, er hatte den Kopf vornübergebeugt, er betete noch immer.

Ich fuhr ziellos mit dem Wagen umher.

Am frühen Abend traf ich Ulrich, als er gerade aus der Kirche kam. Er war bleich, und in seinen Augen brannte ein unheiliges Feuer. Er streckte abwehrend die Arme gegen mich aus. Dann sagte er: »Es ist nichts. Wir sind einer Halluzination erlegen. Geh nur hinein, wenn du es nicht glaubst. Gleich beginnt die Abendmesse, Scheuren wird sich freuen, dich zu sehen. Nun geh schon.«

Er ließ mich stehen und hastete zum Pfarrhaus. Ich hörte, wie er die Tür heftig zuschlug.

Zuerst wagte ich es nicht, die Kirche zu betreten. Dann, als einige alte Frauen kamen und furchtlos hineingingen, schloß ich mich ihnen an. Ich setzte mich gar in die erste Reihe, um den Altar besser im Blick zu haben. Es lag wieder ein makelloses weißes Tuch darauf, und keine Erhebungen zeigten sich darunter. Der Monsignore las die Messe wie gewohnt; er schien von den Ereignissen weder etwas zu wissen noch etwas zu spüren. Das beruhigte mich, denn es gab mir die Möglichkeit, in die Normalität zurückzufinden und den Grund für die Irritationen in mir selbst zu suchen.

Ich habe heute abend nicht mit Ulrich gesprochen, nicht einmal mit ihm zusammen gegessen. Er schiebt seine Arbeit vor. Sein Blick ängstigt mich. Ich schaue über das abendlichtige Land, die schwarzen Bäume und Büsche und kann nicht mehr glauben, daß es eine Realität gibt.

Ein Schrei! Woher? Ulrich!

Donnerstag, den 24. Mai, morgens

Gestern konnte ich keine Eintragung machen. Nun muß ich versuchen, alles zusammenzubekommen. Es ist soviel geschehen. Ich habe ein wenig Zeit. Es ist die letzte Vorbereitung – auf den Kampf, oder was immer es sein wird.

Nach dem Schrei fand ich Ulrich in der Bibliothek. Er saß vor seinen Büchern und schaute mich verständnislos an.

»Hast du geschrien?« brüllte ich ihn an. Er sah verdutzt drein, sprang auf. »Natürlich nicht!« sagte er hart. »Ein Schrei? Woher kam er?«

Mein Zimmer grenzt an die Kirche. Als wir uns dieser Möglichkeit bewußt wurden, schlugen uns Angst und Unsicherheit. Der Schrei war so schrecklich gewesen wie der eines Menschen in Todesangst. Wir überwanden uns und eilten zur Kirche.

Die Sonne schwebte als blutiger Glutball direkt über dem Horizont. Sie tauchte das Innere der Kirche in finsteres Rot, das in dem eisig kalten Raum zu vibrieren schien. Wir liefen zuerst zum Altar. Nichts. Nicht die Spur einer Störung. Dann schauten wir zwischen die Bänke. Schließlich betraten wir das kleine Seitenschiff. Dort fanden wir ihn.

Monsignore Scheuren lag vor der schwarzen gräflichen Tumba. Er zuckte, lebte noch. Ulrich beugte sich zu ihm hinab. Ich sah, daß der alte Geistliche die Lippen bewegte, doch ich verstand nicht mehr als ein Zischeln. Und ich sah, daß Scheurens Augen nur noch schwarze Kugeln waren; keine Pupille, nichts Weißes waren mehr darin sichtbar. Ich stand wie vom Donner gerührt.

Ulrich schrie mich an, ich solle einen Arzt holen. Endlich erwachte ich aus meiner Erstarrung. Als ich schon in der Pfeilerhalle war, rief er: »Halt! Bleib hier! Es ist zu spät! Er ist tot!«

Ich rannte zurück zu Ulrich. Er war aufgestanden und betete über dem unheimlichen Leichnam.

Etwas zog sich zusammen. Ich konnte es nicht an äußeren Erscheinungen festmachen, doch es war so deutlich wie der Schrei.

Auch Ulrich spürte es. Er segnete den toten Körper noch einmal, lief in die Sakristei, sperrte ihre Außentür zu und trieb mich dann durch die Kirche hinaus. Als wir im Schutz des Pfarrhauses saßen, sagte er: »Ich weiß nicht, was wir tun sollen. Das letzte, was wir jetzt brauchen, ist öffentliche Aufmerksamkeit. Aber wir müssen die Leiche verschwinden lassen.«

»Man wird bemerken, daß der Monsignore nicht mehr da ist«, wandte ich ein. »Man wird uns unbequeme Fragen stellen.«

»Wir stecken in einer teuflischen Situation. Vielleicht sehen wir morgen früh klarer. Wir sollten bis dahin warten.« Ulrich seufzte schwer auf. »Wer immer dieses verdammte Rätsel formuliert hat: Er wußte, daß er damit früher oder später etwas entfesseln und Menschen ins Verderben stürzen würde. Er hat sich den Wissensdrang zunutze gemacht und uns gezeigt, daß jegliches Streben in die Vernichtung führt. Eigentlich sollten wir ihm dankbar sein, denn wir haben etwas gelernt.« Er lachte traurig auf.

»Hast du Scheurens letzte Worte verstehen können?« fragte ich vorsichtig. Plötzlich war ich mir nicht mehr sicher, ob ich die Antwort hören wollte.

»Es war sinnloses Gestammel. Fetzen wie: ›Der Schatten aus der Hölle, das Ding mit den tausend Flügeln, es brennt so sehr, das wimmelnde Chaos.‹ Der Tod lag ja schon über ihm.«

Auf die Ursache dieses Todes wollte ich das Gespräch nicht lenken. Auch für Ulrich war es ein Tabu. Er stand auf und holte die Flasche Whiskey aus dem Schrank. Wir betranken uns.

Ich weiß nicht mehr, wie ich in mein Bett gekommen

bin. Doch an meinen Traum erinnere ich mich klar. Traum? Es begann damit, daß ich träumte, ich würde erwachen. Draußen auf dem Korridor schien etwas vor sich zu gehen. Ich hörte ein Ziehen und Schleifen, ein Tappen und verhaltenes Grunzen. Schlagartig war mein Rausch verschwunden. Ich stand auf, machte Licht und trat vor die Tür. Alles war dunkel; nur ein kleines Lichtgeviert fiel hinaus auf den Gang. Doch rechts von mir, dort, wo die Kirche lag, teilte sich das Dunkel langsam; es löste sich auf wie Nebel in der Sonne, und ich erkannte hinter der Wand des Ganges, die sich ebenfalls auflöste, einen klobigen Gegenstand. Ich begriff, daß jenes Ding nur die Orgel sein konnte. Aus ihrem Holz schälte sich eine sinnverwirrende Gestalt heraus. Sie kam auf mich zu. Jetzt befand sie sich im Korridor und gelangte in das Lichtgeviert. Ich wollte fortlaufen, war jedoch unfähig, mich zu bewegen, und starrte gebannt auf die Ausgeburt des tiefsten Hades vor mir: Es war kaum mehr als eine in dauernder Bewegung und Verwandlung befindliche Masse, ein amorpher Auswurf unbegreiflicher Höllenpfühle, und inmitten dieses gottlosen Aufruhrs glänzten zwei violettschwarze, seltsam regelmäßige Feuer wie allesdurchdringende Augen. Und dieses Ding besaß eine Stimme. Tief aus seinem Innern blubberte es in einer abscheulichen Travestie menschlicher Sprache: »Dank sei dir, o Herr.« Verstand ich diese Worte tatsächlich, oder war es nur das Raunen eines Sturmes? Nun gab die Kreatur einen Laut von sich, der entfernt an ein hämisches Lachen erinnerte. Es war ein Geräusch, das Heerscharen der Hölle heraufbeschwor. Kalte Luft blies mir ins Gesicht. Ich fühlte, wie ich in die Höhe gehoben wurde, und ich fand mich im Mittelgang des Langhauses wieder. Ich sah Licht. Dunkles Licht. Etwas war um mich herum, ganz nahe, hatte mich umzingelt, aber es kam nicht näher. Ich hörte sein schnaubendes Atmen, und ich roch den Gestank. Es lauerte, wartete ab, was ich tun würde. Doch ich konnte nichts tun. Wie in einem Alptraum konnte ich mich nicht rühren.

Da krachte ein Donner, ein einziger Schlag. Durch ihn lösten sich meine Glieder aus ihrer Erstarrung. Die Schwärze um mich herum verschwand. Von draußen drang ein schwacher Lichtschimmer durch die hohen Fenster der Kirche: vielleicht der Mond oder eine Laterne, auf jeden Fall ein Zeichen von Normalität. Ich fühlte, daß ich allein war. Und noch etwas wurde mir klar: Ich träumte nicht länger! Im Seitenschiff sah ich vor der Tumba den Leichnam Scheurens liegen – Mahnung, Warnung. Wirr vor Angst rannte ich zum Hauptportal. Es war abgeschlossen. Auch den Sakristeieingang hatte Ulrich ja gestern abend versperrt. Wie war ich hierhergekommen?

In der Sakristei muß ich das Bewußtsein verloren haben, denn dort fand mich Ulrich am Morgen, nachdem er mich in meinem Zimmer nicht angetroffen hatte. Obwohl er wußte, daß ich nicht in der Kirche sein konnte, da ich keinen Schlüssel habe, hatte er die richtige Ahnung. Er hörte mir ruhig zu, dann entschied er, daß wir nicht länger warten könnten. Wir müssen es bekämpfen.

Gerade klopft Ulrich an meine Tür. Er tritt ein und zeigt mir das Weihwasser, die geweihten Hostien, das Buch mit den Exorzismen. Das alles kommt mir mitleiderregend schwach vor. Inzwischen ist die Sonne rot und drohend aufgegangen.

An dieser Stelle brechen meine Tagebuchaufzeichnungen ab. Die nächste Eintragung konnte ich erst Monate später machen. Unmittelbar nach den Ereignissen des 24. Mai wurde ich bewußtlos in ein Krankenhaus eingeliefert, wo ich erst eine Woche später aus dem Koma erwachte. Es dauerte lange, bis ich meine Erinnerungen ordnen konnte; natürlich erzählte ich niemandem etwas davon, was wir an jenem Tag in dem Gotteshaus erlebt hatten. Doch bevor es endgültig mit meinen Mutmaßungen verschwimmt, muß ich es aufzeichnen:

Wir begaben uns also in die Kirche, nachdem ich die letzte Eintragung gemacht hatte. In der Pfeilerhalle empfing uns dichte Finsternis. Es war warm, feuchtwarm. Ulrich betete laut ein Vaterunser. Ich hörte leisen, keuchenden Atem dazwischen.

Im Hauptschiff war es nicht heller; die Fenster ließen nur spärliches Licht in den hohen Raum einfallen; es schwächte sich beständig ab, wie das Licht einer erlöschenden Kerze. Es war, als lege sich etwas Undurchsichtiges, Undurchlässiges vor das Glas. Ulrich lief in die Sakristei. Seine Schritte hallten wie in einer großen Höhle. Ich zählte die Sekunden, bis er zurückkam. Es wurde immer dunkler.

Ein scharfes Klicken! Endlich sah ich Ulrich aus der Sakristei laufen, mit einem brennenden Kerzenleuchter in der Hand. »Kein Strom!« zischte er nur. Die blakenden Lichter warfen groteske Schatten auf die Bänke, das Altarkreuz und das Hochgrab mit dem Leichnam davor. Wir durchsuchten den Chor, das Langschiff, das Seitenschiff, wobei wir es vermieden, dem Monsignore zu nahe zu kommen, aber wir fanden nichts Ungewöhnliches.

Schließlich wagten wir es, hoch zur Glockenstube zu steigen. Von dort oben eröffnete sich uns kein Blick über das Land, das schon unter der Morgensonne liegen mußte. Wir sahen nur Schwärze. Wie Samt klebte sie vor den Schallöffnungen. Und dann stülpte sie sich nach innen. Sie leckte an den Wänden unter den Fenstern herunter, schwappte zäh auf den Fußboden und kroch auf uns zu! In wahnsinniger Hast stürmten wir die enge Wendeltreppe hinab, blieben an ihrem Fuß zitternd stehen und lauschten. Tiefstes Schweigen.

Während der Flucht waren drei Kerzen auf Ulrichs Leuchter erloschen; nur eine brannte noch. Schnell entzündete er die übrigen wieder. Auch hier in der Kirche geschah etwas. Dünne Wölkchen warmen Atems umschwebten uns. Sie kamen nicht aus unseren Mündern und Nasen.

Der ungewiß zuckende Schein der Kerzen verbarg, entdeckte, verschleierte ein Pulsieren des Chorgewölbes, dessen rotbraune Streben sich rippengleich unter fauligem, faltigem Fleisch hoben und senkten. Das Triumphkreuz über dem Altar war zu einem Zapfen aus wucherndem Gewebe geworden, das in einem hohen Luftzug vibrierte. Wir spürten nichts davon, aber über unseren Köpfen schwoll es an, als tobe dort ein gewaltiger Sturm. Da klirrten und barsten die Fenster; sie spuckten ihr Glas in den Raum, und wir wurden von unzähligen kleinen Splittern getroffen. Ich sah, wie Ulrich eine Hostie über den Kopf hielt. Kurz darauf erhielt er von einer großen Glasscherbe eine Wunde an der Stirn, aus der er heftig zu bluten begann. Ich nahm ihm den Leuchter ab, und er drückte unter Stöhnen ein Taschentuch auf die Verletzung. Die Schwärze leckte mit gierigen Zungen durch die Fenster.

»Hinaus!« schrie Ulrich. Er ließ die Hostien fallen und flüchtete in die Pfeilerhalle. Ich folgte ihm dichtauf. Doch hier tropfte es schon von dem niedrigen Gewölbe, und ein Raunen umschloß uns.

»Zur Empore!« Wir fanden die Treppe, stolperten hinauf, traten in schmatzende Rückstände, und endlich standen wir oben. Sprachlos glotzten wir auf das Schauspiel unter uns, soweit es die Kerzen aus der Finsternis rissen. Die zähe Substanz hatte den Raum erobert und hielt die Bänke und den Altar umkrallt, die sich in unbegreiflichem Leben wanden und bogen. Eine heftige Windbö fuhr auf uns herab und löschte mit einem Streich unsere Kerzen. Ich hörte, wie Ulrich fluchend in seinen Taschen wühlte – er suchte wohl Streichhölzer, fand aber keine.

Dicht neben mir rumpelte es. Zuerst glaubte ich, es komme von Ulrich, doch dann hörte ich ihn aufschreien; er war weiter von mir entfernt, als ich vermutet hatte. Instinktiv sprang ich zur Seite, schlug irgendwo mit den Knien an und knickte vor Schmerz ein. Es drückte mir die Luft ab. Im selben Augenblick rauschte etwas über mich hinweg. Ich duckte mich noch tiefer und wagte nicht mehr zu atmen. Noch immer schrie Ulrich wie in gräßlichsten Schmerzen, und jetzt kam seine Stimme von weit über und vor mir! Endlich erstarb das Brüllen. Die kurze zufriedene Stille danach war schlimmer als der schrecklichste Höllenlärm.

Ich sah aus den Augenwinkeln, daß hinter mir etwas aufleuchtete. Es war in der Höhe der Fresken. Ich bemerkte, daß ich neben der Orgel kauerte. Ich sah jenen Dämon aus der Wand herauswachsen, ich wußte, daß er es war. Er aber hatte seine Gestalt verändert. Er war menschlich geworden. Zu menschlich. Weiblich. Doch etwas an ihm zeigte nur zu deutlich, daß er nicht das war, was er zu sein vorgab. Seine Augen brannten. Sie fesselten mich. Ich blickte in sie gedankenleer es war ein spiegel sie berührten mich und ließen mich sehen: jene schlünde gottlosen gewimmels aus denen sie aufgestiegen waren in denen sie gequält wurden mit ewigen geißeln unvorstellbaren entsetzens deren wahnsinnige schreie sich an den wänden zyklopischer und vor gierigem leben zitternder hallen brechen in denen zu ehren des Schwarzen Gottes immer neue unbeschreibliche rituale stattfinden deren opfer gestaltlose schergen unablässig aus der kreischenden masse der in wahnsinniger angst anbetenden geschöpfe hervorholen und deren zerrissene und verstümmelte überreste noch leben niemals sterben können und mit unzerstörbarem bewußtsein wieder in die reihen der verehrenden zurückgestoßen werden. Die geistverbrennende Kakophonie, die aus jenem Abgrund jenseits des Todes hervordrang, übertönte das Rauschen des Sturmes über mir. Nur einen Herzschlag lang währte diese verzehrende Vision, die eine Welt hinter Raum und Zeit offenbarte, deren unselige Existenz das Vorstellungsvermögen selbst der wildesten Rauschträume drogengeschüttelter Phantasten übersteigt. Und doch ist sie uns nicht fern. Wir leben mitten in ihr!

Und deutlich erkannte ich unter den Opfern die Gestalt Scheurens – und die Ulrichs.

Ich rannte blindlings fort, kann mich an meine kopflose Flucht kaum mehr erinnern, kann nicht beschreiben, was anschließend in dem Gotteshaus vor sich ging. Ich weiß noch, daß ein Blitz über mich hinwegfauchte und daß irgendwo im Bauch der Kirche etwas aufloderte. Ich hatte plötzlich das Gefühl, als schwebte ich. Dies war meine letzte Empfindung.

Als ich zum ersten Mal erwachte, lag ich eingegipst in einem Krankenhausbett. Später, als die Augenblicke des Wachseins sich langsam ausdehnten und verschwommene Erinnerungen wiederkehrten und mich unablässig quälten, stellte ich mit Entsetzen fest, daß ich kein Gefühl mehr in den Beinen hatte. Die Ärzte brachten mir schonend bei, daß ich querschnittgelähmt sei; Hoffnung auf eine Heilung bestehe nicht. Man berichtete mir, ich sei aus einem der hohen Fenster der brennenden Kirche gestürzt, und es grenze an ein Wunder, daß ich noch lebe und keine Verbrennungen davongetragen habe. Wie ich zu diesem Fenster habe gelangen können, stelle ein Rätsel dar, denn es wäre selbst für einen geübten Kletterer äußerst schwierig, wenn nicht gar unmöglich gewesen, es zu erreichen. Ich erzählte ihnen nichts davon, was ich erlebt hatte.

Weiter erfuhr ich, daß sowohl Ulrich Hommes als auch Monsignore Scheuren verschwunden seien; es könne nicht ausgeschlossen werden, daß sie sich ebenfalls in der Kirche befunden hätten und verbrannt seien. Ich wurde oft über diesen Punkt vernommen, aber ich gab vor, mich nicht erinnern zu können, ob ich zusammen mit ihnen in dem Gotteshaus gewesen war.

Diese Tode lassen mich nicht mehr schlafen. Nun habe ich eine Höllenangst vor meinem eigenen Tod.

Noch während ich im Krankenhaus lag, stattete mir der den vier verwaisten Gemeinden neu zugeteilte Pastor, der nun in Kollig wohnt, einen Höflichkeitsbesuch ab. Er sagte, St. Leodegar werde nicht mehr aufgebaut. Dies beruhigt mich.

Wohl um mich aufzumuntern, erzählte er mir, daß man im Trierer Generalvikariat über den Fund des kunsthistorisch höchst bedeutenden Reliquiars begeistert sei und es bereits im Diözesanmuseum ausgestellt habe.

Ich werde es mir nicht ansehen.

Erschienen in: Michael Siefener, Das Reliquiar/Die Wächter. Zwei unheimliche Novellen, Edition Metzengerstein, Kerpen 1997

Der Autor

MICHAEL SIEFENER, Dr. jur., geboren 1961 in Köln, studierte Jura und promovierte zum Thema Hexenprozesse (›Hexerei im Spiegel der Rechtstheorie. Das crimen magiae in der Literatur von 1574 bis 1608‹). Verheiratet, lebt in Haan/Rheinland.

Verfasser von Erzählungen und Novellen, die der Phantastik zuzurechnen sind: ›Bildwelten‹ (drei Novellen), Bonn 1993; ›Das Reliquiar/Die Wächter‹ (Novellenband), Kerpen 1997; ›Nonnen‹ (Novelle), Privatdruck 1997; ›Das Vermächtnis der Schlange‹ (Romanprojekt).

ASIMOVS
SCIENCE FICTION

Von **Isaac Asimov** erschien in der
HEYNE ALLGEMEINEN REIHE:

Auf der Suche nach der Erde · 01/6401
Aurora oder Der Aufbruch zu den Sternen · 01/6579
Das galaktische Imperium · 01/6607
Die Rückkehr zur Erde · 01/6861
Die Rettung des Imperiums · 01/7815
Nemesis · 01/8084
Robot ist verloren · 01/6401
Die vierte Generation · 01/8228
Die Menschheit wird gerettet · 01/8358
Das Foundation-Projekt · 01/9563
Einbruch der Nacht · 01/10090
    (mit Robert Silverberg)

In der Reihe
HEYNE SCIENCE FICTION & FANTASY:

Der Mann von drüben · 06/3004
Geliebter Roboter · 06/3066
Der Tausendjahresplan · 06/3080
Der galaktische General · 06/3082
Alle Wege führen nach Trantor · 06/3084
Am Ende der Ewigkeit · 06/3088
SF-Kriminalgeschichten · 06/3135
Ich, der Robot · 06/3217
Die nackte Sonne · 06/3517
Der Zweihundertjährige · 06/3621

Foundation-Edition

10 Bände in Kassette · 06/8101-8110

Als Herausgeber:

Science Fiction Erzählungen des 19. Jahrhunderts ·
  06/4022
Fantasy-Erzählungen des 19. Jahrhunderts · 06/4023
Der letzte Mensch auf Erden · 06/4074
Zukünfte – nah und fern · 06/4215
Spekulationen · 06/4274
Die Wunder der Welt · 06/4332
Science Fiction aus den Goldenen Jahren · 06/4600

Seit 1978 erscheinen **Auswahlbände** aus dem be-
kannten amerikanischen Periodikum ›Isaac Asimov's
Science Fiction Magazine‹ inzwischen ›**Asimov's
Science Fiction**‹: Die letzten Folgen waren:

# 40: 06/4957	# 46: 06/5373
# 41: 06/5018	# 47: 06/5481
# 42: 06/5085	# 48: 06/5635
# 43: 06/5141	# 49: 06/5666
# 44: 06/5196	# 50: 06/5921
# 45: 06/5311	# 51: 06/5948

In der
BIBLIOTHEK DER SCIENCE FICTION LITERATUR:

Lunatico · 06/7
Meine Freunde, die Roboter · 06/20
Die Stahlhöhlen · 06/71
Die nackte Sonne · 06/72
Foundation · 06/79

Als Herausgeber:

Das Forschungsteam · 06/13

ELSTERCON 1998

"Zwischen Mars und Venus"
Viertes Leipziger SF-Treffen
und SFCD-Jahrescon
12. bis 14. Juni 1998

Ehrengäste:
Helga Abret (F)
Thomas M. Disch (USA)
Nancy Kress (USA)
Horst Pukallus (D)
Jesco von Puttkamer (USA)
Charles Sheffield (USA)
Thomas Ziegler (D)

Wir bemühen uns, wie schon bei den letzten Elstercons, um eine abwechslungsreiche und interessante Gestaltung des Cons und hoffen wieder für jeden etwas bieten zu können. Neben Lesungen mit einigen Ehrengästen wird es Diskussionsrunden zur Marsgeschichte und -forschung und zum Mars in der SF-Literatur geben. Auch die Erotik in der SF wird ein Thema sein. Diese Veranstaltungen werden u. a. durch die Hauptversammlung des SFCD, sowie durch die Verleihung des SFCD-Literaturpreises ergänzt. Auch unser 18. Buch- und Tauschmarkt für SF-, Fantasy- und Abenteuerliteratur wird das Conprogramm bereichern. Das alles und noch viel mehr wird es in der Zeit vom 12. - 14. Juni 1998 im *Schreberheim Holsteinstraße 46* in *04317 Leipzig* geben.

Anmeldungen bitte an folgende Adresse schicken:
Manfred Orlowski
Ernestistr. 6
04277 Leipzig
Ausführliche Informationen in schriftlicher Form erhält man unter der gleichen Adresse oder telefonisch unter der Nummer: (0341) 391 9442.
Aktuelle Infos im Internet unter folgender Adresse:
Http://www.uni-leipzig.de/~braatz/

Stand 4. Mai 1998

HEYNE BÜCHER

Das Comeback einer Legende

George Lucas ultimatives Weltraumabenteuer geht weiter!

Kevin J. Anderson
Flucht ins Ungewisse
*1. Roman der Trilogie
»Die Akademie der Jedi Ritter«*
01/9373

Der Geist des Dunklen Lords
*2. Roman der Trilogie
»Die Akademie der Jedi Ritter«*
01/9375

Die Meister der Macht
*3. Roman der Trilogie
»Die Akademie der Jedi Ritter«*
01/9376

Roger MacBride Allen
Der Hinterhalt
1. Roman der Corellia-Trilogie
01/10201

Angriff auf Selonia
2. Roman der Corellia-Trilogie
01/10202

Vonda McIntyre
Der Kristallstern
01/9970

Kathy Tyers
Der Pakt von Bakura
01/9372

Dave Wolverton
Entführung nach Dathomir
01/9374

Oliver Denker
STAR WARS – Die Filme
32/244

01/9373

Heyne-Taschenbücher

Douglas Adams

Kultautor & Phantast

Einmal Rupert und zurück
Der fünfte »Per Anhalter durch die Galaxis«-Roman
01/9404

Per Anhalter durch die Galaxis
DER COMIC
01/10100

Douglas Adams
Mark Carwardine
Die Letzten ihrer Art
Eine Reise zu den aussterbenden Tieren unserer Erde
01/8613

Douglas Adams
John Lloyd
Sven Böttcher
Der tiefere Sinn des Labenz
Das Wörterbuch der bisher unbenannten Gegenstände und Gefühle
01/9891

01/9404

Heyne-Taschenbücher